HEIDI REHN

THONETS GESELLEN

HISTORISCHER KRIMINALROMAN

Emons Verlag

© Hermann-Josef Emons Verlag
Alle Rechte vorbehalten
Umschlagzeichnung: Heribert Stragholz
Druck und Bindung: Clausen & Bosse GmbH, Leck
Printed in Germany 2005
ISBN 3-89705-372-1

www.emons-verlag.de

In Erinnerung an meine Großeltern
Sybilla und Adolf Prunzel

»Nicht erzählen, wie es war,
sondern wie es gewesen sein könnte.«
(Gert Hofmann, 1931–1993)

Prolog

An diesem Samstagmorgen fühlte sich Helena Weissgerber wunderbar leicht. Die Sonne strahlte vom Himmel und tauchte die ehedem so tristen Gassen der Stadt in goldenes Licht. Zwischen den dicht beieinander stehenden Fachwerkhäusern zogen Mehlschwalben ihre tollkühnen Schneisen. Sie suchten in den Mauernischen nach geeigneten Plätzen für ihre kugelrunden Nester. Amseln zwitscherten um die Wette und begrüßten lauthals den Frühling.

Die für Ende März ungewöhnlich warme Luft trieb die Menschen aus den Häusern. Hausfrauen und Mägde liefen, mit großen Körben bepackt, zum Markt. Kinder sprangen umher, spielten in den Hofeingängen Verstecken oder schnitten Grimassen, um die Leute zu erschrecken.

Aus einiger Entfernung hörte Helena ein Fuhrwerk heranrattern. Bald schon erstarb das Geräusch. Wahrscheinlich war der Wagen im bunten Treiben auf der Gasse stecken geblieben. Kurz nur wunderte sich Helena, dass das übliche Schimpfen des Fuhrmannes ausblieb. Offenbar hatte das schöne Wetter auch ihn besänftigt.

Helena schaute sich neugierig um. So lebendig hatte sie die Stadt noch nie gesehen. Vielleicht, dachte sie, wird es mir hier in Boppard doch noch gefallen. Vielleicht vermisse ich meine alte Heimat Frankfurt bald schon nicht mehr.

Die Schritte, die sie beim Gehen auf den teils gepflasterten, teils lehmigen Boden setzte, ähnelten mehr einem Tanz als dem bedächtigen Gang eines jungen Fräuleins. Hin und wieder erntete sie dafür einen tadelnden Blick ihrer Mutter.

»Pass auf, meine Liebe, dass du nicht ausrutschst. Die Sohlen deiner neuen Stiefel sind glatt«, mahnte Franziska Weissgerber keuchend und raffte ihren lachsfarbenen Seidenrock in die Höhe, um einem kleinen Loch im Straßenpflaster auszuweichen. »Außerdem gehört es sich nicht für ein junges Mädchen deines Standes, vergnügt wie ein Fohlen die Straßen entlangzuhüpfen.«

»Ich hüpfe nicht, liebe Mama«, erwiderte Helena. »Ich freue

mich nur über den plötzlichen Frühlingseinbruch. Es wird schon nichts passieren. Außerdem hat es seit Wochen nicht mehr geregnet. Alles ist staubtrocken. Wie soll ich da ausrutschen?«

Im selben Moment geriet sie ins Straucheln. Gerade noch konnte sie sich am Arm ihrer Mutter festhalten, bevor sie über eine Unebenheit im Boden gestolpert und hingefallen wäre.

»Habe ich es dir nicht gesagt?« Die Wangen Franziska Weissgerbers röteten sich vor Ärger. »Die preußischen Truppen haben die Franzosen dank Metternich zwar schon vor über zwanzig Jahren aus der Stadt gejagt, die dabei zerstörten Straßen haben sie allerdings bis heute nicht instand gesetzt. Und das, obwohl sie eigentlich so viel Wert auf Ordnung legen. Da war Napoleon weitaus mehr daran gelegen, das Rheinland aufzubauen!«

Helena musste schmunzeln, trotz ihres Ungeschicks: »Du wirst dich doch nicht als heimliche Anhängerin der Franzosen entpuppen? Sonst schwärmst du immer so sehr von der preußischen Disziplin.«

»Eine Frau redet nicht über Politik, meine Liebe«, wies ihre Mutter sie zurecht und schickte sich an weiterzugehen.

Helena strich ihren rosafarbenen Rock glatt, inspizierte mit einem kurzen Blick ihre dick eingestaubten Schnürstiefel, dann hob sie lächelnd den Kopf und folgte ihrer Mutter.

Nach wenigen Minuten erreichten sie den Marktplatz. An drei Seiten wurde er von schmal aufragenden, mehrstöckigen Fachwerkhäusern umrahmt, im Westen schlossen die zweitürmige Pfarrkirche St. Severus und das barocke Rathausgebäude den Platz ab. Helena und ihre Mutter betraten den Platz von dieser Seite her, wo sich zwischen Rathaus und Kirche ein Durchgang befand.

Helena staunte über das gewaltige Aufgebot an Marktständen: Neben Bauersleuten vom nahen Hunsrück, die vor allem Kartoffeln, Äpfel, Hülsenfrüchte, getrocknetes Obst und Getreide aus dem letzten Herbst feilboten, priesen fahrende Händler die verschiedensten Waren für den Haushalt an. Marktleute und Hausfrauen scherzten miteinander, feilschten um ein paar Silbergroschen. Sobald sich ihnen der rundliche Polizeidiener näherte, verstummten sie. Er hatte die Einhaltung der festgesetzten Preise auf dem Wochenmarkt zu überwachen, eine Aufgabe, der er offenkundig sehr pflichtbewusst nachkam.

Über dem ganzen Markt hing der Duft frischen Brotes und süßen Gebäcks, darunter mischte sich der Geruch fremdartiger Gewürze und sauer eingelegten Krautes. Dieses eigenartige Gemisch erschien Helena weitaus angenehmer als der sonst in den Gassen und Häusern vorherrschende Gestank gärender Abfälle.

»Braucht die Dame einen Tee, der die Lebensgeister ihres Liebsten weckt? Oder ein Pulver, um die ungewollte Leibesfrucht wieder loszuwerden?«, raunte ihr ein verschmitzt lächelndes Weiblein zu. Ihr Gesicht war von tiefen Runzeln durchzogen, die auf ein stolzes Alter schließen ließen.

Helena vermutete, dass die Alte die Rezepturen unter ihrem dicken Wollrock aufbewahrte. Sorgfältig hatte sie den Stoff um sich ausgebreitet, so dass es aussah, als thronte sie darauf. Ein hilfloser Versuch, ihre Schätze vor den prüfenden Blicken des Polizeidieners zu verbergen, fand Helena. Gern hätte sie sich das Angebot der Alten näher angesehen, doch ihre Mutter zog sie energisch mit sich fort.

»Lass die alte Hexe! Mit solchen Leuten geben wir uns nicht ab«, zischte sie, um im nächsten Moment auszurufen: »Sieh nur, da vorn steht Lieselotte Weinand! Lass uns zu ihr gehen und sie begrüßen! Wir sollten sie für nächste Woche wieder zu uns bestellen, damit du in der Weißnäherei vorankommst.«

Helena blickte sich suchend um. In dem Getümmel konnte sie kein bekanntes Gesicht ausmachen. Dann aber entdeckte sie ihre Freundin Lieselotte Weinand: Umringt von den drei kleinen Geschwistern, zwei Mädchen im Alter von vier und sechs Jahren sowie einem achtjährigen Jungen, stand sie im Schatten der Linden vor dem Rathaus. Erfreut eilte Helena auf sie zu. Beim Näherkommen erkannte sie, dass Lieselotte sehr blass war. Sie musste sich am Stamm einer Linde abstützen.

»Geht es dir nicht gut?«, fragte Helena, als sie die Freundin erreicht hatte.

»Doch, doch«, beeilte sich Lieselotte zu versichern und hob den Kopf.

»Sie sehen sehr erschöpft aus«, bemerke Franziska Weissgerber und ließ ihren Blick prüfend über die Gestalt der etwa Zwanzigjährigen gleiten.

Helena fiel auf, dass die Augen ihrer Mutter dabei einen Moment zu lange an den fülligen Hüften Lieselottes hängen blieben. Franziska Weissgerber runzelte die Stirn, schüttelte kaum merklich den Kopf. Dann aber lächelte sie die Fassbindertochter an.

»Helena und ich haben gerade von Ihnen gesprochen. Wir haben Sie in den letzten Wochen sehr vermisst. Wollen Sie nicht nächste Woche wieder zu uns kommen? Meine Tochter kann Ihre Hilfe beim Nähen und Sticken sehr gebrauchen.«

»Ich muss erst meinen Vater fragen, ob es ihm recht ist«, erwiderte Lieselotte leise und machte einen unbeholfenen Knicks.

»Oh bitte, Lieselotte, sag ihm, wie sehr ich dich brauche! Meine Finger sind so ungeschickt.«

Um ihrer Bitte Nachdruck zu verleihen, fasste Helena ihre Freundin am Arm und sah sie eindringlich an. Sie hoffte, dass Lieselotte verstand, was sie damit meinte.

»Außer dir habe ich hier doch niemanden, mit dem ich wirklich reden kann«, flüsterte sie ihr ins Ohr, als ihre Mutter von einer Szene vor der Eingangstür des Rathauses abgelenkt wurde. Der Polizeidiener schimpfte dort laut auf einen Händler ein.

»Du bist die Einzige, die mit mir George Sand und die Gedichte Byrons richtig liest. Und die einzige, die deren Sinn auch wirklich versteht«, erklärte sie hastig weiter.

Lieselotte seufzte und entzog Helena ihren Arm. »Ich muss abwarten, ob mein Vater mich zu euch lässt.«

»Er soll nicht so streng sein«, brauste Helena auf. »Man sieht dir schon von weitem an, wie sehr dich die Arbeit im Haus und mit den Geschwistern erschöpft!«

Bei diesen Worten zuckte Lieselotte zusammen.

»Meinst du wirklich?«, fragte sie tonlos.

»Sie bitten also Ihren verehrten Herrn Papa um Erlaubnis und geben uns Bescheid«, wandte Franziska Weissgerber sich unterdessen den beiden wieder zu. »Er kann stolz sein, dass Sie so geschickte Finger haben. Mit Ihrem Talent könnten Sie in einer größeren Stadt leicht sehr viel Geld als Weißnäherin oder Strümpfestrickerin verdienen. Solche Fertigkeiten sind sehr gefragt. Die Damen würden sich um Sie reißen! Aber in einer kleinen Stadt wie Boppard, wo gerade einmal ein Polizeidiener für die Sicherheit und Ordnung der knapp viertausend Bewohner sorgen darf, verkennt man solche Talente ganz und gar!«

Damit schickte sie sich an weiterzugehen. Helena verweilte noch einen Moment bei der Freundin.

»Dir geht es wirklich sehr schlecht, nicht wahr?«

Lieselotte wich ihren Augen aus. Ihre schmalen Schultern zitterten unter dem grob gehäkelten Brusttuch.

»Möchtest du mit mir darüber reden? Wir könnten die Gelegenheit nutzen und uns nächste Woche mit ein paar Wäschestücken allein in eine stille Ecke zurückziehen. Während du mir die Kreuzstiche beibringst, kannst du mir erzählen, was dich bedrückt. Vielleicht kann ich dir ja helfen.«

»Mir kann keiner mehr helfen«, hauchte Lieselotte. Dann gab sie sich einen Ruck, wischte mit dem Handrücken durchs Gesicht und sah wieder auf, Helena direkt ins Gesicht. »Trotzdem danke für dein Angebot.«

Sie streckte die Hände nach ihren Geschwistern aus. Ohne sich umzusehen, zog sie die Kleinen mit sich fort. Bestürzt beobachtete Helena, wie sie im Getümmel verschwand.

Grausiger Fund

Müller schnaubte. Die Uhr der nahen Severuskirche schlug sechs. Noch steckte der Polizeidiener in seinem Nachtgewand aus grobem Leinen. Noch thronte die Nachtmütze auf seinem halbkahlen Kopf. Der raue Filz der Pantoffeln schabte an seinen Zehen. Kälte kletterte seine nackten Beine herauf. Es fehlte ihm jedes äußere Zeichen amtlicher Würde. Schon stand ihm in der engen, dunklen Stube dieser Junge gegenüber. Wenn er tief ausatmete, fürchtete er, ihn gegen die Wand zu pusten.

Aufgeregt – oder war es frierend? – trat der Junge von einem Fuß auf den anderen, knetete die Mütze mit seinen Fingern durch. Sein magerer Leib schlotterte. Den Blick richtete er nach unten, redete mit den Holzdielen. Müller legte die Hand ans rechte Ohr und neigte den Kopf etwas zur Seite, um ihn besser zu verstehen.

»Eine Leiche, Herr Wachtmeister, eine wirkliche Leiche ist es. Ganz bestimmt. Oben bei der Eisbrech. Sie schwimmt im Wasser, da, wo es flach ist. Ich soll Sie holen. Sie müssen mit mir kommen und sie sich ansehen.«

»Eine Leiche? Oben bei der Eisbrech?«

Der Frage folgte ein Knurren aus Müllers Kehle. Ungläubig musterte er den Jungen. Die Kerze auf dem Tisch spendete kaum Licht. In der Dämmerung schien alles grau an ihm: sein struppiges Haar, sein spitzes Gesicht, der lange Hals, die Hände. Seine Kleidung hob sich kaum davon ab. Er trug eine Jacke aus abgewetztem Drillich, die ihm bis zu den Knien reichte, darunter ein Hemd aus Baumwolle, an dem der Kragen fehlte, sowie eine viel zu weite Hose aus derbem Tuch. Die Kleidung stammte eindeutig von jemand anderem, Größerem. Es würde noch eine ganze Weile dauern, bis der Junge hineinpasste. Die ledernen Schuhe an den grob bestrumpften Füßen wirkten im Vergleich dazu viel zu klein. Ob sich die Zehen darin schmerzlich krümmten, um Platz zu finden?

Müller schnaubte noch einmal, strich sich über seinen grau melierten Backenbart. Wieder eines dieser Tagelöhnerkinder, dachte er bei sich. Armer Kerl! Wahrscheinlich auch noch einer von den Evangelischen. Die haben es hier wirklich nicht einfach. Noch dazu, wo es viel zu wenig Arbeit für alle gibt.

»Wie heißt du?«, fragte er ihn.

»Lukas Weber«, antwortete der Junge und durchbohrte mit seinen Augen den Boden.

»Lukas Weber«, wiederholte Müller. »Nie gehört. Nun gut. Ich komme gleich. Lauf schon mal vor!«

Mit einem Schubs drängte er ihn zur Tür hinaus.

Eine Leiche, oben bei der Eisbrech! Bei der Vorstellung wurde Müller flau im Magen. Mit zittrigen Knien schlurfte er in seine Kammer hinüber.

Stickiger Schlafgeruch hing in dem niedrigen Raum. Müller blickte wehmütig zum Bett hinüber, das längs zum Fenster an der rechten Wand stand. Wie gern würde er sich darin verkriechen, die Decke über den Kopf ziehen und die Augen vor dem allem verschließen! Es half nichts. Er musste sich zusammenreißen, die schlimmen Erinnerungen verdrängen. Statt mit dem Schicksal zu hadern, sollte er sich rasch anziehen und zur Eisbrech hinübergehen, sehen, was dort los war. Dann hatte er es wenigstens bald hinter sich.

Als er sich umdrehte, stieß er mit dem Knie an die Truhe, auf der das Waschgeschirr stand. Es schepperte. Er fluchte. Die Kammer war ihm viel zu eng.

Seine Uniform aus dunkelblauem Tuch hing am Haken gleich neben der Tür. Seine Schwester hatte sie gestern Abend noch ausgebürstet und die goldenen Knöpfe poliert. Selbst im fahlen Morgenlicht glänzten sie.

Noch eine ganze Weile lang schimpfte er vor sich hin. Eine halbe Stunde hätte er noch gehabt, bevor er aus den Federn hätte kriechen müssen. Eine halbe Stunde, um vom Bett aus das allmähliche Verschwinden der Nacht zu genießen. Eine halbe Stunde, bevor er nebenan in der Stube dem missmutigen Gesicht seiner Schwester begegnet wäre, mit dem sie ihm jeden Morgen das Butterbrot und die Kanne Malzkaffee auf den Tisch stellte. Bevor er Schlag sieben seinen Rundgang durch die Stadt begann, war es sein gutes Recht, den Tag bedächtig angehen zu lassen. Lange genug hatte er bei der Landwehr mit dem ersten Hahnenschrei Gewehr bei Fuß stehen müssen.

Vielleicht, sinnierte Müller, habe ich Glück, und es ist doch nur ein schlechter Scherz. Vielleicht liegt dort gar keine Leiche. Diesen Rotzlöffeln ist doch alles zuzutrauen.

Schlagartig besserte sich seine Laune. Die furchtbaren Bilder verblassten. Es störte ihn auf einmal wenig, dass in der Stube noch kein Frühstück für ihn bereitstand. Damit entging er wenigstens dem verdrießlichen Anblick Apollonias.

Das Hinabsteigen der ausgetretenen Treppenstufen bereitete ihm Mühe. Er keuchte. Der Dienst in der königlich-preußischen Armee hatte ihm nicht nur den nächtlichen Schlaf verkürzt. Auch sein linkes Bein ließ sich seither nicht mehr recht gebrauchen.

»Wo willst du hin?«

Apollonia trat aus der Küche. Im Gehen wischte sie sich die Hände an der Schürze ab, rückte sich die schneeweiße Haube auf dem Kopf zurecht. »Isst du nichts?«

»Gib mir etwas mit.«

Ungeduldig streckte er ihr die Hand hin. Sie ging kurz zurück in die Küche und reichte ihm bei ihrer Rückkehr zwei zusammengeklappte Scheiben dunklen Brots.

»Du sparst mal wieder an allem!«

Zornig klappte er die Scheiben auseinander und hielt sie ihr dicht unter die Nase.

»Bring halt mehr Geld nach Hause, dann kann ich sie dir auch dicker bestreichen. Sei froh, dass du überhaupt Butter auf dein Brot kriegst – und das sogar mitten in der Woche!«

Den abfälligen Blick, den sie bei diesen Worten auf seine Uniform warf, spürte er nur zu deutlich. Selbst nach zehn Jahren Dienst in der städtischen Verwaltung konnte sie sich den nicht verkneifen. Ohne ein weiteres Wort schob er sie beiseite.

»Kommst du noch einmal zurück, bevor du zur Wachstube im Rathaus hinübergehst?«, hörte er sie fragen. Er sparte sich die Antwort.

Draußen auf der Gasse schlug ihm der vertraute Gestank von gärenden Abfällen, Urin, feuchten Pflastersteinen und faulendem

Holz entgegen. Um Haaresbreite entging er nassem Segen von oben, als die Magd aus dem gegenüberliegenden Haus den Nachttopf auf die Straße leerte. Wütend reckte er die Faust und sah nach oben. Aus dem Fenster im ersten Stock winkte ihm die Magd freundlich lächelnd zu.

Keine vier Häuser weiter entdeckte er Johann Grahs, der im Morgengrauen seinen Karren durch die Gasse schob. Nach wenigen Schritten blieb er stehen, stellte sein Gefährt ab und klopfte an eine der Türen. Als sich ihm ein Kopf entgegenstreckte, murmelte er seinen Spruch, um Zugang zur Senkgrube im Hof zu erhalten. Still beobachtete Müller ihn. Keine schöne Arbeit, in seinem hohen Alter noch den erbärmlichen Dreck abholen zu müssen. Andererseits ernährte es ihn und seine Frau einigermaßen.

»Bonnschur, Johann«, grüßte Müller den buckligen Mann. »Du bist spät dran. Es wird schon hell. Du warst seit Tagen nicht mehr hier. Die Ersten kippen ihre Pötte schon wieder auf die Gasse.«

»Reg dich nicht auf, Wachtmeister«, erwiderte Grahs mit heiserer Stimme. »Ich komme jeden Mittwoch hier lang. Heute ist Mittwoch. Also ist alles in bester Ordnung. Die Leute sind dumm, wenn sie ihren Abfall vor die eigene Tür kippen. Sie sind schließlich selbst die Ersten, die durch den Mist hindurchwaten müssen.«

Er lachte ein meckerndes Lachen. Müller gab ihm Recht.

»In der ganzen Stadt stinkt es«, stellte er fest. »Durch die engen Gassen kommt kaum Sonne bis zum Boden. In allen Ecken fault der Unrat. Bei diesen Zuständen müssen wir uns nicht wundern, wenn die Fremden über unsere Stadt die Nase rümpfen.«

Grahs nickte und lud bedächtig Schaufel und Eimer ab, um im nächsten Hauseingang zu verschwinden.

»Merde!«, rief Müller plötzlich aus. Fast wäre er auf dem rutschigen Pflaster ausgeglitten, während er dem Alten nachgesehen hatte. Instinktiv streckte er die Arme zur Seite und fand sofort Halt an einer Hauswand. Die Burggasse war nur wenige Schritte breit, so dass ein erwachsener Mann wie er sie mit ausgestreckten Armen ganz ausfüllte.

Verärgert strich Müller seine Finger an der Uniformjacke ab.

Dann legte er die linke Hand an den umgeschnallten Säbel und schritt zügiger aus, dabei den Blick auf den Boden gerichtet, um gegen die dort lauernden Gefahren besser gewappnet zu sein. Das Brot, das seine Schwester ihm zum Frühstück mitgegeben hatte, verschlang er hastig. Keine gute Grundlage, um den Tag zu beginnen.

Bis zur Zollpforte unweit der Burg begegnete ihm niemand mehr. Er ging durch die Zollpforte und blieb jenseits der Stadtmauer einen Augenblick stehen, um gierig die frische Luft einzusaugen. Dabei ließ er seinen Blick umherschweifen. Der Frühnebel hing dicht über dem Fluss. Am Rheinkran waren die ersten Tagelöhner zugange. Emsig beluden sie einen Lastkahn mit Säcken und Kisten.

»Dutzwit trawallje«, trieb der Schiffer einen seiner Leute an. Gleichzeitig verhandelte er mit dem Treidler, der am Uferweg bereitstand und den Kahn flussaufwärts ziehen sollte.

Müller erkannte in dem Schiffer Georg Lamberti aus St. Goar.

»Du hast es wie immer eilig, was?«, rief er ihm aus der Ferne zu und ging ein Stück in seine Richtung.

Lamberti sah überrascht auf, dann schmunzelte er: »Was glaubst du denn, wie ich mein Geld verdiene? Jedenfalls nicht mit spazieren gehen, Wachtmeister! Oben in St. Goar wartet schon die nächste Fracht auf mich. Wenn ich mich nicht ranhalte, schnappt ein anderer sie mir weg.«

»Fährst du wieder die Steine von Burg Rheinfels hinunter zur Festung Ehrenbreitstein?« In Müllers Frage schwang ein vorwurfsvoller Ton.

»Zum Glück eine Gelegenheit, ein paar Taler zu verdienen. So viele gibt es davon zurzeit nicht.«

»Lass gut sein, Lamberti«, winkte Müller ab. »Wann hast du mal wieder Zeit für einen Schoppen Wein?«

»Gerade überhaupt nicht. Frag in ein paar Wochen wieder.«

Ehe Müller etwas erwidern konnte, drehte der Schiffer sich ab und nahm seine Verhandlungen mit dem Treidler wieder auf.

Müller zuckte mit den Schultern. Dann ging er flussaufwärts, Richtung Eisbrech.

In Höhe des Knoodt'schen Hauses vollzog der Uferweg eine leichte Biegung und schmiegte sich an den geschwungenen Lauf des Rheines an.

Noch bevor Müller die Eisbrech erreichte, sah er es von weitem. Das Bild, das sich ihm dort bot, besaß etwas Unwirkliches: Zehn, wenn nicht gar zwanzig Menschen drängten sich an der Mauer zusammen. Als Verlängerung der Stadtbefestigung ragte sie von der Sandpforte ein gutes Stück weit in den Fluss hinein. Die große Wiese davor lief flach in den Rhein aus. Deshalb wurde sie als Bleiche genutzt. Ein halbes Dutzend hoch aufgeschossener Pappeln, die an der Stadtmauer wuchsen, schirmten die Wiese nach Osten ab.

Die Leute stierten in den Fluss. Um sie herum stieg Dunst aus dem seichten Wasser und hüllte ihre Beine in dichten Nebel. Über den Hängen der gegenüberliegenden Rheinseite würde bald die Sonne aufsteigen. Ein rötlicher Streifen kündete das bereits deutlich am Himmel an. Noch aber herrschte das diffuse Licht des frühen Morgengrauens.

Die Unruhe auf der Wiese hatte einige Möwen aufgescheucht. Sie waren es gewohnt, die Bleiche um diese Stunde als Schlafplatz für sich allein zu haben. Anklagend gellten ihre Schreie durch die Stille.

Müller wurde mulmig. Wieder stieg das alte Bild in seiner Erinnerung auf, zunächst noch verschwommen. Plötzlich aber sah er deutlich vor sich, welcher Anblick ihn da vorn erwarten würde. Für einen Moment blieb er stehen, schloss die Augen, atmete mehrmals tief durch. Unter großer Anstrengung setzte er sein Amtsgesicht auf und schritt über die Wiese.

»Lasst mich durch«, befahl er barsch den gedrängt stehenden Menschen. Mit den Armen bahnte er sich den Weg nach vorn ans Wasser. Dabei keuchte er kleine Rauchwölkchen aus.

Dicht am Wasser hielt er an. Wieder schloss er die Augen, atmete noch einmal durch, bekämpfte unliebsame Erinnerungen. Dann sah er ins Wasser.

Mit einem Bein hing der Körper einer Frau im Gestrüpp der Uferböschung fest. Ein ehemals weißer, nun schmutzig-grauer Strumpf umhüllte die schlanke Fessel; der Schuh fehlte. Sacht schaukelte der Leib im Rhythmus der auslaufenden Wellen hin

und her. Der Rock ihres Kleides hatte sich auf der Wasseroberfläche zu einem Segel aufgebläht. Die vom Körper abgespreizten
Arme und Beine erinnerten an eine fliegende Gestalt. Lange, vermutlich blonde Haare umgaben den Kopf wie ein Strahlenkranz.
Das Gesicht war nicht zu sehen.

Müller zwang sich zur Ruhe und trat noch einen Schritt näher
heran. Seine Stiefelspitzen wurden nass, als eine Welle heran-
schwappte. Er zog seinen Säbel und beugte sich vornüber, stocherte mit dem Stahl an der leblosen Gestalt herum, um sie an
Land zu ziehen. Es gelang ihm nicht. Schwerfällig richtete er sich
wieder auf, sah in die Runde der Neugierigen.

Sein Blick fiel auf Lukas, den Jungen, der ihn hierher gerufen
hatte. Gerade versteckte er seinen dunklen Lockenkopf hinter
dem Rücken eines kräftig aussehenden Burschen. Müller erkannte in ihm den Bäckergesellen Sebastian Reitz, Nachbar seiner
Tante Walburga auf dem Balz.

»He, Reitz!« Er winkte zu ihm hinüber. »Komm her und zieh
sie heraus!«

Zögernd folgte Reitz seinem Befehl. Die Hände tief in den Taschen seiner weiten Hose vergraben, kam er näher. Zuerst blickte
er auf die Tote herab, schob sich seine Schirmmütze in den Nacken und überlegte. Um die Leiche packen zu können, musste er
mit den Füßen ein gutes Stück ins Wasser gehen. Er fluchte. Der
Winter war lang gewesen. Noch immer floss eiskaltes Schmelz-
wasser aus den Bergen den Fluss hinab und sorgte für einen hohen Wasserstand.

Sofort zeichnete sich die Nässe dunkel an den Hosenbeinen
des Bäckergesellen ab. Unter den neugierigen Blicken der Umherstehenden gelang es ihm, die Leiche aus dem Wasser zu ziehen. Unsanft ließ er sie am trockenen Ufer auf den Boden fallen.

»Umdrehen!«, befahl Müller.

Reitz gehorchte. Träge kippte der Körper auf die Seite. Der
Bäckergeselle zerrte an ihm, bis er endlich auf dem Rücken lag.
Leer starrten die aufgerissenen Augen der Toten in den Himmel.

»Oh Gott!«

Reitz' Schrei schreckte die Menge auf. Aufgeregtes Raunen
und Flüstern erscholl. Müller wandte sich ab. Der Anblick des

Leichnams ekelte ihn. Übelkeit stieg ihm die Kehle hinauf. Gleichzeitig wurde ihm bewusst, dass er die nun folgende Geschichte schon sehr gut kannte. Ihm graute vor dem, was passieren würde. Nein, das durfte er nicht zulassen. Es durfte nicht ein weiteres Mal so weit kommen. Dieses Mal musste er rechtzeitig etwas tun. Er war nun die Amtsperson.

Er zwang sich, wieder hinzusehen. Die Haut der Toten schimmerte grünlich blau, das Gesicht war aufgedunsen. Trotz der Entstellung kam es ihm bekannt vor. Sie stammte aus Boppard, da war er sich ganz sicher.

»Lieselotte!«

Die Stimme des Bäckergesellen ähnelte einem Krächzen. Langsam sank er neben der Toten auf den Boden nieder.

»Lieselotte?«, fragte Müller.

Reitz schlug die Hände vors Gesicht und begann zu weinen. Sein breiter Rücken bebte, Klagelaute ertönten. Müller fasste ihn an den Schultern, zog ihn hoch, von der Toten weg. Widerstrebend ließ er es geschehen.

»Welche Lieselotte?«

»Lieselotte Weinand«, stieß Reitz hervor, wischte sich mit der Hand über die Augen. »Die Älteste von Weinands aus der Bingergasse, von den Fassbindern.«

Entsetztes Murmeln ringsherum. Die Neugierigen traten zwei Schritte zurück, wisperten hinter vorgehaltener Hand mit denjenigen, die hinter ihnen standen und weniger sehen konnten.

»Gott steh uns bei!« Hastig bekreuzigte sich ein Mann.

Der Bäckergeselle stierte eine Weile ins Leere. Plötzlich durchlief ihn ein Zittern. Er gab sich einen Ruck, drängte die Menschen zur Seite und stürmte rheinaufwärts davon.

Schweigend sahen sie ihm nach. Müller hatte unterdessen seine Würde zurückgewonnen und besann sich auf seine Pflichten.

»Ruf einer den Kreisphysikus!«, befahl er.

Energisch schob er die Neugierigen weg, die sich nun wieder dichter um die Tote scharten. Jeder wollte einen Blick auf die Frau erhaschen, die auf so schreckliche Weise ihr Ende gefunden hatte.

Lukas Weber folgte Müllers Aufforderung und rannte davon.

Die Tischlerwerkstatt in der Franziskanerstraße lag in frühmorgendlichem Dämmerlicht. Einige Öllampen sorgten für spärliche Beleuchtung. Durch die offenen Türen fiel von der Gasse her das erste Tageslicht herein und versprach baldige Erlösung von dem tristen Grau. Trotz der frühen Stunde erfüllte rege Geschäftigkeit den Raum, der sowohl als Lager als auch als Werkstatt diente. Ein gutes Dutzend Männer arbeitete darin und im angrenzenden Hof, jeder auf die ihm vom Meister zugewiesene Aufgabe konzentriert. Die offensichtliche Enge behinderte sie kaum; jeder kannte seinen Platz.

Wie jeden Morgen schritt Franz, der älteste der vier Thonet-Söhne, die Reihe der Gesellen ab, um sich von der Richtigkeit ihres Tuns zu überzeugen, bevor sein Vater in der Werkstatt auftauchen würde.

»Bonnschur«, grüßte der Zwanzigjährige die beiden Gesellen, die gleich neben dem Hoftor Leisten aus Kirschholz mit der Säge zurechtschnitten. Eine Weile sah er ihnen dabei über die Schultern.

»Nicht so dick!«, herrschte er einen von ihnen an. »Das gibt nur unnötigen Abfall beim Hobeln!«

Er entriss ihm das Stück Holz und brach es über dem Knie entzwei. Dann schmiss er die Reste zu Boden.

»Ihr seid zu nichts zu gebrauchen!«, schrie er.

Zwei Lehrlinge, die zugesehen hatten, sprangen erschrocken zur Seite. Dennoch traf das weggeworfene Holz einen von ihnen am Schienbein. Es war Franz' Bruder, der zweitälteste der Thonet-Söhne. Rasch biss er sich auf die Lippen, um nicht aufzuschreien. Sein bester Freund, Jacob Henrich, grinste, sichtlich froh darüber, dass es nicht ihn selbst getroffen hatte.

»He du, wo bleibt das Holz?«, rief ihm da schon ein anderer Geselle zu, der an der Hobelbank auf die Leisten wartete. »Träum nicht vor dich hin! Schaff mir Nachschub heran!«

Jacob zuckte zusammen und beeilte sich, seiner eigentlichen Aufgabe wieder nachzukommen.

Franz, der ihn genau beobachtete, wusste, dass Jacob nichts so sehr fürchtete, als vor ihm in schlechtem Licht dazustehen. Zufrieden nickte er dem Gesellen zu, der Jacob gescholten hatte. Auf einige von ihnen war wirklich Verlass. Die sorgten ohne Ansehen der Person für Ordnung in der Werkstatt. Und klare Ordnung war bei ihnen oberstes Prinzip.

Er ging weiter. Ein Geselle tauchte die ersten Leisten in eine Wanne mit köchelndem Leim, die in einem Wasserbad über dem offenen Feuer stand. Penetranter Verwesungsgeruch zog von dort durch den Raum. Franz nahm ihn kaum wahr; längst hatte er sich an den Gestank gewöhnt.

Draußen im Hof hantierten mehrere Gesellen an schweren Holzformen herum, von einem Altgesellen mit strenger Miene überwacht.

»Passt auf, dass ihr die Richtigen nehmt«, mahnte Franz. »Und dass ihr die Lamellen in Faserrichtung biegt. Nicht so wie vorgestern. Einen solchen Schnitzer können wir uns nicht erlauben. Es fehlen uns ohnehin noch einige Sessel aus Kirschholz für die Ausstellung nächste Woche in Koblenz. Wenn heute wieder etwas schief geht, dann schaffen wir das nicht rechtzeitig. Der Leim muss schließlich noch drei Tage trocknen.«

Der Altgeselle, der die anderen beaufsichtigte, nickte. Er war zwar um einige Jahre älter als Franz, dennoch stellte er seine Anweisungen nie in Frage. Noch einer, dachte Franz, auf den ich mich verlassen kann. Er klopfte ihm auf die Schulter und ging wieder in die Werkstatt zurück.

»Gleich müssen alle mit anpacken, das Fuhrwerk zu beladen!«, rief er über das Sägen und Hobeln hinweg den emsig arbeitenden Männern zu. »Mein Vater hat es für halb acht bestellt. Um neun muss es fahren, damit die Möbel noch rechtzeitig in Mainz bei der Messe ankommen.«

Gerade wollte er zum Hobel greifen, als eine kräftige Gestalt von der Gasse in die offene Werkstatt stürzte.

»Werden hier schon wieder diese ekligen Knochen ausgekocht?«, schrie der Mann wütend. »Es stinkt wie die Pest. Das ist verboten! Ich laufe gleich zum Wachtmeister!«

Franz Thonet fuhr herum und musterte den Eindringling abfällig. Volck, der Nachbar aus dem winzigen Fachwerkhaus schräg gegenüber, stand bebend vor Zorn im Eingang. Sein mächtiger Körper steckte in der für Zimmerleute typischen dunklen Kleidung. Der breitkrempige Hut, der ihm schief auf dem Kopf saß, verfinsterte sein Gesicht. Lediglich die goldenen Knöpfe an dem schwarzen Kamisol blinkten im Schein der Lampe neben dem Eingang hell auf.

»Beruhigen Sie sich, Volck!«, sagte Franz. »Wir machen hier nur das Leimbad für die Leisten.«

»Nur das Leimbad – dass ich nicht lache! Es stinkt wie die Pest, Thonet! Erzählen Sie mir nichts, Sie kochen hier doch wieder Leim! Wären Sie mit Ihrer Werkstatt doch nur in der Walpurgisgasse geblieben! Dann wären wir hier von dem Gestank verschont.«

»Wir sind seit Jahren gute Nachbarn, Volck. Bislang haben Sie sich nie beklagt. Den Leim stellen wir außerdem schon seit gut zwei Jahren draußen in der Michelsmühle her. Dazu haben wir eine Konzession von der Bezirksregierung in Koblenz, wie Sie wissen.«

»Es ist mir egal, was Sie von wem haben. Meine Frau ist schwerkrank«, knurrte Volck. »Bei dem Gestank geht sie zugrunde!«

Franz sah, wie der Zimmermann mit zusammengekniffenen Augen den Gesellen verfolgte, der gerade mit einigen Tafeln hellen Leims vom Hof zur Werkstatt hereinkam und dicht an ihm vorbei zur Feuerstelle hinüberging. Dort bewachte ein anderer die hochwandige Wanne, in der sich die Leisten im Leimbad befanden. Der erste Geselle legte die Tafeln vorsichtig ab und schnüffelte angewidert in die Luft, der Zweite lachte auf.

Obwohl sich direkt über dem Ofen ein Rauchabzug befand, zog der süßliche Geruch durch den ganzen Raum. Alle Vorsichtsmaßnahmen nutzten nichts: Der penetrante Geruch nach Glutinleim setzte sich überall in der Werkstatt und sogar draußen in der Franziskanergasse fest.

Als Franz dem Zimmermann erklären wollte, warum er nichts dagegen tun konnte, platzte der mit einem weiteren Vorwurf heraus: »Offenes Feuer ist auch nicht erlaubt. Was denken Sie, wie schnell das hier brennt? Überall Holz und Sägespäne! Sie sind verrückt, mitten in der Stadt so zu arbeiten! Zusperren sollte man Ihnen die Werkstatt, und zwar sofort!«

Franz zuckte zusammen. Kaum einer der Handwerker in der Stadt beachtete die strengen Vorschriften.

»Volck, Sie selbst lagern Ihr Holz auch gleich neben der Küche. Bei Ihnen kann genauso schnell etwas passieren wie bei uns«, versuchte er es gütlich.

»Bei mir stinkt es aber nicht so.«

Es war deutlich zu hören, dass er sich auf dem Rückzug befand. Wenn Franz es geschickt anstellte, konnte er den Zimmermann von einer Beschwerde beim Polizeidiener abbringen. Fieberhaft grübelte er: Hatte ihm gestern nicht jemand erzählt, dass Volck sich für diesen Tag den Platz südlich der Stadtmauer als Zimmerplatz reserviert hatte? Sicher hatte er zwar gerade genug Geld, um seinen abendlichen Schoppen im Gasthaus »Zum Rosenkranz« zu bezahlen, aber es reichte bestimmt wieder nicht, um genug Hilfskräfte für den Zimmerplatz anzuheuern. Das war bei Volck immer so.

»Ich schicke Ihnen nachher drei oder vier unserer Gesellen zum Angert hinüber. Die können Ihnen helfen, Ihre Holzlieferung zurechtzuschneiden«, schlug Franz vor.

Schneller als erwartet zeigte sein großzügiges Angebot unentgeltlicher Nachbarschaftshilfe Wirkung.

»Nach Mittag kann ich sie gut gebrauchen. Dann kommt die Fuhre vom Hunsrück an«, lenkte Volck ein.

»Das passt uns gut. Heute früh müssen wir einen Wagen beladen und brauchen dafür alle unsere Gesellen.«

Franz wartete nicht mehr, wie Volck diese Erklärung aufnahm. Schon ging er in den hinteren Teil der Werkstatt, wo er seinen Vater die schmale Stiege aus dem ersten Stock herunterkommen sah. Hastig erstattete er ihm dort einen ersten Bericht über den Stand der Dinge in der Werkstatt.

Als er seinem Vater ins Gesicht blickte, erschrak er. Dunkle Ränder unter den Augen verrieten, dass der Tischlermeister wieder einmal eine schlechte Nacht hinter sich hatte.

»Geht es dir gut, Vater?«, fragte Franz besorgt.

»Mir schon«, erwiderte Michael Thonet. »Aber du weißt, wie es um unsere kleine Theresia bestellt ist. Eure Mutter hat sie die ganze Nacht herumgetragen. Sie findet keine Ruhe mehr.«

Tränen standen in seinen dunklen Augen.

»Der Herrgott gönnt uns einfach kein Mädchen. Warum nur, Franz? Schon das Sechste, das wir gewiss bald zu Grabe tragen müssen. Nie sehen wir eines älter als ein Jahr werden. Was haben wir nur getan? Und immer nur die Mädchen! Ich hoffe nur, dass eure Mutter diesen Kummer übersteht.«

Franz nickte hilflos. Dann rang er sich ein aufmunterndes Lächeln ab.

»Hier unten ist alles in bester Ordnung, Vater.«

»Was wollte Volck schon wieder?«, fragte Michael Thonet und krempelte sich die Ärmel seines weißen Leinenhemdes auf, um an der Hobelbank mit anzupacken.

»Der Leim stinkt ihm mal wieder zu sehr«, sagte Franz. »Wahrscheinlich hat er aber nur darauf spekuliert, dass wir ihm ein paar Handlanger schicken. Er erwartet eine neue Holzlieferung vom Hunsrück und hat dafür den Angert reserviert. Wie immer hat er allerdings vergessen, sich auch ausreichend Männer für die Arbeit zu besorgen.«

»Wie viele Leute hast du ihm zugesagt?«

»Drei oder vier.«

»Bist du verrückt?« Der alte Thonet geriet in Wut. Sein Bart zitterte.

»Er braucht so viele, wenn er ein ganzes Fuhrwerk erwartet«, rechtfertigte sich Franz.

»Und was ist mit uns? Wer belädt unsere Fuhre? Hast du vergessen, dass wir gleich einen ganzen Wagen Möbel nach Mainz schicken müssen?«

»Beruhige dich, Vater! Volck braucht die Leute erst heute Nachmittag.«

»Bonnschur, Meister.« Gut gelaunt trat Martin Altdorf in die Werkstatt.

Beim Anblick des Mannes mit dem rotblonden Haarschopf hellte sich das Gesicht des Tischlermeisters sofort auf. Er ließ seinen Sohn stehen und ging zu dem Neuankömmling.

»Bonnschur, Martin. Warst du schon drüben bei der Mühle?«

Es schmerzte Franz, als er sah, wie wohlgefällig sein Vater den Gesellen betrachtete. Dabei war Martin nicht einmal ein richtiger Geselle, sondern nur eine angelernte Hilfskraft. Aber eine sehr geschickte, wie er zugeben musste.

»Klar, Meister.«

Martin nahm das Stück Stroh, das ihm lässig im rechten Mundwinkel hing, von seinen Lippen und schob die Kappe tief in den Nacken, bevor er weitersprach.

»Schlad hat pünktlich um sieben die Lieferung aus der Gerberei gebracht. Ich werde heute Mittag, wenn der Wagen mit den Möbeln nach Mainz abgefahren ist, wieder hinübergehen. Kann ich zwei von den Lehrlingen mitnehmen, damit sie mir helfen, die Lederreste zu waschen?«

»August und Joseph werden dir auch zur Hand gehen, sobald sie aus der Schule kommen.«

»Das ist zu gefährlich, Vater«, mischte Franz sich ein. »Die beiden sind noch zu jung, um beim Waschen der Lederreste zu helfen. Die fallen am Ende noch in einen der Bottiche und ertrinken. Außerdem ist die Arbeit viel zu schwer für zehn-, elfjährige Jungs.«

»So ein Unsinn. Die sollen früh lernen, was arbeiten heißt. Die beiden gehen mit Martin, wenn ich das sage.«

Unwirsch wandte sich der alte Thonet ab. Martin wollte Franz auf die Schulter klopfen, doch er wehrte die versöhnlich gemeinte Geste ab.

»Pass nur auf«, zischte er dem Gesellen zu. Martin Altdorf war nicht nur fünf Jahre älter, sondern auch einen ganzen Kopf größer als Franz und von kräftigerer Statur.

»Wenn ich morgen in Mainz bin«, sagte Michael Thonet unterdessen laut in die Werkstatt hinein, »übernehmen Franz und Martin hier gemeinsam das Sagen. Ist das klar?«

Es dauerte eine ganze Weile, bis Lukas Weber zur Eisbrech zurückgekehrt war. Nach Luft schnappend keuchte er die Nachricht heraus, dass er nicht den Kreisphysikus angetroffen habe, der sei erst am nächsten Tag wieder in der Stadt. Stattdessen sei Doktor Veling unterwegs.

»Gut gemacht«, lobte Müller den Jungen. Er hielt die Arme hinter seinem Rücken gekreuzt und stand direkt neben der auf dem Boden liegenden Leiche. Die Neugierigen hatten sich im respektvollen Abstand von ungefähr drei Schritt in einem Halbkreis aufgestellt.

Dass Veling kommen würde, war gut, fand Müller. Wenn es auch Scherereien wegen der Zuständigkeiten nach sich ziehen würde: Wann immer eine Leiche im Rhein gefunden wurde, musste, so stand es in der preußischen Polizeiverordnung, der Kreisphysikus gerufen werden. Er musste feststellen, auf welche Art der Tod eingetreten war.

Kreisphysikus Heusner war ein Preuße durch und durch, sowohl durch Abkunft als auch durch Haltung. Und evangelisch war er noch dazu. Das lag Müller nicht. Deshalb freute er sich darüber, dass nun erst einmal Doktor Veling kommen würde, auch wenn der als Wunderling galt.

Müller wandte sich an Lukas Weber, der unschlüssig zwischen ihm und den anderen herumschlenderte.

»Du bist neu in der Stadt, oder?«

»Ja. Wir sind erst vor vier Wochen hierher gekommen.«

Seine Angst vor dem Polizeidiener schien kleiner geworden. Nun wagte er sogar, Müller beim Sprechen anzusehen und noch einen halben Schritt näher an ihn heranzukommen.

»Wo kommst du her?« Müller bemühte sich, seine Stimme zwar weiterhin amtlich, aber dennoch freundlich klingen zu lassen. In Lukas' auffällig blauen Augen leuchtete es. Das gefiel ihm, ohne dass er so recht wusste, warum. Aufgrund seiner Gestalt schätzte er den Jungen auf zwölf oder dreizehn Jahre. Etwas in seinem Betragen ließ ihn allerdings um einige Jahre älter wirken.

»Wir kommen von Mainz den Rhein herunter. Mein Vater arbeitet als Tagelöhner beim Winzer Schneider im Mühltal. Ursprünglich wollten wir den Rhein weiter hinunter bis Andernach oder aber die Mosel ein Stück hinauf. Als mein Vater hier Arbeit gefunden hat, sind wir einfach geblieben.«

Mit jedem Wort gewann er an Sicherheit. Mit dem rechten Fuß stieß er zunächst einen kleinen Stein hin und her, verfolgte ihn mit den Augen, ließ davon ab und sah Müller wieder direkt ins Gesicht. Den traf es wie einen Schlag: Ja, das waren sie! Das waren Agnes' Augen! Unsinn! Das konnte unmöglich sein. Agnes war lange schon fort, viel zu lange. Die Aufregung um die Tote im Rhein musste seine Sinne verwirrt haben.

»Bonnschur, alle miteinander!«

Der tiefe Bass des Arztes Veling holte Müller in die Realität zurück. Rasch räusperte er sich, streckte Brust und Bauch heraus und erwiderte den Gruß.

»Bonnschur, Doktor Veling.«

Er bedachte den Arzt mit einer artigen Verbeugung.

»Danke, dass Sie so schnell gekommen sind. Sie sehen die Bescherung.«

Er zeigte auf die Tote. Veling nickte. Mühsam kniete er sich mit seinen dürren Beinen, die in gestreiften, schmalen Hosen steckten, nieder. Die Schöße seines Rocks schlug er dabei nach hinten. Ohne Umschweife begann er sofort mit der Untersuchung der toten Lieselotte. Seine feingliedrigen Hände zitterten stark. Es dauerte, bis er sie kontrollieren konnte.

Für eine Weile herrschte Stille. Gebannt verfolgten die Herumstehenden, wie er die Augen der Toten inspizierte. Auch Müller beobachtete jede seiner Bewegungen. Schließlich schloss der Arzt die Lider und wandte sich Lieselottes Mund und Hals zu.

Auf einmal hielt er inne, beugte sich tiefer über sie. Er hatte etwas entdeckt, sagte aber nichts.

Müller wurde das Abwarten lang. Wer wusste schon, ob Veling wirklich etwas gefunden oder nicht doch einfach nur wieder vergessen hatte, was er tun sollte? Das passierte ihm in letzter Zeit häufiger.

»Und?«, fragte er eine Spur zu barsch.

Der Arzt fuhr zusammen, gab aber noch keine Antwort. Bedächtig knöpfte er das Kleid der Toten ein Stück weit auf und betastete mit ungelenken Fingern den Hals. Dann ließ er von ihr ab und richtete sich ganz langsam auf.

»Sie wurde erwürgt«, sagte er, als er endlich seine stattliche Größe von knapp sechs Fuß erreicht hatte. Damit überragte er den Polizeidiener um einige Zoll.

Unruhe breitete sich in der Menge aus: »Erwürgt!«, »Umgebracht!«, »Weinands Lieselotte? Von wem?«

Das Gemurmel schwoll an, blankes Entsetzen stand den Leuten ins Gesicht geschrieben. Es war höchste Zeit einzuschreiten. Müller fluchte, dass er sie nicht längst schon weggeschickt hatte.

»Ruhe!«, rief er. »Geht nach Hause! Es gibt nichts mehr zu sehen.«

Wild fuchtelte er mit den Armen in der Luft, um seiner Aufforderung Nachdruck zu verleihen.

»Erwürgt? Sind Sie ganz sicher?«, fragte er den Arzt, als sie endlich allein bei der Toten standen. Seine Stimme gehorchte ihm nicht so recht. Zu sehr beunruhigten ihn Velings Worte: Ein Mord! An einer jungen Frau aus der Stadt! Nein, nicht an irgendeiner, sondern an der Tochter eines angesehenen, rechtschaffenen Handwerkers. Müller schauderte.

»Erwürgt, ganz eindeutig«, sagte Veling, »und dann ins Wasser geworfen. Lassen Sie die Tote in die Kapelle auf dem Friedhof schaffen. Ich sehe sie mir nachher noch einmal ganz genau an, bevor Sie den Kreisphysikus informieren.«

Grußlos wandte er sich ab und stakste davon.

Müller blieb noch einige Zeit an der Eisbrech stehen. Längst hatte der Totengräber die sterblichen Überreste Lieslottes auf seinem Karren davongefahren. Lukas, der den Totengräber auf Müllers Anweisung geholt hatte, war dem Gefährt gefolgt. Nachdem auf der Wiese vor der Eisbrech Ruhe eingekehrt war, hatten die Möwen sie wieder in Besitz genommen.

Die Uhr des nahen Klosters schlug acht, als Müller sich räusperte, den schwarzen Uniformgürtel um den Bauch zurechtzog und Richtung Franziskanergasse losmarschierte. Sein linkes Bein schmerzte ihn wieder. Das tat es immer, wenn er sich unwohl fühlte. Stärker als sonst hinkte er bei jedem Schritt.

Er hatte es nicht sonderlich eilig, in die Bingergasse zu gelangen. Fassbinder Weinand die schlechte Nachricht überbringen zu müssen, lastete schwer auf seinem Gemüt. Ohnehin ging ihm das Bild der Toten nicht aus dem Kopf. Kaum konnte er sich mehr in Erinnerung rufen, wie Lieselotte zu Lebzeiten ausgesehen hatte. Erwürgt, welch ein tragisches Ende für ein so junges Mädchen!

Mit jedem Schritt Richtung Bingergasse hoffte Müller inständiger, dass ihm jemand die schwere Aufgabe schon abgenommen hatte. Dass irgendeiner von denen, die sich vorhin so zahlreich an der Eisbrech eingefunden hatten, längst zu den Weinands gelaufen war, um ihnen vom Tod der Tochter zu berichten.

Durch die Mauern des Franziskanerklosters pfiff der Wind. Es fröstelte Müller, als er dort entlangging. Seit Napoleon und seine Truppen vor knapp vier Jahrzehnten die Mönche daraus vertrieben hatten, war das Anwesen heruntergewirtschaftet worden. Keiner der weltlichen Besitzer hatte bislang viel in den Erhalt investiert. Selbst vor dem Hintergrund der rötlich aufgehenden Sonne bot das Gebäude einen schaurigen Anblick, wie Müller fand: Die Fenster waren zerborsten, Gras wucherte aus den Mauerritzen. Aus den Augenwinkeln erspähte er einige zwielichtige Gestalten, die sich in den offenen Gängen herumdrückten.

»He ihr! Verschwindet! Ihr habt da nichts zu suchen«, rief er ihnen zu und wusste gleich, dass seine Aufforderung vergeblich sein würde.

»Wir wohnen hier«, antwortete eine Frau mit wirrem Haar und irrem Blick. »Wir zahlen brav unsere Miete.«

Dabei beugte sie sich weit aus einem der morschen Fensterrahmen heraus und nestelte an ihrer Bluse herum. Müller schrie ihr erschrocken »Pass auf!« zu und lief, so schnell er mit seinem kaputten Bein konnte, zur Mauer. Schon sah er sie den Halt verlieren und aus dem Fenster in die Tiefe stürzen.

Doch die Frau lachte: »Na, willst du mehr sehen?«

Frech zeigte sie ihm ihre nackte Schulter. Der Polizeidiener errötete ob dieser Schamlosigkeit und drehte sich weg. Einen Moment lang rang er mit sich, ob er nicht gegen diese offenkundige Sittenlosigkeit einschreiten müsste. Dann aber beschloss er, es nicht zu tun: Wenn der jetzige Besitzer weit genug weg war, um sein Anwesen derart verwahrlosen zu lassen, dann war er auch weit genug weg, um nichts von diesen Vorfällen zu erfahren. Schnell marschierte Müller am ehemaligen Kloster vorbei die Franziskanergasse entlang.

Dort hatten die Handwerker ihr Tagwerk begonnen. Sobald er die offenen Hoftore passierte, schallten ihm von allen Seiten Grüße entgegen. Im letzten Moment konnte er einem großen Holzbalken ausweichen, der in Augenhöhe aus einem schmalen Hofeingang herausgeschoben wurde.

»Volck, pass besser mit deinem Zeug auf!«, rief er durch das Tor, das in die winzige Werkstatt des Zimmermanns führte.

Vor der Tischlerwerkstatt Thonets versperrte ein Fuhrwerk den Weg. Unter lautem Rufen trugen die zahlreichen Gesellen und Handlanger des Meisters Stühle, Tische und Bettgestelle herbei. Oben auf dem Wagen stand Franz, der älteste Sohn des Meisters, und nahm die für Thonet typischen, zierlich gebogenen Möbel entgegen. Behutsam verstaute er sie auf der Ladefläche.

»Bonnschur«, rief Müller ihm zu.

Er erntete nur ein mürrisches Nicken.

»Bonnschur, Herr Wachtmeister Müller!«, grüßte ihn eine andere, wohlklingende Stimme freundlich von der Seite.

Müller wunderte sich. Selten sprach ihn jemand mit seinem Namen an. Er blickte in die Richtung, aus der der Gruß ertönt war. Dort stand ein junger Mann und lupfte seine Kappe. Die Ärmel seines Leinenhemdes waren nachlässig aufgekrempelt, die Hände stemmte er gleich wieder seitlich in die Hüften. Seine Muskeln verrieten, dass er kräftiges Zupacken gewöhnt war, auch wenn er gerade den anderen beim Arbeiten zusah.

Müller erwiderte den höflichen Gruß und fragte sich im Stillen, um wen es sich bei dem Mann mit dem rotblonden Haar eigentlich gehandelt hatte. Bei den vielen Gesellen, die bei Thonets beschäftigt waren, konnte man leicht den Überblick verlieren.

Das Haus des Fassbinders Weinand schob sich vorwitzig in die Bingergasse hinein. Es stand mit dem Giebel zur Gasse und neigte sich mit den oberen Stockwerken schräg nach vorn. Rechts neben dem Haus öffnete sich der Hof, in den man durch einen efeuumrankten Torbogen eintrat. Wie bei den meisten Handwerkerhäusern gingen Werkstatt und Wohnbereich ineinander über.

Im Hof hatten sich bereits viele Nachbarn eingefunden. Sicher wollten sie sich nicht entgehen lassen, was nach dem Auffinden der toten Lieselotte bei Weinands weiter geschehen würde. Als Müller näher kam, sah er, dass sich die Leute um zwei sich prügelnde Männer scharten. Sie wichen zurück, sobald sich die Kampfhähne auf sie zu bewegten, und liefen vor, sobald die beiden von ihnen wegstrebten. Keiner der Zuschauer schritt ein, um sie auseinander zu reißen. Alle gafften nur.

»Lasst mich durch! Geht nach Hause!«, herrschte Müller die Neugierigen an, als er sich zum zweiten Mal an diesem Morgen durch Gewühl zwängen musste. Publikum wollte er keines haben, wenn er mit den Weinands sprach. Entschlossen griff er nach dem erstbesten Arm, der sich vor seine Augen schob, und hielt ihn fest. Ein mühsames Unterfangen, weil der Arm ihn abzuschütteln versuchte.

»Aufhören, ihr Dummköpfe! Sofort aufhören!«

Ein zweiter Arm mit einer dicken Faust sauste gefährlich nahe an Müllers Nase vorbei. Mit einem harten Knall landete sie mitten im Gesicht des älteren der beiden Streitenden. Ein Knirschen folgte, dann spritzte Blut. Der Arm, den Müller eben noch in seiner Linken zu fassen gekriegt hatte, riss sich im nächsten Moment los. Der ältere der beiden Männer beugte fluchend den Kopf nach unten und drückte eine Hand auf sein Gesicht. Zwischen seinen Fingern rann Blut. Der Jüngere verharrte mitten in seiner Bewegung.

»Schluss, aus mit dem Gezank! Habt ihr keinen Funken Anstand in euch?«, schrie Müller die Männer an und sah abwechselnd zu Heinrich Weinand zu seiner Linken und Anton Weinand zu seiner Rechten. Eine Weile sagte niemand etwas.

Das Gesicht des alten Fassbinders war schmerzverzerrt. Er wankte zu einem Schemel, der vor der Hauswand stand, und ließ sich langsam nieder. Noch langsamer zog er mit der Hand ein baumwollenes Taschentuch aus der Hosentasche. Es war nicht sonderlich sauber, erfüllte aber seinen Zweck. Vorsichtig tupfte er sich damit das Blut im Gesicht ab. Es hatte seine Nase übel erwischt. Er legte den Kopf in den Nacken, damit der Blutfluss nachließ, und drückte das Tuch fest auf die Nase.

»Brauchst du einen Arzt?«, fragte Müller.

Heinrich Weinand schüttelte den Kopf.

»Vater!« Zögernd ging Anton Weinand auf den alten Fassbinder zu und streckte die Hand zur Versöhnung aus.

»Lass mich!« Brüsk wandte sich der Alte von seinem Sohn ab. Müller schüttelte über so viel Sturheit den Kopf.

»Wie viel Unglück muss dir noch geschehen, damit du endlich zur Besinnung kommst?«, fragte er und beäugte ihn argwöhnisch.

Der Fassbindermeister war Anfang vierzig. Die Ereignisse des letzten Jahres, der unerwartete Tod seiner Frau und der Verlust des ältesten Sohnes bei einem Manöver der Landwehr, hatten ihn merklich altern lassen. Die Kleider schlotterten ihm um den mageren Leib. Seine Schultern waren gramgebeugt, das wenige Haar auf dem Kopf schlohweiß. Um den Mund zogen sich tiefe Furchen. Sein Blick war ausdruckslos.

»Warum prügelt ihr euch?«, fragte Müller.

Statt zu antworten, fragte Heinrich Weinand zurück: »Weißt du, wer es war?«

»Nein«, musste Müller zugeben. »Aber es wird sich zeigen. Da bin ich sicher.«

»Ja, ja, zeigen wird es sich, da bist du dir sicher!«

Der alte Weinand schniefte und betupfte sich mit dem Taschentuch die Oberlippe, die durch den Hieb aufgesprungen war und ebenfalls blutete. Dann stand er auf und schlurfte zu seiner Werkbank hinüber.

Kein Zweifel, dachte Müller, gleich wird er seine Arbeit tun, als wäre nichts geschehen. Genauso wie jeden Tag, seitdem er vor wenigen Monaten seine Frau und seinen Erstgeborenen zu Grabe getragen hatte. Mit jedem Hammerschlag würde der Fassbinder sein Schicksal verfluchen und sich ihm dennoch fügen.

Anton trat dem Vater in den Weg, packte ihn an den Schultern.

»Vater! Nicht heute!«

»Hau ab«, brummte Heinrich Weinand und entwand sich seinen Händen.

Müller fürchtete einen neuerlichen Zwist und eilte hinzu. Anton hatte sich schon wieder umgedreht.

»Du willst es nicht anders!« Von neuer Wut gepackt riss Anton sich die Schürze vom Leib. Seine Augen blitzten vor Zorn. »Sieh zu, wie du allein klar kommst. Ich weiß, was ich zu tun habe!«

Er rannte dicht an Müller vorbei aus dem Hof.

»Was hat er damit gemeint? Wohin will er?«, fragte Müller Heinrich Weinand.

Der stand an der Werkbank und hatte begonnen, schmale Eisenstücke mit dem Hammer zu bearbeiten. Die Antwort blieb er schuldig.

Erster Aufruhr

Die Sonne hatte die letzten Nebelreste vertrieben. Von Südosten her schien sie auf die Frontseite des zweigeschossigen Hauses. Zaghaft spendete sie die erste Wärme. Helena Weissgerber sprang Stufe für Stufe die Basalttreppe zum gepflasterten Innenhof hinab. Dabei streckte sie einen Fuß immer genau so weit vor, dass sie die Spitze ihrer hellen Schnürstiefel unter ihrem Rock sehen konnte. Unten angekommen hob sie die Hand, um die Augen gegen die Sonne abzuschirmen, und blinzelte ins Helle hinein. Der eben errungene Sieg erfüllte sie mit Genugtuung. Endlich hatte sie ihre Mutter davon überzeugen können, dass sie bei der Zubereitung der Tauben keine große Hilfe abgab.

»Du wirst nie eine tüchtige Hausfrau werden!«, schimpfte die Mutter.

Sie war ebenfalls hinaus in den Hof gegangen und stand nun dicht neben Helena am Fuß der Treppe. Die Aufregung hatte ein tiefes Rot auf Franziska Weissgerbers Wangen gezeichnet. Eine hellbraune Locke war aus der Haube herausgerutscht und zierte ihre linke Schläfe. Mit einer hektischen Bewegung strich sie das Haar zurück. Mehrfach widersetzte es sich ihrem Ordnungsbestreben. Schließlich gab sie ihre Bemühungen auf und wandte sich Helena ganz zu.

»Dabei wäre es so einfach für dich. Du hast wirklich Talent. Außerdem sind die Tauben, die Papa gestern vom Hunsrück mitgebracht hat, von exzellenter Qualität. Wahre Prachtexemplare! In einer zarten Weißweinsauce zubereitet werden sie auch einen Feinschmecker wie Bürgermeister Jacobs begeistern. Ich zeige dir, mit welch einfachen Mitteln man den Herren der Schöpfung zu echten Genüssen verhelfen kann.«

»Ich will weder den Bürgermeister begeistern, noch die Tauben in Weißwein ertränken. Ich kann dieses Federgetier nicht anfassen. Es ekelt mich einfach. Bitte glaub mir das, Mama!«

»An dir ist ein echter Junge verloren gegangen! Wahrscheinlich wäre es besser gewesen, dich aufs Progymnasium zu schicken und deinen Bruder in die Küche zu lassen. Der zeigt wenigstens Interesse an diesen Dingen.«

»Ganz bestimmt, liebe Mama.«

Helena spürte den prüfenden Blick ihrer Mutter, ertrug ihr lautes Seufzen.

»Also gut, mach einen Spaziergang im Garten! Zum Mittagessen kommst du wieder herein. Denk an die Sonne und nimm einen Schirm mit. Heute Nachmittag ist endgültig Schluss mit dem Müßiggang: Dein Klavierspiel lässt in letzter Zeit zu wünschen übrig. Außerdem ist die Stickarbeit, die du deiner Tante in Düsseldorf versprochen hast, noch nicht fertig. Wir sollten später ausführlich ein paar Dinge miteinander bereden. Du kannst dir nicht einbilden, dass du durch unseren Umzug deiner gesellschaftlichen Pflichten enthoben bist. Auch in einer Kleinstadt wie Boppard gelten Benimmregeln für eine junge Dame, genau wie in Frankfurt. Du musst an deine Zukunft denken, mein Kind, und die liegt allein in einer standesgemäßen Heirat.«

Helena nickte und wartete, bis ihre Mutter wieder im Haus verschwunden war. Innerlich jauchzte sie auf. Ihr Ziel war erreicht: Zumindest für diesen Vormittag hatte sie sich etwas Freiraum ertrotzt.

Noch unschlüssig, was sie mit sich und diesem herrlichen Tag anfangen sollte, drehte sie sich um ihre eigene Achse und blickte sich um.

Gegen Westen grenzte der ehemalige Rittersitz direkt an die mittelalterliche Stadtmauer. Einer der Türme der Befestigungsanlage überragte das Wohnhaus, als wollte er allein mit seinem trutzigen Aussehen jeden Angreifer vertreiben. Helena liebte es, dieses Schutzschild im Rücken zu wissen. Es verlieh ihrem neuen Zuhause ein Stück Geborgenheit, die sie in all ihren früheren Häusern und Wohnungen nie gespürt hatte.

Linkerhand des Hauses, an dessen Nordseite, befand sich das so genannte Kelterhaus. Die beiden Gebäude waren über einen Gang parallel zur Stadtmauer miteinander verbunden. Mehrfach hatte die Achtzehnjährige diesen schon heimlich erkundet. Dort gab es nichts Aufregendes mehr zu entdecken. An das Kelterhaus schloss sich ein lang gestreckter, schmaler Bau mit den Stallungen an. Sollte sie hinübergehen und nach der braunen Stute, einer Neuerwerbung ihres Vaters, sehen? Das aufgeregte Wiehern aus der offenen Stalltür ließ allerdings nichts Gutes ahnen. Der Kutscher hatte gewiss keine Zeit, mit ihr zu plaudern.

Ihr Blick wanderte wieder zurück zur Fassade des Kelterhauses. Das Erdgeschoss bestand aus festem Mauerwerk, das Obergeschoss aus Fachwerk. Eingangstür und Doppelfenster im unteren Teil besaßen verzierte Oberlichter, außerdem prangten ein Wappen und die Jahreszahl 1566 auf dem flachen Giebel oberhalb der Tür. Sie trat näher heran. Zum wiederholten Mal studierte sie den Löwen auf dem Wappen und fragte sich, wie ein Rittergeschlecht im Rheintal zu einem solchen Wappentier gekommen sein mochte.

»Guten Morgen, Helena.«

Aus einem der schmalen Fenster im ersten Stock sah ein Frauenkopf mit weißer Spitzenhaube auf sie herab. Er gehörte zu Cornelie Görgen, der Ehefrau des Notars, der vor einigen Wochen das Kelterhaus gemietet hatte.

»Wollen Sie mir nicht einen kurzen Besuch abstatten und eine Tasse Schokolade mit mir trinken? Ich habe Ihnen einige neue Stickereien zu zeigen.« Ein Lächeln huschte über ihr Gesicht. »Ich erinnere mich noch gut, wie gern sich eine junge Dame in Ihrem Alter mit diesen Dingen beschäftigt. Allzu weit liegen diese Jahre bei mir schließlich nicht zurück!«

Helena wurde neugierig, wusste sie doch, wie wenig Interesse Cornelie Görgen für Handarbeiten aufbrachte. Meist nutzte die Notarsfrau das als Vorwand, um Helena ganz andere Dinge zu zeigen.

»Es gibt auch wieder Hefezopf. Den mögen Sie doch so gern«, fuhr Cornelie Görgen fort. »Vielleicht reicht Ihre Zeit, mich bei einem kurzen Rundgang durch das Haus zu begleiten. Mein derzeitiger Zustand schränkt meine Bewegungsmöglichkeiten leider stark ein. Dabei müsste ich dringend die Stuckfriese im Erdgeschoss begutachten. Ihre Hilfe käme mir dabei sehr zupass. Nicht dass sich eines Tages eine der filigranen Rosenranken löst und einem meiner Gäste auf den Kopf fällt! Ein so altes Haus wie das Unsrige birgt in dieser Hinsicht vielerlei Überraschungen.«

Sie lachte auf.

Das Angebot klang verlockend. Helena verspürte große Lust, sie auf ihrem Inspektionsgang zu begleiten, auch wenn die kurz vor ihrer Niederkunft stehende Notarsfrau sich nur mehr langsam fortbewegen konnte. Schon machte sie ein paar Schritte auf die Haustür zu.

»Pfarrer Berger kommt gegen elf Uhr und bringt neue Gedichte mit«, erzählte Cornelie Görgen weiter. »Sie wissen doch, wie sehr ihm an Ihrem kundigen Urteil gelegen ist. Sie mögen beide die gleichen Dichter. Ach, es ist immer wieder schön, wenn zwei verwandte Seelen aufeinander treffen.«

Ein Augenzwinkern begleitete ihren letzten Satz. Die sonst so kluge Cornelie Görgen schien nicht zu merken, wie sehr sich Helenas Miene bei Erwähnung des katholischen Pfarrers verfinstert hatte. Abrupt blieb Helena stehen und hielt im letzten Moment eine barsche Erwiderung zurück.

»Die Dienste, die Pfarrer Berger für die Gemeinde zu leisten hat, füllen ihn wohl nicht ganz aus«, bemerkte sie spitz und fügte dann, nach einer kurzen Pause, freundlicher hinzu: »Danke, aber ich fürchte, ich kann Ihre freundliche Einladung nicht annehmen. Ich habe meiner Mutter versprochen, für sie einige Gänge in der Stadt zu erledigen.«

Die Lüge kam ihr erstaunlich leicht über die Lippen. Zum Glück, dachte Helena, bin ich dank meiner protestantischen Taufe von der Beichte bei Pfarrer Berger befreit.

Bevor Cornelie Görgen Gelegenheit erhielt, die List zu entlarven, lief Helena rasch hinüber in den Garten. Eine niedrige Mauer grenzte ihn vom Innenhof ab. Helena betrat ihn durch einen kleinen Torbogen. Mehrere Gärtner waren damit beschäftigt, in der Mitte eine Laube anzulegen.

Wie schön, freute sie sich. Im Sommer werden Mama und ich in ihrem Schatten unseren Tee trinken und unsere Mußestunden mit Stickerei und Lektüre verbringen. Hoffentlich erreichen die Sträucher in den nächsten Wochen auch wirklich die erforderliche Höhe, damit Mama das erlaubt!

Sie warf einen letzten Blick auf die zarten Triebe, die sich an den Pflanzen zeigten. Langsam schlendernd setzte sie ihren Weg fort. Die Forsythiensträucher an der östlichen Seite zur Christengasse hatten ihr strahlendes Blütengelb schon fast verloren. Dafür wurden die Knospen an den zahlreichen Obstbäumen und Rosenhecken immer praller. In dem Gemüsegärtlein an der Südseite, gleich neben dem Schuppen, keimte es emsig aus dem Boden. Bald würde eine bunte Blütenpracht den ganzen Garten überziehen. Vögel zwitscherten aufgeregt um die Wette. Helena sah eine Weile zu, wie sie in den Schnäbeln Baumaterial für ihre Nester durch die Luft trugen. Dann wurde es ihr zu langweilig. Sie wollte die Zeit, bis ihre beiden Brüder vom Schulunterricht nach Hause kamen und das Mittagessen serviert wurde, sinnvoll nutzen und etwas unternehmen.

Als Müller aus dem Weinand'schen Hof auf die Bingergasse trat, wischte er sich mit einem frisch gestärkten Taschentuch den Schweiß von der Stirn. Es gab Tage, da hasste er seine Aufgaben als Polizeidiener aus tiefstem Herzen. Da geriet er in ernsthafte Gefahr, den Glauben zu verlieren. Dabei hatte er schon viel Schlimmes gesehen und erlebt. Aber, so schien es ihm, es gab zu allem immer noch eine Steigerung.

Betrübt spazierte er Richtung Balz. Den Kopf gesenkt, die Hände auf dem Rücken nahm er kaum war, was um ihn herum geschah.

»Bonnschur, Carl«, grüßte ihn die schrille Stimme einer alten Frau aus einem der Häuser direkt auf dem Balz.

»Bonnschur, Tante Walburga«, erwiderte Müller und blieb vor ihrem geöffneten Fenster stehen.

»Schrecklich, was den Weinands wieder passiert ist. Kommst du gerade von dort?«

Müller nickte.

»So ein prächtiges Mädchen! Meinen Nachbarn, den Sebastian Reitz, hätte sie mal heiraten sollen. Und jetzt?«

Müller horchte auf: »Die beiden waren verlobt?«

»Das hast du nicht gewusst? Seit letztem Frühjahr schon. Aber das spielt jetzt auch keine Rolle mehr.«

Damit war das Thema für sie erschöpft. Emsig mahlte sie Ober- und Unterkiefer gegeneinander. Müller war sich sicher, dass sie selbst gar nicht mehr merkte, wie sich ihr Mund unablässig bewegte. Die Zeit, da ihr letzter Zahn ausgefallen war, lag schon lange zurück.

»Heinrich Weinand ist am Ende. So ein Unglück! Dabei war er mal ein ganz stattlicher Kerl. Weißt du noch, wie er in seiner Gesellenzeit oben bei euch auf dem Hunsrück in Stellung gewesen ist? Deine Mutter war ganz begeistert von ihm. ›Durchs ganze Dorf hört man ihn bei der Arbeit singen‹, hat sie mir immer erzählt. Und dann hat er sogar mal eure Apollonia gefreit. Das wäre eine gute Partie für sie gewesen!«

Bedauernd schüttelte sie ihren halbkahlen Schädel, der notdürftig von einem schwarzen Kamutchen bedeckt war.

»Viel besser als dieser sture, nichtsnutzige Schuster, den sie dann genommen hat. Andererseits ist ihr bei der kargen Mitgift auch keine große Wahl geblieben. Hauptsache, sie hat es aus Gondershausen wieder weg in die Stadt geschafft!«

Eine Weile schwieg sie und sah Müller aus ihrem faltigen Gesicht an. Weiße Stoppeln sprossen aus ihrem spitzen Kinn.

»Ist Heinrich Weinand nicht in deinem Alter?«, redete sie weiter. »Da siehst du mal, was aus dir hätte werden können, wenn dein Vater euch nicht ins Unglück gestürzt hätte. Nicht nur Haus und Hof hat er versoffen, auch das bisschen Geld, das eure Mutter für deine Lehre bei einem ordentlichen Handwerker versteckt hat, hat er noch durchgebracht! Arme Kinder, ihr beide. Wenigstens hast du nach dem Dienst in der Landwehr noch ein sicheres Auskommen gefunden und kannst dich um die arme Apollonia kümmern!«

Kaum hatte sie das gesagt, platzte es aus ihm heraus: »Zum Glück komme ich jeden Tag auf meiner Runde bei dir vorbei. Dann kannst du mir immer wieder deinen Vortrag über meinen nichtsnutzigen Vater und mein schweres Schicksal halten. Sonst hast du auch niemanden mehr, der sich deine Unverschämtheiten anhört!«

Für einen kurzen Moment hielt seine Tante ihre Mahlbewegungen an. Ihr Mund öffnete sich zu einem weiten Schlund. Dann klappte sie die Kiefer wieder aufeinander und zog sich ohne ein weiteres Wort ins Innere ihres Hauses zurück.

Müller atmete auf. Zum ersten Mal war es ihm gelungen, ihre Tiraden zu parieren. Ob seines kleinen Sieges verspürte er Genugtuung. Zuversichtlicher als zuvor setzte er danach seinen Weg fort.

Die Kirchturmuhr an St. Severus schlug neun. Allerhöchste Zeit, Bürgermeister Jacobs den ersten Bericht abzuliefern. Sicher war die Nachricht von den Ereignissen schon bis zu ihm vorgedrungen. Rasch schritt Müller aus, um durch die engen Straßen zum Marktplatz zu gelangen, wo sich das Rathaus befand.

Auf der Oberstraße herrschte Aufruhr. Zwei Fuhrwerke standen sich an einer engen Stelle in Höhe der ehemaligen Schmidtspforte gegenüber. Die Kutscher beschimpften einander mit den übelsten Worten. Hausfrauen, Mägde, Ausgehfrauen, die bei ihnen stehen geblieben waren, erröteten und drehten sich ab. Einige Burschen kommentierten belustigt sowohl die Ausrufe der Kutscher als auch die Reaktionen der Frauen. Es hatte den Anschein, als würde sich so schnell nichts mehr bewegen: Keiner der beiden Fuhrleute war gewillt, mit seinem Wagen ein Stück nach hinten zu rangieren. Jeder bestand lauthals darauf, dass der andere ihn vorbeilassen müsse.

»He du!«, rief Müller beim Näherkommen dem zu, der in die Mittelstadt hineinfahren wollte. »Setz mit deinem Wagen bis zur Steingasse zurück und lass den anderen zuerst vorbei! Wer aus der Stadt herauswill, hat Vorrang.«

Der angesprochene Fuhrmann fluchte.

»Willst du nicht? Nur zu, ein paar Silbergroschen in die Stadtkasse werden dich Mores lehren!«

Wütend winkte der Fuhrmann ab. Müller konnte sich ein Grinsen nicht verkneifen. Wie schnell die Burschen still wurden, wenn er mit Strafe drohte. Befriedigt, so rasch sein Ziel erreicht zu haben, zwängte er sich an den Fuhrwerken vorbei.

Kaum hatte er die Stelle passiert, hörte er jedoch erneut aufgeregtes Rufen hinter sich. Die Stimme war weitaus jünger und blieb ohne freche Antwort. Müller brauchte eine Weile, bis ihm bewusst wurde, dass die Rufe ihm galten. Zögernd drehte er sich um. Aufgeregt winkend rannte ein etwa fünfzehnjähriger Junge auf ihn zu. Seine blonden Haare flatterten im Laufen, sein sommersprossiges Gesicht glühte. Als er den Polizeidiener erreicht hatte, musste er sich weit nach vorn beugen, um Luft zu holen und innezuhalten, bevor er wieder aufsehen und sprechen konnte.

»Herr Wachtmeister! Sie müssen sofort mit mir in die Werkstatt kommen, sonst passiert dort etwas Schreckliches!«

»Für heute ist mein Maß an Schrecklichem schon mehr als erfüllt«, sagte Müller. »Wer bist du, und von wo kommst du?«

»Ich bin Jacob Henrich, Lehrling bei Thonets in der Franziskanergasse. Anton Weinand ist in unsere Werkstatt gestürmt und hat angefangen, auf Martin Altdorf einzuprügeln.«

»Was?«

Ungläubig sah er auf den Jungen hinunter. Der erzählte aufgeregt weiter.

»Die Gesellen sind sofort dazwischen gegangen, auch Franz, der Sohn des Meisters, und natürlich der Meister selbst. Aus den umliegenden Häusern sind schnell Männer zur Verstärkung hinzugekommen. Jetzt geht es in der Werkstatt drunter und drüber. Die ersten Möbel sind schon entzwei, Holzlatten fliegen herum. Die Meisterin befürchtet das Schlimmste und hat mich losgeschickt, Sie zu holen!«

»Dann los!«

Abermals musste Müller sich an diesem Morgen sputen, um zu einer Unglücksstelle zu gelangen. Mit jedem Schritt, den er seinem hinkenden und inzwischen arg schmerzenden Bein zumutete, wuchs in ihm die Überzeugung, dass ein viel zu früh begonnener Tag nur unangenehme Überraschungen bereithielt. Ein Grund mehr, in Zukunft jede Minute Schlaf auszukosten. Und langsam über die Frage nachzudenken, wie lange er noch dem Polizeidienst nachgehen konnte. Und wollte.

Die innere Stadt mit ihren düsteren Gassen kannte Helena mittlerweile zur Genüge. Auch das Rheinufer hatte sie während ihrer heimlichen Ausflüge in den letzten Wochen ausgiebig inspiziert. Deshalb lenkte sie ihre Schritte an diesem Morgen jenseits der Stadtbefestigung Richtung Süden, vorbei am ehemaligen kleinen Hospital hinüber zum Angert. Sie beschloss, zum Friedhof zu spaziern, Grabinschriften lesen. Auf diese Weise ließe sich viel Interessantes über ihre neue Heimat und deren Bewohner herausfinden. Die hellen Schnürstiefel und der blau-weiß gestreifte Rock waren zwar nicht eben für diesen Gang über Lehm- und Trampelpfade abseits der Chaussee geeignet, auch hatte sie ihren Sonnenschirm im Haus vergessen. Doch sie lief besser nicht noch einmal zurück, um sich umzukleiden. Ihre Mutter konnte sonst Verdacht schöpfen und ihr den kleinen Ausflug im letzten Moment verbieten. Dass sie sich eigenmächtig und ohne Begleitung in der Stadt herumtrieb, gehörte sich nicht für ein junges Fräulein ihres Standes.

Vor wenigen Tagen hatte Pfarrer Berger beim Tee im Hause Görgen erzählt, dass der Friedhof sich erst seit einigen Jahrzehnten südlich der Stadtmauer bei der Antoniuskapelle befand. Die Kapelle selbst war baufällig, das sah man schon beim Betreten des Gottesackers. Sie musste aus einem längst verflossenen Jahrhundert stammen. Alleen mit Maulbeerbäumen zierten die Anlage darum herum. An der hinteren Mauer befand sich ein hohes, steinernes Kreuz, flankiert von mehreren Statuen, die einen betenden Christus inmitten seiner schlafenden Jünger darstellten.

Helena spazierte zwischen den Gräbern hindurch. Die kleinen Blumenbeete darauf waren liebevoll mit Primeln und Stiefmütterchen bepflanzt. Rosenbüsche und noch nicht aufgeblühte Fliedersträucher wiesen auf wohlhabende Ruhestätten hin. Trauernd blickten Engelsfiguren von ihren Konsolen herab. Dazwischen gab es immer wieder steinerne Kreuze in den verschiedensten Ausführungen zu bestaunen. Bescheidenere Holzkreuze sah man dagegen selten. Die Inschriftentafeln kündeten ausführlich vom irdischen Lebens- und Leidensweg der Verstorbenen. Helena bewunderte, dass die Hinterbliebenen keine Kosten und Mühen gescheut hatten, ihren Respekt und ihre Liebe über den Tod hinaus auszudrücken.

Sie erreichte die kleine Kapelle. Einen Moment zögerte sie einzutreten. Die Tür war angelehnt. Schnell schob Helena den schweren Holzflügel auf und spähte hinein. Das Innere schimmerte in gelblichem Sonnenlicht. Staub tanzte sichtbar in den einfallenden Sonnenstrahlen. Der Geruch nach Weihrauch, Kerzen und Moder erfüllte den Raum, vermischt mit etwas Süßlichem, das, je mehr sie es erschnupperte, Ekel in ihr aufsteigen ließ. Nachdem sich ihre Augen an die Lichtverhältnisse gewöhnt hatten, entdeckte sie einige Bänke und ein Eichenkreuz über einem schlichten Altar. Davor stand eine dunkle Gestalt über ein langes, schmales Brett gebeugt. Helena schauderte und wich zurück. Dann sah sie genauer hin. Tatsächlich: Ihr erster Eindruck hatte sie nicht getäuscht. Auf dem Brett lag ein menschlicher Körper, unbekleidet, bewegungslos. Noch ein weiterer Blick, und sie wusste es: Das war eine Leiche!

Helena hatte noch nie einen Toten gesehen. Die Sitte, diese bis zur Beerdigung offen aufzubahren, erschreckte sie. Ihre Neugier aber war größer als ihre Angst. Sie wollte wissen, was der Mann mit der Leiche tat. Leise schloss sie die Tür hinter sich. Der Holzboden knarrte unter ihren Schritten.

»Pst«, zischte es aus einer Bank heraus.

Unbeirrt ging sie auf Zehenspitzen weiter. Plötzlich packte sie jemand am Arm und zog sie zu sich hinunter. Sie wollte aufschreien, doch schon presste dieser Jemand seine schmutzige Hand auf ihren Mund. Sie sah zur Seite und erkannte neben sich in der Bank einen ärmlich gekleideten Jungen. Sein dunkles Haar lockte sich um seinen Kopf. Darunter blickten ihr zwei wache, erstaunlich blaue Augen aus einem spitzen Gesicht entgegen. Energisch legte er den Zeigefinger auf seine Lippen und deutete mit dem Kopf nach vorn.

»Da liegt die Tote aus dem Rhein«, flüsterte er. »Der Doktor untersucht sie gerade.«

Sie entwand ihm ihren Arm und blickte zum Altarraum. Die Umrisse zeichneten sich inzwischen deutlicher vor ihren Augen ab. Sie machte zwei lange, nackte Beine und magere Füße aus. Den Rest verdeckte der Rücken des hoch gewachsenen Mannes, den der Junge vermutlich mit »Doktor« meinte. Konzentriert machte er sich an dem Leichnam zu schaffen. Dabei blitzte im schräg einfallenden Licht eine Messerklinge in seiner rechten Hand auf. Mit der Linken schien er etwas festzuhalten.

»Das sieht aber eigenartig aus«, flüsterte Helena.

»Gleich wird er sie aufschneiden.«

»Was?«, schrie sie auf.

Dann kam die unendliche Schwärze und die Übelkeit. Als sie die Augen wieder öffnete, lag sie auf einer harten Kirchenbank. Der Mann, den sie vorhin am Altar beobachtet hatte, beugte sich über sie. Der Junge stand daneben und fächelte ihr mit seiner Mütze Luft zu.

»Geht es wieder?«, fragte der Mann.

Helena nickte und setzte sich vorsichtig auf.

»Was machen Sie hier?« Der tiefe Bass des Mannes klang nicht eben freundlich. »Das ist nichts für junge Damen.«

Noch bevor sie ihm etwas darauf erwidern konnte, drehte er sich um und ging zurück zu der Toten. Es schien, als wäre bei ihm auf einmal ein Bann gebrochen. Von dort vorn redete er weiter, gerade so, als wäre er erleichtert, das Ergebnis seiner Untersuchung endlich laut vortragen zu dürfen. Egal, vor wem, und egal, ob er eben noch behauptet hatte, das wäre nichts für ein junges Fräulein. Er brauchte einfach Zuhörer für seine erschütternden Erkenntnisse.

»Sie ist in Ihrem Alter gewesen, höchstens ein, zwei Jahre älter. Unverheiratet, allerdings verlobt, genau weiß ich es nicht. Fest steht: Sie befand sich in anderen Umständen.«

Bei dieser Bemerkung überzog Schamröte Helenas Gesicht. Sie wollte das nicht hören. Es ging sie nichts an. Sie kannte die Tote nicht. Auch nicht diesen seltsamen Mann. Und nicht den Jungen. Sie wollte weg, zurück nach Hause. Schnell. Sie wollte das eben Gesehene einfach vergessen. Ohne zu wissen, warum, blieb sie jedoch sitzen und hörte weiter zu.

»Sie wurde erwürgt. Die Spuren sind deutlich am Hals erkennbar.«

Der Mann schwieg, schüttelte mehrmals den Kopf.

»Da hat jemand eine große Wut auf sie gehabt. Schließlich hat er sie zum Rhein getragen und wie ein Stück Dreck hineingeworfen.«

Darauf folgte abermals sein verständnisloses Kopfschütteln. Sanft, als wolle er die Tat damit wieder gutmachen, strich er der Toten über das Haar.

»Stark muss er gewesen sein. Oder einen Helfer gehabt haben.«

Helena schielte zur Seite. Auch der Junge lauschte gebannt. Er schien ihren Blick zu spüren und schaute sie an. Er war blass. Sie lächelte ihn zaghaft an. Er nickte zurück.

»Was für ein schrecklicher Tod. So ein armes Ding!«

Der Mann trat einen Schritt von der aufgebahrten Leiche weg und deckte sie mit einem weißen Leintuch zu. Anschließend bekreuzigte er sich und neigte den Kopf zum Gebet.

Helena wusste nicht, wie sie reagieren sollte. Kurz senkte sie die Augen. Ihr Blick fiel auf ihre hellen Schuhe. Sie waren lehmverkrustet. Der Rocksaum hatte sich ebenfalls vom Schmutz dunkel verfärbt.

»Lassen Sie uns gehen!«, riss der Mann sie aus ihren Gedanken. Er kam hinüber zu ihrer Kirchenbank, schob sie sacht von dort weg zur Tür. Über die Schulter sah sie, dass der Junge ihnen in einigem Abstand folgte.

Draußen vor der Tür hielt der Mann sie fest, suchte ihre Augen mit seinem Blick. Er überragte sie um einige Zoll, so dass sie zu ihm aufsehen musste. Falten hatten sein hageres, gräuliches Gesicht überzogen. Ein rhythmisches Zucken saß neben seinem rechten Augenwinkel. Er verbeugte sich knapp vor ihr, dann setzte er seinen hohen, schwarzen Zylinder auf.

»Gestatten Sie, dass ich mich vorstelle: Ich bin Doktor Veling. Ich praktiziere in der Stadt. Darf ich um Ihren Namen bitten?«

»Helena Weissgerber. Wir wohnen seit einigen Monaten im Eltzer Hof.«

Sie machte einen folgsamen Knicks. Er schien sich nichts aus guten Umgangsformen zu machen und überging ihre Artigkeit mit einem Runzeln der Augenbrauen. Offensichtlich wunderte es ihn nicht einmal, dass Helena allein in der Friedhofskapelle aufgetaucht war, so sehr war er noch in Gedanken bei der toten jungen Frau.

»Was führt Sie hierher? Die Tote? Haben Sie sie gekannt?«

»Sie haben mir noch nicht verraten, wer sie ist.«

Er antwortete nicht sofort, sondern ließ seinen Blick eine Weile auf ihr ruhen. Dann sagte er: »Es ist Lieselotte Weinand.«

»Oh Gott!«

Entsetzt schlug Helena die Hände vors Gesicht. Sie begann,

heftig am Körper zu zittern. Veling fasste sie am Arm und führte sie zu einer Bank aus grauem Stein, die unweit der Kapelle unter einem Busch stand.

»Setzen Sie sich!«

Mit einer Handbewegung unterstrich er seine Aufforderung. Kaum hatte sie ihm gehorcht, kramte er eine kleine Flasche aus seiner Tasche und hielt sie ihr dicht unter die Nase.

»Atmen Sie kräftig durch, dann wird es Ihnen gleich wieder besser gehen.«

Er musste sich tief zu ihr hinunterbeugen, setzte sich aber nicht neben sie.

»Wer tut so etwas?«, fragte sie schließlich.

»Wenn man das wüsste.«

»Lieselotte war immer nett und herzlich.«

»Sie waren mit ihr befreundet?«

»Noch nicht so richtig«, antwortete sie zögernd. »Dazu kannten wir uns nicht lange genug. Wir trafen uns gelegentlich. Sie unterwies mich in der Weißnäherei. Dabei plauderten wir viel miteinander. Ich mochte sie gleich. Einige Male lud ich sie auch zum Tee ein. Ihr Vater sah das jedoch nicht gern. Sie solle sich mehr um die Geschwister und den Haushalt kümmern, meinte er.«

Gedankenverloren scharrte Helena den Kies zu ihren Füßen mit den Schuhspitzen beiseite.

»Seit dem Tod der Mutter im letzten Jahr hat das Schicksal die Weinands arg gebeutelt«, bemerkte der Arzt und blickte in die Ferne. Das Zirpen und Zwitschern von Amseln und Rotkehlchen erinnerte selbst auf dem Friedhof an das Erwachen der Natur. Die ersten Insekten schwirrten bereits munter durch die Sonne.

»Sind Sie wirklich sicher«, setzte Helena leise an, wobei eine leichte Röte über ihr Gesicht huschte. Ihre Stimme vibrierte. Kaum wagte sie, die nächsten Worte auszusprechen, »sind Sie wirklich sicher, dass Lieselotte in anderen Umständen war?«

Als Antwort erntete sie ein tiefes Seufzen. Dann räusperte sich Doktor Veling, straffte seinen Körper, richtete die Nase steil nach oben.

»Ja, ganz bestimmt. Im Sommer wäre sie niedergekommen. Ihnen ist nicht zufällig bekannt, wer der Vater sein könnte?«

Helena errötete tiefer, gleichzeitig schüttelte sie heftig den Kopf.

»Doktor Veling! Endlich! Kommen Sie! Sofort.«

Quer über den Friedhof näherte sich ein kräftiger Junge. Noch im Laufen winkte er heftig mit seiner Schirmmütze.

»Was ist passiert?«, fragte Veling, nicht eben erfreut über die Unterbrechung des Gesprächs.

»Eine Prügelei, hinten in der Franziskanergasse, in Thonets Werkstatt. Die ganzen Stühle und Tische haben sie umgeworfen.«

»Was geht mich das an?«

Der Arzt wandte sich wieder Helena zu. Sie musterte den Jungen interessiert. Er kam ihr bekannt vor, sie war sich nicht sicher, woher.

»Wir brauchen Ihre Hilfe!«

Verzweifelt packte der Junge den Arzt am Arm, wollte ihn schon mit sich fortziehen.

»Lass mich!« Mit einem Ruck entriss der Doktor ihm seinen Arm und blitzte ihn böse an. »Was fällt dir ein? Komm erst einmal zur Besinnung, dann überlege ich, was zu tun ist. Also: Was genau ist passiert?«

Der Junge holte noch einmal tief Luft, dann erzählte er: »Anton Weinand ist in unsere Werkstatt gestürmt und hat auf Martin Altdorf losgeschlagen. Der Meister hat versucht dazwischenzugehen, aber Anton hat ihn einfach weggestoßen. Franz wollte seinem Vater helfen, doch den hat Anton umgeworfen. Plötzlich ist alles drunter und drüber gegangen: Alle haben nur noch geschrien und sich geprügelt, und von draußen, aus den anderen Werkstätten, sind immer mehr Burschen dazugekommen. Unsere Gesellen haben sich denen in den Weg gestellt, aber damit ist es erst richtig wild geworden mit der Prügelei. Die Frau des Meisters, der ich gerade mit den Kartoffeln helfen musste, hat mich weggeschickt, den Wachtmeister zu rufen. Und der hat mir aufgetragen, zum Friedhof zu laufen und Sie zu holen.«

Erschöpft von der langen Rede keuchte der Junge drei, vier Mal laut.

»Nun gut, dann lass uns gehen. Und Sie, verehrtes Fräulein Weissgerber«, sagte Veling zu Helena, »kehren besser wieder nach Hause zurück. Ihre Eltern werden sich gewiss schon Sorgen um Sie machen.«

Sie nickte brav, obwohl sie sich längst entschlossen hatte, dies nicht zu tun. Unmöglich, dass sie sich in dieser Verfassung zu Hause zeigen konnte. Sie musste nach der eben erhaltenen Nachricht erst eine Weile für sich sein und nachdenken. Außerdem interessierte es sie, was sich dort in der Werkstatt ereignet hatte. Sie sollte ebenfalls hinüber zur Franziskanergasse gehen. Ob der Vorfall mit dem Tod Lieselottes zusammenhing? Fast hatte es den Anschein. Warum sonst sollte Lieselottes Bruder ausgerechnet jetzt so etwas tun? Was aber hatte es mit diesem Martin Altdorf auf sich? Die Thonets kannte sie. Die waren seit einigen Wochen dabei, Wandtäfelungen und Möbel für die Einrichtung ihres Elternhauses anzufertigen. Mehrfach hatte der Meister persönlich mit einigen auserlesenen Stücken bei ihren Eltern seine Aufwartung gemacht. Dabei, das fiel ihr nun ein, war gelegentlich auch dieser sommersprossige Junge mitgekommen. Es handelte sich vermutlich um einen der vielen Lehrlinge, die Thonet beschäftigte.

Sie sah den beiden Gestalten nach, wie sie sich über die Friedhofsallee zum schmiedeeisernen Tor hin entfernten. Neben dem hoch aufgeschossenen, spindeldürren Veling wirkte der etwa fünfzehnjährige Junge klein. Eiligen Schritts gingen die beiden nebeneinander her Richtung Stadtmauer. Dann verschwanden sie durch die Tanzhauspforte.

»Sie sind also Helena Weissgerber.«

Hinter einem der Grabsteine kroch der dunkle Strubbelkopf hervor, den sie in der Kapelle kennen gelernt hatte. Breitbeinig baute er sich vor Helena auf. Allerdings war er einen Kopf kleiner als sie. Unverhohlen sah er ihr mitten ins Gesicht.

»Du hast gelauscht? Was weißt du über mich?«, fragte sie.

»Nicht viel.« Er zuckte mit den Achseln. »Sie und Ihre Familie wohnen im Eltzer Hof, nicht wahr? Wussten Sie, dass dort früher sehr angesehene Ritter gelebt haben? Die hatten sogar noch eine richtige Burg an der Mosel und ganz viel Land auf der anderen Rheinseite.«

Sein Vortrag hatte etwas Altkluges und entlockte Helena selbst in ihrer gegenwärtigen Verfassung ein Schmunzeln.

»Und du? Wer bist du, wenn ich fragen darf?«

Er besaß auffällig strahlende, blaue Augen, die im eklatanten Gegensatz zu seinen dunklen Haaren standen. Etwas in diesen Augen schimmerte rätselhaft im Sonnenlicht und verlieh ihnen eine Tiefe, die man bei Jungen seines Alters nicht erwartete.

»Ich heiße Lukas Weber«, antwortete er und streckte ihr die rechte, schmutzige Hand entgegen.

Helena zögerte, sie zu nehmen, überwand sich und drückte sie kurz. Unauffällig wischte sie anschließend ihre Finger am Rock ab.

»Ich bin dabei gewesen, als die Tote heute früh im Rhein gefunden wurde«, berichtete Lukas weiter. »Ich habe den Wachtmeister gerufen und nachher dem Totengräber geholfen, die Tote hierher zu bringen. Dabei musste ich sie sogar anfassen!«

Stolz ob dieser Tat streckte er seine Brust heraus. Helena kam eine Idee.

»Hast du mitbekommen, wer die Tote ist?«

»Klar.«

»Du hast gehört, dass sie meine Freundin war und was der Arzt festgestellt hat: Sie war, nun ja«, krampfhaft suchte sie nach einem passenden Ausdruck, »also sie war –«

»Schwanger«, ergänzte er.

»Ja.«

Seine direkte Art irritierte sie. Sie senkte den Blick. Schwieg.

»Das tut ein anständiges Mädchen nicht«, stellte er fest. »Weil sie Ihre Freundin war, wollen Sie jetzt herausfinden, wie ihr das passieren konnte. Und wer sie getötet und in den Fluss geworfen hat.«

Sie nickte. Der Junge war nicht auf den Kopf gefallen.

»Interessiert dich das nicht?«, fragte sie, als er schon eine ganze Weile stumm neben ihr ausharrte. »Du hast schließlich auch in der Kapelle zugeguckt, wie der Arzt Lieselotte untersucht hat.«

Er steckte die Hände in die Taschen seiner viel zu weiten Hose und sagte lange nichts.

»Warum«, begann er zögernd, »warum ist Lieselottes Bruder auf Thonets Gesellen los? Ob das was mit ihrem Tod zu tun hat?

»Das habe ich mich auch schon gefragt.«

»Kommen Sie!«, rief er ihr zu und rannte im nächsten Moment los.

Sie konnte gerade noch ihren Rock raffen, dann eilte sie ihm hinterher. Wenn ihre Mutter sie so sehen würde!

Zum Glück kannte sie sich durch ihre Spaziergänge in der Stadt schon recht gut aus. Es konnte ihr gleich sein, dass Lukas ihr weit voraus war und viel schneller die Franziskanergasse erreicht hatte. Als sie in die enge Straße einbog, war der Menschenauflauf schon von weitem zu sehen. Mühsam zwängte sie sich nach vorn durch. Dabei nutzte sie den Respekt aus, den die Einheimischen ihr, dem fremden, gut gekleideten jungen Fräulein, zollten. Unter Tuscheln wichen sie zurück, sobald sie sich ihnen näherte.

Vor der Werkstatt bot sich Franz Thonet ein Bild der Verwüstung: Der Fuhrwagen war zur Seite gekippt. Zerbrochene Stühle, Tische und Kommoden lagen kreuz und quer auf dem Boden herum. Ungnädig leuchtete die Frühlingssonne jeden Winkel aus.

Mit immer größerer Verzweiflung musterte Franz die Bescherung, raufte sich die Haare. Durch diesen Aufruhr war ihnen ein gewaltiger Verlust entstanden, ganz zu schweigen von der verlorenen Zeit. Längst hätte die Fuhre mit den Möbeln auf dem Weg zur Ausstellung in Mainz sein müssen!

Er trat ein Stückchen weiter auf die Gasse hinaus. Ein paar Häuser unterhalb hielt der Knecht des Fuhrunternehmers die scheuenden Pferde am Halfter fest. Dabei flüsterte er ihnen etwas Beruhigendes in die Ohren, strich mit der freien Hand über ihre Nüstern. Franz hob die Hand, um ihm seinen Dank zu übermitteln. Nicht auszudenken, wenn die Pferde durchgegangen und geflohen wären. Dann hätten sie auch noch dafür aufkommen müssen. Und warum das alles? Nur wegen dieses Martins, dieses dahergelaufenen Tagelöhnersohnes! Was sein Vater nur an ihm fand? Vielleicht belehrte ihn diese Geschichte endlich eines Besseren.

Franz ging zurück. Das breite Tor zur Werkstatt stand noch immer sperrangelweit offen. Gerade huschte ein gut gekleidetes Fräulein hinein. Verwundert folgte ihr Franz. Wer war das? Noch eine von den Schaulustigen, die sich das Spektakel nicht entgehen lassen wollten? Erneut keimte Wut in ihm auf.

Drinnen in der Werkstatt stand nichts mehr an seinem Platz: Holzstapel waren umgeworfen, Sägen und Pressen lagen auf dem Boden, ein Topf mit flüssigem Leim hatte sich darüber ergossen. Inmitten der Unordnung drückten sich einige der Gesellen ratlos herum. Das Fräulein war verschwunden.

»Los, steht nicht so da! Fangt an aufzuräumen! Es gibt genug zu tun!«, rief er den Burschen zu und eilte gleich weiter in den Hof. Das helle Sonnenlicht ließ Franz blinzeln. Es dauerte eine Weile, bis er Konkretes erkennen konnte. Das sonst so penibel aufgeräumte Areal ähnelte eher einer Schutthalde denn einem ordentlichen Arbeits- und Lagerplatz. Die unter den Vordächern des Hauses aufgeschichteten Balken waren teilweise heruntergerissen, der große Tisch mit den schmalen Bänken war umgeworfen. In jeder freien Ecke stand jemand herum und glotzte oder hielt sich eine Wunde. Lediglich der schmale, lang gezogene Garten mit den Gemüsebeeten und Obstbäumen, der sich bis zur Landstraße im Süden erstreckte, glich einer unberührten Oase. Munteres Vogelzwitschern und Insektengebrumm waren von dort zu hören.

Niemand der Herumstehenden registrierte Franz' Rückkehr. Auch das elegante Fräulein in dem blau-weiß gestreiften Kleid schien keinem aufzufallen, wie er erstaunt feststellte. Gerade suchte sie sich einen Platz im Schatten eines knospenden Kirschbaumes und blickte sich im Hof um. Kurz trafen sich ihre Blicke. Jetzt erkannte Franz Helena Weissgerber, die Tochter des Frankfurter Geschäftsmannes aus dem Eltzer Hof. Gleichzeitig spürte er, wie seine Wangen vor Scham rot anliefen. Dass ausgerechnet sie diesen Aufruhr miterlebte, war ihm peinlich. Schnell wandte er die Augen wieder von ihr ab.

Doktor Veling kniete bei Martin Altdorf, der blutüberströmt auf dem Boden lag, und versorgte ihn. Unweit von ihnen hielten zwei jüngere Gesellen mit großer Mühe den noch immer sichtlich wütenden und um sich schlagenden Anton Weinand fest. Hinten an der Mauer, dort, wo riesige Stapel Holz aufgeschichtet waren, lehnte sein Vater, Michael Thonet, und verfolgte mit besorgtem Blick, was Veling mit dem verletzten Martin tat. Warum berührte ihn das so? Was, wenn er, Franz, dort läge? Ob sein Vater dann ähnlich reagierte? Darüber wollte er lieber nicht nachdenken.

Tränen stiegen in seine Augen, als er beobachtete, wie die Mutter dem Vater ein Tuch an die Stirn drückte. Wie mager und abgezehrt sie inzwischen geworden war! Kein Wunder, bei dem, was sie in den letzten Jahren alles hatte mitmachen müssen. Ganz zu schweigen von dem Kummer um die kleine Theresia, die sterbenskrank oben in der Kammer lag. Und nun also noch dieser Überfall auf die Werkstatt, der eigentlich nicht ihnen, den Thonets, sondern einem ihrer Gesellen gegolten hatte! Um Wochen hatte sie das in ihrer Arbeit zurückgeworfen!

Gleich neben seinen Eltern erblickte Franz einen dürren Jungen, ein wenig jünger als sein zweiter Bruder und dessen Freund Jacob. Mit wachen Augen beobachtete der Junge, was um ihn herum geschah. Dieser Eifer entlockte Franz ein Schmunzeln.

Polizeidiener Müller marschierte, die Hände auf dem Rücken, den dicken Wanst nach vorn gestreckt, zwischen Werkstatt und Hof hin und her. Dabei zog er sein linkes Bein nach. Er schimpfte mit diesem, raunzte jenen an und zeigte sich sichtlich bemüht, seiner Amtsperson Respekt zu verschaffen.

»So, das Schlimmste ist überstanden.« Doktor Veling erhob sich. »Die Wunde am Kopf sah schlimmer aus, als sie ist. Es wird eine Narbe bleiben, mehr nicht. Für heute soll er sich schonen und nichts mehr arbeiten.«

Den letzten Satz sprach er schon zu Michael Thonet, auf den er nun zuschritt. Der wehrte ihn sogleich mit den Händen ab. Franz' Mutter drängte ihn, die Hilfe des Arztes anzunehmen. Vergeblich.

»Was hast du dir dabei gedacht?«, herrschte der Polizeidiener unterdessen Anton Weinand an, der inzwischen etwas zur Ruhe gekommen war. »Glaubst du, deine Schwester wird so wieder lebendig?«

»Er hat sie auf dem Gewissen! Er ist an allem schuld!« Voller Abscheu spuckte er auf Martin Altdorf. »Der Teufel soll diesen evangelischen Bastard holen!«

Erneut geriet er in Wut. Die beiden Gesellen hatten Mühe, ihn festzuhalten.

»Du kommst ins Arresthaus«, verfügte der Wachtmeister, und zu den Gesellen sagte er: »Bringt ihn hinüber in die Burg, zum Gefangenenwärter, dem alten Nass. Sagt ihm, dass ich euch schicke und er Anton einsperren soll. Ich komme gleich nach.«

Die Männer befolgten seinen Befehl und schoben den sich immer noch heftig wehrenden Anton aus dem Hof.

Müller ging zu Michael Thonet, redete leise auf ihn ein. Franz beobachtete, wie sein Vater mehrfach empört den Kopf schüttelte, bald sogar selbst von Zorn gepackt wurde.

»Was soll das, Müller? Sie haben mich doch nur im Visier, weil bei mir ein paar auswärtige Gesellen arbeiten.« Seine aufgebrachte Stimme hallte in dem an drei Seiten eng von Mauern umgrenzten Hof wider. »Schon einmal haben Sie daneben gelegen, als Sie mir die Leimsiederei in der Mühle verbieten wollten. Ich werde gleich zu Jacobs ins Rathaus hinübergehen und mich über Sie beschweren!«

»Ich wollte Sie nur warnen«, stellte der Polizeidiener klar. »Seit immer mehr Leute von außerhalb bei uns Arbeit suchen, wird viel geredet. Die meisten Ihrer Gesellen sind Fremde, neuerdings sogar Evangelische. Manche der Alteingesessenen sehen das nicht gern. Die werden die Aufregung um Lieselottes Tod nutzen, um Stimmung gegen diese fremden Burschen zu machen. Gerade haben Sie noch einmal Glück gehabt. Wenn sich herausstellt, dass Ihr Geselle etwas mit Lieselottes Tod zu tun haben sollte, kann ich für nichts mehr garantieren.«

Franz wurde hellhörig. Was wollte er damit sagen?

»Martin hat nichts damit zu tun. Für Martin lege ich meine Hand ins Feuer!«

Entschlossen trat Michael Thonet ganz dicht an Müller heran. Sein strubbeliger Bart zitterte vor Erregung. Das konnte Franz sogar auf acht Schritt Entfernung erkennen.

»Vater! Schwör nicht für Martin!«

Der Aufschrei war ihm herausgerutscht. Er spürte, wie alle zu ihm herübersahen.

Helenas Augen trafen ihn mitten ins Herz.

Alles Hexerei?

Seine Hände zitterten. Das bemerkte Müller erst, als er sich den Weg aus der Thonet'schen Werkstatt zur Franziskanergasse freikämpfen musste. Dabei galt es nicht nur, die aufgebrachten Gesellen drinnen sowie die wütenden Nachbarn draußen mit den Ellbogen beiseite zu schieben und noch einige Kampfhähne auseinander zur reißen. Auch musste er mühsam über die kreuz und quer herumliegenden Stühle und Tische oder vielmehr das, was von den Möbelstücken noch übrig geblieben war, hinwegsteigen. Und schließlich sogar über das umgekippte Fuhrwerk. Mit zittrigen Händen nicht eben leicht. Dabei spürte Müller, wie wenig er sein linkes Bein für derlei Akrobatik noch gebrauchen konnte.

Endlich erreichte er die Ecke zur Rheingasse. Dort drückte er sich in die erstbeste Mauernische. Hastig knöpfte er sich den obersten Knopf seiner Uniformjacke auf, wischte sich mit dem Handrücken den Schweiß von der Stirn und schöpfte gierig Luft.

Das gerade Erlebte ging ihm sehr nahe, viel zu nahe. Und weckte unliebsame Erinnerungen. Ein eindeutiges Zeichen dafür, dass er allmählich in die Jahre kam, in denen er den Aufgaben als Polizeidiener immer weniger gewachsen war. Aber es nützte nichts: Er musste durchhalten, wollte er nicht auf der Straße stehen. Vor seinem Dienst in der Landwehr hatte er keinen ordentlichen Beruf erlernt. Es blieb ihm keine andere Wahl, sein Geld zu verdienen, egal, wie sehr ihm die Ereignisse auch zusetzten.

Müller schüttelte sich. Für eine Weile verharrte er, den Körper dicht an die Wand gepresst, die Augen fest geschlossen. Es wurde nicht besser. Die Bilder der letzten Stunden wollten ihm einfach nicht aus dem Kopf: das tote Mädchen im Wasser, ihr Verlobter verzweifelt daneben, dann der prügelnde Vater. Und nun der Bruder im Gefängnis. Was war da wirklich passiert?

Ein Gedanke schoss ihm durch den Kopf. Mühsam konzentrierte er sich, begann die Eindrücke zu sortieren: Anton Weinands Wutausbruch war angesichts dessen, was ihm widerfahren war, verständlich. Warum aber war für ihn sofort klar gewesen, dass Martin Altdorf der Schuldige war? Was hatte der mit der Toten zu tun? Lieselotte war doch mit dem Bäckergesellen Sebastian Reitz verlobt. Oder war sie ihm untreu geworden? Ein so ehrbares Mädchen wie Lieselotte? Müller zögerte bei dem Gedanken. Was, wenn Reitz davon erfuhr? Der würde gewiss ebenfalls sofort losschlagen! Und so, wie Müller die Lage einschätzte, bestimmt nicht er allein.

Wieder stieg in Müller das Gefühl auf, die Bilder zu kennen, etwas Ähnliches schon einmal erlebt zu haben. Nein, das durfte nicht sein. Nein, nicht noch einmal diese Geschichte. Er schüttelte sich. Das Wichtigste war herauszufinden, was genau vorgefallen war. Je eher, desto besser. Vielleicht ließe sich dann weiteres Unheil verhindern.

Zuerst musste er Anton befragen. Vielleicht war er inzwischen wieder zur Vernunft gekommen. Dann konnte er ihn aus der Zelle herauslassen.

Mit diesem Ziel vor Augen fühlte er sich etwas wohler. Sorgfältig knöpfte er die Jacke zu, schob den Gürtel um seinen Bauch zurecht, tastete nach dem Säbel. In gemächlichem Gang setzte er seinen Weg fort. Mit jedem neuen Schritt ließ das Hinken seines linken Beines nach.

Von Osten her näherte sich Müller der Burg, die selbst Hunderte von Jahren nach ihrer Erbauung noch einen imposanten Eindruck machte. In seinen Augen war sie das beeindruckende Relikt einer lange vergangenen, besseren Zeit. Gern erinnerte er sich an die Geschichte, die ihm seine Mutter früher über sie erzählt hatte: Vor langer Zeit hatten sich die stolzen Bopparder gegen den Erzbischof Balduin von Luxemburg zur Wehr gesetzt und den Niedergang des Bopparder Reiches aufhalten wollen. Zur Bezwingung der Widerspenstigen hatte Balduin nach jahrelangen Streitigkeiten die Trutzburg errichtet und von deren Wehrgängen die Bopparder und ihre Häuser beschießen lassen. Man stelle sich das einmal vor: eine ganze Stadt über viele Jahre hinweg in Aufruhr gegen einen mächtigen Erzbischof und seine Truppen! Fasziniert davon hatte Müller sich als kleiner Bauernjunge immer gewünscht, eines Tages aus seinem Hunsrückdorf an den Rhein hinunterzuziehen und auch einer von diesen stolzen Bopparder Bürgern zu werden.

Die dicken, schrägen Mauern der Burg und die vier Ecktürme, die bis vor einigen Jahren mit Kuppeln gekrönt waren, zeugten noch immer von der Gewalt der damaligen Auseinandersetzungen. Ein tiefer Graben umgab die Anlage. Mit festem Schritt ging Müller darauf zu. Das wüste Gestrüpp, das aus dem Graben emporspross, zog allerlei Insekten und Vögel an. Aus allen Winkeln brummte es emsig. Dazwischen aber ließ sich eindeutig ein Flüstern vernehmen. Müller spitzte die Ohren: Trieb sich dieses Pack nun etwa auch noch hier herum, direkt vor den Mauern des städtischen Gefängnisses, in Sichtweite des ehrwürdigen Friedensgerichts? Die besaßen keine Scham!

»He ihr!«, rief er in den Graben hinunter. »Macht, dass ihr wegkommt! Oder soll ich euch Beine machen?«

Um hinunterspähen zu können, bog er das Gestrüpp auseinander.

»Weg da!«, rief er ein zweites Mal laut, als er in ein paar grüne Augen guckte, die ihm aus einem dreckverkrusteten Gesicht entgegenstarrten. »Sonst setze ich euch gleich oben im Arresthaus fest!«

Die Augen verschwanden. Müller hörte aufgeregtes Murmeln, dann knackten Zweige. Wenig später beobachtete er, wie zwei halbwüchsige Gestalten geduckt unter den Büschen davonliefen. Lausbuben!

Kaum bog Müller um die Ecke, erwartete ihn bereits die nächste Überraschung: Vor der Brücke zum Hauptportal hatte sich eine Schar wütender Burschen versammelt. Nur als sie einen der Gerichtsdiener des dort untergebrachten Friedensgerichts heraus- und einen der Zöllner mit einer schweren Last auf dem Rücken zum Salzmagazin hineinlassen mussten, kam Bewegung in die Menge. Erregtes Murmeln begleitete die beiden Männer, dennoch hinderte sie niemand der Herumstehenden an der Ausübung ihrer Pflichten.

Müller war sofort klar, warum die jungen Burschen dort ausharrten: um Anton Weinand aus dem Arresthaus zu holen. Wie ein Lauffeuer musste sich die Nachricht, dass der Bursche dort einsaß, in der Stadt verbreitet haben. Sicherlich hatten seine Kumpane die Zeit, in der Müller sich eben eine kleine Verschnaufpause gegönnt hatte, genutzt, um zur Burg herüberzulaufen. Der Zusammenhalt der Bopparder Burschen imponierte Müller. Er atmete einmal tief durch, dann marschierte er entschlossen auf die Gruppe zu.

»Da kommt er!«

»Lasst Anton frei!«

»Es gibt keinen Grund, Weinand festzuhalten!«

Die Rufe schwollen an, je näher er kam. Dennoch wichen die jungen Männer respektvoll vor ihm zurück.

»Geht nach Hause!«, befahl er und mühte sich, schnell an ihnen vorbeizukommen.

»Nein!«

Breitbeinig stellte sich ihm ein kräftiger Bursche in den Weg, verschränkte die Arme vor der Brust und sah ihm geradewegs in die Augen: Sebastian Reitz. Von woher er so schnell wieder aufgetaucht war? Von der Eisbrech war er flussaufwärts davongelaufen.

Der Bäckergeselle war der Anführer der Burschen. Nach und nach kamen die anderen näher heran und stärkten ihm den Rücken.

»Geht nach Hause!«, versuchte Müller es erneut und hoffte inständig, sie würden seiner Aufforderung Folge leisten. Er hatte keine Chance gegen ihre Übermacht. Ganz abgesehen davon, dass er sich ungern gegen sie stellte. Sie waren anständige Burschen, zumeist Söhne von eingesessenen Handwerkern, die sich bislang nichts hatten zuschulden kommen lassen. Nette Kerle. Eigentlich.

»Nur, wenn Sie Anton Weinand freilassen.«

Die Stimme von Reitz klang fest. Das Flackern in seinen Augen deutete allerdings auf einen heftigen Kampf in seinem Innern hin.

Müller musste sich zwingen, den Blick von dem Gesicht des Bäckergesellen abzuwenden. Allzu gut verstand er dessen Verzweiflung. Wenn es stimmte, dass er Lieselotte hatte heiraten wollen, war für ihn seit heute früh eine Welt zusammengestürzt. Müller kannte dieses Gefühl. Auch er hatte einmal heiraten und eine Familie gründen wollen. Aber das war in einem anderen Leben gewesen.

»Ich werde sehen, was ich für ihn tun kann«, versprach er. »Lasst mich durch und geht wieder an eure Arbeit.«

»Lassen Sie ihn sofort frei! Sonst werden wir uns an Ihnen rächen.«

»Du willst mir doch nicht etwa drohen?«

Ungläubig starrte er ihn an. Wie konnte Reitz ihn so missverstehen?

Der Bäckergeselle war kaum größer als Müller, dennoch schien er auf ihn herabzublicken. Entschlossen hielt Müller ihm stand. Reitz durchbohrte ihn mit seinem Blick.

»Was fällt Ihnen ein, Anton Weinand einzusperren? Ausgerechnet Anton, den Sohn eines ehrbaren Bopparder Bürgers?«, griff der Bäckergeselle ihn an. »Müssen Sie nicht ehrliche Leute wie ihn und uns vor diesen evangelischen Halunken beschützen?«

»Anton hat immerhin die Werkstatt eines anderen ehrbaren Bürgers überfallen und einen Gesellen verprügelt. Wen ich einsperren muss und wen nicht, das lass besser meine Sorge sein!«

»Ich glaube nicht, dass Sie noch wissen, was Sie tun. Außerdem: Sie sind kein Bopparder! Sie kommen vom Hunsrück, aus einem dieser erbärmlichen Bauerndörfer! Wie können Sie da überhaupt Wachtmeister bei uns sein? Nur weil Sie diese Uniform tragen, heißt das noch lange nicht, dass Sie über uns stehen. Vergessen Sie eins nicht: Wir Bopparder haben immer schon zusammengehalten. Egal, gegen wen! Wenn es sein muss, sogar gegen die Obrigkeit!«

Mit einem abfälligen Blick spuckte er vor Müller aus. Dann winkte er seinen Kameraden mitzukommen. Schweigend folgten sie ihm.

»Pass auf, Reitz!«, rief Müller ihm hinterher. »Sonst landest du selbst schneller, als dir lieb sein kann, in der Zelle!«

Er bebte vor Zorn, spürte, wie das Blut seine Adern im Kopf anschwellen ließ. Reitz war einen Schritt zu weit gegangen. Diese Respektlosigkeit konnte er nicht dulden. Gleichzeitig fühlte er seine eigene Machtlosigkeit. Wie hätte er seine Position Reitz und den anderen gegenüber verteidigen sollen? In der Verfassung, in der sich der Bäckergeselle derzeit befand, war er unberechenbar. Andererseits: War sein Zorn nicht nachvollziehbar? Die Braut ermordet, ihr Bruder nach einer Schlägerei im Gefängnis. Jeder in der Stadt schüttelte darüber empört den Kopf. Selbst Müller. Aber er war der Polizeidiener und verkörperte damit die Polizeigewalt. Der oblag nach preußischem Gesetz die Sorge für die öffentliche Sicherheit und Wohlfahrt. Das bedeutete, er musste die öffentliche Ordnung wieder herstellen, ob sie gerecht war oder nicht. Überhaupt: gerecht – was hieß das schon? Hatte er das in den letzten zehn Jahren, in denen er Polizeidiener war, je erfahren? Würde er es je erfahren?

Er beobachtete, wie die Burschen im Dunkel der Gasse verschwanden. Auch die dürre Gestalt, die sich dort hinten in die Ecke eines Hauses drückte, entging ihm nicht. Mit einer drohenden Geste verscheuchte er Lukas. Der Junge war zu neugierig. Überall wollte Müller ihn nicht dabei haben.

Im Innern der Burg war es schattig. Es keimte und grünte noch kaum etwas in dem engen Hof. Kahl reckten sich die Zweige einer einsamen Kastanie in die Luft. An der Mauer des Turms rankte Efeu empor.

Severus Nass hockte vor dem Eingang des Arresthauses auf einem Schemel. Seine schäbige Mütze hatte er tief ins Gesicht gezogen, die Jacke aus derber Wolle hielt er mit den Armen eng um den Leib geschlungen.

»Schläfst du schon wieder?«

Müller rüttelte ihn an den Schultern. Zufällig stieß er mit der Stiefelspitze gegen den wackligen Schemel, so dass der umkippte. Um ein Haar wäre Nass dabei zu Boden gefallen. Gerade noch konnte Müller ihn am brüchigen Stoff seiner Jacke festhalten.

»Steh auf! Du bist im Dienst!«, herrschte er ihn an.

Erschrocken fuhr der Alte zusammen, tastete nach seiner Schirmmütze. Die war ihm jedoch vom Kopf gerutscht und entblößte einen von Narben übersäten, kahlen Schädel. Hastig bückte Nass sich und hob die Mütze vom Boden auf. Als er zu Müller hinaufblickte, rann ein dünner Faden Speichel aus seinem zahnlosen Mund das Kinn hinab. Angewidert trat Müller einen Schritt zurück. Der Alte war nicht nur schmutzig, er stank auch erbärmlich. Es mochte Tage her sein, dass er sich gewaschen hatte.

Unter Ächzen richtete sich Nass auf. Der Dienst in der Landwehr hatte auch ihn zum nutzlosen Krüppel werden lassen. Sein Rücken war krumm, das rechte Bein steif. Für einen kurzen Moment empfand Müller Mitleid mit ihm. Sie beide waren Leidensgenossen. Nur ein Zufall hatte ihm nach dem Militärdienst die bessere Stelle verschafft.

»Hast du die Tür zur Zelle abgesperrt?«, fragte er.

»He?«

Nicht nur Rücken und Bein, auch das Gehör war bei Nass kaputt.

»Ob du die Tür zur Zelle abgesperrt hast, will ich wissen!«, schrie Müller ihm direkt ins Ohr.

Der Alte schüttelte den Kopf und hielt sich die Hand hinter die Ohrmuschel. Er schien nichts zu verstehen. Müller griff sich den riesigen Schlüsselbund, den Nass noch in seiner Hand hielt, und schritt zur Tür. Sie war unverschlossen.

»Du alter Narr!«, rief er. »Wann kapierst du, dass du einen Gefangenen richtig einzusperren hast? Sonst ist er doch kein Gefangener!«

Langsam schlurfte Nass heran und sah ihn begriffsstutzig an.

»Da drin sitzt Anton Weinand aus der Bingergasse. Den haben mir Thonets Gesellen vorhin hergebracht. Den muss ich nicht einsperren. Den kenne ich gut. Das ist einer von uns!«

Als Müller in seine weit aufgerissenen Augen sah, wusste er, dass es sinnlos war, ihn zurechtzuweisen. Severus Nass begriff es einfach nicht.

Den gesamten Weg von Thonets Werkstatt bis zum Eltzer Hof am entgegengesetzten Ende der Stadt gönnte Helena sich kein Innehalten. Ihr Tempo war nicht eben schicklich für ein junges Fräulein, aber darauf konnte sie jetzt keine Rücksicht nehmen.

Schließlich erreichte sie den Hof. Der Kopf schwirrte ihr von den Erlebnissen des Vormittags, zuerst auf dem Friedhof, später bei Thonets. Was sollte sie von all dem halten? Sollte sie ihren Eltern davon berichten? Dann aber müsste sie zugeben, sich der mütterlichen Anordnung widersetzt und eigenmächtig den Hof verlassen zu haben. Wahrscheinlich führte das nur dazu, dass sie nicht einmal mehr in Begleitung der Magd oder ihrer Brüder in der Stadt herumspazieren durfte. Was die beiden Jungs überhaupt dazu sagen würden? Sicherlich würde es sie ärgern, dass sie nichts davon mit eigenen Augen gesehen hatten!

Diese Überlegungen nahmen Helena derart in Beschlag, dass sie gar nicht darauf achtete, was sie vor dem Haus erwartete.

»Wo kommst du her? Wo hast du dich herumgetrieben?«

Bebend vor Zorn stand ihr Vater am Fuß der schmalen Treppe zum Hauseingang. Sein Backenbart vibrierte, die hohe Stirn glänzte schweißnass. Im Eifer des Gefechts hatte er wohl vergessen, eine Kopfbedeckung aufzusetzen. Die Hitze hatte ihm stark zugesetzt. Er musste schon länger in der prallen Frühlingssonne gestanden und auf Helena gewartet haben. Hinter seinem Rücken blickte die Mutter besorgt zu ihr herüber.

»Kind, was ist dir passiert? Wer hat dich so zugerichtet?«

Entsetzt schlug sie die Hände vor den Mund. Ihre Stimme klang eher besorgt denn verärgert. Rasch lief sie zu Helena, ließ ihren sorgenvollen Blick mehrmals über ihren Körper wandern.

Helena wusste, dass ihr Aufzug indiskutabel war: Der Saum des blau-weiß gestreiften Rockes starrte vor Schmutz, und von den Schläfen fielen mehrere Locken lose in ihr Gesicht. Ihre Wangen glühten vor Hitze und Aufregung, sie atmete schnell und keuchend. Beschämt neigte sie den Kopf. Wie erwartet, prasselten sogleich die Schimpftiraden ihres Vaters auf sie ein.

»Es ist eine Schande, dich in diesem Aufzug zu sehen. Bist du etwa ganz allein durch die Stadt gelaufen? Wie kannst du das deiner Mutter und mir antun? Hast du vergessen, was sich gehört?«

Einen kurzen Moment hielt Nicolaus Weissgerber inne, rang nach Luft und setzte dann gefährlich ruhig hinzu: »In den nächsten Tagen wirst du das Haus nicht mehr ohne meine ausdrückliche Zustimmung verlassen. Nicht einmal in den Garten wirst du gehen, ohne mich zuvor um Erlaubnis gefragt zu haben.«

Missbilligend warf er einen letzten Blick auf sie, drehte sich um und eilte ins Haus. Unterdessen hatte Franziska Weissgerber eine Hand auf Helenas Schulter gelegt. Schweigend standen sie nebeneinander. Eine Weile war nur das Zwitschern der Amseln zu hören.

»Komm herein und lass dich in Ordnung bringen«, erlöste ihre Mutter sie. »So sollte dich niemand mehr sehen.«

Gemeinsam gingen sie ins Haus, hinauf in den ersten Stock, in dem sich die Schlafgemächer der Familie befanden. Franziska Weissgerber wies die Magd an, ihnen einen Krug Wasser zum Waschen zu bringen. Aus dem Schrank in Helenas Zimmer holte sie ein frisches Kleid aus hellgelber Baumwolle und begann ihre Tochter bis auf Unterrock und Korsett auszukleiden.

»Willst du mir nicht erzählen, was passiert ist? Du siehst ganz schrecklich aus.«

»So fühle ich mich auch, Mama«, sagte Helena und brach in Tränen aus.

Sanft drückte ihre Mutter sie an die Brust und strich ihr über das Haar. Nach einigen Minuten fühlte Helena sich besser.

»Was bringt dich so durcheinander, mein Engel?«

Sie ließ ihre Tochter los, um eine ihrer hellbraunen Locken zurück unter die Haube zu stecken. Doch ihre Augen hafteten fest auf Helenas Gesicht.

»Stell dir vor, Mama, Lieselotte Weinand ist tot«, platzte Helena heraus.

»Nein!«

Bestürzt schlug Franziska Weissgerber die Hände zusammen, rang nach Atem. Schließlich fasste sie Helenas Arm und hielt sie fest.

»Was ist geschehen?« Unruhig musterte sie Helenas Gesicht. »Sie war doch kaum älter als du! Ein Unglück? Mein Gott, wie entsetzlich!«

Heftig schüttelte Helena den Kopf, begann zu erzählen. Stockend zunächst, dann immer flüssiger, bis sie zu den Ereignissen in der Friedhofskapelle und der Unterhaltung mit Veling kam. Sie suchte nach Worten, um das Ungeheuerliche in schickliche Worte zu fassen.

»Lieselotte hat, Mama, sie ist …«

»Was ist mit Lieselotte, mein Kind?«

Sanft strich die Mutter über ihr Haar, sprach ihr Mut zu, sich die Last von der Seele zu reden.

Eine Weile kämpfte Helena mit sich, setzte abermals zu berichten an, brach ab. Ängstlich sah sie in die wässrig blauen Augen ihrer Mutter. In den dunklen Punkten der Pupillen erkannte sie ihr eigenes Spiegelbild.

Nein, es ging nicht. Beim besten Willen nicht. Es war absolut undenkbar, ihrer Mutter das zu erzählen. Gleichzeitig spürte sie, dass die Geschichte für sie damit nicht zu Ende war. Noch lange nicht. Egal, was ihre Eltern dazu sagten. Egal, was sie ihr verboten. Lieselotte war ihre Freundin gewesen, beinahe zumindest. Sie waren immerhin auf dem besten Weg gewesen, Freundinnen zu werden. Gemeinsamkeiten hatten sie schon viele entdeckt. Lieselotte war ein anständiges Mädchen gewesen. Unvorstellbar, dass sie – nein, nicht Lieselotte! Auf einmal wusste Helena, dass sie herausfinden musste, wie das passieren konnte. Ob Lieselottes Schwangerschaft mit ihrem gewaltsamen Tod zusammenhing. Wer ihre Unschuld auf dem Gewissen und wer sie umgebracht hatte.

Verlegen wich sie dem immer noch besorgten Blick ihrer Mutter aus und trat ans Fenster.

Als sie hinuntersah, konnte sie erkennen, wie sich eine dürre Gestalt links bei der Remise herumdrückte und dann im Pferdestall verschwand. Lukas! Was hatte er hier zu schaffen? Wo kam er her? Wie war er unbemerkt in den Hof gekommen? Erregt drehte sie sich um und wollte hinausrennen. Ihre Mutter erwischte sie gerade noch am Arm und hielt sie zurück.

»Du bleibst hier! Zieh dich an und komm mit!«

Ihr Ton war plötzlich scharf, die Besorgnis in Verärgerung umgeschlagen.

»Du wirst mir heute nicht mehr von der Seite weichen. Es gibt genug zu tun, um dich auf andere Gedanken zu bringen!«

In der schmalen Zelle stand Anton Weinand am Fenster zur Burggasse. Seiner Größe wegen musste er sich zu der Mauernische hinunterbeugen. Den linken Ellbogen hatte er auf die breite Fensterbank gestützt, mit der rechten Hand umklammerte er den

Griff am Fensterkreuz. Trotz Müllers Auftauchen blickte Anton weiter starr aus dem Fenster.

»Bonnschur, Anton.«

Mit wenigen Schritten war Müller bei ihm und baute sich an seiner Seite auf, um ebenfalls hinauszusehen. Sein freundlich gemeinter Gruß blieb ohne Erwiderung.

Gemeinsam schauten sie eine Weile hinaus. Links war der dreigeschossige Prachtbau eines alten Adelshofs zu sehen, der zur Rheinseite hin die mittelalterliche Stadtmauer durchbrach. Direkt gegenüber standen niedrige Fachwerkhäuser. Die Fenster der Erdgeschosse waren geöffnet, ebenso die Tore zu den Innenhöfen. Die Frühlingsluft sollte den winterlichen Muff aus den Gemäuern vertreiben. Lautes Hämmern und Eisenschlagen waren aus einer Schmiede am rechten Ende der Häuserreihe zu hören.

Eine Magd balancierte anmutig einen Korb voll mit weißer Wäsche, den sie nur mit einer Hand festhielt, auf dem Kopf. Gerade schlug sie den Weg quer über den Platz zur Ablassgasse ein. Kinder liefen ihr von allen Seiten in den Weg, neckten sie und versuchten sie mit Grimassen zum Lachen zu bringen.

»Pass gut auf, Marie! Die wollen dir den Korb abspenstig machen!«

Eine alte Frau, die eben noch völlig in Gedanken versunken auf der Bank unter der gewaltigen Kastanie nahe des Burggrabens gesessen hatte, erwachte mit einmal zu neuem Leben. Sie winkte und lachte der Magd zu, nickte beifällig, als diese die Kinder mit einer Handbewegung wegscheuchte.

»Was hast du dir dabei gedacht, Thonets Gesellen anzugreifen?«, fragte Müller schließlich.

Anton blieb stumm.

»Das mit deiner Schwester tut mir Leid«, fuhr Müller fort. »Eure Familie hat es in den letzten Monaten hart getroffen. Das wissen alle in der Stadt. Ich denke, man wird euch helfen, so gut es geht.«

Nichts an der Haltung des Burschen verriet, dass die Worte bis zu ihm durchdrangen. Müller trat einen Schritt näher und musterte Antons ebenmäßiges Profil. Um den Mundwinkel lag ein bitterer Zug, viel zu früh für einen jungen Mann wie ihn. Wie alt mochte er sein? Neunzehn? Zwanzig? Der Unfall des älteren Bruders hatte ihn zwar vor dem Dienst in der Landwehr bewahrt, das einzig Gute an der Geschichte. Ob es für ihn selbst allerdings gut gewesen war, das vermochte Müller nicht zu beurteilen. Für seinen Vater war Anton seither als Arbeitskraft unentbehrlich. Trotzdem stritten die beiden ständig, manchmal so laut, dass Müller auf seinen morgendlichen Runden durch die Stadt oft versucht war einzugreifen. Das Zusammenleben mit einem solchen Vater war für Anton sicherlich eine schwere Last.

Plötzlich erklang draußen vor dem Fenster ein heller Schrei. Schnell wandte Müller den Blick dorthin. Eines der Kinder war beim Seilspringen hingefallen. Nun lag es weinend auf dem Boden und hielt sich das aufgeschlagene Bein. Hilflos standen die anderen um es herum. Es dauerte eine Weile, bis sich die Alte von der Bank erhoben und zu dem gestürzten Kleinen begeben hatte. Sie zerrte es am Arm nach oben und strich ihm tröstend über den Kopf.

Müller dachte an die drei kleineren Geschwister Antons. Lieselotte hatte sich seit dem Tod der Mutter um sie gekümmert. Wer würde nun für sie sorgen? Unvorstellbar, dass Heinrich Weinand das selbst übernahm.

»Du kannst nach Hause gehen«, sagte Müller, »sobald du mir ein paar Fragen beantwortet hast.«

Träge wandte Anton den Kopf und sah ihn an, sagte allerdings nichts.

»Warum bist du in Thonets Werkstatt gelaufen? Was hast du mit dessen Gesellen zu schaffen?«

Er ließ ihm eine ganze Weile Zeit, wartete unterdessen immer angespannter. Anton blickte stur aus dem kleinen Fenster hinaus. Als er sich nicht rührte, bohrte Müller weiter.

»Was hat Martin Altdorf mit Lieselottes Tod zu tun?«

»Fragen Sie das diesen elenden Bastard lieber selber!«

Er stieß die Worte heraus, als ekelte ihn jeder einzelne Buchstabe. Seine blauen Augen schwammen in Tränen. Schnell wischte er sie weg, zog die Nase hoch und lehnte die Stirn an den Fenstergriff.

»Das werde ich noch tun. Doch du erklärst mir vorher, warum du ausgerechnet auf diesen Gesellen losgegangen bist.«

»Er ist kein richtiger Geselle.«

»Meinetwegen. Aber warum hast du ihn verprügelt?«

»Weil er sie auf dem Gewissen hat!«

Empört schrie Anton die Antwort gegen das Fenster. Seine Schultern bebten, er weinte hemmungslos. Dabei klammerte er die Hände um den Fensterknauf, bis die Fingerknöchel weiß wurden.

»Wie kommst du darauf? Hast du gesehen, dass er sie umgebracht hat?«

Anton schüttelte den Kopf. Er schluchzte noch ein paar Mal, bis er sich so weit im Griff hatte, dass er ruhiger sprechen konnte.

»Nein, natürlich nicht. Aber wer soll es sonst getan haben? Altdorf war hinter ihr her. Er hat sie verhext. Sie war wie von Sinnen, seit sie ihn kannte. Sie war nicht mehr unsere Lieselotte!«

Nun drehte er sich wieder zu Müller, sah ihm offen ins Gesicht.

»Sie sollte Sebastian Reitz heiraten. Nächstes Jahr, wenn er die Backstube seines Vaters übernimmt. Das wäre eine gute Partie gewesen. Alles war längst zwischen ihm und meinem Vater abgemacht. Dann aber kreuzte dieser evangelische Abschaum auf, und auf einmal war ihr Sebastian nicht mehr gut genug. Das muss man sich einmal vorstellen: bald ein gestandener Meister mit eigenen Gesellen, und trotzdem war ihr der nicht mehr gut genug! Und wen wollte sie dafür? Diesen Handlanger, der keinen Groschen in der Tasche hat!«

Mit jedem Satz steigerte Anton sich tiefer in seine Wut hinein. Schon raufte er sich die Haare, stampfte mit den Füßen auf, rang mehrmals die Fäuste in der Luft.

»Wie kommst du darauf? Was hat Lieselotte getan, dass du ihr das zutraust?«

Abrupt hielt Anton inne. Für einen Moment schien ihn diese Frage in eine andere Welt zu versetzen. Angestrengt überlegte er, bevor er antwortete.

»Ab Herbst, so um St. Martin herum, hat sie damit angefangen, Reitz aus dem Weg zu gehen. Wenn sie ihn gesehen hat, ist sie auf die andere Seite gegangen, hat nicht mehr mit ihm geredet, wenn wir ihn irgendwo getroffen haben. Das ist doch auffällig!«

Wieder schwoll seine Stimme an. Gedankenvoll nickte Müller und fragte weiter: »Wo hat deine Schwester diesen Martin Altdorf kennen gelernt? Mit diesen Leuten habt ihr doch nichts zu tun.«

Erstaunt sah Anton ihn an. Erst nach einigem Überlegen antwortete er: »Es war auf der Orgelbornkirmes im letzten Jahr. Da tanzt doch jeder mit jedem, Geselle mit Magd, Bürgerstochter mit Tagelöhner, ganz durcheinander geht es da zu.«

Müller hörte aufmerksam zu. Allzu gut fiel seine Erinnerung an das bunte Kirmestreiben nicht aus. In den letzten Jahren war die Fröhlichkeit etwas außer Kontrolle geraten, was sicherlich mit dem zunehmenden Weingenuss zusammenhing. Dabei hatte man den übelsten Brauch, das Hinkelschlagen, Pfarrer Berger zuliebe längst aufgegeben. Dieses Spektakels wegen waren Müller und seine Hunsrücker Kumpane in ihrer Jugend eigens zur Bopparder Orgelbornkirmes gewandert: Lüstern hatten sie zugeguckt, wie das an einer dünnen Leine herumlaufende Huhn von vier Männern der Nachbarschaften, denen man die Augen verbunden hatte, umringt und mit Dreschflegeln zu Tode geschlagen wurde. Obwohl diese Bestialität seit langem abgeschafft war, kam es während der Festtage immer wieder zu Ausschweifungen. Jedes Jahr wurden mehrere Männer ins Arresthaus gesperrt. Allerdings waren Müller weder Anton Weinand noch Sebastian Reitz oder Martin Altdorf jemals unangenehm aufgefallen, geschweige denn, unter den Querulanten gewesen, die er hatte festnehmen müssen.

»Warum weißt du das mit der Kirmes noch so genau?«, hakte Müller nach.

»Weil es nur wenige Wochen vor dem Tod meiner Mutter gewesen ist. Die letzte Kirmes, bei der mein Bruder Johann …«

Der Rest des Satzes ging in heftigem Schluchzen unter.

Müller wartete einen Moment, dann ermunterte er ihn: »Ist gut, mein Junge. Erzähl weiter.«

Schniefend wischte sich Anton mit dem Handrücken die Nase, bevor er fortfuhr: »Altdorf ist schon vorher eine ganze Zeit um unser Haus geschlichen. Er wohnt nicht weit weg, am Binger Tor, glaube ich. Jeden Tag kommt er auf dem Weg zur Arbeit bei uns vorbei. Dabei ist das gar nicht der direkteste Weg. Auf der Kirmes hat er die Gelegenheit beim Schopf gepackt und meine Schwester zum Tanzen aufgefordert. Zwei, drei Mal ist harmlos, da denkt man sich nichts, auch nicht bei einem wie ihm. Als ich gemerkt habe, dass er immer wieder zu ihr gegangen ist und sie, immer nur sie, zum Tanzen gebeten hat, war mir klar, dass er mehr wollte. Sie wissen, Müller, wie gern diese evangelischen Tagelöhner unseren Mädchen nachstellen: Eine Heirat mit einer Einheimischen ist die einzige Chance für sie, bei uns Fuß zu fassen.«

»Du bist also dazwischen und hast deine Schwester von ihm weggeholt?«

Tiefe Röte überzog Antons Gesicht. Beschämt sah er zu Boden.

»Nicht so ganz. Natürlich bin ich hin und habe Lieselotte gesagt, dass sich das für ein anständiges Mädchen nicht gehört. Aber sie ist wie ausgewechselt gewesen, nicht die Lieselotte, die ich gekannt habe. Sie hat mich ausgelacht und gesagt: ›Was ist schon dabei? Wir tanzen doch nur!‹ Verstehen Sie, Müller? Da muss er sie schon verhext haben. So hat sie vorher nie geredet! Wäre ich da nur stur geblieben! Lieselotte hat immer getan, was wir ihr gesagt haben. Dann aber hat sich Altdorf vor mich hingestellt und gegrinst. Am liebsten hätte ich sofort zugeschlagen, aber Johann hat mich von ihm weggerissen. Er hat mich gewarnt, eine Prügelei mit den Evangelischen anzufangen. Hätte ich nur nicht auf meinen Bruder gehört! Ich hätte Lieselotte vor dem Bastard bewahren können. Jetzt ist sie tot! Mein Gott!«

Heftig schüttelte er den Kopf, trat erst mit dem Fuß gegen die Wand, begann mit den Fäusten gegen die Mauern zu trommeln. So schnell, wie ihn dieser Anfall überkommen hatte, so schnell war er wieder vorbei.

»Vom Tanzen allein passiert nichts«, bohrte Müller weiter. »Was war danach? Haben sich die beiden wieder getroffen? Wie kommst du darauf, Lieselotte hätte seinetwegen die Verlobung mit Reitz gelöst?«

»Ich weiß es nicht«, gestand Anton kleinlaut ein.

»Was heißt das? Kannst du das nicht mit Bestimmtheit sagen? Wie kommst du dann dazu, Martin den Tod Lieselottes anzuhängen?«

Wütend riss Müller ihn an der Schulter.

»Einige Male habe ich gesehen, wie Lieselotte und Altdorf beieinander gestanden und geredet haben. Dabei hatten sie doch nichts miteinander zu tun! Außerdem ist Lieselotte seit St. Martin auf einmal so anders gewesen, viel stiller als sonst. Und sie hat Reitz gegenüber so merkwürdig getan. Das habe ich Ihnen ja eben schon erzählt.«

»Das heißt nichts. Eure Mutter ist gestorben, euer Bruder Johann verunglückt –«

»Ja, schon, aber –«

»Was war mit Reitz?«, fiel Müller ihm ins Wort, weil ihm gerade eine andere Idee gekommen war. »Was hat er getan, als Altdorf deiner Schwester so offen den Hof gemacht hat? Warum hat er das zugelassen? Er hätte die Ehre seiner Braut verteidigen müssen.«

»Auf der Kirmes ist er nicht gewesen, deshalb hat er das Getanze der beiden nicht mitbekommen. Sie wissen schon, Reitz war damals noch in Trauer um seinen Großvater.«

»Aber danach? Hat er danach nicht etwas gemerkt? Wenn deine Geschichte stimmt und Lieselotte sich ihm gegenüber anders verhalten hat, muss es ihm doch auch aufgefallen sein. Sicher hat er mit dir darüber geredet, oder?«

»Nein, das hat er nicht. Mir ist es so auch am liebsten gewesen. Sonst wäre er am Ende noch zu unserem Vater gerannt und hätte ihm alles gesagt. Der hätte Lieselotte vor Wut totgeschlagen! Seitdem erst Mutter und kurz darauf Johann gestorben ist und uns ein Unglück nach dem anderen getroffen hat, ist unser Vater ziemlich seltsam geworden. Er hat uns alles verboten, keiner hat ohne sein Wissen aus dem Haus gehen dürfen. Wenn er geahnt hätte, dass Lieselotte sich hinter seinem Rücken mit Altdorf getroffen hat und Reitz nicht mehr wollte – nein, von mir hätte Reitz das nie erfahren! Oh Gott, vielleicht hätte ich das Schlimmste verhindern können!«

In seinen Augen blitzte es unruhig. Nach kurzem Schweigen fing er erneut an zu lamentieren: »Ein dahergelaufener Kerl! Evangelisch noch dazu! Richtige Habenichtse sind das! Martin hat nicht einmal etwas Ordentliches gelernt. Als Hilfskraft hat er bei Thonet angefangen und sich nach und nach das Vertrauen des Meisters erschlichen, bis der ihn dem eigenen Sohn vorgezogen hat. So einer hat unsere Lieselotte verführt! Das geht doch nicht mit rechten Dingen zu!«

Er starrte Müller an. Den überlief es heiß und kalt, als er diesen Blick auf sich spürte.

»Verhext muss er sie haben! Ganz gewiss. Und jetzt hat er sie ins Verderben gestürzt!«

Mit diesen Worten fiel er in sich zusammen. Langsam rutschte er mit dem Rücken die grob gekalkte Wand entlang nach unten und kauerte sich, die Hände vors Gesicht geschlagen, am Boden wie ein Wurm zusammen. Leise wimmerte er vor sich hin.

Hilflos stand Müller neben ihm. Gern hätte er ihm auf die Schulter geklopft, ihm Trost zugesprochen. Er setzte dazu an, doch unterließ er es im letzten Moment.

»Du kannst gehen«, sagte er schließlich leise und fügte, als Anton erstaunt aufsah, hinzu: »Aber versprich mir, Thonets Gesellen in Ruhe zu lassen und einen weiten Bogen um die Werkstatt zu machen.«

»Müller! Was ist los in der Stadt? Warum gibt es hier einen Aufruhr nach dem anderen? Was treiben Sie den ganzen Vormittag?«

Noch bevor der Polizeidiener die Treppen in den ersten Stock erklommen hatte, schallte ihm das Gebrüll des Bürgermeisters durchs ganze Rathaus entgegen. Eilig hastete Müller am Pult des Schreibers vorbei ins Amtszimmer von Matthias Jacobs. Der thronte in einem aufwendig geschwungenen Armlehnstuhl hinter einem nicht minder eleganten Schreibtisch mit Einlegearbeiten aus Kirschholz.

»Ja bitte?«, fragte er möglichst unbeteiligt, als er vor dem Bürgermeister stand.

»Tun Sie nicht so, als gäbe es nichts zu berichten.« Jacobs' Stimme war leiser geworden: »Sie wissen genau, dass sich die Geschichte mit der Leiche an der Eisbrech wie ein Lauffeuer durch die Stadt verbreitet hat. Von den anderen Vorfällen wie der Schlägerei bei Thonets ganz zu schweigen. Doch eins nach dem anderen: Was ist heute früh genau passiert? Stimmt es, dass es sich bei der Toten im Rhein um ein Mädchen aus unserer Stadt handelt?«

Der Bürgermeister erhob sich und kam, die Arme hinter seinem Rücken verschränkt, die Brust hervorgewölbt, hinter dem Tisch hervor. Seine schlanke, aufrechte Gestalt wirkte elegant: Das feine Tuch seines dunklen Gehrocks war von bester Qualität, ebenso seine Hosen und die gut gewichsten Lederschuhe. Ein Hauch teuren Parfums umwehte ihn. Um einige Jahre jünger als Müller machte er eine stattliche Figur. Die Würde, die er ausstrahlte, passte zum höchsten Amt der Stadt, wie Müller bewundernd feststellte.

»Also? Ich höre.«

Jacobs' nach unten gezogene Mundwinkel zuckten.

»Herr Bürgermeister«, mit einer Verbeugung kam der Schreiber aus dem Vorraum herüber, »Ihr Frühstück ist da.«

Hinter ihm, in der offenen Tür, entdeckte Müller ein Mädchen mit frisch gestärkter Schürze und Haube. Es wagte nicht, unaufgefordert in die Amtsstube einzutreten. Es handelte sich um eine der Mägde aus Jacobs' Gasthaus »Zur Post«. In ihren Händen hielt sie ein großes Tablett mit einem üppigen Imbiss: mehrere Scheiben feines, helles Brot, dick mit Butter bestrichen, ein Teller mit saftigem Schinken und feinem holländischen Käse, dazu eine Schale mit getrocknetem Obst. Aus einer Kanne dampfte es. Der Geruch nach echtem Bohnenkaffee breitete sich rasch im ganzen Zimmer aus.

Müller lief das Wasser im Mund zusammen, dabei war er diesen Auftritt gewohnt: Jeden Vormittag musste er mit knurrendem Magen zusehen, wie der Bürgermeister den seinen gemächlich mit dem zweiten Frühstück füllte, während er ihm von seinem Rundgang durch die Stadt zu berichten hatte.

»Bring es hierher.«

Ungeduldig winkte Jacobs die Magd zum Tisch. Sie trippelte auf ihn zu, stellte ihre Last ab und verschwand in gebückter Haltung.

Schade, dachte Müller, sie hat so ein liebliches Lächeln.

»Müller! Berichten Sie endlich!« Der Ton des Bürgermeisters klang alles andere als freundlich.

Müller gab sich einen Ruck und fasste hastig die Vorkommnisse an der Eisbrech und in der Stadt zusammen. Dabei bemühte er sich, die Entdeckung der Würgemale am Hals der Toten herunterzuspielen. »Noch wissen wir also nicht, ob es wirklich ein Mord gewesen ist.« Jacobs wirkte nachdenklich. »Das kann uns erst Kreisphysikus Heusner sagen. Wo steckt Heusner eigentlich? Warum haben Sie ihn nicht gleich zur Eisbrech gerufen? Die offizielle Obduktion darf nur er vornehmen. Hoffentlich fühlt er sich nicht übergangen. Sie wissen, was das bedeutet, wenn er sich gar beim Landrat über unsere Vorgehensweise beschwert.«

»Soweit ich weiß, kommt er erst morgen zurück. Er ist wohl zur Inspektion auf dem Hunsrück unterwegs.«

Insgeheim beruhigte es Müller selbst. Bis der endgültige Bericht des Kreisphysikus vorlag, bestand die geringe Hoffnung, dass sich der Tod Lieselottes doch noch als natürlicher erweisen konnte, trotz der Ereignisse um ihren Bruder, ihren Verlobten Reitz und Thonets Gesellen Martin Altdorf.

Auch Jacobs zeigte sich vorübergehend etwas besänftigt. »Und bei der Toten handelt es sich tatsächlich um Lieselotte Weinand?« Die Falten um seine Mundwinkel sanken noch weiter herab. »Ist das nicht die älteste Tochter des Fassbinders Heinrich Weinand aus der Bingergasse?«

Der Bürgermeister trat zum Fenster. Wütendes Gezeter drang bis in das Amtszimmer hinauf. Von dort sah man hinunter auf den Marktplatz. Gerade packten die letzten Marktleute ihre Waren ein, bedrängt von einigen Hausfrauen, die hofften, zu dieser späten Vormittagsstunde die Preise herunterhandeln zu können. An Jacobs' Miene erkannte Müller, dass der Bürgermeister innerlich heftig mit sich rang, nicht das Fenster zu öffnen und »Macht Schluss mit euren Wucherpreisen!« hinunterzubrüllen. Das tat er öfter, was ihm kaum Freunde unter den Marktleuten, dafür umso mehr Achtung bei den Hausfrauen einbrachte. Im selben Moment fuhr Jacobs herum. Müller erschrak.

»Beim Fassbinder Weinand müssen wir aufpassen.« Jacobs begann mit leiser Stimme, wurde mit jedem Satz lauter. »Der neigt zu plötzlichen Wutanfällen. Hoffentlich sorgt der uns nicht für Ärger. Sein Sohn Anton scheint diesen Wesenszug von ihm geerbt zu haben, wie sein Überfall auf Thonets Werkstatt zeigt.«

»Anton Weinand hat nicht Thonets Werkstatt, sondern dessen Gesellen –«.

»Schon gut, Müller, schon gut«, fiel ihm der Bürgermeister ins Wort. »Aber bei allem Verständnis für die Trauer der Familie: Wir müssen aufpassen, dass die Sache nicht eskaliert. Wir müssen die Weinands in Schach halten, damit es nicht noch einmal zu solchen Ausbrüchen kommt.«

Müller bemerkte, dass der Bürgermeister sich mühte, trotz seiner Befürchtungen freundlich auszusehen und die Mundwinkel nach oben zu ziehen. Es half wenig. Sein Gesichtsausdruck blieb grimmig. Zu tief hatten sich die Furchen schon als feste Linien rechts und links vom Mund bis zum Kinn hinab eingegraben.

»Vielleicht hat sich der alte Veling in seiner Diagnose doch getäuscht. Man hört so einiges über ihn. Immer häufiger soll sein Verstand ihn schon im Stich gelassen haben.«

Müller biss sich auf die Lippen und äußerte sich nicht dazu, obwohl ihn Jacobs abwartend ansah.

»Ihnen ist klar, dass Sie gemeinsam mit dem Kreisphysikus ein offizielles Protokoll der Obduktion anzufertigen haben«, setzte der Bürgermeister in scharfem Ton nach.

»Das wird nicht vor seiner Rückkehr morgen Nachmittag passieren können«, parierte Müller.

»Gut. Damit gewinnen wir Zeit, um bis dahin mehr über die Lebensumstände der jungen Frau herauszufinden. Wo ist die Tote jetzt?«, fragte Jacobs schon etwas freundlicher.

»Ich habe sie in die Friedhofskapelle schaffen lassen.«

»Auch gut. Sehr gut.«

Mehrmals fuhr sich Jacobs über das Kinn. Dann hob er den Blick, zeigte mit dem rechten Finger entschlossen auf Müllers Brust.

»Sie sorgen dafür, dass es keinen weiteren Aufruhr in der Stadt gibt. Dass vorläufig kein weiterer von den Würgemalen erfährt. Jeder, der davon spricht, wird sofort zurechtgewiesen. Ist das klar?«

Jacobs' Stimme schwoll wieder an. Müller wollte einwerfen, dass es dazu längst zu spät sei, dass bereits zu viele Menschen Velings Urteil an der Eisbrech mitbekommen hatten.

Ärgerlich winkte der Bürgermeister ab und wiederholte seine Warnung: »Passen Sie mir nur ja gut auf den alten Weinand und seinen Sohn auf. Die sind unberechenbar!«

Er ging einige Male vor dem Fenster auf und ab, bis er sich beruhigt hatte.

»Eins sollten wir auch nicht vergessen: Es ist nicht die erste Leiche, die bei uns angeschwemmt wurde. Seit vierzehn Jahren bin ich jetzt schon Bürgermeister. Ich kann gar nicht mehr zählen, wie oft ich mich schon mit solchen Geschichten beschäftigen musste.«

Jacobs wurde leiser: »Damit will ich nur sagen, Müller, dass wir nicht immer gleich das Schlimmste befürchten sollten. Die Male an Lieselottes Hals müssen gar nichts bedeuten. Vielleicht hat sie sich das Halstuch zu fest zugeschnürt.«

Sinnierend hob er den Blick gen Zimmerdecke. Eine schlicht gehaltene Rosenranke wand sich dort. Mit den Augen fuhr er ihre Schwünge nach, bewegte dabei sacht den Kopf. Erst als er mit dem Studium des Deckenschmucks fertig war, ergänzte er: »Wir sollten die Möglichkeit im Auge behalten, dass Lieselotte genauso gut auch von allein ins Wasser gegangen sein könnte. Etwa aus Kummer. Die Weinands mussten in den letzten Monaten einiges an Schicksalsschlägen einstecken.«

Müller nickte. Diese Version würde ihm persönlich auch mehr behagen. Allerdings sprachen die Ereignisse der letzten Stunden dagegen.

»Ich sehe, Müller, Sie haben Ihre Pflicht erfüllt.«

Nach dieser Feststellung blickte Jacobs auffällig zum Schreibtisch, auf dem einige Schriftstücke lagen. Müller wartete geduldig, ob der Bürgermeister noch weitere Anweisungen für ihn hatte oder ihn damit entließ. Beim Blick auf das Tablett mit dem noch nicht angerührten Frühstück knurrte sein Magen. Im selben

Moment schlug es von der Severuskirche eins, und das Glockengeläut überdeckte das Knurren.

»Sie können erst einmal Mittag machen«, schlug Jacobs vor, ohne noch einmal aufzusehen. Stattdessen wedelte er mit der rechten Hand, als wollte er eine lästige Fliege verscheuchen. Grußlos drehte Müller sich um und ging zur Tür. Fast hatte er sie erreicht, als der Bürgermeister ihn zurückrief.

»Müller, kommen Sie noch einmal zu mir!«

Schwerfällig setzte Müller sich in Bewegung. Eigentlich hatte er genug, wollte endlich zum Essen nach Hause. Der Vormittag war lang gewesen. Als er neben Jacobs stand, neigte der verschwörerisch den Kopf, vermied allerdings jeden Blickkontakt.

»Nächste Woche ist wieder der monatliche Zeitungsbericht an den Landrat in St. Goar fällig.«

Jacobs räusperte sich. Müller ahnte, was kommen würde.

»Nun ja. Also – ganz im Vertrauen.« Der Bürgermeister zog den Polizeidiener dicht an sich heran und flüsterte ihm ins Ohr: »Sie wissen genau, wie es um mein Verhältnis zu unserem Landrat bestellt ist. Dieser evangelische Bock, dieser ...!«

Erneutes Räuspern. Dann sagte er lauter: »Seit dieser Geschichte mit der Stadtratswahl im letzten Jahr, die nicht anerkannt wurde, wartet der doch nur auf eine Gelegenheit, mir einen Knüppel zwischen die Beine zu werfen. Sie kennen die lästige Geschichte, Müller. Und Sie wissen, dass der Kreisphysikus Heusner dem Landrat in St. Goar sehr nahe steht. Nicht nur wegen ihres gemeinsamen evangelischen Glaubens. Obendrein hat Stadtrat Thomas, auch so ein schöner Freund des Landrats, obwohl er eigentlich katholisch ist, aber so weit geht bei diesen Brüdern die Liebe zum Glauben dann doch nicht, also obendrein hat unser lieber Thomas schon mehrmals öffentlich angekündigt, mich binnen eines Jahres meines Amtes zu entheben. Heusner wird alles tun, ihn dabei zu unterstützen. Sollte uns also in dieser Geschichte mit der Toten aus dem Rhein eine Unkorrektheit passieren, wäre das ein gefundenes Fressen für die beiden. Sie können sich ausrechnen, Müller, was das am Ende bedeutet. Auch für Sie.«

Er tätschelte Müllers Schulter. Der schluckte. Ungerührt sprach Jacobs weiter.

»Wenn an der Geschichte mit der toten Weinand etwas Seltsames dran ist oder uns bei der Aufklärung ein Fehler unterläuft, dann werden der Stadtrat und der Kreisphysikus das rasch herausfinden, um es nach St. Goar zu tragen. Den beiden müssen wir zuvorkommen: Spätestens in ein paar Tagen ist der Tod endgültig geklärt, verstanden, Müller?«

Wachsender Unmut

Mit einem lauten »Hau ruck!« wurde das Fuhrwerk wieder aufgestellt. Sechs der stärksten Gesellen aus der Werkstatt waren dazu nötig. Die Franziskanergasse bot wenig Platz, der Wagen war breit und schwer. Zwei Versuche waren bereits fehlgeschlagen: Einmal hatte einer der Männer im letzten Moment loslassen und zur Seite springen müssen, weil ihn sonst das senkrecht hochgehobene Fuhrwerk an der Hauswand zerquetscht hätte. Krachend war der Wagen zurück auf den Boden geschlagen und auf der Seite liegen geblieben. Die Männer mussten ihn erst ein Stück weiter in die Mitte schieben und sich dann von neuem ans Aufrichten machen. Beim nächsten Versuch war Franz, der Sohn des Meisters, auf den rutschigen Pflastersteinen ausgeglitten. Gerade noch hatte er zur Seite entweichen können, bevor der Wagen erneut unter Getöse auf das Pflaster gekracht war. Im dritten Anlauf gelang es ihnen, den schweren Wagen in der schmalen Gasse wieder aufzustellen.

»Hau ruck!« erklang es noch einmal. Dann war es vollbracht. Die Männer rieben sich den Schweiß von der Stirn und blieben erschöpft stehen. Einer der Lehrlinge kam mit einem Krug Wasser auf die Straße gerannt. Gierig schütteten sich die Gesellen das erfrischende Nass in die Kehlen und scherten sich nicht darum, dass es ihnen vom Kinn hinab auf die Brust rann und auf ihren leinenen Hemden dunkle Spuren hinterließ.

»Keine Pause! Wir haben nicht viel Zeit«, drängte Michael Thonet, der die ganze Zeit über dicht dabei gestanden hatte.

Ungeduldig begann er zwischen ihnen und dem wieder aufgerichteten Fuhrwerk hin und her zu gehen. Dabei raufte er sich das graue Haar, zwirbelte an seinem struppigen Bart. Alle paar Schritte bückte er sich nach einem abgebrochenen Stuhlbein oder den Resten eines kleinen Tischchens, die in der Gasse herumlagen. Betrübt musterte er die Teile.

»Das taugt allenfalls noch als Brennholz!« Wütend warf er die Stücke zur Seite. »Wer ersetzt mir diesen Schaden?«

Franz lehnte, die Mütze in den Nacken geschoben, die sehnigen Arme vor der Brust verschränkt, erschöpft am Hofeingang und beobachtete ihn eine Weile.

»Frag mal den, dem du all das zu verdanken hast.«

»Wen meinst du damit?«

Franz blieb die Antwort schuldig und zuckte nur mit den Schultern. Nach einer Weile fügte er hinzu:»Das weißt du ganz genau. Ich habe dich schon oft vor Martin Altdorf gewarnt. Der Bursche ist nicht ganz sauber. Es gibt da ein paar Dinge, die du über ihn wissen solltest.«

»Die will ich gar nicht wissen.« Thonet machte eine wegwerfende Handbewegung. »Er ist ein anständiger Kerl. Ich vertraue ihm.«

»Du solltest vorsichtiger sein, Vater. Nicht nur bei Altdorf«, probierte Franz es erneut.»Du solltest dich bei der Auswahl deiner Gesellen besser vorsehen. Diese evangelischen Burschen bringen uns nur Ärger ein.«

»So ein Unsinn!«

Thonet baute sich vor seinem Sohn auf und sah ihm geradewegs in die Augen. Eine Weile hielten sie ihren Blicken stand, dann wandte sich der alte Thonet ab und musterte die Holzteile zu seinen Füßen. Dabei sprach er in ruhigem, aber bestimmtem Ton weiter:»Das sind gute Arbeiter. Die packen kräftig an. Wen sollen wir deiner Meinung nach denn sonst in unsere Werkstatt nehmen?«

»Richtige Tischler, ausgelernte Gesellen. So wie andere Meister auch, und nicht diese dahergelaufenen Tagelöhner. Gesellen gibt es genug. Derzeit sind viele unterwegs, die eine Stellung suchen. Du musst nicht einmal in der Koblenzer Zeitung inserieren. Die kommen von allein. Jeden Tag schicke ich welche weg. Auch unter den Boppardern sind einige, die wir sofort nehmen könnten.«

»Hauptsache, die sind alle katholisch getauft, oder was?« Die Stimme des alten Thonet wurde lauter. Drohend baute er sich vor Franz auf, verschränkte die Arme vor der Brust.»Eins sage ich dir, mein Sohn. Du hast das Prinzip, mit dem ich Möbel herstellen möchte, nicht begriffen: Ausgelernte Tischlergesellen sind unnötig in unserer Werkstatt. Bei meinem Verfahren reicht es, wenn du und ich eine ordentliche Tischlerausbildung haben. Die anderen müssen nur tun, was wir ihnen sagen. Ausgelernte Tischler können wir gar nicht bezahlen. Unsere Möbel dürfen nicht zu teuer werden. Das ist unser Geheimnis!«

»Zu teuer? Das will ich nicht hoffen, Meister Thonet! Sonst bleiben die guten Geschäfte aus, nicht wahr?«

Ohne dass Franz und sein Vater es bemerkt hatten, war ein älterer Herr an sie herangetreten. Seine schmal gestreiften Hosen, der knielange schwarze Rock darüber und der hoch aufragende Zylinder, den er zum Gruß kurz lüpfte, verrieten, dass er viel Zeit und Geld in seine äußere Erscheinung investierte. Als er nun, den Hut wieder fest auf dem Kopf, vor ihnen stehen blieb und sich der Rock über der kaum zu verbergenden Fülle seines Bauches auseinander schob, blitzte darunter ein hellrotes Seidenwams mit auffällig gelben Punkten hervor.

»Bonnschur, Herr van Meerten.«

Die Verbeugung, die Michael Thonet vor ihm machte, fiel tief aus. Franz verfolgte die Unterwürfigkeit seines Vaters mit Missfallen.

»Wie ich sehe, ist der Wagen für die Fahrt zur Messe noch nicht beladen. Was ist passiert? Hier ist wohl einiges zu Bruch gegangen. Ein Unglück, wie ich meine?«

Angewidert schob er mit der Spitze seines blank gewienerten schwarzen Lederschuhs ein Stück Holz beiseite.

»Ich hoffe, Ihre Teilnahme an der Ausstellung in Mainz ist nicht in Gefahr! Machen Sie mir keinen Kummer, Meister! Sie wissen, welch wichtige Kontakte wir dort zu knüpfen hoffen. Davon hängt viel für uns ab.«

»Wem sagen Sie das!«

»Sie haben noch genug Stühle und Tische, die Sie dort zeigen können?«

Ohne auf eine Einladung zu warten, war van Meerten in die Werkstatt getreten und beäugte kritisch die dort herrschende Unordnung. Die beiden Thonets folgten ihm dicht auf den Fersen, Michael Thonet, um den schlimmen Eindruck, den die verwüstete Werkstatt hervorrief, abzuschwächen, Franz, um mitzubekommen, was der Vater mit van Meerten zu bereden hatte.

»Zum Glück fertige ich auf Vorrat. Außerdem sind meine besten Stücke von dem Malheur verschont geblieben«, beeilte sich Michael Thonet zu versichern. »Sie müssen sich keine Sorgen machen. Ich habe genug Exponate, um das von mir entwickelte Verfahren der Biegetechnik eindrucksvoll zu demonstrieren. Gerade ein Sessel, den ich dort hinten lagere, wird die Eleganz und Leichtigkeit dieses Herstellungsverfahrens beweisen. Wenn Sie mitkommen wollen, dann zeige ich Ihnen das gute Stück!«

Er legte van Meerten, der ungefähr seine Größe hatte, eine Hand auf die Schulter, um ihn zu dem erwähnten Möbel zu führen. Widerstrebend ließ es van Meerten geschehen, rümpfte allerdings ganz offenkundig die Nase ob des penetranten Geruchs in der Werkstatt.

»Ja, ja, der Glutinleim riecht etwas streng«, sagte der alte Thonet. »Allerdings muss er dort hinten auf dem Feuer permanent köcheln. Gerade befinden sich Leisten im Leimbad. Haben Sie eigentlich schon Nachricht, wie es um unsere Patentanträge bestellt ist?«

»Leider nein. Ich fürchte, Thonet, das dauert zu lang. Wir haben beide sehr viel investiert. Wie Sie wissen, bin ich nur ein bescheidener Rentier. Meine Geldmittel sind sehr begrenzt. Ich denke, wir sollten darüber nachdenken, weitere finanzkräftige Partner zu gewinnen.«

Abrupt blieb Michael Thonet stehen und starrte seinen Geschäftspartner an. Franz tat so, als müsse er just in diesem Moment dringend an der Säge unweit der beiden etwas erledigen. Neugierig spitzte er die Ohren.

»Keine Sorge, mein Guter«, beruhigte van Meerten den Vater. »Ich habe meine Fühler schon ausgestreckt. Ich war gestern in Koblenz und habe einige interessante Gespräche geführt. Die Brüder Caspers, der Goldschmied Mantell und Leopold Seligmann sind unserem Vorhaben nicht abgeneigt. Wir sollten in den nächsten Tagen gemeinsam mit ihnen sprechen und ihnen einiges vorführen. Denken Sie, Sie können das einrichten, sobald Sie von Ihrer Mission in Mainz zurück sind?«

Michael Thonet nickte stumm. Argwöhnisch sah Franz, wie van Meerten das kommentarlos zur Kenntnis nahm und sich ohne einen weiteren Gruß aus der Werkstatt entfernte.

»Vater, der hat dich komplett in der Hand! Wenn der dir jetzt noch andere Gläubiger vermittelt, dann verlierst du bald den Überblick über unsere finanzielle Situation. Dann weiß allein van Meerten noch, wie es um uns bestellt ist.«

»Davon verstehst du nichts, mein Sohn. Ich stehe kurz davor, den Durchbruch zu schaffen. Wenn ich die Patente auf mein Holzbiegeverfahren von der preußischen Regierung erteilt bekomme und außerdem Patente in Frankreich, England und Russland erhalte, dann kann ich viel Geld verdienen: Es gibt dort eine ganze Reihe Unternehmen, die mein Verfahren zur Möbelproduktion verwenden möchten. Es ist einfach, preiswert und gut. Ich verkaufe ihnen das Recht, dieses Verfahren in ihren Ländern zu kopieren. Von dem eingenommenen Geld finanziere ich hier bei uns eine große Fabrik, in der wir in großer Stückzahl fertigen werden. Mir schweben Möbel vor, die zerlegbar sind. Mit wenigen Handgriffen können sie dann aus den einzelnen Teilen wieder komplett zusammengebaut werden. Wir verschicken die Stühle, zerlegt und in Kisten verpackt, in die ganze Welt. Die Preußen haben gerade den Handel mit Übersee als Ziel ins Auge gefasst. Du wirst sehen, auf eine Idee wie die meine wartet man dabei!«

Seine blassblauen Augen glänzten.

Franz hörte seinem Vater geduldig zu. Zu oft hatte er in den letzten Jahren schon von dieser Vision gehört, zu oft hatte er die Enttäuschung seines Vaters miterlebt, wenn die Patentanträge immer wieder abgewiesen wurden und neu gestellt werden mussten, als dass er noch an ihre Verwirklichung glaubte.

»Du weißt, Vater, ich bin mehr für das Naheliegende. Lass das mit diesen unsicheren Patentanträgen. Die kosten zu viel Zeit und Kapital. Das Geld fehlt uns dadurch stets für anderes, Wichtigeres. Außerdem liefern sie uns völlig van Meerten und seinen Partnern aus. Du hast ja gehört, dass er wieder neue Geldgeber aus Koblenz aufgetrieben hat. Dagegen gibt es für uns mittlerweile auch hier in Boppard die Möglichkeit, durch Unterstützung eines interessierten Mannes das Möbelgeschäft in den nächsten Jahren behutsam auszubauen. Dieser Mann, an den ich herangetreten bin, ist ein äußerst seriöser Partner. Er wird uns die Einrichtung einer größeren Werkstatt finanzieren und dafür eine kleine Beteiligung erhalten. Die Entscheidung, was wie in welcher Menge zu fertigen ist, lässt er in unserer Hand. Das Verschicken der Möbel und den Einstieg in den Überseehandel können wir später immer noch angehen. Zunächst sollten wir uns auf die nähere Umgebung beschränken.«

Kaum hatte er das letzte Wort ausgesprochen, da hatte sein Vater ihm schon den Rücken zugekehrt. Offensichtlich hatte er seinen Ausführungen von Anfang an nicht zugehört.

Verärgert wandte auch Franz sich wieder anderem zu. In der Werkstatt waren die letzten Spuren der Schlägerei noch immer nicht beseitigt. Von der nahen Franziskanerkirche schlug es eins. Ein halber Arbeitstag war ihnen schon verloren gegangen und das ausgerechnet jetzt, da die Ausstellung in Mainz anstand.

Dann mache ich es eben allein, beschloss Franz. Vaters Abwesenheit ist eine hervorragende Gelegenheit, meine eigenen Pläne zu verwirklichen.

»Hey, Thonet, wo bleiben Ihre Gesellen? Meine Fuhre ist schon am Marienberg vorbei!« Zimmermann Volck streckte seinen Kopf in die Werkstatt. »Wie sieht es denn hier aus?«

»Ja, glotzen Sie nur ruhig. Tut Ihnen sicher gut zu wissen, dass man Sie nicht überfallen hat. Ist immer schön, wenn es die anderen trifft.«

Am liebsten hätte Franz den Nachbarn gepackt und kräftig geschüttelt. An irgendjemandem musste er seinen Ärger auslassen. Rechtzeitig beherrschte er sich noch. Volck gegenüber wollte er sich keine Blöße geben.

»Ich kann Ihnen heute keine Männer mehr schicken«, verkündete er stattdessen. »Wir brauchen hier jeden, um die Werkstatt aufzuräumen.«

»Das habe ich mir schon gedacht, Thonet. Sie helfen uns anderen ja nie. Aber passen Sie gut auf! Bei Ihnen wird auch nur mit Wasser gekocht.«

Schweren Schrittes drehte Volck sich um und marschierte zur Tür hinaus. Franz sah ihm verblüfft nach. Warum kam keiner in der Stadt auf die Idee, dass auch sie, die Thonets, einmal Hilfe von ihren Nachbarn gebrauchen konnten? Hatten sie nicht alle mitbekommen, was Anton Weinand bei ihnen angerichtet hatte? Hatte ihnen jemand beigestanden? Kaum war der Wachtmeister gegangen, hatten sich die Neugierigen rasch verdrückt, ohne auch nur ein Stück Holz aufzuheben.

Es war weit nach Mittag, als Müller zum Essen nach Hause kam. Apollonia strafte ihn für seine Verspätung mit Verachtung und stellte den Teller mit der dicken Suppe stumm vor ihn hin.

»Ist das alles?«, fragte er.

»Alles, was ich dir geben kann«, entgegnete sie. »Bring mehr Geld nach Hause, dann reicht es auch für eine Schwarte Speck in der Suppe. Auch wenn man die jetzt in der Fastenzeit nicht essen darf. Aber auf solche Dinge gibst du ja schon lange nichts mehr!«

»Tu nicht so, als hätten wir gar nichts zu beißen.«

»Für eine Erbsensuppe langt es gerade, zu mehr aber auch nicht.«

»Du bist ein altes, unzufriedenes Weib!«

»Und du ein mieser, elender Kriecher! Machst dich am Ende mit den Dahergelaufenen gemein, statt zu den Boppardern zu halten. Du wirst es nie lernen! Wenn du dich schon ins Unglück stürzen willst, dann wenigstens ohne mich!«

Beim letzten Satz beugte sie sich vor und zischte ihn an wie eine Schlange. Da musste ihr heute Morgen auf dem Markt jemand mächtig zugesetzt haben. Müller kannte seine Schwester.

»Was werde ich nie lernen? Welches Unglück meinst du? Wovon redest du da eigentlich?«

Er versuchte, ruhig zu bleiben.

»Denkst du, ich erfahre nicht, was du so treibst?« Ihre Augen funkelten vor Zorn. »Dass du Anton Weinand in die Burg gesperrt hast und diesen teuflischen Gesellen der Thonets frei herumlaufen lässt? Der hat doch Lieselotte auf dem Gewissen! Ein feiner Polizeidiener bist du! Beschützt lieber die Fremden statt die Einheimischen!«

Verächtlich schnaufte sie, verschränkte die Arme vor ihrem mächtigen Busen und stierte zur Wand.

»Was verstehst du denn schon davon?«

Apollonia tat ihm nicht den Gefallen zu antworten.

»Als Polizeidiener muss ich für Recht und Ordnung sorgen und Schläger einsperren, auch wenn es Einheimische sind.«

Unerwartet schnell fuhr sie herum und schlug mit der flachen Hand auf den Tisch, dass die grünliche Suppe aus dem Teller schwappte.

»Anton Weinand ist kein Schläger! Er ist der Bruder der armen Lieselotte, die man tot im Rhein gefunden hat. Erwürgt! Ein ehrbares Mädchen! Nicht einmal in unserer eigenen Stadt sind wir noch sicher! Das war dieser evangelische Geselle! Man weiß ja, was das für welche sind.«

»Gut, dass du das alles schon geklärt hast. Geh doch zum Bürgermeister und melde ihm deine scharfsinnigen Erkenntnisse.«

Sie reckte Nase und Kinn in die Höhe und warf ihm einen schielenden Blick von der Seite zu.

»Wenn es dich beruhigt: Ich habe Anton Weinand wieder nach Hause geschickt. Es war allerdings meine Pflicht, ihn erst einmal in der Burg zur Besinnung kommen zu lassen.«

»Deine Pflicht! Pah! Dass ich nicht lache! Deine Pflicht ist es, uns Bopparder vor diesen Halunken zu beschützen. Erst nehmen sie unseren Männern die Arbeit weg, dann die Frauen. Einer nach dem anderen macht sich an unsere Mädchen heran. Einer nach dem anderen verführt sie und lässt sie hinterher im Stich. Wenn er sie nicht gleich umbringt wie dieser Altdorf die arme Lieselotte!«

»Ich sehe schon, du wärst bestimmt der bessere Polizeidiener. Warum trittst du nicht meinen Posten an?

»Vielleicht sollte ich das tun. Ich wüsste wenigstens, was ich mit diesen vielen Fremden anstellen würde. Außerdem würde ich den Preußen und ihren evangelischen Lumpen mal richtig die Meinung sagen. Unser Pfarrer Berger und Bürgermeister Jacobs haben schon Recht: Das ganze Übel kommt von außen in unser schönes Rheintal. Die Preußen nutzen uns nur aus und kümmern sich einen feuchten Kehricht darum, wie es uns wirklich geht.«

»Aber die Taler und Silbergroschen, die ich von denen kriege, die steckst du gern ein, vor allem wenn du dir davon auf dem Markt etwas kaufen kannst.«

»Was bleibt mir als armer Witwe anderes übrig? Habe ich eine Wahl?«

»Die hast du früher gehabt. Damals hast du ja unbedingt diesen Schuster nehmen wollen, weil der aus der Stadt kam. Damit hat er dir den Kopf verdreht. Und hinterher hat dir dein guter Josef nichts hinterlassen außer diesem schiefen Haus und ein paar nutzlosen Leisten und Lederresten. Nicht einmal Kinder habt ihr zustande gebracht.«

»Schau du dich lieber selber an! Du hast nicht einmal eine Frau wie Agnes halten können, du nichtsnutziger Krüppel.«

»Lass Agnes aus dem Spiel!«

»Einen Teufel werde ich tun! Fein herauskommen wolltest du bei der Landwehr. Hinterher hast du es doch nur zu einem kaputten Bein gebracht. Mein armer Josef, Gott hab ihn selig, war wenigstens ein rechtschaffener Handwerker. Der hat etwas Ordentliches gelernt, ganz im Gegensatz zu dir.«

Entschlossen stemmte sie die Hände in die Hüften, sah ihn aus zusammengekniffenen Augen an. Der Hass darin erschreckte ihn.

»Viel genützt hat ihm das Schustern auch nicht«, holte er zum letzten Schlag aus. »Vom Saufen hat es ihn jedenfalls nicht abgehalten. Und ins Wasser ist er trotzdem gegangen.«

Apollonia riss den Mund auf, schluckte, blieb jedoch stumm. Nun konnte er endlich seine Suppe in Ruhe auslöffeln.

Helena fiel es schwer, das Mittagessen im Kreis ihrer Eltern und Brüder zu ertragen. Sie fühlte sich außerstande, etwas Essbares anzurühren. Ebenso wenig konnte sie den Gesprächen der anderen folgen. Der entsetzliche Anblick in der Friedhofskapelle ging ihr nicht aus dem Sinn. Was mochte mit Lieselotte geschehen sein? Wie passte die Schwangerschaft zu der scheuen, zurückhaltenden jungen Frau, die Helena erlebt hatte? War Lieselotte wirklich eine heimliche Liebschaft zuzutrauen? In Helenas Kopf verselbständigten sich die Gedanken.

»Helena!«, mahnte Franziska Weissgerber. Dann seufzte sie und billigte mit einem Kopfnicken, dass die Magd Helenas unangetastete Mahlzeit abtrug. Schon hoffte Helena, die Mutter zöge damit auch die Anordnung zurück, sie dürfe sich nicht mehr frei in Haus und Hof bewegen.

»Ihr Jungen kommt mit hinüber in den Salon«, befahl Franziska Weissgerber ihren Kindern, kaum dass die Magd aus dem Esszimmer verschwunden war. »Und Helena, du gehst in die Küche und hilfst beim Abwasch. Danach widmen wir beide uns der Weißnäherei. Die müssen wir nun leider ohne Lieselottes Hilfe bewerkstelligen. Mein Gott, das arme Ding! Es sind noch einige Wäschestücke auszubessern, bis die Waschfrau zu uns kommt. Außerdem muss das Menü für den heutigen Abend vorbereitet werden. Vergiss nicht: Dein Vater erwartet den Bürgermeister als Gast.«

Mit einem strengen Blick von einem zum anderen unterstrich sie, dass sie keine Widerrede duldete und erhob sich vom Tisch. Die Seide ihres weiten Rocks knisterte, als sie eiligen Schritts in den Salon hinüberrauschte.

Enttäuscht sah Helena ihr nach. Bald hörte sie aus dem Salon nebenan, wie sich ihre Mutter darüber ereiferte, dass die beiden Jungen während der Mahlzeit Erlebnisse aus dem Schulunterricht zum Besten gegeben hatten. Trotz der klaren Anordnung ihrer Mutter blieb sie am abgedeckten Tisch sitzen und überlegte.

»Fräulein Helena?«, fragte die Magd leise in ihrem Rücken.

»Ich komme gleich«, antwortete Helena. Die Magd war kaum älter als sie. Helena genoss es, wenigstens von ihr mit Respekt behandelt zu werden. »Fang schon einmal an!«

Sie wusste, dass die Magd viel lieber ohne ihre Hilfe in der Küche arbeitete. Sollte sie doch. Helena besaß keinerlei Eifer, ihr auf diesem Gebiet Konkurrenz zu machen.

Wie anders war da Lieselotte gewesen! Schon wieder musste Helena an sie denken: Mit welcher Freude Lieselotte in fremden Haushalten die Wäsche gestopft hatte! Nie hatte sie sich beklagt, dass sie nach dem Tod ihrer Mutter den Haushalt und die kleinen Geschwister versorgen und dann auch noch bei anderen Leuten Näharbeiten erledigen musste. Helena sah es deutlich vor sich, wie Lieselotte schüchtern lächelte, wenn sie gemeinsam im Salon saßen und Helena sich verzweifelt im Stricken von dünnen Strümpfen versuchte. Geduldig erklärte Lieselotte es ihr immer wieder, zeigte ihr ein ums andere Mal dieselben Handgriffe. Dabei konnte man sie nicht als einfältig oder gar dumm bezeichnen.

Im Gegenteil: Sie liebte dieselben Bücher wie Helena und ihre Mutter. Franziska Weissgerber bestand darauf, dass man sich bei der Hausarbeit die Werke von Heine, Mundt oder Gutzkow vorlas, um sich auch in diese Richtung zu bilden. Lieselotte hatte die Lektüre gierig in sich aufgesogen, mit Helena zusammen heimlich auch die Romane von George Sand, Lord Byron, Schlegel und Tieck entdeckt, genau wie viele andere junge Frauen ihres Alters.

Schrecklich, dass Lieselotte tot war! Mit einem von Spitzen umrankten Taschentuch wischte Helena sich die Augen trocken, auch diese Handarbeit ein Werk der fleißigen Lieselotte. Ob sie aus Kummer über ihre Schwangerschaft ins Wasser gegangen war? Andererseits: Ein braves, katholisches Mädchen wie Lieselotte tat sich so etwas nicht an. Allerdings auch keine heimliche Liebelei vor der Ehe. Wie hatte es so weit kommen können? Wenn Vater Weinand davon erfahren hätte, wäre das eine Katastrophe für Lieselotte geworden. Nicht auszudenken, wie er darauf reagiert hätte! Wer aber hatte überhaupt von ihrem Zustand gewusst?

Helena spürte, wie sehr sie diese Fragen beschäftigten. Sie musste ihnen auf den Grund gehen. Wie aber sollte sie das anfangen? Sie stand unter Hausarrest. Eine solche Strafe nahmen ihre Eltern sehr ernst. Sie musste sich etwas einfallen lassen.

Müller beschloss, sich auf seinem nachmittäglichen Rundgang ein genaueres Bild über die Stimmung in der Stadt zu verschaffen. Die Auseinandersetzung mit seiner Schwester hatte ihm eine erste Ahnung davon gegeben, in welche Richtung das Gerede ging. Noch einmal rief er sich Apollonias Worte ins Gedächtnis: Weil sich der Bruder der Toten sofort nach Erhalt der Todesnachricht auf diesen Martin Altdorf gestürzt hatte, galt es bereits als Tatsache, dass Altdorf der Schuldige war, egal, wie Lieselotte gestorben war. Altdorf gehörte zu den wenig angesehenen Evangelischen und lebte erst seit Kurzem im katholischen Boppard. Als Täter wäre Altdorf für die Einheimischen die einfachste und beliebteste Lösung, das sah Müller ein. Die Fremden waren die geborenen Täter, und die Vorstellung, »einer von uns« könnte es gewesen sein, wirkte viel zu erschreckend. Davon durfte er sich als Polizeidiener aber nicht beeindrucken lassen. Warum sonst war er in diesem Amt?

Als Müller vom Buttermarkt in die kaum vier Schritt breite Judengasse kam, schien die Sonne mitten am Tag unterzutauchen. Selbst um diese Uhrzeit hätte eine Laterne dort gute Dienste getan, um etwas Licht in die enge Straße zu bringen. Die niedrigen Fachwerkhäuschen rechts und links der Gasse boten einen traurigen Anblick, windschief und zusammengekauert, wie sie waren. Der Eindruck der immerwährenden Finsternis wurde durch ihre unverputzten, von Ruß geschwärzten Balken und Mauern noch verstärkt. Hühner liefen zwischen den Häusern frei herum. Es roch nach fauligen Abfällen, Kleinvieh und Moder. Schüchtern drückte sich eine Schar kleiner Kinder an eine Hauswand und beäugte Müller, wie er, die Hände auf dem Rücken, die Augen stur nach vorn gerichtet, durch die Gasse marschierte. Eine schwarze Katze schlich um die nächste Hausecke, ein altes Weib schleifte einen schweren Weidekorb mit Reisig hinter sich her. Es herrschte eine unwirkliche Stille. Die lauten Handwerkerstätten lagen in anderen Gassen der Stadt. Längst war dieses Fleckchen zum Wohnort der wenig Begüterten geworden. Die Zugehörigkeit zu einer Religion spielte dem alten Namen der Straße zum Trotz eine weitaus geringere Rolle als der Besitz oder die Arbeit, die man fand.

Müller strich sich über seinen Backenbart. Dann nickte er der Frau mit dem Korb ein knappes »Bonnschur!« zu und beschleunigte seine Schritte. Froh, der Gasse endlich entkommen zu sein, verweilte er kurz hinter dem Judentor im Schatten der wuchtigen Karmeliterkirche. Von hier bog er nach rechts, zum Rhein hinunter. Zum Gasthaus »Heilig Grab« erlaubte er sich nur einen wehmütigen Blick. Es war noch zu früh am Tag, um in der gemütlichen Wirtsstube auf einen Schoppen einzukehren.

Endlich erreichte er das Flussufer. Dort hatten sich einige Flussgucker postiert, um den Schiffen auf dem Rhein zuzusehen. Es handelte sich um die üblichen Müßiggänger, die viel herumstanden und beobachteten, aber wenig arbeiteten.

»Da kommt schon wieder Lamberti aus St. Goar mit seinem

Kahn«, rief gerade einer von ihnen, als Müller sich neben sie stellte. »Der verdient sich eine goldene Nase mit den Preußen.«

»Geschieht ihnen ganz recht, dass einer von uns Rheinländern mal am längeren Hebel sitzt. Lamberti weiß einfach, wie man es machen muss: Der fährt schon im Morgengrauen die erste Fuhre hinunter und ist einer der Letzten, die sich abends wieder hochtreideln lassen«, ergänzte ein Zweiter, den Blick stur auf den Kahn geheftet. »Zwei, drei Fuhren schafft der immer. Seit die Regierung Ehrenbreitstein wieder aufbauen lässt, gibt es für die Schiffer genug Material, das den Strom hinuntertransportiert werden muss. Lamberti hat einen guten Riecher, wann es wo ein Geschäft zu machen gibt.«

»Und er weiß, was arbeiten heißt«, stellte Müller fest. »Ganz im Gegensatz zu euch!«

»Bonnschur, Wachtmeister«, grüßte der Erste lachend und vergrub seine Hände tief in den Hosentaschen. »Du hast gut reden: Du verdienst deine Taler einfach mit Herumspazieren in der Stadt. So gut möchte ich es einmal haben!«

»Du hättest dich bei der Landwehr halt nicht so ungeschickt anstellen dürfen«, grinste Müller Ferdinand Bock an, der aus dem nahe gelegenen Salzig stammte, »dann müsstest du dich jetzt nicht als Tagelöhner durchschlagen. Aber wie ich dich faulen Salziger kenne, bist du zufrieden, solange es dir zum täglichen Brot reicht.«

»Sag lieber nichts gegen uns Salziger, du alter Hunsrücker!«

Bock lachte Müller an, dann wandte er sich wieder dem Treiben auf dem Rhein zu. Dabei sprach er in ernsterem Ton weiter: »Wenn es nur meine Faulheit wäre, dann würde ich mir selbst kräftig in den Hintern treten. Aber guck dich um, wie es hier mittlerweile zugeht: Nichts gibt es mehr, weder Arbeit noch Aussicht auf Arbeit. Stattdessen überall diese griesgrämigen Preußen mit ihren vielen neuen Regelungen. Sogar ihre eigenen Leute haben sie zum Arbeiten mitgebracht. Die nehmen uns das letzte Bisschen weg, das wir noch hatten.«

»Ist das nicht dummes Gerede? Wer Arbeit will, der kriegt auch welche. Diese evangelischen Burschen zaudern halt nicht so wie ihr. Die packen einfach an, egal, um was es sich handelt.«

»Davon weißt du einfach nichts, Müller.« Die gute Laune Bocks war wie weggeblasen. »Wo nichts mehr ist, da kann auch nichts mehr verteilt werden. Egal, wen du fragst: Jeder wird dir sagen, dass es ihm mit jedem Jahr schlechter geht. Was glaubst du, warum wir Tag für Tag am Rhein herumstehen und Löcher in die Luft gucken?«

»Und obendrein schnappen sich diese evangelischen Lumpensäcke auch noch unsere braven Töchter«, ergänzte August Schuster aus Spay, der neben Bock stand.

»Halt, halt«, bremste Müller ihn. »Was meist du damit?«

»Das weißt du genauso gut wie ich«, erklärte Schuster mit seiner rauen Stimme. »Jeder rechtschaffene katholische Familienvater hat inzwischen Angst um seine Töchter. Du kannst aufpassen wie ein Luchs: Diese evangelischen Bastarde schaffen es immer wieder, sich an ihnen zu vergreifen. Erst machen sie ihnen schöne Augen, dann ein Kind. Und nachher lassen sie die Mädchen mit dem Balg sitzen. Heiraten wollen sie nicht. Wie auch? Geld für eine Familie haben sie sowieso nicht.«

Müller wurde hellhörig. Rasch hakte er ein: »Fällt dir jemand ein, dem so etwas in letzter Zeit passiert ist?«

»Du weißt doch, wie das ist«, wehrte Schuster ab. »Wenn einer Familie so etwas passiert, wird sie den Teufel tun, es überall herumzuerzählen. Entweder gehen sie zur Engelmacherin, oder sie schicken das Gör aufs Dorf, zu irgendeiner Tante, bis das Balg geboren ist. Wie heißt es dann immer so schön? ›Die Trude musste unsere alte Tante versorgen.‹«

Schuster trällerte den letzten Satz mit hoher Stimme und wedelte affektiert mit der Hand. Bock amüsierte sich lachend über diese Vorführung.

»Ihr habt sicher vom Unglück der Lieselotte Weinand gehört«, kam Müller mit ernster Miene auf sein eigentliches Thema. »Heute früh hat man sie oben an der Eisbrech tot im Wasser gefunden.«

Bock reagierte empört: »Was willst du damit sagen? Meinst du etwa, die hätte sich von einem Evangelischen verführen lassen und wäre deswegen ins Wasser gegangen? Die Lieselotte Weinand doch nicht! Die ist fest mit Sebastian Reitz verlobt. Der wird schon dafür gesorgt haben, dass ihr keiner zu nahe kommt!«

»Stille Wasser gründen tief«, bemerkte Schuster trocken. »Wahrscheinlich hat sie immer nur so brav getan. Dabei ist der alte Weinand wirklich ein scharfer Hund. Seit ihm die Frau gestorben und der älteste Sohn verunglückt ist, lässt er keines seiner Kinder mehr allein.«

»Geholfen hat es ihm nichts, wie man sieht«, sagte Bock.

»Mitleid scheint ihr keins mit ihm zu haben«, merkte Müller erstaunt an.

»Du kennst doch den Weinand«, erklärte Bock. »Nach dem Tod seiner Frau ist er still geworden, redet mit kaum einem mehr. Außer seiner eigenen Arbeit interessiert ihn nichts mehr. Und wenn du ihn mal ansprichst, braust er gleich auf.«

Schuster pflichtete ihm mit Nicken bei.

Müller wusste, dass er von den beiden Flussguckern nichts mehr über die Weinands erfahren würde, blieb aber noch bei ihnen stehen. Mit den Augen verfolgten die drei Männer die träge Fahrt von Lambertis Lastkahn, der gerade die große Schleife flussabwärts entlangglitt. Sacht schaukelte er auf den Wellen. Ein Stück unterhalb von ihm zeichnete sich ein dunkler Punkt im silbrigen Wasser ab. Eine grauschwarze Wolke schwebte langsam den Rhein hinauf, hielt geradewegs auf den Kahn zu.

»Da kommt schon wieder so ein Dampfer!«, rief Bock.

Bald wurden die Umrisse des Dampfschiffes schärfer. Rasch näherte es sich ihnen an den geschwungenen Hängen des Bopparder Hamms entlang. Die Weinberge grünten zaghaft. Ein Bussard zog dort lauernd seine Kreise. In dichtem Abstand folgte ein ganzer Schwarm weißer Möwen dem Dampfschiff. Schiffer Lamberti kämpfte mittlerweile heftig mit der Strömung, um seinen Kahn trotz des entgegenkommenden Kolosses auf Kurs zu halten. Die Männer am Ufer beobachteten das Manöver, als sähen sie das Schauspiel zum ersten Mal.

»Ich wette, der kippt«, sagte Bock.

»Nein, der Lamberti doch nicht. Der fährt jeden Tag zigmal an diesen Dampfschiffen vorbei«, erwiderte Schuster. »Das schafft der mit geschlossenen Augen. Zwanzig Jahre schon ist er jeden Tag mit seinem Kahn zwischen Koblenz und St. Goar unterwegs. Und wie lange fahren jetzt die Dampfschiffe? Zehn, zwölf Jahre mindestens! Nein, da geht nichts mehr schief, Lamberti beherrscht sein Metier.«

»Ob der Dampfer bei uns anlegt und wieder ein paar von diesen seltsamen Engländern bringt?«, fragte Bock, als das erhoffte Spektakel tatsächlich ausblieb und der Dampfer näher kam.

»Vielleicht solltet ihr hinauf zum Anleger laufen und gucken, ob ihr euch dort ein paar Silbergroschen verdienen könnt«, schlug Müller vor. »Die Engländer kommen meist mit sehr viel Gepäck. Maler oder Dichter sollen es angeblich sein. Die haben ordentlich was in ihren Koffern.«

»Andere wären auch nie so verrückt, hierher ins Rheintal zu kommen und die verfallenen Burgen anzugucken«, stellte Bock fest.

Müller wartete. Nichts geschah. Stur blieben die beiden Männer neben ihm stehen.

»Was ist los mit euch? Auf, Bock! Schuster! Bist du etwa nur aus Spay herübermarschiert, um träge auf den Fluss zu glotzen? Deine Frau wird sich freuen, wenn du heute Abend wieder nichts zu beißen nach Hause bringst. Dann kannst du gleich in deinen vertrockneten Weinbergen hocken bleiben. Da findest du vielleicht doch eines Tages wieder Trauben für ein paar Tröpfchen sauren Weins.«

»Mach keine Scherze über das Unglück anderer! Nur weil du dich von den Preußen bezahlen lässt, bist du noch lange nicht vor dem Schicksal sicher.«

Böse blitzte Schuster Müller an. Der hielt seinem Blick stand.

»Wir warten lieber, bis die Marktschiffe von Koblenz heraufkommen«, warf Bock ein. »Wenn die oben am Kran ausladen, werden dort immer Helfer gebraucht. Da kriegen wir mehr fürs Schleppen der Kisten, weil nicht nach preußischem Reglement bezahlt wird. Wenigstens das haben uns die Preußen noch als guten Verdienst gelassen.«

»Atschiß«, verabschiedete Müller sich knurrend. »Euch beiden ist wirklich nicht mehr zu helfen.«

Kopfschüttelnd wandte er sich ab und setzte seinen Rundgang flussaufwärts fort.

Das Dampfschiff hielt tatsächlich in Höhe des Kronentores.

Einige Leute gingen an Land. Am Ufer balgten sich halbwüchsige Jungen darum, das Gepäck der Fremden tragen zu dürfen. Ein flinker Junge, den Müller aus der Entfernung für Lukas hielt, hatte es geschafft, seine Kameraden auszustechen und sich bei einem Ehepaar als Träger anzudienen. Beim Näherkommen erkannte Müller, dass es nicht Lukas war. Dennoch gönnte er dem Jungen die paar Silbergroschen, die er damit verdiente, von Herzen. Er sah aus, als könnte er sie ebenso dringend gebrauchen. Wenn es gut lief, durfte er das Gepäck sogar bis hinauf in die Wasserheilanstalt im ehemaligen Kloster Marienberg bringen. Das war zwar anstrengend, dafür kriegte er dann aber um die Hälfte mehr als für den Transport zu einem der ufernahen Gasthäuser. Etwas Gutes hatte der preußische Hang zum Reglementieren eben doch.

Müller ging langsam am klobigen Rheinkran vorbei bis zur Schwertpforte. Dort wandte er sich vom Flussufer ab, zurück in die innere Stadt.

Bei Thonets in der Franziskanergasse war Ruhe eingekehrt, wie er mit einem kurzen Blick in die Werkstatt feststellte. Die Gesellen arbeiteten fleißig unter der Aufsicht von Franz, des Meisters ältestem Sohn. Müller winkte ihm einen kurzen Gruß zu. Das Fuhrwerk nach Mainz schien unterwegs zu sein. Die fertigen Möbel, die heute früh noch in dem engen Raum herumgestanden hatten, waren verschwunden. Sie waren sicherlich nicht alle bei der Schlägerei zu Bruch gegangen. Nur ein paar umherliegende Leisten zeugten noch von der Auseinandersetzung am Vormittag.

Zufrieden überquerte Müller die Oberstraße und ging weiter durch die Pützgasse Richtung Balz. Er wusste, dass er dort noch einiges über die Weinands in Erfahrung bringen konnte.

Die schräg einfallende Spätnachmittagssonne schien ihm mitten ins Gesicht. Er blinzelte. Häuser und Straßen waren in ein goldenes Licht getaucht. Müllers Stimmung hellte sich auf.

In den Höfen entlang der Gasse schickte man sich an, das Tagwerk zu Ende zu bringen. Die Knechte, Mägde und Gesellen wurden vergnügter, sangen mancherorts in Vorfreude auf den nahen Feierabend erste Lieder. Vor einigen Häusern rückten Großmütter ihre Schemel zurecht und holten das Strickzeug heraus, um den Tag in Muße zu beschließen. Hausfrauen beeilten sich, um beim Bäcker noch frisches Brot für die Vesper und in einer der Gaststuben auf dem nahen Balz noch einen Viertelliter Wein oder einen Krug Bier für die Männer zu holen.

Müller grüßte nach allen Seiten und blieb schließlich beim alten Bertram stehen.

Der Tagelöhner lehnte am Türstock seines windschiefen Fachwerkhäuschens. Seine Hände steckten in den Taschen einer schmutzig-braunen Kniebundhose. Unter der blauen Drillichjacke blitzte ein verschlissenes Leinenhemd hervor. Die Pfeife, an der er genüsslich sog, war das Einzige an dem gut sechzigjährigen Mann, das einigermaßen sauber wirkte.

»Bonnschur, Wachtmeister«, grüßte er, wobei er den Blick in seinen nahezu zahnlosen Mund freigab. »Ganz schön warm für Ende März, findest du nicht? Die Obstbäume knospen schon. Da kommt in drei Wochen um Ostern herum sicher noch ein ordentlicher Frost auf uns zu. Der wird die Frucht zerstören und alle Hoffnungen auf ein gutes Jahr zunichte machen.«

»Kann dir doch nur recht sein, wenn es im Sommer nicht viel Arbeit mit der Ernte gibt. Du willst dich doch sowieso nur noch dem Pfeiferauchen als Verbasseledantche widmen. Feldarbeit würde dich davon doch nur abhalten.«

»Was bleibt mir sonst auch?«

»Du könntest dich ernsthaft um eine andere Arbeit bemühen. Zu tun gibt es genug.«

»Du hast gut reden. Du hast eine feste Anstellung, dir zahlt die Regierung jeden Monat einen ordentlichen Lohn. Bei mir sieht es leider anders aus. Die Winzer, die sonst um diese Zeit immer jemanden wie mich für den Schnitt der Reben brauchen, wollen mich dieses Jahr nicht. Unter den vielen Fremden sind kräftige, junge Burschen. Mit denen kann ich nicht mehr mithalten, schon gar nicht für das bisschen Geld, das für die harte Arbeit im Wingert noch gezahlt wird. Ich bin einfach zu alt.«

»Zum Heiraten bist du wohl nicht zu alt? Du willst die Witwe von Adam Schlad glücklich machen, habe ich gehört.«

Bertram lächelte verschmitzt: »Dir entgeht auch gar nichts! Ja, Catharina und ich sind uns so gut wie einig. Sie erbt das Häuschen ihrer alten Tante in Salzig, der unverheirateten Schwester ihres Vaters. Da können wir beide gut gemeinsam wohnen. Sie hat dort noch ein paar Kirschbäume, zwei Ziegen, ein halbes Dutzend Hühner, ein Schwein und eine Kuh. Das reicht uns für unsere alten Tage, sofern kein großes Unglück mehr kommt. Wir werden dich rechtzeitig zur Hochzeit einladen. Noch müssen wir warten, bis das Trauerjahr für die Tante vorbei ist.«

Paffend hob er die Hand an die Stirn, um die Augen gegen die Sonne abzuschirmen, und sah hinauf in den Himmel. Eine Schar Stare zankte sich. Der Vogelschwarm stob auseinander. Im Steilflug stürzten einige auf die Gasse hinab. Bertram sah ihnen aufmerksam zu, wie sie auf dem Boden um winzige Krümel rangen.

Die Ruhe, die der alte Tagelöhner ausstrahlte, faszinierte Müller: Bertram hatte kaum zu beißen, aber er wusste dem Leben trotz der vielen Sorgen etwas abzugewinnen. Ein typischer Rheinländer, dachte Müller, der sich die Freude am Dasein, und sei es noch so beschwerlich, nicht verderben ließ.

»Wo wir gerade von Trauer reden«, sagte Müller in die Stille hinein. »Was weißt du über die Weinands von der Bingergasse? Du hast gehört, dass Lieselotte tot ist. Du kennst die Weinands sicher gut und kannst mir mehr über sie erzählen.«

Bertram antwortete nicht sofort, sondern verfolgte noch eine ganze Weile das Treiben der Vögel. Dann endlich begann er zögerlich: »Ja, die Weinands. Schwer haben sie es im letzten Jahr gehabt. Erst die Mutter, dann der Johann. Und nun auch noch Lieselotte! Ein so braves Mädchen. Immer war sie freundlich und hilfsbereit. Die hat bestimmt nie etwas Unrechtes getan.«

Er starrte zu Boden.

Müller wurde ungeduldig: »Das behaupten alle. Aber irgendetwas muss mit ihr vorgefallen sein.«

Bertram schien ihm nicht zuzuhören: »Ist das nicht eine Schande, dass so ein junges Ding auf so schreckliche Weise stirbt? Wie hat das passieren können, Müller? Wer tut so etwas? Wer erwürgt ein braves Mädchen und wirft es einfach in den Rhein?«

»Sei vorsichtig, Bertram«, warnte Müller. »Es steht noch lange nicht fest, ob sie erwürgt wurde.«

»Wie soll sie sonst gestorben sein? Die Leute reden davon, als hätten sie es mit eigenen Augen gesehen.«

»Das Reden sollten sie besser lassen. Noch sind die amtlichen Untersuchungen nicht abgeschlossen.«

Müller schob seinen Bauch heraus und räusperte sich. Bertram ließ sich von seiner Warnung nicht beeindrucken.

»Ob das einer von den Fremden gewesen ist?«

»Bertram!«

»Schon gut. Trotzdem darf ich es sagen: Die haben uns in den letzten Jahrzehnten regelrecht überrannt: erst die vielen Franzosen, jetzt diese ganzen Preußen. Ganz komische Kerle sind das. Immer so akkurat und ernst. Die Franzmänner sind wenigstens noch katholisch gewesen und haben gut zu leben gewusst. Aber die Preußen ...«

Er verzog das Gesicht.

»An die Franzosenzeit kann sich doch keiner mehr so recht erinnern. Über zwanzig Jahre sind vergangen, seit sie aus dem Rheinland abgezogen sind. Eine lange Zeit! Seither ist viel Wasser den Rhein hinuntergeflossen.«

»Nicht nur das.«

»Komm schon, Bertram. Du weißt so gut wie ich, dass Fremde nicht gleich Verbrecher sind. Wohnen nicht neben dir ein paar ganz fleißige Leute aus Berlin? Die Preußen, die wir hier haben, sind anständige Leute, die hart arbeiten und friedlich mit uns leben wollen.«

»Wir wollen alle nichts anderes.« Er winkte Müller näher heran und flüsterte ihm ins Ohr: »Ganz im Vertrauen: Es sind die studierten Herren um den Kreisphysikus Heusner und die Reichen um den Stadtrat Thomas, die für Unruhe sorgen. Uns werfen sie vor, dass wir mit den Evangelischen nichts zu tun haben wollen, dass der Pfarrer uns sonntags in der Kirche gegen sie aufhetzt und der Bürgermeister schlecht über sie redet. Dabei sind es doch diese Studierten und Reichen, die sich weder mit den evangelischen Arbeitern noch mit uns einfachen katholischen Leuten aus dem Rheinland gemein machen wollen. Wir sind denen alle nicht fein genug. Guck dir bloß mal die Gaststube von Stadtrat Thomas an: Ganz vornehm rausgeputzt hat er die. Da ist kein

Platz mehr für uns Einheimische. Dabei hat sein Vater noch mit mir für eine Hand voll Groschen im Wingert gearbeitet. Der Bürgermeister hat schon Recht, wenn er uns vor solchen Leuten warnt.«

Abrupt richtete er sich auf und schmauchte an seiner Pfeife. Eine Weile schwiegen die beiden Männer, jeder in seine Gedanken versunken.

»Du weißt also sonst nichts über die Weinands«, probierte Müller es schließlich noch einmal.

»Was soll ich schon wissen? Nur das, was alle sehen können: Bei denen liegt einiges im Argen, seitdem es sie so hart erwischt hat. Der Alte ist wie ausgewechselt. Ein richtiger Tyrann. Der arme Anton. Der muss das jetzt alles allein aushalten. Die anderen Geschwister sind noch viel zu klein. Hoffentlich findest du bald heraus, wer das der armen Lieselotte angetan hat!«

»Das hoffe ich auch. Das kann sonst noch böse für uns alle ausgehen.« Müller rückte seinen Säbel zurecht und wollte weitergehen.

»Was meinst du damit?«, fragte Bertram erschrocken.

Müller zögerte, seine Befürchtungen näher zu erläutern. Zu schnell konnte er missverstanden werden. Obwohl der Alte zu der harmloseren Sorte gehörte, war es ihm unheimlich, wie schnell auch er mit falschen Anschuldigungen zur Stelle war. Andererseits: Er war einer von denen, die noch zuhörten, die vielleicht sogar mäßigend auf die anderen einwirken konnten, um weiteres Unglück zu verhindern. Müller musste es probieren.

»Wenn wir nicht aufpassen, dann nehmen einige den Tod von Lieselotte zum Anlass, ihren ganzen Ärger aus den letzten Jahren an den Evangelischen auszulassen. Schon behaupten die Ersten, einer von den evangelischen Burschen hätte sie verführt und in den Tod getrieben. Erinnert dich das nicht an alte Geschichten, Bertram? Mit solchen Behauptungen findet man leider bis heute noch sofort Gehör: Die Stimmung in der Stadt ist ohnehin nicht gut, seit die Arbeit knapp ist und die Ernten mager ausfallen. Das ist ja überall in der Gegend so. Geh rauf auf den Hunsrück, lauf rüber nach Salzig, Hirzenach oder St. Goar, selbst in Städten wie Koblenz, Bonn und Köln sieht es nicht anders aus. Napoleon hat uns seinerzeit überrannt und alles, was da war, zertrampelt. Metternich hat es wieder richten wollen und uns dazu die Preußen als Helfer zur Seite gestellt. Guck dir an, was daraus geworden ist: Die Strumpffabrik der Dolls, die vorübergehend ein wenig Arbeit brachte, ist am Ende. Ebenso ist es mit dem Mädchenpensionat bergab gegangen. Auch die Wasserheilanstalt gibt nicht viel Anlass zur Hoffnung. Die Gäste bleiben aus. Die alteingesessenen Handwerker kämpfen mittlerweile hart für ihr tägliches Brot, die Gerber in der Niederstadt, die Schuster, die Leineweber. Selbst die kleinen Winzer und wenigen Obstbauern haben kaum mehr etwas abzugeben.«

Er lauschte den eigenen Worten nach.

»Wem sagst du das, Müller? Nur: Wie soll es weitergehen?«

»Ich weiß es nicht. Ich befürchte das Schlimmste. Es gibt immer welche, die die Lage ausnutzen und die Leute aufhetzen. Manche verfluchen immer unverhohlener, dass man nach dem Ende Napoleons die Preußen so überschwänglich begrüßt hat. Mit ihren ganzen Neuerungen und Regelungen bringen sie die alte Ordnung, die Gewohnheiten und vor allem die Glaubensangelegenheiten durcheinander. Das geht so weit, dass bald wieder die Katholischen auf die Evangelischen einschlagen, nur weil sie denken, die nähmen ihnen das Brot weg. Als könnte man nicht friedlich miteinander leben!«

Verschwörung

An diesem neuen Morgen erwachte Müller früher als gewöhnlich, blieb aber beharrlich im Bett liegen, bis die Kirchturmglocken von St. Severus halb sieben schlugen. Die halbe Nacht hindurch hatten ihn die Ereignisse des vergangenen Tages beschäftigt. Selbst beim abendlichen Schoppen im Gasthaus »Zum Rosenkranz« hatte er sich noch die Spekulationen seiner Mitbürger darüber anhören müssen, wer Lieselotte umgebracht haben könnte. Jede Warnung von seiner Seite, dass der Mord noch nicht eindeutig bewiesen sei, war ignoriert worden. Bis in seine Träume hinein hatte ihn das Bild der Toten im Rhein verfolgt. Dabei vermischte es sich allmählich mit dem Bild einer anderen, ihm seit Jahren entglittenen Frau – Agnes!

Müller drehte und wendete sich. Es half nichts. Die Nacht war vorbei, der neue Tag brach an. Ihn leidlich zu überstehen, war das Einzige, was zählte. Velings Bericht über die Untersuchung der toten Lieselotte stand noch aus. Auch Kreisphysikus Heusners Erscheinen im Rathaus war zu erwarten. Damit würde laut Polizeiverordnung der offizielle Teil der Ermittlungen beginnen. Den Preußen sei Dank, dachte Müller hämisch, dass sie alles so gern regelten. Bald würden sie noch den zulässigen Gestank eines Furzes schriftlich festlegen!

Die Aussichten auf den neuen Tag behagten ihm gar nicht. Das Kribbeln in seinem verkrüppelten Bein deutete an, dass das Schlimmste in dieser Sache noch vor ihm lag.

»Kommst du wieder nicht aus den Federn? Schäm dich, du alter Faulpelz!«

Apollonia keifte ihren Morgengruß durch das enge Häuschen. Müller wälzte sich mühsam zur Seite, schob das gesunde Bein über die Bettkante, setzte sich ächzend auf. Im zweiten Anlauf wuchtete er schließlich den schweren Körper aus dem Bett und schlurfte zur Tür.

»Komme schon!«, rief er in die düstere Stube hinein. Dann zog er den Kopf zurück in die Kammer, spritzte sich über der Schüssel kaltes Wasser ins Gesicht, nahm die Uniform vom Haken und kleidete sich an.

Seine Schwester wartete in der Stube mit dem Frühstück.

»Was ist los? Marmelade auf dem Brot? Wie komme ich zu der Ehre?«, fragte Müller erstaunt, als er den Teller erblickte.

»Tante Walburga war gestern Nachmittag hier und hat mir ein Glas vorbeigebracht. Extra für dich, hat sie mir aufgetragen. Seltsam. Die kümmert sich sonst das ganze Jahr über nicht um uns.«

»Es gibt halt noch Wunder«, stellte er fest und freute sich, dass er wenigstens *eine* Frau zur Räson gebracht hatte.

Schlag sieben verließ er das Haus, um seine morgendliche Runde durch die Stadt zu beginnen. Kaum hatte er den Weg die Kirche entlang zur Kronengasse eingeschlagen, schritt er zügig aus. Es war ungewöhnlich still. Nur ein paar Tauben, die an der Severuskirche nisteten, flogen protestierend auf. Nebel durchzog vom Rheinufer her Straßen und Gassen. Die Feuchtigkeit hatte die Luft deutlich abkühlen lassen.

Müller ging über den vorderen Teil des Marktplatzes. Lange bevor er die Ecke zur Kirchgasse erreicht hatte, konnte er schon sehen, dass eine Magd den Platz vor dem Gasthaus »Zur Post« mit einem Reisigbesen fegte. Ein Knecht führte zwei Pferde aus dem Stall vor das Gebäude.

»Bonnschur, Wachtmeister! Drehen Sie Ihre morgendliche Runde?«

Müller drehte sich erschrocken in die Richtung, aus der der Gruß gekommen war. Ein gut gekleideter Mann in schwarzem Rock und mit hohem Zylinder stolzierte auf ihn zu. Müller erkannte den Gastwirt Mallmann aus dem »Hirsch«, der auch als Kaufmann tätig war.

»Bonnschur, so früh schon unterwegs?«

»Wer etwas erreichen will, der sollte die Zeit gut nutzen, verehrter Wachtmeister. Ich will gleich die Postkutsche nach Simmern nehmen. Oben auf dem Hunsrück habe ich wichtige Geschäfte zu erledigen.«

»Sie sind viel beschäftigt, wie ich höre.«

»Ich kann nicht klagen, wenn es auch schwere Zeiten sind. Die vielen Vorschriften und Regelungen aus Berlin machen es uns Kaufleuten beileibe nicht einfach. Wenn dann auch noch diese

Querköpfe in der Verwaltung unsere ordentlich erbrachte Arbeit nicht bezahlen, dann wird es ganz arg.«

»Der Streit wegen der Pflasterung des Marktplatzes ist doch beigelegt, denke ich. Sie haben Ihr Geld für die Mehrarbeit inzwischen bekommen.«

»Ja, aber ärgerlich war es trotzdem. Es hat viel zu lange gedauert und sehr viel Ärger bereitet. Unser verehrter Herr Bürgermeister«, er wies mit dem Kopf gen Gasthaus »Zur Post«, »ist nicht eben umtriebig, wenn es um die Belange von uns Geschäftsleuten geht. Den Kleinen springt er gern bei, insbesondere, wenn er sich dabei des Beifalls von unserem lieben Pfarrer Berger gewiss sein kann. Uns anderen, die wir bemüht sind, das Rheinland wieder aufzurichten und die alten Handelsverbindungen nach außerhalb wieder aufzubauen, steht er nicht so gern zur Seite. Das habe ich bei der Geschichte mit der Pflasterung des Marktplatzes am eigenen Leib erfahren. Dabei sorgen wir hier für hohe Steuereinnahmen und holen die Welt wieder in unsere Stadt. Gerade im Geschäft mit den Fremden liegt unsere Zukunft! Genau das aber stört den verehrten Herrn Bürgermeister. Er fürchtet um die Moral seiner katholischen Glaubensbrüder, sieht neues, ungewohntes Gedankengut die Köpfe seiner Mitbürger verwirren. Müller, ich sage Ihnen: Die Zeiten werden sich trotzdem ändern. Und das schneller, als es Leuten wie Jacobs lieb sein kann!«

Die Hände auf den silbernen Knauf seines Spazierstocks gestützt sah er die Oberstraße entlang nach Osten, wo über den Giebeln der Stadt die Sonne langsam emporstieg.

»Eigenartig, dass ausgerechnet Jacobs so auf dem Bewahren des Alten besteht«, fuhr er fort. »Sein Vater Wilhelm war doch ganz anders. Ein weitsichtiger Mann! Wie er damals den Zehnthof von den Franzosen erworben und zu einem Wirtshaus umgebaut hat, das hat noch Format gehabt. Darin die erste fahrende Post der Gegend einzurichten, ist ein kluger Schritt gewesen. Seit zwanzig Jahren schon unterhält die Familie Jacobs damit nicht nur die Verbindung der linksrheinischen Städte untereinander, sondern auch die bis hinauf in den Hunsrück. Ein sicheres Einkommen für die Familie, mein lieber Müller, und ein Beweis für ein hervorragendes kaufmännisches Verständnis. Seltsam, dass

Matthias Jacobs das nicht auch in seinem Amt als Bürgermeister aufbringt. In jungen Jahren hat er so gut als Bürgermeister begonnen. Schade, schade! Dumm ist er ja nicht. Das hat er schon oft mit seinen gewitzten Aktionen gegenüber Stadt- und Landrat unter Beweis gestellt!«

Laut lachte er auf, dann klopfte er Müller auf die Schulter.

»Ich will Sie nicht aufhalten, Wachtmeister. Sie müssen weiter, und ich sollte mir einen guten Platz in der Kutsche sichern. Die Fahrt wird anstrengend genug. Atschiß.«

Müller setzte seinen Weg fort. Vorsichtig spähte er um die Ecke der Kirchgasse, ob sein Dienstherr hinter einem der Fenster des Gasthauses Ausschau nach ihm hielt. Er wusste, wie gern Jacobs ihn auf diese Weise heimlich kontrollierte. Sehen konnte er ihn nicht. Dennoch verlängerte Müller seinen Rundgang an Stallungen und Remisen vorbei bis zur südlichen Stadtmauer. Dann konnte ihm Jacobs nicht vorwerfen, dass er auf seiner Runde eine Ecke der Stadt ausließ. An der Stadtmauer angekommen lief Müller durch die Gärten hinüber zum Eltzer Hof. Inzwischen hatten sich die ersten Sonnenstrahlen den Weg durch den Nebel gebahnt und ließen einen weiteren, heiteren Frühlingstag erwarten. Schon wurde es spürbar wärmer.

»Herr Wachtmeister«, hörte Müller ein leises Rufen aus dem Tor des Eltzer Hofes. Verwundert blieb er stehen und sah sich suchend um. Er entdeckte niemanden. Wieder hörte er das Rufen. Neugierig ging er zu dem offen stehenden Tor und guckte in den Hof hinein. Ein junges, vornehm gekleidetes Fräulein trat hinter einem Strauch hervor.

»Ich brauche Ihre Hilfe.« Ihre Stimme zitterte.

»Meine Hilfe?« Verdutzt musterte er das Fräulein. Es stammte offensichtlich aus der höheren Bürgerschicht, die selten auf die Hilfe eines einfachen Polizeidieners wie ihn zurückgriff.

»Wer sind Sie? Was kann ich für Sie tun?«, fragte er und verbeugte sich.

»Ich bin Helena Weissgerber. Kommen Sie, damit uns niemand sieht.«

Verschwörerisch packte sie ihn am rechten Arm und zog ihn von der Gartenmauer weg.

»Meine Eltern dürfen nicht wissen, dass ich mit Ihnen spreche«, erklärte sie in festerem Ton. »Es geht um Lieselotte Weinand.«

»Und?«

»Sie wurde umgebracht.«

Es ärgerte Müller, dass sie das sagte. Und obwohl Jacobs ihn angewiesen hatte, jeden zu verwarnen, der von Mord sprach, fragte er nur: »Was haben Sie damit zu tun?«

»Lieselotte war meine Freundin.«

»Ihre Freundin? Mit Verlaub, Fräulein Weissgerber«, er verbeugte sich abermals. »Die Weinands zählen zwar zu den angesehenen Handwerkerfamilien der Stadt, aber dass sie engere Beziehungen zu vornehmen Leuten wie Ihnen haben sollen – nein, das glaube ich nicht.«

»Wir waren dabei, gute Freundinnen zu werden.«

Ihre Erwiderung klang auf einmal trotzig.

»Dass sie so jung gestorben ist, ist sehr schlimm. Aber Gottes Wege sind unerforschlich«, sagte er und wollte es damit bewenden lassen.

Sie hielt ihn zurück.

»Sie sind der Wachtmeister. Von Ihnen will ich wissen, was genau mit Lieselotte geschehen ist. Jemand hat sie umgebracht«, beharrte sie.

Mit gesenkten Augen sprach sie leise weiter: »Außerdem war sie in anderen Umständen.«

»Was?«

Für einen Augenblick vergaß Müller jeden Anstand und starrte das Fräulein entsetzt an. Woher wusste es das? Wie konnte es passieren, dass es ihm das erzählte? Warum hatte Doktor Veling ihm noch nichts davon gesagt? Müller brauchte eine Weile, um das Gehörte zu begreifen. Dann erinnerte er sich wieder, wer vor ihm stand, und räusperte sich.

Die Scham über ihre eigenen Worte hatte Fräulein Weissgerbers Gesicht tief rot eingefärbt. Er bemerkte ihre sorgfältig frisierten Haare, atmete einen zarten Duft nach Veilchen ein.

Mit einem Ruck hob sie den Kopf höher. Ihre Augen waren nun fast auf gleicher Höhe wie seine. Das Grün um ihre Pupillen herum funkelte. Müller konnte diesem Glanz nicht ausweichen. Gebannt blickte er sie an.

»Woher wissen Sie das?«, fragte er.

»Der Arzt, der sie untersucht hat, hat es mir gesagt.«

»Doktor Veling? Wann?«

»Gestern Mittag, auf dem Friedhof.«

»Was haben Sie dort gemacht?«

»Ich wollte mir die Kapelle ansehen. Deshalb bin ich hinein.«

Veling, dieser alte Narr! Er hatte die Kapelle nicht abgesperrt! Wie konnte ihm das passieren? Der Doktor wurde wirklich vergesslich. Hoffentlich konnte Müller verhindern, dass der Bürgermeister davon erfuhr.

»Doktor Veling war dort gerade damit beschäftigt, die arme Lieselotte zu untersuchen«, beendete Helena Weissgerber ihren kurzen Bericht.

»Sie haben ihm doch nicht etwa zugesehen? Wie kommen Sie dazu? Das gehört sich nicht für eine junge Dame!« Unbeherrscht brauste er auf. »Ich muss sofort mit Ihren Eltern sprechen.«

Schon schickte er sich an, in den Hof zu gehen.

»Nein, bitte nicht!«

Sie hielt ihn am Arm zurück. Hektisch sprach sie auf ihn ein: »Es tut mir Leid, wenn ich etwas Unerlaubtes getan habe. Es war reiner Zufall, dass ich ausgerechnet in diesem Moment in die Friedhofskapelle gekommen bin.«

»Hören Sie«, er besann sich einen Moment und klang wieder gefasster. »Es ist besser, wenn Sie mit niemandem mehr darüber sprechen. Nicht mit Ihren Eltern und nicht mit sonst irgendwem. Es ist ein Versehen gewesen, dass der Arzt die Kapelle nicht abgeschlossen hat. Die offizielle Untersuchung der Toten steht noch aus. Deshalb ist noch gar nicht sicher, ob Lieselotte wirklich gewaltsam gestorben ist. Nicht zu reden von den anderen Einzelheiten.«

»Was meinen Sie damit?«

Eigentlich hatte er es damit bewenden lassen und sich wieder entfernen wollen. Ohne zu wissen, warum, fuhr er fort: »Doktor Veling hat sich vielleicht geirrt. Lieselotte ist vielleicht weder in anderen Umständen gewesen noch erwürgt worden.«

»Sie glauben doch nicht etwa, sie hat sich selbst –«

»Bitte keine vorschnellen Schlüsse ziehen, verehrtes Fräulein!« Himmel, was hatte er da angerichtet? Wie konnte er ihren Wissensdrang in dieser Sache nur zügeln? Fieberhaft überlegte er, bis ihm etwas einfiel: »Sie wollen Ihrer Freundin doch nichts Schlechtes nachsagen, oder? Sicher sehen Sie ein, dass es sinnvoll ist, vorerst nicht mehr über die Angelegenheit zu reden.«

Noch einmal verbeugte er sich vor ihr, dann verabschiedete er sich, bevor sie ihn weiter ausfragen konnte, und ging rasch davon. Seine Gedanken waren gründlich durcheinander gewirbelt. Lieselotte Weinand war in anderen Umständen gewesen! Unglaublich, dass er das von einer unbeteiligten Person erfahren musste. Das veränderte die Sachlage entscheidend. War Martin Altdorf doch ihr Freund gewesen? War er gar der Vater ihres Kindes? Wie konnte das passieren, ohne dass ihr angeblicher Verlobter oder ihr Bruder etwas davon mitbekommen hatten? Sofort musste er mit Veling darüber sprechen. Hoffentlich erwischte er ihn, bevor der Bürgermeister ihn zum Rapport empfing. Und hoffentlich ließ sich das alles klären, bevor Sebastian Reitz und Anton Weinand Wind davon bekamen!

Müller hinkte stärker. Nun gesellte sich ein Kribbeln wie von tausend Ameisen dazu. Müller schnaubte.

Das Haus des Arztes lag auf dem Weg zum Markt, in einer kleinen Gasse direkt an der Ecke zur Oberstraße. Als Müller dort klopfte, öffnete ihm niemand. Er trat ein paar Schritte zurück und sah an der Hauswand empor zum ersten Stock. Keines der Fenster war geöffnet.

»Doktor Veling ist nicht da, Herr Wachtmeister!«, rief ihm ein Mann zu, der einen Leiterwagen mit einem Fass darauf vorbeischob. »Eben ist er Richtung Marktplatz weggegangen. Ich habe ihn noch gesehen.«

Müller dankte für die Auskunft und eilte weiter zum Rathaus. Er hatte Glück. Kaum erblickte er das Gebäude am Markt im Schatten der mächtigen Pfarrkirche St. Severus, da verschwand die große, hagere Gestalt des Arztes gerade um die Ecke. Im selben Moment schlug es acht.

Helena sah dem beleibten Polizeidiener nach, wie er durch die Obergasse Richtung innere Stadt davoneilte. Glaubte er wirklich, Lieselotte sei freiwillig ins Wasser gegangen? Seltsam, dass er nicht wollte, dass weiter über Lieselottes schrecklichen Tod geredet wurde. Warum nicht? Sie musste an den Besuch des Bürgermeisters gestern Abend bei ihren Eltern denken. Jacobs hatte bei Tisch einige Andeutungen über den Fall gemacht. Schade nur, dass er sich danach zusammen mit ihrem Vater in den Salon zurückgezogen hatte. Beim Genuss der abscheulichen Zigarren, die ihr Vater gern seinen Gästen offerierte, hatten die Herren bestimmt noch weiter über die Situation beratschlagt. Zu gern hätte sie die beiden dabei belauscht.

»Pst! Helena!«

Die Stimme kam von der gegenüberliegenden Straßenseite. Als sie hinübersah, huschte Lukas hinter dem dicken Kastanienbaum hervor. Mit einem raschen Blick über die Schulter vergewisserte sich Helena, dass niemand sie beobachtete. Dann lief sie schnell hinüber zu ihm.

»Was hat der Wachtmeister dir erzählt? Weiß er schon mehr?«

»Nein, das heißt, ja, nicht viel. Er will nicht, dass darüber geredet wird.«

Verlegen begann sie zu stammeln, dabei trippelte sie mit den Füßen immer auf derselben Stelle herum und spielte mit den Fingern an ihren Locken. Dass Lukas sie duzte, verwirrte sie. Wie ging man mit einem zwölfjährigen Jungen um, der nicht der eigene Bruder war? Ihre Mutter würde ihr den Umgang sofort verbieten, wenn sie etwas davon mitbekam.

»Was jetzt«, hakte er ungeduldig nach. »Was sagt der Wachtmeister dazu, dass die Tote schwanger gewesen ist?«

»Lukas!«

Empört stampfte sie mit dem Fuß auf, um ihn zur Räson zu bringen.

»Ich habe mich ein bisschen umgehört, was über diesen evangelischen Gesellen von Thonets erzählt wird«, sagte Lukas. »Es wird überhaupt viel über Thonets und ihre Gesellen geredet.«

»Den Eindruck habe ich auch«, pflichtete sie ihm bei. Gestern Abend war ihr aufgefallen, wie schlecht der Bürgermeister über den Tischlermeister gesprochen hatte. »Man könnte meinen, die Leute gönnten den Thonets ihren Erfolg nicht. Der Tischlermeister muss geniale Ideen haben. Der Bürgermeister hat gestern Abend meinen Vater besucht und so einiges erzählt: Gerade ist der alte Thonet zu einer wichtigen Industriemesse nach Mainz gefahren, nächste Woche soll er in Koblenz oder Neuwied ausstellen.«

»Dabei tischlern die so seltsame Möbel mit runden Lehnen und dünnen Rohren. Die sehen nicht besonders stabil aus. Und wie sie die biegen, das ist auch sehr eigenartig.«

Lukas geriet in Fahrt.

»Aber die Thonet-Möbel sind sehr elegant. Meine Eltern haben schon einige Stücke gekauft«, warf Helena ein.

Lukas überging ihren Einwand. »Ich habe in die Werkstatt geguckt: Bei Thonets kochen die Gesellen fürchterlich stinkenden Leim auf dem Herd und legen dann die Holzleisten hinein. Manche Leute behaupten, dass dieser Leim aus Menschenknochen gemacht wird. Und er riecht tatsächlich nach Leichen!«

Mit Verschwörermine hob Lukas den Zeigefinger und wartete einen Moment, bevor er weitersprach, damit die Worte bei Helena die richtige Wirkung erzielten.

»Thonet lässt den Leim von diesem Altdorf, also dem Gesellen, den Lieselottes Bruder verprügelt hat, in der Michelsmühle vor der Stadt herstellen. Niemand soll mitbekommen, was und wie Altdorf das tut. Er ist immer ganz allein in der Mühle. Altdorf hat angeblich ein Geheimrezept, das nicht einmal Thonet selbst genau kennt. Erst seitdem er den Leim kocht, soll Thonet das mit dem Biegen der Leisten so gut gelingen. Deshalb hält er von Altdorf mehr als von seinem ältesten Sohn.«

»Und weil Martin Altdorf evangelisch und nicht von hier ist, trauen ihm die Leute teuflische Dinge zu.« Helena lächelte. Ähnliches wie Lukas hatte auch Bürgermeister Jacobs erzählt. »Dabei kann ich dich beruhigen: Ich bin auch evangelisch und trotzdem nicht vom Teufel besessen!«

»Du auch? Ich auch!« Lukas wirkte erleichtert darüber, diese Gemeinsamkeit mit ihr zu teilen. Als ob der evangelische Glaube ein Makel wäre! Helena wunderte sich.

»Der Bürgermeister meinte sogar, dass Thonet mit Absicht nur evangelische Gesellen beschäftigt«, berichtete sie weiter. »Dabei ist Thonet selbst katholisch. Die Evangelischen seien Thonet hörig oder er ihnen, behauptet der Bürgermeister. Meist seien sie nicht einmal ausgebildete Tischler, sondern nur angelernte Hilfskräfte und verlangten weniger Lohn. Deshalb könne Thonet seine Möbel billiger als die Konkurrenz verkaufen. Seltsamerweise aber sei Thonet trotz der guten Geschäfte hoch verschuldet, vor allem bei Juden und fremden Kaufleuten in Koblenz. Die Bopparder würden den Thonets nicht einmal mehr ein Pfund Salz borgen!«

»Hm.« Lukas lauschte geduldig.

Helena steigerte sich in ihre Schilderung hinein: »Kein Wunder, dieser Thonet ist eben anders als die anderen Handwerker in der Stadt: Er beschäftigt viele Fremde, er lässt Möbel in großer Stückzahl auf Vorrat fertigen und leiht sich Geld, um seine Ideen zu verwirklichen, reist viel herum, um Geschäfte abzuschließen. Von alldem verstehe ich zwar nicht viel, aber eins steht fest: Thonet und seine Gesellen sind nicht eben beliebt in der Stadt. Wenn man nun einem von ihnen die Schuld am Tod Lieselottes anhängt, dann wundert das hier niemanden. Im Gegenteil: Die meisten Leute sind jetzt schon fest davon überzeugt, dass es gar nicht anders gewesen sein kann, dass Thonets Geselle Lieselotte auf dem Gewissen haben muss. Dem traut man das sofort zu, weil er fremd und anders als sie ist. Allen voran der Bürgermeister.«

»Denkst du auch, dass es so gewesen ist?«, fragte Lukas.

»Nein. Mich stört es, wenn so vorschnell über Menschen geurteilt wird, denen man nur deshalb Schlechtes zutraut, weil man sie nicht kennt. Außerdem gibt es immer noch zu viele offene Fragen. Zum Beispiel passt es ganz und gar nicht zu Lieselotte, dass sie sich mit diesem Gesellen eingelassen haben soll, und das auch noch hinter dem Rücken ihres Verlobten. Sie war ein anständiges Mädchen, da bin ich mir ganz sicher, auch wenn ich sie noch nicht lange gekannt habe. So etwas spürt man doch! Ihr Vater ließ sie kaum allein irgendwohin gehen. Ich kann mir nicht vorstellen, wie sie da überhaupt die Gelegenheit gehabt haben soll, mit diesem Gesellen unbemerkt befreundet gewesen zu sein.«

Abermals hatte sie sich in Rage geredet, bis ihre Wangen vor

Aufregung glühten. Noch während sie sich von ihrer Rede erholte, fiel es ihr aber plötzlich auf: Sollte sie mit ihrer Einschätzung Recht behalten, blieb eigentlich nur eine Möglichkeit. »Wahrscheinlich wurde sie gegen ihren Willen verführt«, mutmaßte sie laut. »Und so etwas traut man natürlich wieder nur den Evangelischen zu. Wem sonst? Du hättest den Bürgermeister einmal reden hören sollen! Mein Vater musste sich arg zusammennehmen, um ihm nicht über den Mund zu fahren. Das war ihm deutlich anzusehen. Dass jemand so stur gegen alles andere, Fremde ist, das kann mein Vater gar nicht gut vertragen, noch dazu, wenn er es so freimütig tut wie der Bürgermeister. Bei ihm hat es regelrecht den Anschein, als käme ihm dieses Verbrechen an Lieselotte zupass, weiter gegen alle anstehenden Änderungen zu Felde zu ziehen, meinte mein Vater heute früh zu mir. So viel habe ich jedenfalls verstanden: Jacobs hat gegenüber meinem Vater deutlich gemacht, dass er in jedem Fall verhindern will, noch mehr Evangelische in die Stadt zu holen. Die Einrichtung einer evangelischen Gemeinde bekämpft er deshalb mit allen Mitteln, auch gegenüber so angesehenen evangelischen Leuten wie meinem Vater. Ein evangelischer Tagelöhner als Täter würde Jacobs also gerade recht kommen, sagt mein Vater – oh mein Gott!«

Erschrocken über ihre eigenen Worte legte Helena eine Pause ein.

Schließlich sagte sie: »Gott sei Dank gibt es wohl auch Parteien in der Stadt, die das anders sehen. Der Kreisphysikus zum Beispiel, mit dem wir sonntags zusammen zum evangelischen Gottesdienst nach St. Goar fahren. Das ist zwar ein etwas merkwürdiger Mensch, aber er vertritt einen aufgeschlossenen, fortschrittlichen Standpunkt. Sogar der katholische Stadtrat Thomas zählt zu seinen Freunden. Man kann nur hoffen, dass es Männern wie ihnen gelingt, diesen Bürgermeister bald zur Räson zu bringen, meint mein Vater. Sobald ihm in dieser Geschichte mit Lieselotte ein Fehler unterläuft, er zum Beispiel jemanden vorschnell als Täter hinstellt, ohne richtige Beweise dafür vorzulegen, müsste man nur den Landrat einschalten. Der würde dann alles Nötige veranlassen und Jacobs endlich in die Schranken weisen oder gar aus dem Amt jagen.«

Kaum hatte sie geendet, wurde Helena bewusst, dass sie die letzten Sätze fast wortwörtlich ihrem Vater nachgeplappert hatte. Mit genau diesen Sätzen hatte er ihr beim Frühstück auseinander zu setzen versucht, in welcher Lage man sich derzeit in Boppard befände. Leider war dann ihre Mutter dazwischengegangen und hatte ihn gebeten, Helena nicht mit solchen Dingen zu belasten. »Gespräche über Politik ziemen sich nicht für ein junges Fräulein«, hatte ihre Mutter dazu erklärt.

»Dann muss ich wohl weiter meine Augen und Ohren aufsperren«, riss Lukas sie aus ihren Gedanken. »Ich laufe vor zur Wachstube im Rathaus und versuche herauszufinden, was der Wachtmeister heute unternimmt, um Lieselottes Tod zu klären.«

Ehe Helena sich versah, war er weg, irgendwo im Gebüsch verschwunden.

»Helena! Wo steckst du? Was treibst du da draußen?« Mit hochrotem Kopf stürzte ihre Mutter auf sie zu. »Hat dir dein Vater nicht verboten, das Haus zu verlassen? Morgen kommt die Waschfrau. Bis dahin gibt es genug für dich zu tun. Du bist gestern Nachmittag nicht mit dem Sortieren der Äpfel fertig geworden. Die Stellage im Keller ist erst halb durchgesehen. Soll das Obst etwa verfaulen? Komm mit, wertes Fräulein! Die Zeit des Müßiggangs ist vorbei!«

Energisch zog sie ihre Tochter ins Haus.

Endlich platzten die ersten Blasen in der Pfanne auf. Mit einem Holzstück rührte Franz noch einmal durch die Masse, dann griff er nach einem dicken Lappen, um seine Hand vor der Hitze des gusseisernen Pfannenstiels zu schützen. Unter Ächzen zog er die schwere Pfanne von der Feuerstelle. Den unangenehmen Geruch, der daraus aufstieg, nahm er gar nicht mehr wahr. Der tägliche Umgang mit dem kochenden Leim sowie die von feinem Holzstaub geschwängerte Luft hatten seine Nase unempfindlich gemacht.

»Komm, pack mit an!«, rief er nach einem der Männer, die unweit des Herdes die Schablonen zum Biegen des Holzes bearbeiteten.

»Bonnschur«, erklang eine wohlvertraute Stimme vom Hofeingang her. Franz sah hinüber. Der Nebel, der noch immer dicht über Garten und Obstwiesen hing, ließ nicht viel mehr als die Silhouette eines stämmigen, hoch aufgeschossenen Mannes erkennen: unzweifelhaft Martin Altdorf.

Als er in die Werkstatt eintrat, nahm er vorsichtig die Mütze vom Kopf. Ein schmuddeliger Verband kam darunter zum Vorschein. Auch auf seinem Gesicht hatte die gestrige Prügelei Spuren hinterlassen: Sein rechtes Auge war geschwollen, ein dunkel gefärbter Strich deutete einen Erguss an, die Wangen waren von verkrusteten Schrammen überzogen.

»Kannst du wieder arbeiten?«, fragte Franz, ohne den Gruß zu erwidern.

»Geht schon«, sagte Martin und machte Anstalten, sich die Arbeitsschürze umzubinden.

»Wir müssen das Versäumte von gestern wieder aufholen. Die Kirschholzleisten müssen ins Leimbad, die Schablonen für das Fauteuil angefertigt werden. Jacob und Michael können weitersägen, Johann und Josef sollen das Holz im Hof umschichten. Wir erwarten noch eine Lieferung Nussbaumholz. Dafür brauchen wir dringend Platz. Die anderen Gesellen haben mit dem Biegen genug zu tun.«

»Was ist mit dem Leim? Viele Platten haben wir nicht mehr. In der Mühle liegen noch immer die Lederabfälle, die ich gestern waschen wollte. Wir müssen sie dringend entfetten und enthaaren, damit wir sie äschern können. Die Lage von vor drei Wochen muss außerdem noch gekocht und abgeseiht werden. Wenn das nicht bald geschieht, gehen uns die Leimvorräte aus.«

»Wir haben immer noch ein paar Platten in der Mühle. Die können wir später holen.«

»Nein, die sind verkauft. Dein Vater hat sie einem Tischler aus Neuwied zugesagt. Der will sie morgen abholen. Bezahlt hat er schon, und das war auch gut so. Sonst hätte uns der Gerber gestern keine neuen Lederreste mehr geliefert. Der will das Geld nun immer im Voraus von uns haben.«

»Verflucht! Diese engstirnigen Böcke! Die begreifen nicht, wie sie uns bei unserer Arbeit behindern.«

Wütend raufte Franz sich das Haar. Nicht nur der fehlende Kredit bei dem Gerber ärgerte ihn. Auch dass Martin Altdorf mal wieder besser über die Vorgänge in der Mühle, die Händel mit den Lieferanten und sonstige geschäftliche Absprachen Bescheid wusste, stieß ihm bitter auf. Warum weihte sein Vater nicht ihn, seinen ältesten Sohn und rechtmäßigen Erben, ein? Warum verließ er sich lieber auf diesen Handlanger, der sich zwar bestens aufs Leimkochen verstand, aber nicht einmal eine ordentliche Lehre absolviert hatte? Abfällig musterte er Martin, der in seinen abgetragenen Kleidern neben ihm stand. Er machte nicht den Eindruck, als bilde er sich etwas auf seine besondere Stellung beim Meister ein. Vielleicht war es gerade das, was ihn, Franz, zur Weißglut brachte.

»Ich werde den Vormittag über hier mitarbeiten und nach Mittag in die Mühle hinübergehen«, sagte Martin. »Wie gestern mit deinem Vater besprochen, nehme ich deine Brüder und Jacob mit. Dann bleiben dir hier alle Gesellen, um mit den Canapés weiterzukommen, die zur Lieferung nach Kreuznach vorgesehen sind.«

Lieferung nach Kreuznach? Erneut stutzte Franz. Um was ging es da schon wieder? Noch so eine Sache, von der ihm sein Vater nichts gesagt hatte. Gleichzeitig wurde ihm bewusst, dass Martin gerade ihm, dem Sohn des Meisters, erklärte, was wann wie von wem zu tun sei. Längst hatte er also das Kommando in der Werkstatt übernommen. Na warte, schwor er sich, du wirst dich noch wundern! Und Vater auch.

»Das wirst du auf morgen verschieben müssen«, stellte er laut fest und begann, den Knoten an seiner Schürze zu lösen. »Ich muss heute noch weg, dringende Geschäfte erledigen. Du bleibst in jedem Fall hier und siehst zu, dass die Arbeit schneller vorangeht. Es gibt noch eine Menge aufzuholen.«

»Welche Geschäfte? Weiß dein Vater davon? Mir hat er nichts gesagt.«

»Wozu sollte er? Wer ist hier der Meister: er oder du?«

Er baute sich vor dem Gesellen auf und sah ihm ins Gesicht. Leider musste er dazu den Kopf etwas anheben. Die fehlende Größe suchte er durch einen noch entschlosseneren Tonfall wettzumachen.

»Bonnschur, Franz«, rief jemand zur Tür herein. »Ich muss sofort mit dir reden!«

»Komme schon«, antwortete er über die Schulter hinweg, ohne sich umzusehen. Mit drohendem Zeigefinger fragte er Martin: »Hast du verstanden, was du zu tun hast?«

Ohne seine Reaktion abzuwarten, ging er hinaus auf die Straße, wo Sebastian Reitz ihn erwartete.

»Was gibt es?«

Noch immer schwang Wut über das eben Erlebte in seiner Stimme mit. Hoffentlich hatte der Bäckergeselle nichts von dem unerfreulichen Gespräch mit Martin mitbekommen. Nicht auszudenken, wenn Reitz in der Stadt herumerzählte, dass in Thonets Werkstatt der angelernte Geselle besser Bescheid wusste als der Sohn des Meisters!

»Kannst du dir nicht denken, warum ich dich sprechen will?«, begann Reitz.

»Nein. Sag es mir gleich, ich habe nicht viel Zeit.«

Nervös trat Franz von einem Fuß auf den anderen. Er musste weg, sofort zum Eltzer Hof hinüber. Gleich würde Nicolaus Weissgerber mit seiner Kutsche von dort Richtung Koblenz abfahren, und er, Franz, sollte mitkommen. Der Rentier hatte versprochen, ihn auf der Baustelle von Schloss Stolzenfels einzuführen. Vielleicht bestand doch noch die Möglichkeit, dort Aufträge für die Ausstattung und Möblierung des Schlosses zu bekommen. Weissgerber schien beste Kontakte zum Kreisbaumeister zu unterhalten. Die wollte Franz nutzen. Deshalb war es nicht klug, gleich zu Beginn ihrer Kooperation durch eine Verspätung etwas zu verpatzen.

»Das mit Lieselotte hast du sicher gehört«, sprach Reitz umständlich weiter.

»Die ganze Stadt redet von nichts anderem. Eine entsetzliche Geschichte. Tut mir Leid für dich.«

Kurz sah Reitz zur Seite. Dann drehte er den Kopf und fuhr hastig fort: »Es geht um Martin Altdorf. Anton Weinand hat ihn sich gleich geschnappt und verprügelt.«

»Nicht nur das. Einen riesigen Schaden hat er bei uns angerichtet.« Wieder flammte Wut in Franz auf. »Den ganzen Nachmittag sind wir mit dem Aufräumen beschäftigt gewesen. Auch die Fuhre nach Mainz ist später losgefahren als vorgesehen. Mein

Vater wird deshalb wichtige Gespräche bei der Ausstellung verpasst haben. Was das für uns bedeutet, kannst du dir gar nicht vorstellen. Von den vielen kaputten Möbelstücken ganz zu schweigen. Ich bin gespannt, ob Weinand uns das bezahlen wird.«

Reitz ging gar nicht erst darauf ein, sondern stellte gleich die nächste Frage:»Hast du mitbekommen, was Anton zu Martin gesagt hat?«

»Gesagt hat er nicht viel. Losgeschlagen hat er dagegen gleich. Wie ein wild gewordener Bär. Erst als sie sich zu zweit auf ihn gestürzt haben, war er zu bändigen.«

»Er muss doch einen Grund dafür gehabt haben, ausgerechnet auf Martin Altdorf loszugehen.«

»Das will ich meinen!«

»Aber welchen? Spann mich nicht auf die Folter, Franz. Du weißt doch etwas! Wieso Altdorf? Was hat Anton mit dem zu schaffen?«

Franz zögerte, bevor er antwortete. Ihm ging gerade erst selbst auf, was die Ereignisse von gestern bedeuteten: dass ein direkter Zusammenhang bestand zwischen Lieselotte und Martin. Dass Anton ihn sofort für ihren Tod verantwortlich gemacht hatte.

»Er mit ihm nichts. Eher Lieselotte mit Martin.«

»Was hatte sie mit ihm zu schaffen?« Reitz brauste auf. »Mit einem Evangelischen, der nichts besitzt? Ein anständiges Mädchen gibt sich nicht mit so einem ab. Noch dazu, wo sie mit mir verlobt gewesen ist!«

»Tatsächlich? Offiziell war eure Verlobung noch nicht, wenn ich mich recht erinnere.«

Die Unsicherheit von Sebastian Reitz auszukosten, ihn mit seinen Äußerungen weiter zu beunruhigen, bereitete ihm Spaß.

»Es war abgemacht.«

Das klang zweifelnd. Franz blieb unerbittlich:»Aber nicht unbedingt mit Lieselotte. Sonst hätte sie wohl kaum auf der letzten Orgelbornkirmes, kurz bevor ihre Mutter und ihr Bruder gestorben sind, so viel und ausgiebig mit Martin getanzt. Du bist nicht da gewesen, soweit ich mich erinnere. Du hättest das sicher zu verhindern gewusst. Nicht so Anton. Der hat ruhig dabei zugesehen.«

Genauso ruhig sah Franz gerade dabei zu, wie es in Reitz zu gären anfing. Die beiden Freunde Weinand und Reitz gegeneinander auszuspielen, war ihm eine kleine Entschädigung dafür, dass sie ihn bei den Zusammenkünften der einheimischen Burschen in letzter Zeit immer öfter außen vor ließen, gar mit schiefen Blicken bedachten.

»Was soll das heißen?«

»Dass Anton es zumindest damals gebilligt hat, dass Lieselotte mit Altdorf –«

»Pass auf, was du da sagst!«

Plötzlich hatte Reitz ihn am Revers gepackt und drückte ihm die Kehle zu. Hilflos ruderte Franz mit den Armen in der Luft, keuchte und rang nach Atem.

»Lass Franz los!«

Mit einem Satz stürzte Martin Altdorf aus dem Inneren der Werkstatt heraus und riss Sebastian Reiz von ihm weg. Dann fragte er: »Kann ich dir helfen, Franz?«

»Schon gut. Nichts passiert. Reitz ist nur etwas durcheinander«, wehrte er schnell ab, nachdem Reitz ihn losgelassen hatte. Dass ausgerechnet Martin ihm in dieser Situation beistand.

»Was sage ich denn?«, fragte Franz, nachdem Martin sich kopfschüttelnd in die Werkstatt verzogen hatte. »Doch nur, dass Martin Altdorf Lieselotte den Hof gemacht hat. Ihr Bruder wird davon gewusst und es auch gebilligt haben. Er hat schließlich daneben gestanden. Das ist die Wahrheit. Wenn Weinand dir nichts davon erzählt hat, ist das nicht meine Schuld.«

Wütend stieß Reitz eine Weile mit dem Fuß gegen einen Stein, der auf dem Lehmboden der Gasse lag. Die Hände vergrub er tief in die Taschen seiner Hose, die Lippen presste er fest aufeinander. Tränen rannen seine Wangen hinab und hinterließen eine schmutzige Spur.

Franz fühlte Mitleid. Das hatte er nicht gewollt. Er lenkte ein: »Du solltest mit den Weinands reden und sie fragen, welches Spiel sie mit dir gespielt haben: Haben dich mit dem Versprechen hingehalten, dass Lieselotte dich heiraten wird, und hintenherum geduldet, dass sie mit einem evangelischen Habenichts angebändelt hat.«

Keuchend erreichte Müller das obere Geschoss des Rathauses, in dem sich die Amtsräume des Bürgermeisters befanden. Dabei stieß er auf Veling, der gerade vor dem Pult des Schreibers stand und auf ihn einredete. Die Tür zu Jacobs' Zimmer stand weit offen, wie immer, wenn der Bürgermeister noch nicht da war. »Bonnschur, Doktor Veling«, rief er dem Arzt zu. »Ich muss Sie kurz sprechen.«

»Guten Morgen, Müller. Gut, dass wenigstens Sie hier sind. Der Bürgermeister kommt erst später, etwa um neun, sagte mir der Schreiber. So lange aber kann ich nicht warten. Meine Patienten brauchen mich. Gestern schon habe ich mich ihnen nicht ausreichend widmen können.«

Seine Stimme klang vorwurfsvoll, als sei Müller persönlich schuld daran.

»Kommen Sie bitte mit hinunter in meine Wachstube. Dort können wir in Ruhe miteinander reden.«

Müller schielte erklärend auf den Schreiber. In dessen Gegenwart war das in keinem Fall möglich. Mit einer Handbewegung wies Müller dem Arzt den Weg die Treppe hinunter. Dann folgte er ihm in die winzige Stube, die ihm dort, gleich neben der Eingangstür des Rathauses, als Wachstube diente.

»Sie haben die Untersuchung der toten Lieselotte abgeschlossen, nicht wahr?«

»Deswegen bin ich hier. Ich wollte dem Bürgermeister Bericht erstatten und mich dann wieder meinen eigentlichen Aufgaben widmen. Vorgeschrieben ist, dass der Kreisphysikus die offizielle Obduktion vornimmt.«

Müller verzichtete darauf, das Procedere zu bestätigen. Er wollte einfach wissen, was es mit Lieselottes Tod auf sich hatte. Nur dann konnte er die nächsten Schritte schon überdenken, bevor er mit dem Bürgermeister darüber sprechen musste. Auch wenn er damit seine Kompetenzen überschritt, fragte er deshalb: »Sie bleiben dabei, dass Lieselotte erwürgt wurde?«

»Daran habe ich keinen Zweifel«, antwortete Veling und sah von oben herab in Müllers Gesicht.

Müller wurde ungeduldig und fuhr ihn an: »Sie haben doch noch etwas! Spannen Sie mich nicht auf die Folter, Doktor!«

Der Arzt hustete auffällig. Müller erkannte, dass er sich im Ton vergriffen hatte, und presste ein »Bitte verzeihen Sie« heraus. Veling nahm die Entschuldigung mit einem Nicken an.

»Es besteht Grund zu der Annahme, die Tote habe sich in anderen Umständen befunden«, sagte er schließlich.

»Also tatsächlich.«

»Bitte?« Verständnislos hob der Arzt eine Braue, runzelte die Stirn.

»Nichts, nichts«, winkte Müller rasch ab und fragte stattdessen: »Sind Sie absolut sicher? Haben Sie sie ...«

Es würgte ihn bei dem Gedanken, was der Arzt mit der Toten getan haben musste, um ihren Zustand festzustellen. Er wedelte mit der Hand vor seinem Kopf, um die aufkommenden Bilder zu vertreiben. Jahre hatten sie auf dem Grund seiner Seele geschlummert. Jetzt plagten ihn wieder diese entsetzlichen Erinnerungen.

»Sie meinen aufgeschnitten«, ergänzte Veling ungerührt. »Nein, Müller, Gott bewahre! Ich greife dem Herrn Kollegen Heusner doch nicht vor. Obduzieren darf nur er, das wissen Sie genauso gut wie ich. Warum haben Sie gestern eigentlich trotzdem nach mir und nicht nach ihm geschickt? Er wird erbost sein, von dem Casus erst so spät zu erfahren. Sicher hätte er die Tote gern höchstpersönlich an der Eisbrech in Augenschein genommen, um sich ein genaues Bild zu machen.«

»Der Kreisphysikus ist auf Inspektionsreise und wird erst gegen Mittag zurückerwartet.«

»Falsch! Er ist schon da! Bonnschur, die Herren!«

Polternd betrat ein dicker, kahlköpfiger Herr die enge Stube. Er füllte sie mit seiner Anwesenheit vollends aus. Müller fühlte sich sogleich brüsk zur Seite gedrängt. Verlegen grüßte er Heusner zurück.

»Was ist hier los, Müller? Von meiner Magd erfahre ich, es sei eine Tote im Rhein gefunden worden! Sie haben sie schon untersucht, Herr Kollege?«

Mit der rechten Hand nahm Heusner seinen Zylinder vom Kopf, nestelte gleichzeitig mit der linken ein seidenes Taschentuch aus seiner dunklen Weste und wischte sich die Stirn. Seine runden, aufgequollenen Augen schwammen in Wasser, die Nase schob sich knollenartig aus dem Gesicht heraus. Auch die blassen, kaum geschwungenen Lippen schienen ständig feucht. Müller ekelte vor dem Anblick des Kreisphysikus, dessen Körper aus allen erdenklichen Poren unaufhörlich Nässe absonderte.

»Ich war so frei«, beeilte sich Veling zu erklären. »Der Polizeidiener ließ mich rufen, nachdem Sie zur besagten Stunde nicht zugegen waren. Nach einer ersten Inaugenscheinnahme noch am Fundort ließ ich die Leiche zur Friedhofskapelle schaffen und untersuchte sie dort. Selbstverständlich ohne eine Obduktion vorzunehmen. Das ist allein Ihre Aufgabe, Herr Kreisphysikus.«

Der unterwürfige Ton, mit dem er das vortrug, überraschte Müller. Gebannt verfolgte er das Gespräch zwischen den beiden.

»Sie haben Sie in der Friedhofskapelle untersucht?«

Heusner als der deutlich Jüngere ließ den Älteren mit jedem Wort spüren, wie wenig er ihm ein sachgemäßes Vorgehen zutraute. Veling nickte und wollte zu einer weiteren Erklärung ansetzen, doch das unterband der Kreisphysikus, indem er sich ostentativ zu Müller drehte.

»Wachtmeister, Ihnen ist selbstverständlich klar, dass ich sie im Hospital brauche«, stellte er fest. »Lassen Sie den Leichnam umgehend dorthin bringen. Nicht auszudenken, was mittlerweile mit ihr in der Kapelle passiert sein könnte. Die ist hoffentlich abgesperrt!«

Müller zuckte zusammen. Das hatte er völlig vergessen! Hoffentlich hatte Veling so weit gedacht. Fragend sah er zu ihm hin, doch der hagere Mann beachtete ihn nicht mehr. Er war vollends damit beschäftigt, seinen Hut aufzusetzen, seinen Rock glatt zu streichen und sich dann, mit einer tiefen Verbeugung vor dem Kreisphysikus, zu empfehlen.

»Gott sei Dank, Müller, er ist weg.«

Ein pfeifender Laut entfuhr Heusner. Dann griff er erneut nach dem Taschentuch und tupfte sich das Gesicht ab. Sorgfältig faltete er das Tuch zusammen und verstaute es in seiner Westentasche. Die kurzen Arme verschränkte er hinter seinem Rücken, den Kopf streckte er nach vorn. Neugierig musterte er die Wachstube, bevor er sich wieder dem Polizeidiener zuwandte. Müller scharrte bereits verstohlen mit den Füßen, sicher, dass nun ein Donnerwetter auf ihn niederprasseln würde.

»Ein Mord ist eine schreckliche Sache, Müller. Das wird weite Kreise ziehen. Heute noch wird man dem Landrat in St. Goar Meldung erstatten müssen. Es ist mehr als fraglich, ob er die Aufklärung der Angelegenheit allein Bürgermeister Jacobs und Ihnen überlässt.«

Müller schluckte. Nichts anderes hatte der Bürgermeister gestern prophezeit. Unglaublich, dachte er, wie gut sich die Herren Jacobs und Heusner kannten. Wiewohl politische Gegner, konnte jeder von ihnen treffsicher voraussagen, was der andere tun würde.

»Sollten wir nicht erst das Ergebnis Ihrer Obduktion abwarten?«, versuchte Müller, den unvermeidlichen Lauf der Dinge aufzuhalten. Gleichzeitig spürte er, dass die darin enthaltene Hoffnung, Veling habe sich mit seinem Urteil geirrt, deutlich herauszuhören war. Beschämt sah er zu Boden. Es war ihm, als liefere er den Arzt wie auf dem Präsentierteller der Selbstgefälligkeit des Kreisphysikus aus.

»Natürlich, Müller, Sie haben Recht.«

Heusner tat so, als müsse er ernsthaft über diesen Einwand nachdenken. Müller wusste, dass dem nicht so war, dass Heusner schon längst seine eigene Strategie entwickelt hatte. Der Kreisphysikus war nur zu gut als Schlitzohr bekannt und stand dem Bürgermeister darin in nichts nach, wie Müller fand. Ihm schwante, dass sich die Geschichte mit Veling zum Pferdefuß des Falls entwickeln konnte.

»Ich weiß, dass Sie ein kluger Mann sind«, setzte Heusner auch schon an. »Mir selbst kommen ebenfalls Zweifel, ob wir der Urteilsfähigkeit des verehrten Kollegen noch bedingungslos trauen können. Indes«, den fleischigen Finger fest vor die blutleeren Lippen gepresst, hielt er ein, »indes wisperte mir meine Magd zu, die Tote sei in anderen Umständen gewesen. Die Leichenwäscherin sei gestern bereits in die Kapelle gegangen. Die stand übrigens für alle Neugierigen weit offen, mein lieber Wachtmeister!«

Müller wich, so weit es die Enge des Raums zuließ, vor Heusner zurück.

Der Kreisphysikus weidete sich offensichtlich an seinem Auftritt. Mit jedem weiteren Wort wuchs er über sich hinaus: »Welch große Fehler sind Ihnen da unterlaufen? Erst schicken Sie nach dem Kollegen Veling, dann lassen Sie ihn allein mit der Toten in der Kapelle, und obendrein sorgen Sie nicht einmal dafür, dass die Tote bis zu meiner Rückkehr sicher vor allen Leichenwäscherinnen und sonstigen Schaulustigen aufbewahrt wird!«

Nun hatte er ihn mit seinem dicken Wanst gegen die Wand gedrückt. Bauch an Bauch standen sie da. Müller spürte, wie bei jeder Silbe, die Heusner ausstieß, Tropfen auf seinem Gesicht landeten.

»Sie können von Glück sagen, dass meine Magd sich zufällig auf dem Friedhof aufhielt und den Vorfall beobachtete. Geistesgegenwärtig lief sie hinein und hielt die Leichenwäscherin davon ab, die Tote zu berühren. Allein«, drohend rollten Heusners dicke Augäpfel, sein Kopf schien unter dem hohem Druck fast zu zerbersten, »allein ihr Zustand war allzu offenkundig. Jeder konnte erkennen, wie sich die Konturen des gewölbten Bauches unter dem Tuch abzeichneten. Von einem gesegneten Leib wollen wir unter diesen Umständen lieber nicht sprechen.«

Langsam trat er ein paar Schritte zurück, die Augen fest auf Müllers Antlitz geheftet.

Müller rückte seine Uniform zurecht, streifte helle Fussel von seiner dunkelblauen Jacke. Es blieb eine Weile still in der engen Stube. Von der Severuskirche schlug es dreiviertelneun.

Endlich fasste Müller sich ein Herz und stellte die Frage, auf die Heusner zu warten schien: »Wer außer der Leichenwäscherin hat die Tote noch in der Kapelle liegen sehen? Wer weiß jetzt über ihren Zustand Bescheid?«

»Das fragen Sie mich, Müller?«, brauste Heusner sofort auf. »Wäre es nicht Ihre Aufgabe, das herauszufinden?«

Von draußen waren Schritte zu vernehmen. Der Geschwindigkeit nach schloss Müller auf Jacobs. Er lauschte angestrengt. Ohne innezuhalten, stürmte der Bürgermeister die Treppe hinauf in sein Amtszimmer.

»Der Bürgermeister ist gekommen«, stellte Müller erleichtert fest. »Wollen Sie gleich mit ihm über die Sache sprechen?«

»Nein, nicht gleich. Ich denke, ich werde erst die Obduktion vornehmen. Das andere«, verschwörerisch sah er ihn an, »das andere bleibt zunächst unter uns, Müller: Keine Menschenseele erfährt von mir, welcher Lapsus Ihnen da unterlaufen ist, als die Kapelle offen stand und jeder unbeaufsichtigt an die Tote herankam. Ich sorge außerdem dafür, dass weder meine Magd noch die Leichenwäscherin darüber reden. Darauf können Sie sich verlassen.«

Dankend verbeugte sich Müller vor dem Kreisphysikus.

»Dafür«, nun tätschelte Heusner seine Schulter. »Dafür erwarte ich jedoch, dass Sie mich über jeden Schritt, den der Bürgermeister in der Sache unternimmt, fortan informieren. Ist das klar?«

Sobald sich seine Stimme aus den Höhen der rhetorisch gestellten Frage wieder hinabgesenkt hatte, schlug er noch einmal kräftig auf die Schulter des Polizeidieners.

»Müller! Muss ich Sie erst schriftlich bitten?«

Die Stimme des Bürgermeisters schallte laut und zornig durch das ganze Rathaus. Hastig schleppte sich der Polizeidiener die letzten Treppenstufen nach oben, humpelte den kurzen Gang am Pult des Schreibers vorbei und betrat das Amtszimmer.

»Entschuldigung, Herr Bürgermeister. Ich hatte noch Besuch.«

»Besuch? Ich darf doch sehr bitten! Falls Sie das vergessen haben: Sie sind im Dienst. Besuch können Sie gern bei sich zu Hause empfangen.«

»Diesen wohl kaum.«

»Sprechen Sie nicht in Rätseln, Müller! Wer war unten bei Ihnen in der Wachstube?«

Bevor Müller antworten konnte, klopfte es, und der Schreiber buckelte zur Tür herein. Wenn Jacobs' Laune derart schlecht war, kroch er vor ihm nahezu auf dem Boden herum.

»Mit Verlaub, Ihr Frühstück!«

»Herein damit, schnell! Und dann ist Ruhe!«

Wie immer trippelte die Magd aus Jacobs' Gasthaus herein, trug das voll beladene Tablett auf den Schreibtisch, knickste und ging schnell wieder hinaus. Fast rannte sie schon. Das Lächeln, das sie gestern noch gewagt hatte, war heute von ihrem Gesicht verschwunden.

»Also, Müller? Oder hat Ihnen der Anblick des wohl gefüllten Tabletts die Sprache verschlagen?«

Müller schluckte eine Erwiderung hinunter. Mit fester Stimme berichtete er stattdessen: »Doktor Veling hat mir das Ergebnis seiner Untersuchung der Toten mitgeteilt. Auch der Kreisphysikus ist zu mir in die Wachstube gekommen. Ich soll die Tote für ihn sofort ins Hospital schaffen lassen. Heute Vormittag noch will er dort die Obduktion vornehmen.«

»Demnach sind sich beide sicher, dass tatsächlich ein Verbrechen vorliegt«, konstatierte der Bürgermeister. Er war blass geworden. Es war ihm deutlich anzusehen, wie sehr ihn das traf. Sicherlich weniger aus Mitleid mit dem Schicksal der Toten, dachte Müller, sondern eher wegen der Folgen, die diese Nachricht für ihn als obersten Hüter der öffentlichen Ordnung haben würde.

»Ja«, bestätigte er seinem Vorgesetzten. »Außerdem hat der Kreisphysikus erklärt, dass der Landrat umgehend über den Vorfall informiert werden muss.«

»Habe ich Ihnen das nicht gestern schon prophezeit?«, brüllte der Bürgermeister. »Natürlich wird er das am liebsten gleich selbst übernehmen. Und wahrscheinlich wird er seinem lieben Freund, dem Landrat, bei der Gelegenheit noch vorschlagen, unverzüglich die Gendarmerie aus Koblenz schicken zu lassen. Wir in Boppard sind in seinen Augen ja nicht fähig, den Fall aufzuklären!«

Müller beobachtete, wie Jacobs den zornesroten Kopf heftig schüttelte, aber dennoch erstaunlich langsam zu seinem Sessel hinüberging.

Während er Jacobs mit den Augen folgte, kam ihm eine Idee: »Sie können dem Kreisphysikus doch zuvorkommen. Sie sind das Stadtoberhaupt. Sie allein sind zustandig für die öffentliche Sicherheit und Ordnung. Über das weitere Vorgehen entscheiden Sie.«

»Bitte?«

Der Bürgermeister fuhr herum. Für einen Moment sah er völlig verständnislos aus. Mit einem Mal aber verzogen sich die tiefen Furchen beidseitig seines Mundes und machten einem Lächeln Platz.

»Schon gut, Müller, schon gut. Sie haben natürlich Recht: Nach der preußischen Gemeindeordnung darf der Kreisphysikus allein mir Meldung über die Obduktion erstatten. Und in meinem Ermessen liegt es dann, wie weiter verfahren wird. Wenn ich denke, es reicht, dem Landrat diesen Vorfall erst mit Abgabe des monatlichen Zeitungsberichts nächste Woche zu melden, ist das so. Dagegen kann der Kreisphysikus nichts unternehmen, so gern er das auch täte.«

Sichtlich aufgemuntert rieb er sich die Hände.

»Ich weiß nicht, ob die Erwähnung des Vorfalls im monatlichen Zeitungsbericht ausreicht«, wagte Müller einzuwerfen.

Sofort schlug Jacobs mit der flachen Hand auf den Tisch. Der freundliche Ausdruck verschwand aus seinem Gesicht. Mit zusammengekniffenen Augen fixierte er Müller. Der hielt dem Blick stand.

»Es wird ausreichen, lassen Sie das meine Sorge sein«, knurrte der Bürgermeister. Den linken Zeigefinger an den Mund gepresst, die rechte Hand auf der Armlehne abgestützt, lehnte er sich zurück.

»Bis zur Abgabe des monatlichen Berichts bleiben uns noch ein paar Tage. Die werden wir nutzen, um den Täter zu überführen«, sinnierte er laut. »In keinem Fall überlassen wir das den Gendarmen aus Koblenz. Das könnte Heusner und seinen feinen Freunden so passen: Unter Missachtung jeglicher Vorschriften nehmen sie mir die Fäden aus der Hand und lassen den Landrat Hilfe von außen schicken. Am Ende plustern sie sich öffentlich als Retter der Stadt vor dem Verbrechen auf. Nein, Müller, so funktioniert das nicht. Nicht mit mir! Die werden sich wundern. Die Lorbeeren für die Aufklärung der Tat streichen wir beide ein. Sie und ich, wir werden denen zeigen, dass wir den Fall allein klären können. Und zwar weitaus schneller, als der Kreisphysikus und seine Leute denken.«

Während der letzten Sätze war Jacobs auf seinem Sessel nach vorn gerutscht und hatte sich kerzengerade aufgerichtet. Nun ließ er sich wieder nach hinten gleiten und nahm eine bequemere

Haltung ein. Für Müller ein sicheres Zeichen, dass noch mehr kommen würde. Jacobs enttäuschte ihn nicht.

Bedächtig sprach der Bürgermeister weiter: »Lassen Sie uns in Ruhe überlegen, mein lieber Müller: Der Täter muss aus unserer Stadt kommen. Ein Fremder wäre längst aufgefallen. Nach Aussage von Lieselottes Bruder hängt ihr Tod mit diesem evangelischen Tagelöhner zusammen. Dieser Altdorf soll der armen Lieselotte auf der Kirmes den Hof gemacht haben, obwohl sie mit Reitz verlobt war. Schon öfter wurde mir erzählt, dieses evangelische Pack stellte unseren sittsamen katholischen Mädchen nach. Gerade jetzt, wo die Genehmigung einer eigenen evangelischen Kirchengemeinde in unserer Stadt ansteht, ist das eine wichtige Beobachtung. Wenn dadurch der Frieden in unserer Stadt gestört wird, muss ich das direkt an die Behörden des Oberpräsidenten in Koblenz weitergeben. Erst recht, wenn es in diesem Zusammenhang eine Tote gegeben hat.«

Müller wurde mulmig. Sein linkes Bein kribbelte.

Der Bürgermeister achtete nicht auf ihn, sondern spann weiter an seinen Vermutungen: »Es ist durchaus denkbar, dass entweder der Verlobte oder der Bruder aus Zorn über diese Geschichte mit dem Evangelischen die arme Lieselotte erwürgt hat. Das, mein lieber Müller, hoffe ich aber nicht. Viel wahrscheinlicher ist es meiner Ansicht nach, dass dieser evangelische Habenichts das Mädchen umgebracht hat, nachdem sie ihm von ihren Umständen – an denen er zweifelsohne die Schuld hat, wir kennen ja diese Burschen – erzählt hatte. Das würde doch genau passen: Erst hängt dieser Bursche dem armen Mädchen ein Kind an, und hinterher bringt er es um!«

Wieder schlug er mit der flachen Hand auf den Tisch. Müller erschrak – über den unvermutet lauten Knall und über die Dinge, die Jacobs gerade geäußert hatte.

Die Chose wird schlimm ausgehen, befürchtete Müller bei sich: Eine solche Vermutung hetzte die fremden evangelischen und die einheimischen katholischen Burschen gegeneinander auf. Und wohin das führte, das wusste kein anderer besser als er selbst. Genau das hatte er schon einmal erlebt. Genau das wollte er für immer verhindern.

»Vielleicht hat Veling sich doch geirrt«, versuchte er es ein letztes Mal. »Wir sollten wirklich abwarten, zu welchem Ergebnis der Kreisphysikus bei seiner Obduktion kommt.«

»Abwarten – Sie haben gut reden, Müller. Jeder in der Stadt weiß, auf wessen Seite der Kreisphysikus steht. Nicht nur, dass er selbst evangelisch ist und sonntags beim Gottesdienst mit unserem evangelischen Landrat zusammenhockt. Auch diesen Stadtrat Thomas, wiewohl katholisch, und noch ein paar andere einflussreiche Bürger der Stadt hat er längst für sich eingespannt. Ein ungeklärter Mordfall käme meinen Gegnern doch nur zupass, um mir vom Landrat die Zügel aus der Hand nehmen zu lassen. Und das bedeutete de facto meine Amtsenthebung! Dem müssen wir durch schnelle Überführung des Täters zuvorkommen.«

Erregt war er aufgesprungen und begann, vor dem Fenster auf und ab zu gehen. Ein neuer Gedanke schien ihn zu beschäftigen. Ohne Unterlass murmelte er vor sich hin, bis er abrupt stehen blieb, sich umdrehte und Müller zuwisperte: »Es würde mich nicht einmal wundern, mein lieber Müller, wenn diese Leute, um mich zu stürzen, das arme Mädchen selbst – nein, diese Vorstellung wäre ungeheuerlich! Also, Müller, was stehen Sie noch hier herum? Tun Sie endlich etwas, um die Sache voranzubringen. Punkt zwölf sehe ich Sie wieder hier bei mir!«

Innerlich sträubte sich Müller heftig gegen das, was er da gerade beim Bürgermeister erlebt hatte. Konnte das sein? Ging das wirklich so schnell, dass einer des Mordes verdächtigt wurde, nur weil er einen anderen Glauben hatte? Oder dass jemand wie Jacobs seinen politischen Gegnern gar aus Kalkül eine solche Tat zutraute? Verhärteten sich die Fronten also wieder einmal rascher, als irgendjemand, geschweige denn er selbst etwas dagegen unternehmen konnte? Oder war es gar überheblich von ihm zu glauben, er könnte überhaupt etwas dagegen ausrichten? Womöglich nur, weil er etwas Ähnliches schon einmal miterlebt hatte? Allerdings nicht nur er allein. Erstaunlicherweise schien er der Einzige zu sein, der die Parallele zu dem weit zurückliegenden Vorfall zog.

Also: Was konnte er tun? Den Fall rasch aufklären, hatte Jacobs gemeint. Das war sicher immer noch das Beste, um Schlimmes zu verhindern. Gut gesagt, aber wie getan? Müller fuhr sich grübelnd über den Backenbart, während er die Rathaustreppen hinunterstieg, das linke Bein dabei schwerfällig hinter sich herziehend.

Die grelle Sonne schien ihm mitten ins Gesicht, als er auf den Marktplatz hinaustrat. Kurz blieb er stehen. Sicher war es das Beste, erst die Weinands aufzusuchen. Nicht auszudenken, wie der alte Fassbinder in seiner Unberechenbarkeit auf die Mitteilung, Lieselotte habe sich in anderen Umständen befunden, reagieren mochte.

Voll düsterer Vorahnungen machte Müller sich auf den Weg. Anschließend, so beschloss er, wollte er sich die Freunde des Kreisphysikus vornehmen. Er musste herausfinden, inwieweit Heusner den Stadtrat Thomas und die anderen bereits über den Casus informiert hatte. Ungeheuerlich, dass der Kreisphysikus tatsächlich von ihm gefordert hatte, er solle seinen Dienstherrn ausspionieren. Statt das zu tun, würde er den Spieß einfach umdrehen und diese Honoratioren für den Bürgermeister auskundschaften. Vielleicht, hoffte Müller, ließen sich die Befürchtungen des Bürgermeisters gegenüber seinen politischen Gegnern schnell aus der Welt schaffen. Es konnte ja immer noch sein, dass Stadtrat Thomas und die anderen gar nicht daran dachten, in dem Mordfall etwas anderes als den schrecklichen Tod einer bedauernswerten jungen Frau zu sehen. Dann würden sie Heusner sicher nicht dabei unterstützen, den Landrat voreilig gegen den Bürgermeister aufzuwiegeln, denn dann bestand dazu keinerlei Anlass für sie.

Guten Mutes ging Müller los. Das Hinken seines Beines ließ nach. Wenn das kein gutes Zeichen war, sagte er sich.

Die Straßen und Gassen der Stadt waren nun, am späten Vormittag, sehr belebt. Knechte schoben voll beladene Leiterwagen durch die Stadt, Mägde balancierten Körbe mit Obst und Gemüse auf dem Kopf. Hausfrauen standen an den Ecken und redeten angeregt miteinander. Ab und an schnappte Müller aus den zahlreichen Satzfetzen Klagen über das Schicksal der armen Lieselotte auf. Zwischen den schwatzenden Frauen bahnte sich ein Fuhrwerk im Schneckentempo seinen Weg Richtung Oberstadt.

Eine Lieferung frischen Holzes türmte sich mannshoch darauf und schwankte gefährlich hin und her. Einige fahrende Händler boten ihre Waren am Rand der Gasse feil. Müller hätte sie verjagen und auf den am Samstag stattfindenden Markttag hinweisen müssen. Doch ihn beschäftigte das bevorstehende Gespräch mit Weinand viel zu sehr, als dass er sich um diese Kleinigkeiten kümmern mochte.

Seit einiger Zeit folgte ihm ein schmaler Schatten. Das sah er aus den Augenwinkeln. Abrupt blieb er stehen und drehte sich um.

»Aua!«

Die dürre Gestalt lief mitten in ihn hinein. Er fing sie mit beiden Armen auf.

»Lukas! Was soll das?«

Böse blitzte er den Jungen an. Der bückte sich nach seiner Kappe, die ihm beim Aufprall vom Kopf gefallen war.

»Bonnschur, Herr Wachtmeister!«

Beschämt drehte er die Kappe in seinen Händen.

»Du hast dich auch schon einmal klüger angestellt.«

»Entschuldigung«, murmelte Lukas.

»Lass gut sein, aber verschwinde für heute aus meinen Augen. Du hast doch sicher Besseres zu tun, als mir ständig hinterherzurennen. Lauf lieber gleich hinunter zum Rhein. Bald kommen die ersten Dampfer an, dann kannst du dir dort ein paar Groschen verdienen.«

Lukas nickte artig und rannte davon. Müller schüttelte den Kopf. Während er ihm nachsah, wusste er schon, dass der Junge seinem Rat nicht folgen würde. Lukas' Neugier war viel zu groß, als dass er sich davon abbringen ließe, sich mit etwas anderem als den Ereignissen um den Mordfall zu beschäftigen. Sicher tauchte er bald wieder an einem der Schauplätze des Geschehens auf. Der Junge tat ihm Leid. Er war klug und flink, besaß aber aufgrund seiner Herkunft keine guten Aussichten, daraus etwas zu machen. Die Zeiten waren schlecht für einen wie ihn. Nachdenklich setzte Müller seinen Weg fort.

Am Ziehbrunnen, direkt vor dem kleinen Heiligenhäuschen auf dem Balz, entdeckte er zwei Männer. Sie standen mit dem Rücken zu ihm. Einer der beiden, in dunkles Tuch und lange, enge Hosen gekleidet, redete eifrig auf einen wenige Zoll Größeren, grober Gewandeten ein. Als er sich den beiden näherte, erkannte er Pfarrer Berger und Sebastian Reitz. Der Kopf des Bäckergesellen war von einer tiefen Röte überzogen. Berger hielt ihn mit einer Hand fest bei der linken Schulter, um ihn zu beschwichtigen. Sobald er Müller erblickte, winkte er ihn herbei.

»Bonnschur, Herr Wachtmeister! Gut, dass Sie kommen.«

»Bonnschur, Herr Pfarrer. Was gibt es?«

»Fragen Sie nicht so! Als ob Sie es nicht schon wissen!«

Reitz brauste sogleich auf. Seine Augen blitzten vor Zorn.

»Beruhige dich! So wird es nur schlimmer.«

Abermals sprach der Geistliche auf ihn ein. Die schlanke Gestalt des Priesters nahm sich gegen die ungeschlachte des Handwerkers noch eleganter aus. Seine Stimme klang tief und voll. Nichts in der Welt konnte ihn aus der Ruhe bringen. Müller rang seine innere Abneigung gegen ihn nieder und stellte sich dicht zu den beiden.

»Was soll ich schon wissen, Reitz?«, fragte er.

»Was wohl? Dass Lieselotte in anderen Umständen war! Warum haben Sie mir das nicht gleich gesagt?«

Reitz' Stimme überschlug sich. Die letzten Worte gerieten ihm zu einem hysterischen Schreien, dann übermannte ihn ein heftiges Schluchzen. Hilflos wie ein Kind sackte der kräftige Bursche plötzlich in sich zusammen.

»Wer hat dir das gesagt?«

»Ihr Vater, Heinrich Weinand«, antwortete Berger ruhig.

»Und von wem weiß der es?« Müller wurde unruhig. Sollte er schon wieder zu spät kommen?

»Dann stimmt es also tatsächlich? Gott sei der armen Sünderin gnädig!«

Rasch bekreuzigte sich der Pfarrer und senkte den Kopf zum Gebet. Müller räusperte sich verlegen, bevor er sich Sebastian Reitz zuwandte: »Wann hat er mit dir darüber geredet? Wer weiß es noch?«

»Alle! Alle wissen es! Die ganze Nachbarschaft redet von nichts anderem mehr«, schrie der junge Bursche auf.

»Beruhige dich, mein Sohn!«

Die Anrede wirkte lächerlich. Berger war kaum über dreißig Jahre und sah weitaus jünger aus. Dennoch ging er ganz in seiner Rolle als Seelsorger auf. Vorwurfsvoll wandte er sich an Müller: »Die Leichenwäscherin hat die Familie informiert. Gestern Abend noch. Warum haben Sie das nicht als Erstes getan? Wäre es nicht Ihre Pflicht gewesen, die Angehörigen über diese ungeheuerliche Tatsache zu informieren, bevor es die Spatzen von den Dächern pfeifen? Machen Sie sich eine ungefähre Vorstellung davon, wie es dem Vater dabei geht? Und Sebastian Reitz, dem Verlobten? Sie sind doch hier der Vertreter der Obrigkeit. Haben Sie etwa die Lage nicht unter Kontrolle?«

Müller kämpfte mit sich. Dass die Frauen gestern Abend noch mit Weinands geredet hatten, konnte er nicht mehr ungeschehen machen. Dennoch hätte er sich nicht darauf verlassen dürfen, dass der Kreisphysikus seine Magd und die Leichenwäscherin selbst anwies zu schweigen. Müller hätte ebenfalls längst schon die Frauen ermahnen sollen, ihre Entdeckung aus der Friedhofskapelle nicht noch überall in der Stadt herumzuerzählen.

Reitz explodierte unterdessen: »Obrigkeit! Eine schöne Obrigkeit ist das!«

Mit einer Drehung hatte er sich von der Hand des Pfarrers befreit und stürzte sich auf den Polizeidiener, griff ihn mit beiden Händen am Revers seiner Uniform.

»Besinne dich, mein Sohn!«

Vergeblich versuchte Berger, sich zwischen den aufgebrachten Bäckergesellen und Müller zu schieben.

»Ach was, hören Sie doch auf mit dem Geschwätz!«

Reitz versetzte dem Geistlichen mit dem Ellbogen einen Stoß und hielt Müller weiter an der Jacke fest.

»Lieselotte schwanger – von wem? Sie ist meine Verlobte gewesen! Ich bin ein anständiger Bursche! Ich habe sie heiraten wollen! Wo waren Sie, als irgend so ein Lump meine Braut besudelt hat? Wo waren Sie da, Herr Wachtmeister?«

Die Wut in seinen Augen war blindem Hass gewichen. Müller gelang es nicht, sich aus seinem Griff zu befreien.

»Wahrscheinlich haben Sie da wieder mal diese Evangelischen

beschützt, statt unsere ehrbaren Mädchen zu behüten. Oder einen von uns ins Arresthaus gebracht, weil er die Ehre seiner Schwester verteidigen wollte.«

So plötzlich, wie er losgewettert hatte, verstummte Reitz. Seine eigenen Worte schienen ihn zu beschäftigen, sein Denken völlig in Beschlag zu nehmen. Erschöpft ließ er von Müller ab, sah erst zu Boden, dann wieder zu ihm auf, sprach ihm mitten ins Gesicht: »Wie habe ich so blind sein können? Nun wird mir alles klar.«

Langsam trat er zwei, drei Schritte zurück, hielt den Blick weiter auf Müller gerichtet. Gebannt verfolgte der Polizeidiener sein Tun.

»Na warte, dafür werdet ihr mir büßen!«

Reitz stieß einen schrillen Schrei aus, dann rannte er davon und verschwand in den engen Gassen.

Bittere Enttäuschung

Die Arbeit im Vorratskeller war als harte Strafe gedacht. Daran hegte Helena nicht den geringsten Zweifel. Zwar achteten ihre Eltern seit dem Umzug in die Kleinstadt weiterhin sehr darauf, dass sie sich wie alle Mädchen ihres Standes und Alters mit jeder erdenklichen Tätigkeit im Haushalt vertraut machte. Dennoch hielten sie es an Frühlingstagen wie diesem im Allgemeinen nicht so streng damit. Dass sie nun bei schönstem Sonnenschein in dem halbdunklen, feucht-kühlen Keller die Stellagen mit den eingelagerten Äpfeln und Kartoffeln durchzusehen hatte, bereitete ihr umso mehr Verdruss, weil sie durch die Kellerfenster in den Hof hinausspähen konnte. Unweit der Kelleröffnung entdeckte sie die glänzenden Stiefel ihres Vaters und seine schwarz-braun gestreiften Hosenbeine. Unruhig ging er auf und ab, das war unschwer an der Art, wie er die Schritte setzte, abzulesen. Von links kamen die schwarzen Schaftstiefel des Kutschers Paul in ihr Blickfeld. Er führte den rotbraunen und den schwarzen Wallach aus dem Stall herüber. Nun sah sie, dass auch der Wagen im Hof bereit stand. Also ließ ihr Vater anspannen, um wegzufahren. Wohin mochte er reisen? Warum hatte er nichts davon erzählt? Sonst berichtete er gern beim Frühstück über seine Pläne für den Tag, insbesondere wenn Fahrten mit dem Wagen oder gar längere Reisen anstanden. Sehnsüchtig lauschte sie dem Klappern der Hufe auf den Pflastersteinen, hörte, wie sich die beiden Männer leise unterhielten.

»Bonnschur, Herr Weissgerber!«

Die Stimme, die in den Hof hineinrief, hatte sie schon einmal gehört. Neugierig reckte sie den Kopf, doch sie konnte trotzdem nicht feststellen, wer grüßte.

»Sie kommen spät, Thonet«, bemerkte ihr Vater in barschem Ton.

»Dafür bitte ich vielmals um Entschuldigung. Ich musste in der Werkstatt noch die Anweisungen für den heutigen Tag erteilen. Wie Sie wissen, ist mein Vater zu einer wichtigen Ausstellung nach Mainz gefahren.«

Helena wunderte sich: Die Stimme gehörte also zu Franz Thonet, dem ältesten Sohn des Tischlermeisters. Anscheinend wollte ihr Vater mit ihm wegfahren. Wozu das? Seit wann hatten die beiden etwas miteinander zu tun? Warum hatte ihr Vater das nicht beim Frühstück erwähnt? Sie hatten da doch über die Thonets geredet. Seltsam.

»Sie haben großes Vertrauen in Ihre Gesellen. Hoffentlich erledigen sie die zugeteilten Arbeiten. Oder gibt es jemanden, der an Ihrer statt die Aufsicht führt?«

»Der Wagen ist fertig«, rief Paul in diesem Augenblick. Die Antwort Thonets ging unter. Schon hörte Helena am Knarren der Lederriemen, dass die Männer in die Kutsche einstiegen. Laut schloss der Kutscher den Verschlag, dann kletterte er auf den Bock und knallte mit der Peitsche. Die Pferde wieherten, die Hufe klapperten, die Räder rollten an. Die Fahrt ging los.

»Was tust du da schon wieder?«

Erschrocken fuhr Helena herum. Als sie die Gestalt ihrer Mutter im Dämmerlicht ausmachte, senkte sie den Kopf. Ihr Tonfall war tadelnd.

»Kann man dich nicht einmal mehr im Vorratskeller allein lassen? Was stierst du aus dem Fenster wie ein neugieriges Waschweib? Was, wenn dich einer von draußen so gesehen hätte? Mein Gott, Helena!«

Mit einem lauten Ausruf beendete Franziska Weissgerber die Zurechtweisung.

»Sobald du hier unten fertig bist, erwarte ich dich oben. Ich habe etwas Wichtiges mit dir zu besprechen.«

Sie hob den Saum ihres Rocks und machte kehrt, bevor Helena etwas erwidern konnte.

Weil Helena die Missbilligung ihrer Mutter deutlich gespürt hatte, ging sie daran, die Vorräte wie aufgetragen durchzusehen. Behände drehte sie die Äpfel einzeln herum, begutachtete Druckstellen, roch an schrumpeligen Exemplaren und legte einige, die nicht mehr gut aussahen, in einen Korb. Daraus sollte die Magd später Kompott bereiten.

Ähnlich verfuhr Helena mit den Kartoffeln, die unten im Regal in einer luftdurchlässigen Kiste lagerten. Diese Arbeit war weitaus unangenehmer. Zum einen, weil sie sich nun nach unten kauern und gleichzeitig darauf achten musste, dass ihr helles Kleid nicht allzu sehr über den nur grob ausgekehrten Lehmboden schleifte. Zum anderen, weil die Kartoffeln größtenteils von trockener Ackererde verkrustet waren. An vielen trieben bereits die Keime. Die erinnerten Helena an weiße Würmer. Angeekelt musste sie sich zwingen, die Arbeit einigermaßen zufriedenstellend zu Ende zu führen. Der Geruch, der von den eingelagerten Früchten ausging, vermischte sich mit dem des jahrhundertealten Kellergemäuers. Er war herb und aufdringlich. Sie ahnte, dass er sie den ganzen Tag über begleiten würde.

Die große Standuhr in der Eingangshalle schlug zehn, als Helena ihre Aufgaben im Vorratskeller ausgeführt hatte. Hastig sprang sie die Treppe hinauf, wusch sich in der Küche gründlich die Hände und zupfte die Locken an den Schläfen zurecht, bevor sie in den Salon hinüberging.

»Du wolltest mich sprechen?«

Mit einem Knicks stellte sie sich vor ihre Mutter. Die saß an ihrem eleganten Sekretär beim Fenster und sah die Haushaltsbücher durch. Neugierig schielte Helena auf die eng mit Zahlen beschriebenen Seiten, da klappte Franziska Weissgerber sie mit einem energischen »So!« auch schon zu. Dann nahm sie die zierliche Brille von der Nase und drehte sich um. Helena hielt den Atem an, als sie dabei mit ihren pompösen Steifärmeln dicht an einer Vase vorbeistrich. Das Fischbeingestell der Ärmel hätte das zarte Porzellan, das Geschenk eines weit gereisten Onkels, beinahe vom Tisch gefegt, ohne dass ihre Mutter davon auch nur eine Ahnung besessen hätte.

Franziska Weissgerbers Blick glitt prüfend über die Gestalt ihrer einzigen Tochter. Ein leichtes Nicken verriet, dass sie mit ihrem Aufzug einverstanden war. Mit der linken Hand strich sie die Haarsträhne zurück, die aus ihrer Haube herausgerutscht war.

»Eigentlich wollte ich dich bitten, nachher mit der Magd die Laternen zu putzen. Das musst du auch einmal lernen.«

Innerlich stöhnte Helena auf.

»Mama, was ist nur los? Innerhalb eines Tages soll ich bei sämtlichen Haushaltsangelegenheiten mithelfen! Sonst hast du es nicht so streng damit gehalten. Als Strafe für mein gestriges Verschwinden ist das viel zu hart. Es tut mir Leid, dass ich einfach weggegangen bin. Es war nicht richtig von mir. Bitte habe ein Einsehen!«

Der Blick ihrer Mutter ruhte weiter auf ihr. Franziska Weissgerber stand mit dem Rücken zum Fenster. Das Sonnenlicht fiel von hinten auf sie. Deshalb konnte Helena nicht recht erkennen, ob ihr Gesicht Besorgnis, Verärgerung oder Amüsement widerspiegelte.

»Beruhige dich, mein Kind. Es ist keine Strafe, in die Tätigkeiten einer Hausfrau eingewiesen zu werden. Eines Tages wirst du selbst einem Haushalt vorstehen und dich um die Erledigung all dieser Dinge kümmern –«

»Heißt das etwa, dass Ihr mich demnächst unter die Haube bringen wollt?«

Vor Aufregung fiel sie ihrer Mutter ins Wort. Ihr Herz begann zu rasen. Am liebsten hätte sie mit dem Fuß aufgestampft, um ihrer Wut Luft zu machen. Stattdessen ballte sie hinter ihrem Rücken die Hände zu Fäusten.

»Ich will nicht heiraten, noch lange nicht. Ich bin gerade erst achtzehn. Eben erst habe ich begonnen, an Bällen und Gesellschaften teilzunehmen, Ausflüge in die Kurorte zu unternehmen, erste Bekanntschaften zu knüpfen –«

»Helena, halt ein! Wer sagt denn, dass –«

»Du hast mir immer erklärt, nichts von zu frühen Verbindungen zu halten. Du hast mir kürzlich erst zugesichert, dass ihr mir noch ausreichend Zeit mit dem Heiraten lassen wollt und dass ihr mir Mitsprache bei der Auswahl des Verlobten einräumen würdet.«

»Aber mein Kind! Niemand will dich demnächst verheiraten.«

Sacht schüttelte ihre Mutter den Kopf und legte ihr die Hand auf die Schulter.

»Weder dein Vater noch ich hegen derartige Pläne. Es geht mir lediglich darum, dass wir lange Versäumtes nachholen. Wir werden dich fortan stärker in die Hauswirtschaft einbinden, bevor es zu spät ist und du diese Dinge überhaupt nicht mehr lernen möchtest. Unser Haushalt hier in Boppard ist dafür weitaus besser geeignet als jener in Frankfurt. Er ist bescheidener und übersichtlicher. Sieh es als Chance an. Anderen, wie beispielsweise deiner lieben Freundin Lieselotte Weinand, war es nicht vergönnt, behutsam auf die Aufgaben einer Hausfrau vorbereitet zu werden. Die arme Lieselotte musste gleich nach dem Tod der Mutter die Verantwortung für Haus und Geschwister übernehmen.«

Beschämt richtete Helena ihre Augen zu Boden. Ihre Mutter schwieg einen Moment, als müsste sie sich erst besinnen, dann fuhr sie fort: »Dein Vater und ich haben uns vorhin kurz beraten, was wir in dieser traurigen Angelegenheit tun können. Wir sind zu dem Entschluss gekommen, dass wir beide, du und ich, heute Vormittag noch dem armen Vater Weinand unsere Aufwartung machen und ihm unsere Hilfe anbieten werden. Wir könnten die drei kleineren Geschwister vorübergehend bei uns aufnehmen, sofern er damit einverstanden ist. Was hältst du davon?«

Müller war davon überzeugt, beim Fassbinder Weinand eine weitere Prügelei schlichten zu müssen. Wohin sonst sollte Sebastian Reitz gerannt sein, nachdem er sich über Lieselottes Zustand echauffiert hatte? Eile tat Not. Ohne sich weiter um Pfarrer Berger zu kümmern, marschierte er zur Bingergasse.

In den Gassen war es erstaunlich ruhig. Bis auf ein paar spielende Kinder ließ sich niemand draußen blicken. Aus den Häusern und Höfen drangen Hämmern, Klopfen und Sägen. Die Menschen verrichteten ihr Tagwerk.

Auch bei den Weinands verhielt es sich nicht anders. Überrascht bemerkte Müller das, als er durch das Hoftor kam. Gleichmäßiges Schlagen war aus der Werkstatt zu hören. Im immergleichen Rhythmus klirrte Eisen auf Eisen.

Sicherlich steht Anton neben seinem Vater an der Werkbank, dachte Müller. Der alte Fassbinder lässt ihn wohl nicht mehr vor die Tür, um weitere Ausbrüche wie den in Thonets Hof zu verhindern. Hoffentlich hat sich Heinrich Weinand selbst auch so gut im Griff wie seinen Sohn!

Natürlich brauchte der Fassbinder Anton dringend in der Werkstatt, damit die Arbeit erledigt wurde. Dennoch war es merkwürdig, dass sich die Weinands angesichts des schrecklichen Todesfalls keine Pause gönnten. Ihr Alltag schien weiterzugehen wie zuvor. Und noch etwas anderes fiel Müller auf: Wo steckten die drei kleinen Weinand-Kinder? Wer kümmerte sich um sie? Neugierig spähte er durch das offene Küchenfenster. Eine Katze hatte es sich mitten auf dem Herd bequem gemacht und putzte sich im schräg einfallenden Sonnenlicht die Pfoten. Sie war das einzig Lebendige, das sich dort drinnen herumtrieb. Zumindest auf den ersten Blick.

»Hallo!«, rief Müller in die Küche hinein.

Niemand antwortete. Gerade wollte er sich abwenden, um in die Werkstatt hinüberzugehen, da hörte er es. Leise, ganz leise, wimmerte es jenseits der Tür, die aus der Küche in die angrenzende Stube führte. Müller spitzte die Ohren. Oder hatte er sich getäuscht? Die Hammerschläge aus der Werkstatt kamen zu laut und zu dicht aufeinander, als dass er Genaueres ausmachen konnte. Dennoch drang es ein weiteres Mal zu ihm. Ganz sicher: Das war ein Wimmern und Weinen wie von einem Kind.

»Suchst du mich?«

Erschrocken fuhr Müller herum. Ohne dass er es bemerkt hatte, war Heinrich Weinand aus seiner Werkstatt gekommen und hatte sich dicht hinter ihn gestellt.

»Was tust du hier? Ich denke, du suchst den, der mir dieses Unglück angetan hat?«

Der Fassbinder gab sich erstaunlich ruhig. Verwundert musterte Müller ihn. Sein Äußeres war noch immer furchteinflößend: die Kleidung zu weit und zu schmutzig, das Gesicht faltig und verknittert. Außerdem roch Weinand streng.

»Wo sind die Kleinen? Wer kümmert sich um sie?«, fragte er.

»Lass das meine Sorge sein.«

Weinands Antwort kam schroff und ließ keinen Zweifel daran, dass er nicht weiter davon reden wollte. Müller gab sich einen Ruck. Es ging ihn nichts an, er musste sich nicht darum kümmern. Allenfalls konnte er Apollonia bitten, es noch einmal in dieser Sache beim Fassbinder zu probieren.

»Ich muss mit dir über Lieselotte sprechen«, begann er zögernd.

Ohne Vorwarnung lief Weinands Gesicht rot an. Von jetzt auf gleich brüllte er los:»Lieselotte ist tot! Lass sie endlich in Frieden!«
»Nichts will ich lieber tun, das musst du mir glauben. Aber um ihren Tod aufzuklären, muss ich noch ein paar Dinge über sie wissen.«
»Was nützt das?« Der Fassbinder suchte Müllers Augen. Sein Blick war wirr. Mit heiserer Stimme fuhr er fort:»Jetzt, wo plötzlich alle besser über meine Tochter Bescheid wissen als ich, ist das doch sinnlos. Reicht es dir nicht, dass sich die ganze Stadt über sie das Maul zerreißt? Dass sich alle einig sind, was das für eine war: nach außen brav und bieder und dann in anderen Umständen tot im Rhein!«
Heftiges Schluchzen schüttelte Weinands Körper. Voller Mitleid sah Müller ihn an: Die letzten Haarsträhnen standen wüst von seinem Schädel ab. Auf der Kopfhaut waren Schorf und dunkle Flecken zu erkennen. Die hagere Gestalt erinnerte mehr an einen Geist denn an einen erwachsenen Mann. Das Schicksal hatte Weinand wirklich arg mitgespielt, viel ärger, als man es in seinen kühnsten Träumen seinen Feinden wünscht.
»Ach, Müller«, sagte Weinand nach einer Pause leise.»Du hast doch keine Ahnung.«
»Vielleicht mehr, als du denkst.«
Um sein Mitgefühl zu zeigen, klopfte er dem Fassbinder auf die Schulter, ließ seine Hand dort ruhen. Weinand schniefte. Müller zog seine Hand wieder zurück.
»Erzähl mir, was du über den Umgang deiner Tochter weißt: Mit wem ist sie befreundet gewesen? Wie war ihr Verhältnis zu ihrem Verlobten?«
»Hör auf mit der Fragerei. Das bringt jetzt auch nichts mehr. Sorg lieber dafür, dass du den zu fassen kriegst, der das meiner armen Lieselotte angetan hat!«
Schon machte er Anstalten, Müller zur Seite zu schieben und zurück in die Werkstatt zu gehen. Noch aber war Müller nicht fertig mit ihm. Entschlossen baute er sich vor dem Fassbinder auf.
»Ich will nichts anderes, als Lieselottes Tod aufzuklären. Dazu muss ich von dir wissen, mit wem sie in den letzten Wochen zusammen war.«

Heinrich Weinand seufzte tief, bevor er antwortete: »Du kennst das Gerede doch längst: Seit der letzten Orgelbornkirmes hat sie sich angeblich mit diesem Altdorf getroffen. Von ihrem Verlobten hat sie nichts mehr wissen wollen.«

»Das sagen die Leute, Weinand. Ich will von dir selbst hören, was gewesen ist.«

Müller fasste den alten Fassbinder am Arm und rüttelte daran. Durch eine Drehung entzog sich Weinand brüsk der Berührung.

»Mit niemandem war sie zusammen. Wie denn auch? Sie hatte keine Zeit für solches Verbasseledantche. Ich habe sie hier im Haus gebraucht. Außerdem war sie ein anständiges Mädchen. Lieselotte war immer brav und unschuldig. Die war keine Hure! Ich habe immer gut auf sie aufgepasst. So gut wie kein anderer Vater sonst!«

Wieder fing Weinand zu zittern an, wieder spiegelten seine Augen die aufkeimende Wut.

»Ruhig, ist ja gut. Ich mache dir keine Vorwürfe«, Müller spürte selbst, wie sinnlos sein Trost war. »Ich werde das klären.«

Fieberhaft dachte er darüber nach, wie sich das alles zusammenfügen sollte: Auch er kannte Lieselotte – obwohl nicht besonders gut – als rechtschaffenes Mädchen. Andererseits musste an der Sache mit Altdorf wirklich etwas dran sein. Warum sonst hatte Anton Weinand ihn gleich angegriffen? Und wenn, keimte eine Idee in ihm auf, und wenn sich dieser Evangelische von ihr auf der Kirmes ermutigt, danach aber zurückgestoßen gefühlt und sie gegen ihren Willen genommen hat? Nein, ungeheuerlich! Aber vielleicht die einzige Möglichkeit.

Vorsichtig versuchte Müller, seinen Gedanken zu formulieren: »Irgendwer muss es gewesen sein. Lieselotte muss es ja nicht mit Vorsatz getan haben. Vielleicht hat sie das gar nicht gewollt.«

»Was soll das heißen?«

Nun packte Weinand Müller bei den Schultern und schüttelte ihn. Nur mit Mühe konnte Müller sich dagegen wehren. Rasch trat er ein paar Schritte zurück, um größeren Abstand zwischen sich und den Fassbinder zu bringen.

»Es kann durchaus sein, dass ihr jemand Gewalt angetan hat. Solche Fälle gibt es mehr als genug«, erklärte er. »Wenn es niemanden gegeben hat, dem sie ohne dein Wissen hätte nahe kommen können, gibt es kaum eine andere Möglichkeit. Das würde auch erklären, warum sie sich von ihrem Verlobten ferngehalten hat: Sie hat sich geschämt, dass ihr das geschehen ist.«

Weinand wirkte getroffen. Sein Kopf sackte zwischen die Schultern, er musste sich ganz offensichtlich zwingen, die Fassung zu bewahren. Müller betrachtete ihn mit Sorge. Ein neuer Wutausbruch wäre ihm fast lieber gewesen. Unbeholfen stand er neben dem Fassbinder, trat von einem Fuß auf den anderen.

»Vielleicht«, begann Müller zögernd, »vielleicht solltest du einmal darüber nachdenken, ob dir nicht jemand einfällt, dem sie sich in ihrem Kummer hätte anvertrauen können.«

An der Seite ihrer Mutter trat Helena aus dem Haus und stieg neben ihr die Treppe in den Hof hinab. Als Zeichen der Trauer trugen sie schwarze Schals aus zartem Gaze über ihren Frühlingskleidern. Sogar die breitkrempigen Helgoländer auf ihren Köpfen waren von dunkler Farbe. Das von diesen Hutungetümen bis in den Nacken herabfallende Tuch kitzelte Helena am Hals. Die zu den Seiten weit ausladenden Flügel des Hutes verhinderten, dass sie weit nach vorn oder seitwärts sehen konnte. Ebenso wenig war ihr Gesicht zu erkennen. Der Schatten des Helgoländers verdeckte ihr Antlitz bis zum Kinn.

Brav trottete sie hinter ihrer Mutter her, die ihren Schirm aus schwarzer Seide wie einen Spazierstock gebrauchte. Dabei achtete Helena nicht auf ihre Umgebung. Zu sehr beschäftigten sie die Überlegungen, wie sie gleich bei Lieselottes Familie empfangen werden würden. Das plötzliche Auftauchen eines Jungen, der ihnen von der inneren Stadt her winkend entgegenlief, überraschte sie völlig.

»Helena!«, rief er ihr zu. »Siehst du mich nicht?«

»Wer ist das?«, fragte ihre Mutter entsetzt, als sie die dürre, ärmliche Gestalt erblickte, die vor ihnen stehen geblieben war. »Er scheint dich zu kennen und duzt dich sogar!«

Irritiert sah sie zu ihr hin. Helena errötete.

»Das ist Lukas Weber, ein Junge aus der Stadt. Er hilft dem Polizeidiener, Lieselottes Tod aufzuklären«, erklärte sie hastig.

»Das ist kein Umgang für dich, mein Kind. Wir gehen weiter.«
Schon drehte sie sich ab, um ihren Weg fortzusetzen.

»Einen Moment, bitte!« Artig nahm Lukas seine Mütze vom
Kopf und verbeugte sich tief vor Franziska Weissgerber.

»Was ist noch?« Ungeduldig sah sie ihn an.

»Es ist etwas Schlimmes passiert: Vor Thonets Werkstatt stehen Burschen aus der Stadt und wollen, dass Martin Altdorf herauskommt.«

»Was haben wir damit zu tun? Informiere den Polizeidiener,
damit die Obrigkeit etwas dagegen unternimmt!«

»Das habe ich schon. Nun bin ich auf dem Weg zu Ihrem
Mann. Franz Thonet soll bei ihm sein. Ich soll ihn rufen, damit er
schleunigst zur Werkstatt kommt.«

»Oh«, entfuhr es Franziska Weissgerber. »Daran habe ich nicht
gedacht. Nein, das geht nicht. Mein Mann ist mit Franz Thonet in
geschäftlichen Dingen unterwegs. Oh Gott, wer ist denn nun bei
den Thonets?«

Die Fahrt mit dem zweispännigen Wagen war ungewöhnlich
schnell. Zumindest schien es Franz Thonet so. Die Landschaft raste
an ihm vorbei. Zuerst konnte er draußen kaum Einzelheiten ausmachen. Allmählich aber gewöhnte er sich an das Tempo, und seine Anspannung schwand. Erleichtert lehnte er sich auf der Lederbank zurück und ließ den Blick durch das karge Innere der Kutsche gleiten.

»Sie sind nicht oft außerhalb Ihrer Heimatstadt unterwegs«,
begann Nicolaus Weissgerber mit der Unterhaltung.

»Nein. Ich habe kaum Gelegenheit dazu«, erwiderte Franz.
»Wenn mein Vater nicht da ist, muss ich mich um die Werkstatt
kümmern. Erst wenige Male durfte ich ihn nach Koblenz begleiten. Dann haben wir natürlich die Postkutsche von Bürgermeister Jacobs genommen.«

»Ein beeindruckendes Gefährt«, sinnierte Weissgerber. »Vier-
spännig, wie es sich gehört, mit hervorragenden Pferden. Der
Bürgermeister besitzt ein gutes Händchen für das Geschäftliche.
Er unterhält sogar die Post hinauf in den Hunsrück, nach Kastel-
laun und Simmern, nicht wahr? In seinem Amt ist er wohl nicht
so geschickt, wie ich höre.«

Franz spürte, wie nah er in der engen Kutsche neben dem älteren Herrn saß. Durch das Ruckeln des Gefährts stießen immer wieder ihre Schulter aneinander. Das war ihm unangenehm. Verstohlen besah er sich Weissgerbers gute Kleidung, gefertigt aus feinstem Tuch nach modischem Schnitt. Unter den gestreiften Hosen lugten die Spitzen der blank gewienerten Lederstiefel hervor. Rasch zog Franz seine schäbigen Schuhe, so gut es ging, unter die Sitzbank zurück. Auf seinem Gesicht spürte er den Atem des Rentiers. Er roch nach Bohnenkaffee und altem Zigarrenrauch. Bevor Franz ihm antwortete, hüstelte er in die Faust hinein.

»Jacobs ist schon sehr lange Bürgermeister. Ich kann mir nicht vorstellen, dass es jemals einen anderen in Boppard geben wird.«

»Eine sehr geschickte Antwort, Thonet!« Weissgerber lachte auf. »Mit dieser Diplomatie besitzen Sie das Zeug zu seinem Nachfolger.«

»Ich verstehe nichts von diesen Dingen«, erklärte der Tischlersohn hastig.

»Schon gut. Das war nur ein Scherz, mein Lieber. Sie sind noch sehr jung. Sie müssen lernen, mit solchen Bemerkungen umzugehen.«

Leicht schlug Weissgerber ihm mit der Hand aufs Knie. Franz wich ihm eilig aus und sah hinaus. Rechts von ihnen schlängelte sich der Rhein in der Vormittagssonne. Die Beständigkeit des Wetters, die nun schon für einige warme Sonnentage gesorgt hatte, war ungewöhnlich für diese Jahreszeit. Einige Lastkähne trieben den Fluss hinunter, voll beladen mit Baumaterial für die Festung Ehrenbreitstein. Eine Weile beobachtete Franz die Manöver der Schiffsleute. Geschickt wichen sie den heimtückischen Strudeln aus und nutzten die Kraft der Strömung für ihre Talfahrt. Vom Leinpfad her schallte plötzlich lautes Schimpfen hinüber und störte die trügerische Ruhe. Offenbar hatte sich ein Tau, mit dem die Schiffe flussaufwärts getreidelt wurden, im Gestrüpp verfangen. Der Leinereiter musste das Pferd im Zaum halten, der Halfner sich um das Tau kümmern. Unter wildem Fluchen gelang es ihm schließlich, das Tau frei zu bekommen. Langsam setzte sich der Tross wieder in Bewegung.

Franz wandte den Kopf nach links, sah an Weissgerbers Kopf

vorbei zum dortigen Fenster hinaus. Die Hänge des Bopparder Hamm erstreckten sich über ein sehr beachtliches Gebiet. Noch waren die Rebstöcke nahezu unbelaubt, doch das erste Grün ließ sich deutlich erkennen. Hielt das Wetter weiter an, würden bald die Blätter sprießen.

»Die Lage im Hamm ist sehr sonnig«, setzte Weissgerber, der Franz' Blick gefolgt war, das Gespräch fort. »Allerdings sind die Hänge auch sehr steil. Ein mühsames Geschäft, auf diese Weise Wein anzubauen. Die hiesigen Winzer sind beileibe nicht zu beneiden. Dennoch gelingt es ihnen, einen hervorragenden Tropfen herzustellen. Glauben Sie mir, Thonet, ich weiß, wovon ich spreche. Mit Wein habe ich auch schon viel gehandelt. Soweit ich mich erinnere, war der Bopparder Wein in der Franzosenzeit sehr begehrt. Bis weit ins französische Inland wurde er verkauft. Nach dem Sieg der Preußen kam der Handel natürlich erst einmal zum Erliegen. Leider fehlt den Preußen der Sinn für echten Genuss, sonst hätten sie diesen guten Tropfen für sich entdeckt und den Ausfall für die Winzer auf diese Weise wieder wettgemacht.«

Wieder lachte er kurz auf. Franz fragte sich, ob Weissgerber selbst leiblichen Genüssen frönte. Nein, wohl eher nicht: Der Rentier war von sehr schlanker Gestalt, hager fast. Seine Gesichtsfarbe war blass, die Nase wohl geformt. Nichts deutete auf übermäßigen Genuss von Wein oder Speisen hin.

Sie schwiegen eine Weile. Der Zustand der Straße wurde schlechter. Immer häufiger wurden sie durch Löcher und Rillen hin und her geworfen. Daran änderte auch die gute Federung des Wagens nichts.

»Fahr langsamer, Paul!«, rief Weissgerber dem Kutscher aus dem Fenster zu. »Du schüttelst uns durch wie einen Sack Kartoffeln!«

Schnaufend lehnte er sich zurück. Seine Stirn glänzte schweißnass, der Backenbart zitterte. Er besaß wenig Polster am Körper, um die Stöße aufzufangen. Ihm musste die holprige Fahrt ähnlich zusetzen wie Franz.

»Nun, Thonet, lassen Sie uns ein wenig weiterplaudern, damit wir uns von dem schlechten Zustand der Straße ablenken. Sie scheinen das Reden zwar nicht gerade erfunden zu haben, doch bleibt Ihnen hier in der Kutsche, in der Sie sich nicht vor mir verbergen können, nichts anderes übrig, als meine neugierigen Fragen zu beantworten. Erzählen Sie mir also ein wenig von sich und Ihren Plänen.«

»Da gibt es nicht viel zu erzählen. Ich habe meine Tischlerlehre in der Werkstatt meines Vaters gemacht und arbeite seither als Geselle mit. Weil es so viel zu tun gibt, bin ich nicht auf Wanderschaft gegangen. Mein Vater hat mich immer dringend zu Hause gebraucht. Das ist schon alles.«

»Kommen Sie, Thonet, seien Sie nicht so bescheiden. Sie haben viel vor. Warum sitzen Sie sonst mit mir in der Kutsche? Weiß Ihr Vater eigentlich von unserer kleinen Reise? Haben Sie ihm schon von meinem Angebot erzählt, mich mit etwas Kapital an Ihrem Geschäft zu beteiligen?«

»Noch nicht in aller Ausführlichkeit. Mein Vater ist derzeit sehr mit der Ausstellung in Mainz beschäftigt. Danach plant er, auf der Messe in Koblenz auszustellen. Selbst Metternich soll dort seinen Besuch angekündigt haben.«

»Ja, ich habe davon gehört. Den edlen Fürsten zieht es mal wieder in die rheinische Heimat. Ich bin gespannt, was er zu den Entwicklungen hier sagt. Schließlich hat es das Rheinland ihm zu verdanken, nach den Franzosen nun den Preußen salutieren zu müssen.«

»Sie scheinen kein großer Freund der Preußen zu sein«, wagte Franz anzumerken. Politik interessierte ihn nicht. Davon besaß er zu wenig Kenntnis. Dennoch schien es ihm ein geeignetes Thema, Weissgerber von den Fragen über das Geschäft abzulenken.

»Wissen Sie, Thonet, ich bin Bürger der freien Reichsstadt Frankfurt. Preußen könnte mir ziemlich egal sein. Allein das, was derzeit hier passiert, ist mir nicht egal: Selbst evangelisch getauft, müsste ich eigentlich meinen preußischen Glaubensbrüdern mehr Sympathie entgegenbringen, weil sie im Rheinland neue Denkweisen zu etablieren und das Erzkatholische aufzubrechen suchen. Doch das gelingt ihnen sehr schlecht. Entweder stellen sie es nicht geschickt genug an, oder ihre preußisch-strenge Art liegt den lebensfrohen, mir übrigens sehr lieb gewordenen Rheinländern einfach nicht. Metternich hätte das seinerzeit bedenken müssen. Das katholische Rheinland war und ist nicht eben tolerant gegenüber andersgläubigen Menschen. Das ist der Haken an der Sache.«

Er unterbrach seine Ausführungen, um sich mit einem frisch gestärkten, nach Veilchen duftenden Taschentuch zu schnäuzen. Der Staub der Straße, der ins Innere der Kutsche drang, kitzelte auch Franz in der Nase. Weil er jedoch vergessen hatte, ein sauberes Taschentuch einzustecken, wischte er schnell mit dem Handrücken an den Nasenflügeln entlang.

»Meine Vorfahren waren arme Juden aus Boppard«, erzählte Weissgerber weiter. »Obwohl sie an der Stadt sehr hingen, gingen sie weg. Als Juden hatten sie keine Chance. Mein Großvater machte schließlich in Frankfurt sein Glück mit Geschäften. Irgendwann konvertierte er zum Protestantismus. Unsere Familie gilt als vermögend. In Frankfurt konnten wir gut leben, waren angesehen, voll in die Gesellschaft integriert. Dennoch zog es mich wieder zurück zu den Wurzeln der Meinigen. Es war ein alter Traum von mir, in die Stadt meiner Vorväter zurückzukehren. Die Erzählungen über unsere ursprüngliche Heimat wurden von Generation zu Generation sehr hoch gehalten. Boppard besaß für mich immer einen ganz besonderen Klang. Ich fühle mich hier auch recht wohl. Das Einzige, was mir aufstößt, ist die Reserviertheit, die man mir und meiner Familie gegenüber beibehält. So richtig aufgenommen werden wir nicht. Es bleibt ein Funken Misstrauen gegenüber uns Fremden, die wir von außen und gar mit einem anderen Taufschein in die Stadt gekommen sind. Ich verstehe, dass man alles, was von außen kommt, erst einmal argwöhnisch beäugt. Das ist überall im Lande so. Allerdings springt die Sturheit ins Auge, mit der man diese Attitüde in Boppard betreibt: Sind die Fremden gar evangelisch, werden sie gleich als preußisch deklariert und noch misstrauischer betrachtet.«

Nun hatte er sich in Rage geredet. Die feinen Gesichtszüge spiegelten die Anspannung wider. Die Wangen glühten. Franz wusste nicht, wie er reagieren sollte. Gebannt starrte er den Rentier von der Seite an.

»Ein Beispiel, mein junger Freund: Erst gestern Abend hatte ich das Vergnügen, den Bürgermeister als Gast in meinem Haus begrüßen zu dürfen. Über ein halbes Jahr lebe ich schon in Boppard, dennoch brauchte er so viele Monate, um sich bei Pfarrer Berger die Absolution dafür zu holen, dass er mit mir, einem Evangelischen, dem Enkel eines konvertierten Juden, gemeinsam zu Tisch sitzen und plaudern durfte. Und worüber plauderten wir?« Erwartungsvoll blickte er ihn an. Franz wurde es unbehaglich. »Ich will es Ihnen verraten«, fuhr Weissgerber ungeduldig fort. »Den ganzen Abend plauderten wir über nichts anderes als über die Gefahren, die Jacobs heraufziehen sieht, wenn die evangelischen Preußen demnächst eine evangelische Gemeinde in Boppard zulassen werden. Natürlich ist mir klar, dass es in der Stadt längst andere Meinungen dazu gibt, dass die Gruppe, die sich um Jacobs schart, immer kleiner wird. Dennoch: Jacobs ist nach wie vor der Bürgermeister. Gibt es derzeit nichts anderes, was das Stadtoberhaupt Boppards bewegen sollte? Gibt es nichts Wichtigeres im brachliegenden Rheinland, als den so genannten rechten Glauben zu bewahren? Werden die Leute davon satt? Kommen die Geschäfte davon wieder in Schwung? Verkaufen Sie, lieber Thonet, gar mehr Stühle, wenn Boppard rein katholisch bleibt?«

Franz senkte den Blick. Er spürte, wie er nun ebenfalls errötete, allerdings nicht vor Erregung, sondern vor Scham.

»Ein anderes gutes Beispiel für dieses fehlgeleitete Denken einiger weniger, aber einflussreicher Leute in der Stadt ist mir auch der jüngste Vorfall, der uns alle sehr erschüttert hat. Sie haben es gehört, Entschuldigung, Sie sind ja gewissermaßen selbst direkt in die Sache involviert: Die junge Lieselotte Weinand wurde tot aufgefunden. Und was denken manche gleich? Dass ein Evangelischer die Schuld an ihrem Tod trägt! Bürgermeister Jacobs berichtete mir, dass der Bruder der Toten Ihre Werkstatt verwüstete, weil er Ihren Gesellen Altdorf für den Tod seiner Schwester verantwortlich macht. Sicherlich, der ist evangelisch. Nun behauptet der Bruder sogar, Altdorf soll das arme Mädchen, das eigentlich einem Bopparder Burschen versprochen war, verhext haben! Da frage ich mich doch, mein lieber Thonet: Wo leben wir hier eigentlich?«

Vager Verdacht

Die Franziskanergasse war voller Menschen. Die ungewöhnliche Wärme, die sich seit Tagen darin staute, und die Aufregung trieb allen den Schweiß auf die Stirn. Ein übler Geruch nach menschlichen Ausdünstungen, vermischt mit dem penetranten Gestank nach Glutinleim aus Thonets Werkstatt, hing über der Menge. Müller hielt zunächst den Atem an. Dann aber stellte er sich dem Gestank. Wie schon gestern an der Eisbrech so musste er auch heute wieder seine Ellbogen einsetzen, um in die vorderste Reihe vordringen zu können. In einem Abstand von etwa fünf Fuß hatte sich ein gutes Dutzend Burschen vor der Thonet'schen Werkstatt in einem Halbkreis postiert. Die Ärmel ihrer Hemden aufgekrempelt, die kräftigen Hände in die Seiten gestützt, die Schirmmützen in den Nacken geschoben, standen sie dort und schwiegen. Als Müller vorne ankam, löste sich einer aus der Reihe und kam auf ihn zu: Sebastian Reitz.

»Was ist hier los«, sprach Müller ihn an.

»Wir wollen, dass Altdorf zu uns herauskommt.«

»Warum? Was wollt ihr von ihm?«

»Mit ihm reden, was sonst.«

»Und dazu müsst ihr mit so vielen Burschen aufmarschieren? Könnt ihr nicht warten, bis Altdorf seine Arbeit beendet hat und wie die anderen Gesellen abends auf dem Marktplatz oder unten am Rhein auftaucht? Also, geht wieder zurück an eure Arbeit und lasst Altdorf in Frieden die seinige erledigen!«

Aus den Augenwinkeln sah er, wie sich Anna Thonet mit einem kleinen Kind auf dem Arm hinter dem Fenster der Küche herumdrückte. Das Kind wirkte krank, die Mutter erschöpft und verängstigt. Deshalb fügte er leise hinzu: »Thonets hatten gestern schon genug Ärger.«

Reitz lachte auf: »Wieso kümmern Sie sich auf einmal so um die Thonets, Müller? Bislang sind Sie nie gut auf den Tischler zu sprechen gewesen. Seit gestern sieht man Sie ständig deren Hab und Gut verteidigen, als wäre es Ihr eigenes. Hat Thonet Ihnen etwa neue Möbel in Aussicht gestellt? Wollen Sie damit Ihre

Schwester besänftigen? Jeder hat mitgekriegt, wie sie durch die Stadt läuft und überall erzählt, dass sie nichts mehr mit Ihnen zu tun haben will!«

»Reitz, ich warne dich! Noch habe ich Mitleid mit dir, weil deine Braut gestorben ist. Das kann sich schnell ändern, wenn du so weitermachst.«

»Hört ihr?«, rief der Bäckergeselle in die Runde seiner Kumpane. »Er will mir drohen, mir, einem anständigen Bopparder Bürger! Und warum? Weil ich die Ehre meiner Verlobten verteidigen und den, der sie in den Dreck gezogen und Schuld an ihrem Tod hat, zur Rechenschaft ziehen will!«

Ein Raunen ging durch die Menge. Empörung machte sich breit. Die ersten Rufe wie »Müller, tun Sie Ihre Arbeit!« und »Wann beschützen Sie unsere Schwestern und Bräute vor dem evangelischen Pack?« wurden laut.

»Bist du damit nicht ein bisschen zu spät dran, Reitz? Hättest du nicht schon früher ihre Ehre verteidigen müssen?«, rutschte es Müller im selben Moment wütend heraus. »Als ihr Verlobter wäre es deine Aufgabe gewesen, auf sie Acht zu geben. Jetzt, wo sie tot ist, ist es dafür zu spät!«

Er merkte gerade noch, wie die Farbe aus Reitz' Gesicht wich. Dann riss der den Mund auf und brüllte los wie ein Stier. Als er sich zum zweiten Mal an diesem Morgen auf Müller stürzte, griffen die Burschen, die rechts und links von ihm standen, zu und hielten ihn ab.

»Nicht, Sebastian! Mach keinen Unsinn!«

Erschrocken war Müller ein paar Schritte zurückgewichen und hatte nach seinem Säbel getastet. Nun zog er ihn heraus und hielt ihn dem Bäckergesellen direkt unters Kinn.

»Reitz, zum letzten Mal: Bald hat meine Geduld mit dir ein Ende! Dann landest du im Arresthaus. Daraus wirst du nicht so schnell wieder herauskommen wie Anton, das lass dir gleich gesagt sein.«

Langsam steckte er den Säbel wieder zurück, sortierte seinen Gürtel und schnaubte. Um größer zu wirken, wippte er auf den Fußspitzen nach vorn. Der Bäckergeselle schien kleinlaut geworden. Noch immer hielten ihn zwei der Burschen an den Armen fest.

Plötzlich kam Bewegung in die Menge. Mit einem Seitenblick erkannte Müller, wie sich Lukas Weber aus dem Kreis der Umherstehenden löste und nach vorn schob. Woher wusste der Junge immer, wo etwas passierte? Verärgert, weil er sich von ihm ablenken ließ, wischte er sich den Schweiß von der Stirn. Eine Weile starrte er auf Reitz. Mit ihm musste etwas geschehen.

Der Bäckergeselle hielt seinem Blick nicht lange stand und senkte den Kopf. Müller überlegte. Sebastian Reitz war ein Hitzkopf, genau wie die beiden Weinands. Wenn der in Wut geriet, war ihm alles zuzutrauen. Was, wenn er doch schon vor Lieselottes Tod herausgefunden hatte, dass Altdorf ihr schöne Augen gemacht hatte? Als sie sich dann von ihrem rechtmäßigen Verlobten immer mehr zurückgezogen hatte, musste ihn das erbost haben, keine Frage. Müller räusperte sich.

»Wo warst du eigentlich vorgestern Nacht?«, fragte er. »Warum bist du gleich zur Stelle gewesen, als Lieselotte aus dem Fluss gezogen wurde?«

Reitz stutzte, sagte aber nichts. Ein Flüstern setzte ein.

Unbeirrt fuhr Müller fort: »Es hat fast den Anschein, als hättest du schon vorher gewusst, dass man Lieselotte dort bei der Eisbrech finden würde.«

Um sie herum wurde es ganz still. Nur das Hämmern und Sägen aus der Werkstatt war zu hören.

»Hast du am Ende gar selbst etwas mit dem Tod Lieselottes zu tun?«

Müller hatte sehr leise gefragt, dennoch schien es ihm, als hallte seine Frage laut von den Mauern der engen Gasse wider. Der Bäckergeselle riss entsetzt die Augen auf und stierte ihn an.

Unerbittlich fuhr Müller fort: »Vielleicht ist dir auf einmal klar geworden, dass sie von der Verlobung mit dir nichts mehr wissen wollte. Dass sie sich einem anderen zugewandt hatte. Vielleicht hast du dich dafür an ihr gerächt? Es wäre nicht das erste Mal, dass dein Temperament mit dir durchgegangen ist.«

»Was?«, flüsterte einer in seinem Rücken.

»Reitz soll Lieselotte umgebracht haben«, wisperte ein anderer.

»Ruhe!«, zischte ein Dritter.

Müller war unterdessen ganz dicht an den Bäckergesellen herangetreten und sah ihm drohend in die Augen.

»Es fällt auf, wie sehr du damit beschäftigt bist, jeden Verdacht auf Martin Altdorf zu richten. Das gibt mir sehr zu denken. Könnte gut sein, dass du dich an ihm rächen willst.«

Kurz tippte er mit dem Finger an seinen Helm, dann wandte er sich ab und ging mitten durch die Neugierigen hindurch davon. Gerade noch nahm er war, wie sie sich zögernd von ihrem Kumpan abwandten. Die Ersten wichen Schritt für Schritt zurück und schüttelten ungläubig den Kopf. Andere begannen zu tuscheln, während sie den Bäckergesellen anstarrten. Bald, so viel war Müller klar, würde der ganz allein dort stehen.

Tief in Gedanken versunken ging Müller weiter. Sein linkes Bein schmerzte und kribbelte zugleich, sein Gang war dadurch noch schwerfälliger als sonst. Gleichzeitig plagte Müller das unangenehme Gefühl, die ganze Zeit etwas Wichtiges übersehen, eine winzige Beobachtung nicht ausreichend gewürdigt zu haben. Dabei war er nach dem Gespräch mit Weinand und der Begegnung mit Reitz der Klärung von Lieselottes Tod ein ganzes Stück näher gekommen, das spürte er: Trotz der Scheu, den Gedanken zu Ende zu denken, erschien es ihm immer wahrscheinlicher, dass Reitz ganz tief darin verwickelt war. Warum sonst war er sofort zur Stelle gewesen, als man die Tote aus dem Rhein herausgezogen hatte? Von dort war Reitz einfach weggerannt. Wäre es nicht seine Pflicht gewesen, zu den Weinands zu gehen und ihnen von Lieselottes Tod zu berichten? Als Verlobter hätte er doch der Familie in dieser schweren Stunde beistehen müssen!

Müller beschloss, gleich noch einmal zum alten Weinand zu gehen und ihn zu fragen, warum Reitz die Weinands so offensichtlich mied. Sein Vorhaben, Stadtrat Thomas und die anderen politischen Freunde des Kreisphysikus aufzusuchen, konnte dagegen noch ein wenig warten. Das Verhältnis zwischen Reitz und den Weinands zu klären, erschien ihm weitaus dringlicher.

»Hoppla«, erklang es plötzlich vor ihm.

Müller stieß gegen einen Karren. Scheppernd fiel eine Schaufel aus Eisen herunter. Erbärmlicher Gestank stieg ihm in die Nase.

»Bonnschur, Wachtmeister. Wo bist du mit deinen Gedanken?«
Der bucklige Johann Grahs lachte. Keuchend bückte er sich,
hob seine Schaufel auf und machte Anstalten, mit seinem Karren
weiterzuziehen.

»Bonnschur, Grahs«, erwiderte Müller. »Bist du nicht spät
dran? Du solltest um diese Zeit längst fertig sein. Es macht keinen
guten Eindruck, wenn du am helllichten Vormittag durch die
Straßen ziehst und den Abfall aus den Senkgruben spazieren fährst.
Was sollen die Fremden denken, die mit dem Dampfschiff bei uns
ankommen? Fehlt dir jedwedes Gespür für das, was schicklich
ist?«

»Du hast gut reden, Wachtmeister! Hast du eine Ahnung, wie
lange ich unterwegs bin, bis ich den ganzen Mist beisammen habe? Manche haben auch noch etwas extra mitzugeben. Da solltest
du mal hinterher sein. Das ist nicht alles rechtens, was die Leute
in ihre Gruben werfen.«

»Fang halt früher an, damit du bei Tagesanbruch deine Tour
beendet hast. Du musst ja nicht jeden Tag durch die ganze Stadt.«

»Das mache ich auch nicht. Gestern und heute war die Oberstadt dran, morgen kommt die Mittelstadt und Ende der Woche
die Niederstadt. Und dann wieder von vorn.«

»Wieso brauchst du zwei Tage für die Oberstadt, für die anderen Teile nur jeweils einen?«, fragte Müller.

Verwundert, dass sich jemand für den Ablauf seiner Arbeit interessierte, kratzte Grahs sich den kahlen Schädel unter der Kappe, bevor er antwortete: »Weil ich gestern den Teil nördlich der
Landstraße und heute den Teil südlich davon abgeklappert habe.«

»Gestern warst du also zum Rhein hin unterwegs?« Müller
kam eine Idee: »Wann warst du da genau? Wieder recht spät,
nicht? Es muss gegen halb sieben gewesen sein, dass ich dich bei
meinem Haus getroffen habe. Da hast du übrigens noch den Abfall aus der Burggasse mitgenommen! Die hat schon nicht mehr
zu deiner eigentlichen Tour gehört.«

»Aber zu meinem Heimweg«, erwiderte Grahs. »Da klopfe
ich ab und an bei ein paar Leuten an, bei denen die Grube immer
zu schnell voll ist.«

Grahs grinste, Müller zwinkerte ihm zu.

»Steck schnell die Groschen weg, die du dafür kassierst und lass das mal nicht die Obrigkeit sehen!«

»Jacobs wird nichts sagen, das weißt du, Müller. Der hält zu uns kleinen Leuten und gönnt uns das.«

Schon wollte der alte Mann wieder nach seinem Karren greifen, aber Müller hielt ihn zurück.

»Dafür weißt du sicher noch, was du gestern früh so alles gesehen hast. Ist dir zufällig aufgefallen, ob jemand in aller Frühe schon zur Eisbrech unterwegs gewesen ist? Hast du etwas Seltsames bemerkt?«

Wieder grinste Grahs.

»Du fragst wegen der toten Lieselotte, gell? Wenn du es genau wissen willst: Reitz ist mir begegnet, und wir haben ein bisschen geredet.«

Müller wurde hellhörig.

»Aber das ist nichts Ungewöhnliches«, winkte der Alte ab. »Der steht jeden Tag schon früh in der Backstube, weil sein Vater nicht mehr so recht will, und macht zwischendurch gern mal einen kleinen Spaziergang. Wir treffen uns öfter im Morgengrauen.«

»Weißt du noch, wann und wo du ihn getroffen hast? Eher näher an der Eisbrech oder innerhalb der Stadt?«

Stumm schüttelte Grahs den Kopf und blickte zu Boden.

»Nein. Ich weiß nur noch, dass ich ihm begegnet bin, bevor wir beide, du und ich, uns in der Burggasse gesehen haben.«

Er setzte die Kappe wieder auf und hob den Karren an, um weiterzuziehen. Müller sah ihm dabei zu. Nach ein paar Schritten blieb er stehen und drehte sich noch einmal um.

»Aber weißt du, was wirklich seltsam war, Müller?«

»Was?«

Erstaunt sah der Polizeidiener ihn an.

»Dass mir bei Thonets nicht Altdorf geholfen hat, sondern Franz, der älteste Sohn. Seit Altdorf dort arbeitet, ist das noch nie vorgekommen.«

»Bist du dir sicher? Woher kennst du Altdorf überhaupt?«

»Der ist immer so freundlich und hilfsbereit, spricht mich mit meinem vollen Namen an. Meist holt er sogar selbst den Dreck aus der Grube und trägt mir den Eimer zum Karren. Das würde Franz nie tun.«

Nach Weissgerbers kleinem Ausbruch schwiegen die beiden Männer lange. Hatten sie zuvor durch das Reden gar nicht bemerkt, wie die Kutsche durch das Winzerdorf Spay und das bescheidene Brey hindurchfuhr, so sahen sie nun aufmerksamer nach draußen. Rhens war ähnlich verwinkelt wie Boppard und ebenfalls noch vollständig von einer alten Stadtmauer eingefasst. Franz nahm durch einen Hinweis Weissgerbers zum ersten Mal wahr, dass sich die Kirche im Süden auf einem kleinen Hügel außerhalb der Befestigung befand. Nachdem sie in die eigentliche Stadt eingefahren waren, fielen Franz die phantasievollen Verzierungen an den Fachwerkhäusern ins Auge. Das Rathaus, mit seinem opulent ausgeschmückten Giebel und dem berühmten Uhrenturm direkt an der Durchfahrtsstraße gelegen, machte einen ganz besonderen Eindruck auf ihn. Dem Rathaus gegenüber war ein Fachwerkhaus mit einem reich verzierten Erker zu bewundern.

Direkt vor dem Rathaus machte die Chaussee eine leichte Kurve nach rechts. Es hatte den Anschein, als stieg der Weg danach leicht an. Die Pferde schnauften vor Anstrengung. Der Kutscher ließ die Peitsche knallen. Dadurch wurde ein Schwarm Tauben aufgescheucht, der sich mitten auf dem Weg über ein Stück Brot hermachte, das eine Magd gerade aus ihrem Korb verloren hatte. Verärgert über den Lärm beschwerte sich ein Mann beim Kutscher. Weissgerber winkte ihm aus dem Fenster heraus beruhigend zu.

»Eigenartig, dass die Menschen es hier nicht gewohnt sind, wenn ein schneller Wagen durch ihre Stadt fährt«, wunderte er sich. »Geht nicht auch die Postkutsche mehrmals am Tag durch Rhens?«

Franz wusste nichts Kluges darauf zu erwidern. Er konzentrierte sich lieber darauf, aus dem Fenster zu schauen.

»Hat hier nicht einmal der Königsstuhl gestanden?«, fragte Weissgerber wenig später und deutete mit der Hand hinaus.

»Der Königsstuhl?«

»Haben Sie noch nie davon gehört?« Weissgerber drehte den Kopf zu Franz. »Der Königsstuhl war ein Monument aus dem Mittelalter. Im 14. Jahrhundert hatte Rhens neben Frankfurt eine wichtige Rolle bei der Ernennung des deutschen Königs gespielt, insbesondere als es Streitigkeiten zwischen den deutschen Fürsten und dem Papst über die Art und Weise der Einsetzung des Herrschers gab. Im Rhenser Kurverein kamen die Kurfürsten zu dem Schluss, dass ihr Kandidat ohne päpstliche Bestätigung gekrönt werden durfte. Sie sehen, das Rheinland war immer schon ein hervorragendes Fleckchen Erde, um gegen die Obrigkeit aufzubegehren. Erst gegen die Römer, später gegen den Papst, hin und wieder gegen die Franzosen und nun gegen die Preußen.«

Weissgerber lachte über seine eigenwillige Geschichtsinterpretation.

»Die Einigkeit unter den Fürsten hielt allerdings nicht lange vor. Jeder kochte halt doch lieber sein eigenes Süppchen. Die Treffen von Rhens verloren an Bedeutung. Das Einzige, was die Zeiten überdauerte, war dieser Königsstuhl aus grobem Basalt unweit des Rhenser Brunnens, aus dem übrigens seit mehr als zweihundert Jahren hervorragendes Mineralwasser sprudelt. Erst die Franzosen haben den Königsstuhl Anfang unseres Jahrhunderts beim Bau der Chaussee, auf der wir gerade unterwegs sind, zerstört. Denen war sicherlich bekannt, wofür dieses Bauwerk stand. Soweit ich gehört habe, wollen sich nun einige geschichtsbewusste Herren unter Führung meines Freundes, des Kreisbauinspektors Lassaulx, zusammenfinden, um den Wiederaufbau des Denkmals zu ermöglichen.«

Die Geschichtskenntnisse Weissgerbers beeindruckten Franz. Natürlich hatte er während des Besuchs des Bopparder Progymnasiums auch einiges über die Vergangenheit seiner Heimat erfahren, allerdings hatte es ihn nie sonderlich interessiert. Dass ein reicher, weit gereister Kaufmann wie Weissgerber solches Wissen aus dem Stegreif zusammenfassen konnte, beschämte ihn.

»Sind Sie dabei?«, fragte er.

Weissgerber schüttelte langsam den Kopf.

»Nein. Man hat mich zwar gefragt, aber ich bin mir nicht sicher, ob dieser romantische Kult des Vergangenen, der hier im

Rheinland gerade seine seltsamsten Blüten treibt, der richtige Weg ist, sich mit der Geschichte zu beschäftigen. Wie immer übertreiben es die Preußen und gehen es zu gründlich an. Es war nicht alles gut, was hier in den letzten Jahrhunderten vor sich gegangen ist. Statt das Alte zu verklären, sollten wir uns lieber auf die Gestaltung der Gegenwart und Zukunft konzentrieren.«

Hinter Rhens verlief die Fahrt ein gutes Stück unter dicht stehenden Alleebäumen. Vom Rhein war nun wenig zu sehen. Franz reckte seinen Oberkörper ein wenig empor. Bald musste auf der anderen Flussseite die Lahn hinzustoßen und den Strom mit ihrem Wasser anreichern.

»Was ist, junger Freund? Hat es Ihnen die Sprache verschlagen?«, unterbrach Weissgerber Franz in seinen Gedanken. »Entschuldigen Sie, wenn ich Sie mit meinem Gerede langweile. Geschichte ist mein Steckenpferd. Ich lese gern darüber und erzähle es ebenso gern weiter. Außerdem kann ich Stille nicht gut ertragen. So, gleich sind wir am Ziel. Sortieren Sie lieber schnell Ihre Gedanken, damit wir mit dem Anliegen unserer Reise Erfolg haben. So ein kleiner Auftrag beim Aufbau von Schloss Stolzenfels könnte der Beginn einer gewinnträchtigen Zusammenarbeit für uns beide werden.«

»Gewiss«, presste Franz zwischen den trocken gewordenen Lippen heraus.

Je näher sie dem Schloss in Kapellen kamen, je mehr rumorte sein Magen. Ihm wurde abwechselnd heiß und kalt. Nervös knetete er seine feuchten Finger. War es richtig von ihm gewesen, die Reise mit Weissgerber hinter dem Rücken seines Vaters anzutreten? Würde er damit erreichen, was er sich vorgenommen hatte? Wie sollte er es am geschicktesten anstellen, dass keiner der Herren, mit denen er zu sprechen hatte, gleich seine Unerfahrenheit in geschäftlichen Angelegenheiten entdeckte? Was würde sein Vater dazu sagen?

Endlich hielt die Kutsche an. Mit zittrigen Knien stieg Franz aus und sah sich um. Dieses hektische Treiben hatte er nicht erwartet. Es schien ihm, als stünden sie mitten auf einer riesigen Baustelle. Kapellen, ein winziges Dorf im Süden der ehemals kurtrierischen Residenzstadt Koblenz, mochte nur aus einer Hand voll Häuser bestehen. Allerdings hatte der Wiederaufbau der Burgruine Stolzenfels oberhalb des Ortes eine unüberschaubare Menge Menschen angezogen, die hier werkelten oder mit den vielen Arbeitern ihren Handel treiben wollten. Der Schweiß schwerer körperlicher Anstrengung hing in der Luft. Es roch nach Steinen, Mörtel und frischem Bauholz. An allen Ecken wurde Staub aufgewirbelt. Rasch überzog eine feine Schicht Franz' mühevoll geputzte dunkle Schuhe.

Am Flussufer lagen drei oder vier Lastkähne fest. Kräftige Burschen waren damit beschäftigt, sie von ihrer Fracht zu befreien. Mit Rufen verständigten sie sich untereinander. Mehrere Fuhrwerke mit Eseln und Pferden standen bereit, um die Baumaterialien aufzunehmen und den steilen Hang hinaufzutransportieren.

»Da oben thront die Ruine!« Weissgerber zeigte mit einer theatralischen Geste nach oben.

Franz entdeckte auf einem Bergsporn ziemlich genau gegenüber der Lahnmündung alte, graue Mauern und einen halbverfallenen Turm, die aus den schon zart belaubten Baumwipfeln Richtung Sonne emporragten.

»Ist das nicht ein herrlicher Ort für ein Mahnmal aus vergangenen Zeiten? Warum lässt man die Reste nicht einfach ruhen?« Weissgerber blickte versonnen auf die Ruine. »Die alte Anlage stammt aus dem 14. Jahrhundert und wurde vor gut einhundertfünfzig Jahren von den Franzosen zerstört. Nach dem Abzug der napoleonischen Truppen hat die Stadt Koblenz die Ruine vor einigen Jahren Kronprinz Friedrich Wilhelm IV. geschenkt. Seine königliche Hoheit brauchte eine Weile, bis er sich entschließen konnte, daraus wieder ein stattliches Schloss errichten zu lassen. Nun erfüllt er sich damit wohl seinen Traum vom stolzen Rittertum. Es soll ihm und seiner Gemahlin als Sommerresidenz dienen. So, genug gestaunt, mein junger Freund. Lassen Sie uns zu dem kleinen Gasthaus gehen. Dort erwartet uns der Kreisbauinspektor. Ich habe ihm eine Nachricht zukommen lassen, dass ich ihn unbedingt mit Ihnen bekannt machen will.«

»Wir treffen Lassaulx persönlich?«

»Aber natürlich, Thonet«, jovial klopfte Weissgerber auf Franz' Schulter und lachte. »Ich habe Ihnen doch erzählt, dass wir schon lange miteinander befreundet sind. Übrigens ist er mir noch einen großen Gefallen schuldig. Ich denke, er wird wissen, welcher Art der sein kann.«

»Kann Lassaulx denn allein entscheiden? Ich dachte, er habe nur die ersten Vorentwürfe für das Schloss geliefert und die endgültige Planung stammt von Schinkel.«

»Schon. Aber wer ist hier vor Ort? Doch nicht der große Schinkel! Der sitzt weit weg in Berlin und baut dort Preußen auf. Hier vor Ort beaufsichtigt natürlich der hochverehrte Kreisbauinspektor Lassaulx die Bauarbeiten. Deshalb kann er bestimmen, wer sie ausführt. Also, kommen Sie, mein junger Freund. Wenn wir Glück haben, machen Sie heute das Geschäft Ihres Lebens. Ihr Vater wird stolz auf Sie sein!«

Franz fuhr zusammen. Dann streckte er den Rücken. Es war höchste Zeit zu beweisen, wer in der Werkstatt das Zeug zum ersten Mann hinter dem Meister hatte. Sicher nicht so ein dahergelaufener Tagelöhnersohn wie Martin Altdorf. Undenkbar, dass der jemals in solche Kreise vordringen würde, wie sie sich Franz nun eröffneten.

Nachdem Grahs mit seinem Karren hinter der nächsten Ecke verschwunden war, ging Müller zum zweiten Mal den Weg zu Weinand in die Bingergasse. Die Frühlingssonne war nur als goldenes Blitzen auf den Fensterscheiben in den oberen Stockwerken zu sehen. Sehnsüchtig reckte Müller das Gesicht dem Funkeln der Sonne entgegen.

Grahs' Abfallkarren hatte eine Wolke schlechten Geruchs hinterlassen, die hartnäckig in Müllers Nase hängen blieb, selbst als das Knarren der Wagenräder und das Scheppern der Schaufeln schon in der Ferne verstummt war. Müller rieb sich die Nasenflügel. Wann würden seine Mitmenschen endlich erkennen, dass es höchste Zeit war, für bessere Luft in der Stadt zu sorgen? Verärgert stocherte er mit der Säbelspitze in einem Häufchen Dreck, das mitten auf der Straße lag. Es entpuppte sich als angefaulte Kartoffelschalen, die vermutlich von Grahs' Karren hinuntergefallen waren.

Was er gerade eben von dem Alten erfahren hatte, beunruhigte ihn, selbst wenn es zu seinen eigenen Überlegungen passte: Sebastian Reitz war also oft allein im Morgengrauen unterwegs. Seltsam, dass er, Müller, ihn bei seinem ersten Tagesrundgang noch nie getroffen hatte. Dabei kannte er doch nahezu alle, die sich regelmäßig zu früher Stunde auf den Straßen bewegten. Boppard war noch überschaubar, trotz der vielen Fremden, die in den letzten Jahren hinzugekommen waren. Ging Reitz ihm bewusst aus dem Weg?

Das Zweite, was Müller an Grahs' Schilderung nicht behagte, war, dass Grahs Martin Altdorf nicht wie sonst in Thonets Werkstatt angetroffen hatte. Altdorf konnte also genauso gut am frühen Morgen an der Eisbrech gewesen sein. Müller mochte seinen Gedanken gar nicht erst zu Ende führen. Das Kribbeln in seinem Bein verriet ihm, dass sich Schreckliches stets wiederholen konnte. Auch dieses Mal?

Versunken, die Arme hinter dem Rücken verschränkt, ging Müller weiter. Bald überquerte er die Oberstraße, warf einen sehnsüchtigen Blick in die Weite nach Osten. Schweren Herzens riss er sich wieder los und marschierte in die Pützgasse hinein. Der heiratslustige Bertram hatte für diesen Tag wohl eine Beschäftigung gefunden. Der Schemel stand wie immer vor seinem niedrigen Fachwerkhaus. Eine schwarze Katze hatte es sich darauf gemütlich gemacht. Müller strich ihr über das glänzende Fell und dachte: Gut so, dann verdient er wenigstens ein paar Groschen und geht nicht mit leeren Händen nach Salzig.

Als Müller durch das Tor in den Hof der Weinands eintrat, öffnete sich die Tür zur Küche. Eine elegant gekleidete Dame und ein junges Fräulein kamen heraus, dicht gefolgt von Heinrich Weinand.

»Mischen Sie sich nicht ein«, hörte Müller ihn knurren. »Die Kinder bleiben hier! Meine Schwester wird kommen und sich um sie kümmern. Auf Wiedersehen!«

Noch bevor sie etwas entgegnen konnten, schob er sie an Müller vorbei zum Hoftor hinaus. Müller erkannte Helena Weissgerber. Die Dame dahinter musste ihre Mutter sein. Hastig verbeugte er sich vor ihnen und sah ihnen nach, wie sie würdevoll davonspazierten.

»Was wollten die beiden von dir?«, fragte er den Fassbinder, sobald sie allein im Hof standen.

»Nichts«, entgegnete er barsch. Ohne einen weiteren Blick auf ihn schlurfte er zur Werkstatt, aus der Hammerschläge zu hören waren. Stunde um Stunde mussten Heinrich Weinand und sein Sohn arbeiten, Stunde um Stunde mussten sie versuchen, mit dem Hämmern endlich die Gedanken an ihr unsägliches Schicksal zu verdrängen.

Müller stellte sich dem alten Fassbinder in den Weg. Er sollte sich nicht sofort wieder hinter seiner Werkbank verschanzen. Als Müller ihn ansah, wurde ihm klar, dass er Heinrich Weinand in diesem Zustand nicht nach Lieselottes Verlobten und dem Grund für ihr offenkundiges Zerwürfnis fragen konnte.

»Du gehst vor die Hunde, wenn du nicht aufpasst«, warnte Müller.

»Vielleicht will ich das.«

»Was du willst, ist mir egal. Denk an deine Kinder. Du kannst sie nicht im Stich lassen. Anton wird dir in der Werkstatt helfen. Du musst ihn nicht einsperren wie einen wild gewordenen Hund. Er ist alt genug und weiß selbst, was zu tun ist, begreif das endlich. Die drei Kleinen brauchen allerdings die Hilfe von anderen. Sei nicht so stur. Frag die Weissgerbers, ob sie die Kinder für ein paar Tage zu sich nehmen. Vornehme Damen tun gern etwas Gutes, da kannst du sicher sein.«

»Weißt du, was das für Leute sind?« Weinand hob den Kopf, um Müller in die Augen zu sehen.

»Anständige, freundliche Leute, wohlhabend noch dazu. Was willst du mehr?«, antwortete Müller.

»Dass sie mich und meine Familie in Ruhe lassen!«

»Weinand, nimm Vernunft an!«

»Kennst du diese feinen Leute wirklich?«

Weinands Ton wurde gefährlich leise. Dicht baute er sich vor Müller auf. Seine Augen blitzten vor Zorn.

»Nimm Vernunft an«, wiederholte Müller sanft. »Schick die Kleinen zu den Weissgerbers. Lass dir doch endlich helfen!«

»Helfen, helfen – alle wollen mir immer nur helfen. Und was wird daraus? Alles wird schlimmer!«

Kurz brauste der Fassbinder auf, sank aber rasch wieder in sich zusammen. Erschöpft sprach er weiter: »Mir ist nicht mehr zu helfen, Müller. Schon gar nicht von diesen Leuten aus dem Eltzer Hof. Meine Lieselotte habe ich auch schon zu ihnen geschickt, weil sie ihr angeblich helfen wollten, ein paar Groschen zu verdienen. Und jetzt? Jetzt ist sie tot! Vorhin war Pfarrer Berger da und hat mir erzählt, was die Weissgerbers für Leute sind.«

»Und?«

»Die sind nicht nur evangelisch, Müller, nein, nicht nur das.«

Sein Atem ging schneller. Er roch nach Essen und bitterer Galle.

»Ihre Vorfahren waren Juden aus Boppard.«

Nachdenklich strich Müller sich über seinen Backenbart, rückte den Gürtel um den Bauch zurecht, fasste an den Säbel. Betont ruhig fragte er: »Woher weiß Pfarrer Berger das?«

»Aus alten Büchern.«

»Aus welchen? Wie kommt er überhaupt dazu?«

»Er hat mir erzählt, dass der Bürgermeister gestern Abend bei Nicolaus Weissgerber zum Essen eingeladen war und vorher wissen wollte, mit wem er es zu tun hat. Deshalb hat er den Pfarrer gefragt. Und ich habe ihn gefragt, weil ich endlich wissen will, was die Weissgerbers mit meiner Lieselotte angestellt haben, wenn sie bei ihnen zum Nähen war.«

Es wurde still im Hof. Von den Dächern gurrten Tauben, die ersten Schwalben flogen durch die Luft und trugen Zweige im Schnabel. Der Himmel schimmerte blau. Keine Wolke ließ sich sehen, kein Blatt wehte im Wind. Die Luft war selbst in dem schattigen Innenhof ungewöhnlich warm.

Müller trat der Schweiß auf die Stirn. Sein Gefühl hatte ihn also nicht betrogen. Die ganze Zeit ahnte er schon, wie es enden würde: Mit einem Kampf der Katholischen gegen die Evangelischen. Die Fronten waren längst abgesteckt. Die Geschichten wiederholten sich eben doch.

Müller seufzte. Ein letztes Mal wollte er noch für Vernunft sorgen, Einsicht erzwingen. Wenn das vergangen Geglaubte doch noch einmal geschah, dann sollten wenigstens die alten Fehler vermieden werden.

»Es kommt nicht auf den Taufschein an, Weinand. Wichtig ist, ob einer ein guter Mensch ist.«

»Und was hilft das, Müller? Ich glaube nicht mehr daran. Meine Familie und ich, wir sind immer gute Menschen gewesen, haben nie mit Absicht Böses getan. Trotzdem ist uns dieses ganze Unglück passiert: Erst stirbt meine Frau, dann mein ältester Sohn und nun Lieselotte. Was hat dieser evangelische Hund nur mit meiner Tochter angestellt?«

»Es steht noch gar nicht fest, wer es getan hat.«

»Ich weiß aber, wer schuld ist. Glaub mir, Müller: Ich weiß es ganz genau.«

Großer Undank

Müller humpelte über den Balz zurück Richtung Rathaus. Es blieb ihm nicht viel Zeit, wollte er pünktlich um zwölf Uhr mittags zum Rapport beim Bürgermeister erscheinen. Die Erlebnisse der letzten Stunden setzten ihm zu. Die Lage schien ihm nahezu ausweglos: Hatte er vor seinem neuerlichen Gespräch mit Weinand noch geglaubt, der Lösung von Lieselottes gewaltsamen Tod nahe gekommen zu sein, so wusste er nun, dass es keine Rolle spielte, ob er den Täter überführte oder nicht. Die Katastrophe würde dennoch unausweichlich hereinbrechen: Die alteingesessenen katholischen Burschen würden gegen die Evangelischen losschlagen. Egal, wer Lieselotte letztlich erwürgt hatte, die Schuldigen waren längst ausgemacht: die Evangelischen, die den katholischen Mädchen schöne Augen machten und sie ins Unglück stürzten.

Was aber das Schlimmste an der Sache war: Der Bürgermeister dachte genauso! Warum sonst hatte er sich bei Pfarrer Berger vor seinem Besuch über die Weissgerbers erkundigt? Warum sonst hatte er ihm, Müller, am Vormittag seine Ansicht über Altdorf als Täter unterbreitet? Und das, obwohl er genau wusste, dass Reitz genauso gut als Täter in Frage kam! Jacobs käme die Entwicklung sogar zupass, konnte er durch einen Ausbruch der Gewalt am Ende doch die Einrichtung der verhassten evangelischen Gemeinde verhindern! Und Kreisphysikus Heusner und seine politischen Freunde sähen sich ebenfalls nur in ihrer Auffassung bestätigt, dass Jacobs und sein Polizeidiener, also Müller selbst, der Lage nicht gewachsen waren.

Müller schüttelte bekümmert den Kopf. Das menschliche Leid, das sich hinter dem Fall verbarg, schienen alle zu übersehen. Das widerte ihn an. Ihm war klar, dass er allein wenig ausrichten konnte. Er stand zwischen allen Fronten, ohne jede Aussicht, etwas ändern, geschweige denn aufhalten oder verhindern zu können. Also, beschloss er seine trüben Gedanken, ist es auch egal, ob ich nun noch Stadtrat Thomas aufsuche oder nicht. Es spielt keine Rolle, ob der Kreisphysikus sich mit ihm schon über das weitere Vorgehen beraten hat oder nicht, die Dinge werden ihren Lauf nehmen.

Bekümmert über diese Erkenntnis bog er in die Schlauchgasse ein, um von dort zum Markt hinüberzugehen. Einige Schritte vor ihm erblickte er zwei Männer. Sie standen noch halbverdeckt in einem Hauseingang, wohl gerade erst im Begriff, auf die Gasse hinauszutreten. Als der eine, der dickere von beiden, ihm sein Profil zuwandte und mit Schwung seinen Hut aufsetzte, stellte Müller erstaunt fest, dass es sich um Stadtrat Thomas handelte. Der hier? Um diese Uhrzeit? Müller verlangsamte seinen Gang, noch unschlüssig, ob er den Stadtrat ansprechen sollte oder nicht.

Während er schließlich grübelnd stehen blieb, sprach Stadtrat Thomas auf seinen Begleiter ein: »Sobald die Ergebnisse der Obduktion vorliegen, können wir handeln.«

Was hatte er gesagt? Müller spitzte die Ohren. Das klang verdächtig. Am besten, er verbarg sich noch eine Weile vor Stadtrat Thomas, um zu hören, was noch folgte.

Schon fuhr der Stadtrat mit seiner hohen Stimme fort: »Unser lieber Heusner wird dem Bürgermeister sicher vorschlagen, dass er als Kreisphysikus den Landrat am besten persönlich über den Casus informiert, um ihm die medizinischen Details zu erläutern. Das ist die Gelegenheit, den Landrat in unserem Sinn über die Vorfälle aufzuklären. Heusner wird ihm nämlich auch berichten, dass Jacobs und sein Polizeidiener erst einmal Doktor Veling zu der Toten bestellten. Ein eindeutiger Verstoß gegen die Polizeiverordnung, mein lieber Freund! Das kann Jacobs das Amt kosten: Leicht lässt es sich als vorsätzlichen Versuch auslegen, den Mord möglichst lange zu vertuschen!«

Der Stadtrat kicherte. Als er sich wieder beruhigt hatte, wisperte er: »Der Landrat muss einschreiten, deutet doch alles darauf hin, dass bald ein Aufruhr losbrechen wird. Der Bruder der Toten und ihr Verlobter sind Hitzköpfe, die die evangelischen Gesellen meucheln werden, wenn man nichts dagegen unternimmt. Und was das nach sich zieht, mein Lieber, das wissen wir doch! Kaum zwanzig Jahre ist es her, dass hier schon einmal eine solche Hetze stattgefunden hat. Der Landrat muss Truppen aus Koblenz schicken und Bürgermeister Jacobs die Zügel aus der Hand nehmen. Zumindest, bis der Fall geklärt und die Gefahr gebannt ist. Und danach«, wieder kicherte Thomas, »danach werden wir im Stadtrat die Chance ergreifen und Jacobs das Vertrauen entziehen. Ich kann Ihnen versichern, dass dann alle Stadträte überzeugt sind, Jacobs sei fehl am Platze. Und natürlich geschieht das mit Rückendeckung des Landrats!«

Er schlug seinem Gegenüber kräftig auf die Schulter. Der schien ihm zuzustimmen. Dann sah Müller, wie Stadtrat Thomas Anstalten machte, sich abzuwenden und zu gehen. Rasch beschloss er, seine Deckung aufzugeben und ihn anzusprechen.

»Bonnschur, Herr Stadtrat!«

Erschrocken fuhr Thomas herum. Schnell fing er sich und winkte Müller zu.

»Bonnschur, mein lieber Wachtmeister! Mitten bei der Arbeit? Wie weit sind Sie in Sachen Lieselotte Weinand? Gibt es erste Hinweise auf den Täter? Was ist dran an dem Gerede, Thonets Geselle Altdorf sei der Täter?«

»Wer behauptet das?«

»Sie wissen so gut wie ich, dass mittlerweile sehr viele in der Stadt das glauben. Der Verlobte, Sebastian Reitz, erzählt es überall herum. Wenn ich mich nicht täusche, kommt diese Vermutung unserem verehrten Herrn Bürgermeister nicht ungelegen. Sollte sich der Fall als die verwerfliche Schandtat eines Evangelischen an einem unschuldigen katholischen Mädchen entpuppen, ist das für ihn ein hervorragender Anlass, die Einrichtung einer eigenständigen evangelischen Gemeinde zu verhindern. Darauf warten er und seine Freunde aus dem kirchlichen Lager doch nur.«

Thomas blickte Müller augenzwinkernd an. Schon von weitem sah man dem Stadtrat und Gastwirt an, womit er sein Geld verdiente, fand Müller. Der dicke Wanst, den er mit sich herumtrug, verriet seine Freude an gutem Essen. Seine Ehefrau servierte es in seiner Gaststube den Gästen, wie in ihrer bayerischen Heimat üblich, in sehr großen Portionen. Die geröteten Apfelbäckchen oberhalb von Thomas' grauem Backenbart und die rotgeäderte Nase deuteten auf seine Vorliebe für einen guten Schoppen Wein.

»Ganz unter uns«, Stadtrat Thomas legte den Arm um Müllers Schultern und sprach leise in sein Ohr: »Der liebe Jacobs will die Zeichen der Zeit nicht erkennen. Auch wenn uns im Rheintal die preußische Art, miteinander umzugehen, seltsam erscheint, vor allem was die übertriebene Hörigkeit der unteren gegenüber der oberen Rangstufe und die Versessenheit, alles bis in jede Einzelheit hinein genau zu regeln, angeht. Die preußische Vorliebe für Ordnung und Bürokratie aber hat auch viele Vorteile für uns: Sie macht zum Beispiel Schluss mit der Allmacht eines Einzelnen. Jeder muss sich an das halten, was im Gesetz vorgeschrieben ist, selbst ein Bürgermeister. Im Fall eines solchen Verbrechens, wie es bei uns geschehen ist, muss er die vorgesetzten Behörden informieren, wenn er den Casus nicht sofort aufklären kann. Die entscheiden dann, wie weiter vorgegangen wird. Also gilt: Auch wenn es Jacobs nicht gefällt, er kommt nicht am Landrat in St. Goar vorbei.«

Ein sachter Schlag auf die Schulter markierte das Ende seiner kurzen Ausführung. Noch einmal nickte er Müller zu, dann wollte er gehen.

»Es sei denn«, bemerkte Müller gegen seinen Rücken, »er zieht den Oberpräsidenten aus Koblenz hinzu. Der steht bekanntlich wiederum eine Stufe über dem Landrat.«

Thomas stutzte. Langsam drehte er sich um. Ein Schmunzeln lag auf seinen wulstigen Lippen.

»Wie ich sehe, mein lieber Herr Wachtmeister, haben Sie das Spiel bereits durchschaut.«

Er drohte ihm zum Schein mit dem Zeigefinger. Ohne mit der Wimper zu zucken, sah Müller ihm geradewegs ins Gesicht.

»Wenn Sie Lust haben, mein Freund, dann kommen Sie morgen Abend zu mir ins Gasthaus. Mir scheint, Sie sind eine echte Bereicherung für unsere Runde. Außer Kreisphysikus Heusner werden Apotheker Genius sowie unser verehrter Freund Brust dort sein. Brust wird wie immer viel aus dem rheinischen Provinziallandtag zu erzählen haben. Sie sollten die Gelegenheit nutzen, das einmal persönlich zu erleben. Sie bietet sich nicht oft. Brust ist schließlich der Einzige aus der Gegend, der uns aus erster Hand von den politischen Entwicklungen berichten kann. Nur keine falsche Scheu! Die studierten Herren wissen aufrechte Leute wie Sie, mein lieber Herr Wachtmeister, sehr zu schätzen. Für die gibt es keine Standesunterschiede mehr.« Müller bedankte sich mit einem Nicken. Gleichzeitig wusste er: Höchste Vorsicht war geboten! Ganz ohne Hintergedanken lud auch ein Stadtrat Thomas den einfachen Polizeidiener Carl Müller nicht ein.

Pikiert über die staubigen Straßen hob Franziska Weissgerber ihren langen Rock leicht an, so dass darunter ihre zierlichen Seidenschuhe sichtbar wurden. Auch diese waren längst vom Straßenschmutz gezeichnet. Helena wagte nicht, ihre Mutter darauf hinzuweisen. Deutlich spürte sie deren Unmut über die soeben von Fassbinder Weinand erfahrene Zurückweisung. Ohne miteinander zu sprechen, durchquerten sie die Stadt und erreichten schließlich den Eltzer Hof. Es war fast Mittag. Helena spürte die Wärme der Sonne auf ihrem Rücken, als sie das Anwesen betraten.

Im Busch nahe der Hofmauer raschelte es. Verstohlen wandte sie den Kopf. Insgeheim hoffte sie, Lukas zwischen den Zweigen zu entdecken. Doch da war nichts. Lediglich ein aufgescheuchter Spatz schwang seine kurzen Flügelchen, um hastig vor ihrem Schatten zu fliehen.

Ihre Mutter warf erst einen kurzen Blick zum Garten auf der rechten Seite, dann betrat sie ihn durch die kleine Maueröffnung. Sicher wollte sie sich vergewissern, ob die Arbeiten an der Laube ihren Vorstellungen entsprechend ausgeführt wurden. Prüfend schritt sie den abgesteckten Kreis ab.

»Das gute Wetter sollte man nutzen, damit die Anlage rechtzeitig fertig wird«, erklärte sie ihrer Tochter über die Schulter hinweg. »Sieh nur, die Forsythien dort hinten sind schon fast verblüht. Der Frühling hat es in diesem Jahr eilig, gleich in den Sommer überzugehen.«

Einer der Gärtner stieß neben ihr seine Schaufel in den Boden und stützte sich auf dem Stiel ab, um sich auszuruhen. Mit der Hand verscheuchte er ein brummendes Insekt, das dicht vor seinem erhitzten Gesicht herumschwirrte. Ungeniert betrachtete er

Franziska Weissgerber. Die beiden standen so nah beieinander, dass sein Atem sie an der Wange kitzeln musste. Helena schmunzelte. Ihre Mutter war derart in ihr Schauen vertieft, dass sie es nicht bemerkte. Dabei reagierte sie sonst äußerst empfindlich auf jede Form von ungebührlicher Nähe.

»Komm, mein Kind, lass uns im Salon eine Limonade miteinander trinken«, schlug Franziska Weissgerber vor. »Wir sollten uns ein wenig erfrischen, bevor wir uns um die Zubereitung des Mittagessens kümmern.«

Sie eilte über den gepflasterten Innenhof zum Wohnhaus hinüber. Helena folgte ihr mit einigen Schritten Abstand und winkte noch rasch Cornelie Görgen zu, die sich am Fenster ihres Salons im Kelterhaus zeigte.

»Helena, wo bleibst du nur?«

Das Rufen ihrer Mutter klang gereizt. Helena machte Cornelie Görgen ein Zeichen, dass sie ihrer Mutter folgen musste. Vielleicht würde sich später eine Gelegenheit ergeben, ins Kelterhaus hinüberzugehen und mit der Notarsfrau zu plaudern. Helena stieg die Basalttreppe hinauf und betrat das Haus.

Franziska Weissgerber war bereits in die Räume des ersten Stocks verschwunden, um sich umzukleiden. Nach wenigen Minuten erschien sie wieder unten in der Diele, den Kopf statt mit dem unförmigen dunklen Helgoländer nun mit einer weißen Haube bedeckt, das Haar darunter ordentlich verstaut, sowie mit neuen, sauberen Schuhen und Strümpfen an den Füßen. Helena bewunderte sie um ihre Schnelligkeit in diesen Dingen. Sie selbst stand immer noch in der halbdunklen Diele und nestelte ungeschickt an den Hutnadeln herum, mit denen ihre ausladende Kopfbedeckung festgesteckt war. Endlich hatte sie es geschafft. Sie konnte sich von dem schwarzen Ungetüm befreien und atmete erleichtert auf.

»Du bist völlig erhitzt«, stellte ihre Mutter fest. »Kühl dir dein Gesicht in der Küche mit kaltem Wasser.«

Wenig später saßen sich Mutter und Tochter im Salon auf zierlichen Fauteuils gegenüber. Die geschwungenen Armlehnen und die schlaufenförmig gehaltenen Füße weckten in Helena die Befürchtung, sich darin mit dem Stoff ihres Kleides zu verfangen und mit dem Möbel umzukippen. Diese Furcht ließ sie eine stock-steife Haltung einnehmen. Sie erinnerte sich an Lukas' Bemerkung über die Thonet-Möbel. Besonders praktisch waren sie wohl nicht.

Franziska Weissgerber lächelte, während sie ihre Steifärmel auf den zierlichen Holzlehnen sortierte:»Du sitzt nicht eben bequem auf diesem Fauteuil, mein Kind. Dabei ist es ein sehr elegantes Stück, das uns der begnadete Thonet selbst entworfen hat. Unsere Freunde haben es schon aufrichtig bewundert. In einer Stadt wie Frankfurt könnte Thonet ein Vermögen mit dieser Art von Möbeln machen.«

Die Magd servierte einen Krug mit frisch zubereiteter Limonade. Gierig stürzte Helena sich darauf. Noch immer glühten ihre Wangen von dem vormittäglichen Ausflug. Durch die Vorhänge fiel das Sonnenlicht herein und heizte den nach Osten ausgerichteten Raum auf. Ihre Mutter beobachtete sie eine Weile beim Trinken.

»Sein ältester Sohn Franz ist ebenfalls nicht ohne Talent. Dein Vater will sich seiner annehmen, um ihn in geschäftlicher Hinsicht zu schulen. Daran mangelt es ihm offensichtlich noch etwas. Ansonsten ist er ein sehr wohl erzogener, angenehmer junger Mann. Wir werden ihn demnächst einmal einladen, damit du dich mit ihm bekannt machen kannst.«

Helena seufzte. So ganz ohne Hintergedanken waren die Aktivitäten ihrer Eltern also doch nicht. Sie wollten sie wirklich bald unter die Haube bringen.

»Fassbinder Weinand ist ein sehr bedauernswerter Mann«, wechselte ihre Mutter das Thema. »Das Unglück der vergangenen Monate wird ihn zerbrechen.«

»Er wirkte nicht eben zerbrechlich. Im Gegenteil«, entfuhr es Helena. Ihr war der alte Fassbinder bei ihrem kurzen Besuch eher sehr unberechenbar vorgekommen.

»Ein Jammer, dass er unsere Hilfe nicht annehmen möchte«, überging Franziska Weissgerber den Einwurf. »Wie gern hätte ich mich um Lieselottes jüngere Geschwister gekümmert. Wir hätten sie ein wenig über den Verlust der geliebten großen Schwester hinwegtrösten können.«

»Ich denke nicht, dass sie in ihrer Trauer getröstet werden können. Lieselotte war ein sehr feiner Mensch.«

»Natürlich sollen sie das Andenken an Lieselotte in Ehren halten. Dennoch hätten wir ihnen die Situation ein wenig erleichtern können. Stell dir vor, wie sie nun dort hausen: ein von Kummer zerfressener Vater, ein, wie man hört, gewalttätiger Bruder und keine Frau im Haus. Oder hast du wenigstens eine Magd bei ihnen gesehen?«

»Weinand erzählte doch, dass seine Schwester vom Hunsrück anreisen und sich um die Kinder kümmern werde.«

»Aber wann, meine Liebe? Das ist doch kein Zustand!«

Empört stand Franziska Weissgerber auf, ging zu einem der Fenster hinüber. Sie schob die Vorhänge ein wenig zurück und blickte hinaus in den lichtüberströmten Hof.

»Vergiss nicht, Mama, dass wir fremde Leute für ihn sind. Er kennt uns kaum.«

Entgegen ihrer Bemerkung war Helena sich sicher, dass Weinands abweisende Haltung nicht allein mit seinen Ressentiments gegen Fremde oder Evangelische zusammenhing. Es schien noch einen anderen Grund zu geben. Irgendetwas wollte er vor ihnen verbergen, davon war sie überzeugt.

»Du warst mit Lieselotte befreundet. Ihr habt euch einige Male gesehen, sie hat dich hier besucht. Unser Ruf ist makellos. Wie kann er es wagen, an unserer Rechtschaffenheit zu zweifeln?«

Helena verfolgte die Bewegungen ihrer Mutter, die den Vorhangstoff wieder losließ, die Falten ordnete, bis er in einem kräftigen Schwung einen Bogen markierte.

»Das tut er doch gar nicht. Er hat lediglich dein Angebot abgelehnt, weil er schon Hilfe bekommt«, suchte Helena richtigzustellen.

Franziska Weissgerber schwieg.

»Nein, du hast Recht, mein Kind«, sagte ihre Mutter auf einmal entschlossen. »Wir sind und bleiben Fremde für die Leute in der Stadt. Nicht nur, dass wir erst vor kurzem aus Frankfurt hierher gekommen und uns einfach so eines ihrer geschichtsträchtigen Häuser gekauft haben. Nein, wir haben in ihren Augen auch noch die falsche Religion, nämlich die der ihnen so verhassten Preußen. Das hat uns Bürgermeister Jacobs gestern Abend durch die Blume ja schon sehr deutlich zu verstehen gegeben. In diesem Punkt stellt er sich ganz auf die Seite der einfachen Leute. Selbst wenn demnächst eine eigene evangelische Gemeinde in der Stadt zugelassen werden sollte, so werden die Einheimischen doch reserviert gegenüber allen bleiben, die nicht zu ihrem heiß geliebten Pfarrer Berger in den Gottesdienst pilgern. Er sagt ihnen, was sie glauben und denken sollen, er dichtet sogar Verse für sie. Wer nicht zu dem Kreis seiner Schäfchen gehört, wird immer außen vor bleiben.«

»Es mögen zwar viele so denken, aber bestimmt nicht alle«, warf Helena ein. »Du hast einen völlig falschen Eindruck von den Menschen hier.«

»Mag sein. Aber vielleicht liegt es daran, dass auch sie einen falschen Eindruck von uns haben.«

»Willst du dann nicht den ersten Schritt tun?«

»Habe ich das nicht gerade erst bei Weinand probiert?«

Das Mittagsläuten der Pfarrkirche St. Severus verstummte, als Müller endlich das Rathaus erreichte. So schnell es sein verkrüppeltes Bein zuließ, hastete er die Treppen hinauf, lief direkt zum Amtszimmer des Bürgermeisters. An der doppelflügeligen Tür angelangt, hob er die Hand, um anzuklopfen.

»Einen Moment, der Herr Pfarrer ist noch drin«, hielt ihn der Schreiber mit seiner krächzenden Vogelstimme zurück.

»Pfarrer Berger bei Bürgermeister Jacobs?«, fragte er. Zu gern hätte er den Kopf gegen die Tür gelehnt, um zu hören, was die beiden miteinander besprachen.

»Er ist schon eine ganze Stunde bei ihm«, wusste der Schreiber zu berichten. »Sie haben Wichtiges im Casus Lieselotte Weinand zu bereden.«

»Ach?« Müller tat gleichgültig und öffnete sich den obersten Knopf seiner Uniformjacke. Die stickige Luft im Vorzimmer war kaum auszuhalten. Er trat zu dem winzigen Fenster und öffnete es. Ein kurzer Blick hinaus genügte ihm, um seine Vermutung zu bestätigen: Lukas Weber war seiner Empfehlung, sich um ein paar

Groschen Verdienst zu bemühen, nicht gefolgt. Stattdessen lehnte er an einer der beiden Linden, die vor dem Rathaus standen, und schob mit den Spitzen seiner viel zu kleinen Schuhe ein paar Steine vor sich her.

In Müllers Rücken plapperte der Schreiber all seine Neuigkeiten aus: »Nachher will mir der Bürgermeister ein Schreiben diktieren, das heute noch zum Landrat nach St. Goar sowie zum Oberpräsidenten nach Koblenz geschickt werden soll. Es tut sich endlich etwas. Bürgermeister Jacobs ist ein kluger Mann, der die Folgen des Ganzen schon jetzt übersieht. Er wird den Landrat vor einer zu laschen Politik gegenüber diesen evangelischen Nichtsnutzen warnen.«

Aufgeregt rieb er sich die Hände und sah Müller aus seinen kleinen roten Kaninchenaugen an. Sein Gesicht war von ungesunder grauer Farbe. Viel zu tief beugte er sich über die staubigen Schriftstücke. Lange vor dem Alter hatte ihn sein Beruf krumm und kurzsichtig werden lassen.

»Den Teufel wird er tun, sondern ihn eher zu beschwichtigen suchen«, widersprach Müller. »Was glauben Sie, wie schnell die Truppen aus Koblenz bei uns anrücken, wenn der Landrat den Eindruck hat, in Boppard stünde ein Aufruhr bevor?«

»Oh Gott«, entfuhr es dem Schreiber.

Im selben Moment öffnete sich schwungvoll die Tür zum Amtszimmer des Bürgermeisters. Der dabei entstandene Luftzug wirbelte die Papiere auf dem Pult durcheinander. Müller war froh, nicht direkt vor der Tür gestanden zu haben, sonst hätte ihn der Türflügel niedergeschlagen.

Die Gestalt des Pfarrers Johann Baptist Berger tauchte gleich hinter Jacobs auf. Sein dunkles, schulterlanges Haar flatterte im Luftzug. Die lange schwarze Soutane ließ ihn noch größer und schlanker erscheinen.

»Sie informieren mich, sobald Sie Genaueres vom Kreisphysikus erfahren haben, mein lieber Jacobs«, tönte Berger in seinem wohlklingenden Bass.

»Oh, mein lieber Wachtmeister Müller«, sprach er weiter, als er Müller entdeckte. »Schon lange vermisse ich Sie im sonntäglichen Gottesdienst. Denken Sie nicht, es wäre an der Zeit, wieder einmal daran teilzunehmen? Auch Ihr Gewissen sollten Sie durch die Beichte entlasten, mein Sohn. Es wird Ihnen gut tun.«

Mit einem väterlichen Schlag auf die Schulter nickte er ihm zu, dann rauschte er davon, die Treppen hinunter zum Ausgang. Der Stoff seiner Soutane flatterte wie riesige Vogelschwingen hinter ihm her.

»Wo waren Sie nur, Müller? Ich habe schon nach Ihnen schicken lassen«, begrüßte ihn Jacobs, als er gerade dabei war, sich vom Auftritt des Pfarrers zu erholen.

»Sie hatten mich für zwölf Uhr bestellt. Außerdem hatten Sie Besuch.«

»Schon gut, Müller, schon gut. Kommen Sie herein.«

Ungeduldig winkte er ihn zu sich und schloss die Tür mit einem lauten Knall dicht vor der Nase des Schreibers.

»Und? Wissen Sie etwas Neues? Was haben Sie unternommen?«

Er begann, vor seinem Schreibtisch auf und ab zu gehen. Müller verharrte in einiger Entfernung und verfolgte ihn mit den Augen, während er das Geschehen des Vormittags zusammenfasste.

»Lieselottes Tod hat Ereignisse in Gang gesetzt, die wir nicht mehr lange kontrollieren können«, schloss er seinen Bericht. »Sebastian Reitz hetzt die Burschen der Stadt gegen Thonets Gesellen auf. Ob als Ablenkungsmanöver oder aus echtem Hass, das habe ich noch nicht herausgefunden. Gefährlich ist es in jedem Fall. Heinrich Weinand glaubt schon, den Mörder zu kennen. Dabei ist es bald gleichgültig, wer es wirklich war. Die Bopparder haben ihren Schuldigen schon gefunden: den evangelischen Gesellen. Stadtrat Thomas durchschaut die Entwicklung: Einerseits dringt er darauf, dass Sie umgehend den Landrat informieren, andererseits weiß er längst, wie er die Sache für seine Zwecke nutzen kann.«

Jacobs blieb dicht vor ihm stehen, ohne ihn anzusehen.

»Es ist also genau so gekommen, wie ich befürchtet habe: Stadtrat Thomas will die Gelegenheit nutzen, um mir vom Landrat die weitere Ausführung meines Amtes untersagen zu lassen.«

Nun hob er den Blick zur Decke und inspizierte wieder einmal die Verzierungen. Dann begann er zu schmunzeln: »Mit einem, Müller, rechnen unsere verehrten Freunde, Kreisphysikus Heusner und Stadtrat Thomas, allerdings nicht: Dass wir beide uns nicht die Zügel aus der Hand nehmen lassen und den Fall selbst aufklären, noch bevor der Landrat recht weiß, was geschieht. Sie haben ja schon einige gute Fährten aufgenommen, mein lieber Müller. Sollte es uns trotzdem nicht gelingen, den Täter rasch zu überführen, und ernsthaft Gefahr im Verzug sein, dann müssen wir eben die Kräfte aus Koblenz zur Unterstützung rufen. Wohlgemerkt: *wir* und *direkt* aus Koblenz, beim Oberpräsidenten. Der Landrat in St. Goar wird in diesem Fall nur Zuschauer sein.«

Es war ein befreiendes Lachen, dem sich Jacobs da hingab. Offensichtlich bereitete es ihm großes Vergnügen, Müller das bevorstehende Szenario vor Augen zu führen. Der Bürgermeister streckte seinen Oberkörper und blickte von oben auf ihn herab.

»Schade, dass diese ganze Angelegenheit einmal mehr beweist, welch große Unruhe die hinzugezogenen evangelischen Arbeiter und Handwerker in die Stadt bringen. Es ist keinesfalls so, dass wir nicht offen für Fremde wären. Schon immer war das Rheintal ein Schmelztiegel zahlreicher Nationen. Von überall her kommen Händler und Reisende, selbst die französische Zeit haben wir geduldig ertragen. In den letzten Jahren aber ist mit den Fremden auch eine große Konvulsion entstanden. Es scheint, als sei das Fass nun voll. Ich habe es Ihnen ja schon erzählt: Zufällig interessiert sich der Oberpräsident in Koblenz für diese Angelegenheiten und hat meinen Bericht angefordert. Die jüngsten Vorkommnisse kann ich ihm dabei natürlich nicht verschweigen.«

Die letzten Sätze klangen für Müller mehr nach Pfarrer Berger denn nach Bürgermeister Jacobs.

»Wir wollen unsere Freunde Heusner und Thomas jedoch nicht brüskieren. Gern reichen wir ihnen die Hand und unterstützen sie, wo wir nur können«, führte Jacobs weiter aus. »Deshalb schlage ich dem Kreisphysikus vor, dass er heute Nachmittag noch zum Landrat fahren und ihn persönlich über den Vorfall

unterrichten soll. Und Sie, mein lieber Müller, werden ihn begleiten. Nehmen Sie sich eines meiner Pferde oder eine Kutsche, ganz
wie es Heusner beliebt. Unser Kreisphysikus soll es bequem haben. Sie werden anwesend sein und dem Landrat gegebenenfalls
Rede und Antwort über Ihre Ermittlungen stehen. Außerdem
übergeben Sie ihm mein Schreiben, in dem ich ihm die Lage aus
meiner Sicht schildere. Dasselbe Schreiben werde ich auch dem
Oberpräsidenten in Koblenz übermitteln lassen – so wird klar sein,
wer Herr der Lage ist.«

Mit einem flauen Gefühl im Magen folgte Franz Nicolaus Weissgerber und betrat die dunkle Gaststube am Fuß der zu neuem
Leben erwachten Schlossruine Stolzenfels. Bierdunst und der
Geruch nach altem Bratenfett schlugen ihnen entgegen. Die Gespräche erstarben, die wenigen Gäste starrten sie an. Im Dämmerlicht machte Franz eine Hand voll grobschlächtiger Männer
vor halbleeren Bierkrügen an den Tischen aus. Keiner von ihnen
sah auch nur im Entferntesten so aus, wie er sich einen Kreisbauinspektor vorstellte. Enttäuscht blickte er zu Weissgerber.
    »Lassaulx ist sicherlich aufgehalten worden. Kein Wunder, bei
dem Durcheinander hier«, bemerkte der Rentier und ließ den Deckel seiner goldenen Taschenuhr mit einem Klacken aufspringen.
»Es ist schon spät, lieber Thonet. Lassen Sie uns eine Kleinigkeit
essen. Dann knurrt uns nicht der Magen, wenn wir uns später mit
Lassaulx über Ihre Arbeit unterhalten.«
    Beim Wirt bestellte er für sie beide ein warmes Mittagessen
und einen Krug Bier. Nach einem kurzen Rundgang durch die
niedrige Stube wählte Weissgerber einen Tisch nahe der Tür.
    »So wird er uns sofort finden, wenn er hereinkommt«, erklär-
te er und ließ sich auf die harte Bank niedersinken.
    Schweigend saßen sie nebeneinander und warteten. Franz be-
obachtete die anderen Gäste, die ihre Unterhaltungen fortsetzten,
als wären sie nie unterbrochen worden. Er musterte ihre Kleidung, die sie als fahrende Händler und Handwerksgesellen aus-
wies. An einem Tisch nahe der Küche entdeckte er eine Frau, die
offenkundig ohne jegliche Begleitung unterwegs war.
    »Das ist bestimmt auch eine von diesen Dichterinnen«, mut-

maßte Weissgerber, der seinem Blick gefolgt war. »Von den romantischen Büchern inspiriert ziehen sie durchs Rheintal, um die Spuren mittelalterlicher Ritter und Geschichten aufzuspüren. Eine ganz besondere Sorte Frau ist das, mein Lieber. Wer traut sich sonst auch allein in ein Wirtshaus? Ich hoffe, meine Tochter rechtzeitig vor solchem Auftreten bewahren zu können.«

Er lachte auf.

»Heutzutage ist das gar nicht mehr so einfach. Doch meine Frau und ich behüten sie wie einen kostbaren Schatz, bis der richtige Bräutigam für sie gefunden ist. Wie sieht es eigentlich mit Ihnen aus? Sind Sie schon auf Brautschau, junger Freund?«

Franz wurde rot und senkte seinen Blick.

»Verzeihen Sie, das war ungeschickt von mir. Wechseln wir das Thema: Sie haben nur Brüder, drei, wenn ich mich recht erinnere?«

»Nein, auch eine kleine Schwester«, antwortete er heiser. Ein dicker Kloß blockierte seine Kehle. Er räusperte sich, dann ging es besser. »Unsere Theresia ist allerdings erst ein halbes Jahr alt. Die anderen Mädchen sind noch in der Wiege gestorben. Gott scheint uns kein Mädchen zu gönnen.«

Während er das erzählte, musste er an die traurigen Augen seiner Mutter denken.

»Das tut mir Leid. Das wusste ich nicht.«

Weissgerber wandte sich ab, schaute zum Fenster hinaus.

Die Wirtstochter trug das Essen auf: eine große Schüssel mit dampfenden Kartoffeln, eine Platte mit Fleisch, dazu das Bier. Franz musste sich zwingen, nicht zu gierig zu wirken und bedächtig zu essen. Aus den Augenwinkeln spähte er unsicher nach seinem Gastgeber, damit er nicht den Moment verpasste, in dem dieser das Mahl beendete. Anschließend bestellte Weissgerber echten Kaffee für sie beide. Franz genoss den Geruch der Bohnen, spürte dem bitteren Geschmack auf der Zunge lange nach. Zu Hause tranken sie nur an Festtagen Bohnenkaffee, sonst gab es Kaffeeersatz aus Malz, den allerdings zu jeder Tageszeit.

»Satt?«, fragte sein Begleiter und lächelte ihm kurz zu.

»Danke, ja.«

Es kam keine neue Unterhaltung zustande. Weissgerber wirkte unruhig und gleichzeitig bemüht, diese Unruhe durch die Zurschaustellung übertriebener Ruhe kaschieren zu wollen. Franz bemühte sich ebenfalls, die eigene Anspannung zu überspielen. Es gelang ihm nicht. Zu sehr wartete er auf die Begegnung mit dem Kreisbauinspektor. Zu sehr hoffte er, dabei endlich den Durchbruch für die Thonet'sche Werkstatt zu erzielen. Was würde sein Vater sagen, wenn er ihm doch noch den ersehnten Auftrag aus Stolzenfels präsentieren konnte? Er wusste, wie sehr er darunter litt, dass nahezu alle Handwerker der Gegend Arbeiten für den Wiederaufbau verrichteten, nur seine eigene Offerte war bislang nicht berücksichtigt worden.

Um sich abzulenken, beobachtete Franz die anderen Leute in der Gaststube, versuchte, sich Geschichten über sie auszudenken: Warum saßen sie hier? Woher kamen sie? Wohin wollten sie? Darüber verging die Zeit. Allmählich leerte sich der Raum. Die Männer machten sich sicherlich wieder auf den Weg, um Geschäfte zu treiben oder eine Stelle zu suchen. Lediglich die einsame Dame blieb still an ihrem Tisch sitzen. Lassaulx tauchte nicht auf.

Irgendwann begann Weissgerber ungeduldig mit den Fingern auf den Tisch zu trommeln. Mehrmals konsultierte er seine Taschenuhr, mehrmals musste er enttäuscht feststellen, dass die Zeit, zu der er die Verabredung getroffen hatte, schon lange zurücklag. Franz spürte, wie sich Weissgerbers Stimmung stetig verschlechterte. Mühsam suchte er nach einem Gesprächsthema. Ohne Erfolg. Weissgerber trommelte weiter, Franz schwieg neben ihm. Lassaulx erschien noch immer nicht.

»Kommen Sie, Thonet«, rief Weissgerber mit einmal barsch aus und erhob sich. »Wir brechen auf. Wir haben lange genug gewartet. Wahrscheinlich ist dem Kreisbauinspektor etwas Wichtiges dazwischengekommen.«

Mit großen Schritten eilte er zur Theke, zahlte und floh aus der Gaststube. Franz mühte sich, ihm zu folgen. Draußen suchte Weissgerber in dem Gewimmel nach dem Kutscher. Verschlafen kam der schließlich aus einer dunklen Ecke zwischen zwei niedrigen Bauhütten hervor und versprach, so schnell als möglich die Pferde anzuspannen. Bald saß Franz wieder neben dem inzwischen äußerst schlecht gelaunten Weissgerber in der engen Kutsche und hoffte, die Rückfahrt nach Boppard möge zügig vonstatten gehen.

Wieder war es weit nach Mittag, als Müller das kleine Fachwerkhaus unweit des Eiermarkts betrat. Ein penetranter Geruch nach Essen schlug ihm entgegen, schon bevor er die Tür zur Küche öffnete.

»Bonnschur, Carl«, grüßte eine schrille Stimme.

Auf dem Herd dampfte es so stark, dass er zunächst nichts und niemanden in dem niedrigen Raum erkennen konnte. Dann zeichneten sich vor ihm die Konturen seiner Schwester Apollonia ab, und am Tisch entdeckte er die gebückte Gestalt seiner Tante. Ihre Kiefer mahlten gegeneinander. Auch die knochigen Finger, die sie gefaltet in ihrem Schoß hielt, waren in Bewegung.

»Bonnschur, Tante Walburga«, erwiderte er, »was verschafft uns die Ehre?«

»Sie isst heute mit uns«, erklärte seine Schwester mürrisch vom Herd her. Ihr Blick spiegelte Missbilligung wider. »Wollen wir hoffen, dass sie die Linsensuppe löffeln kann.«

»Linsensuppe? Hatten wir nicht gestern erst Suppe?«

»Was sagst du dazu, Tante Walburga? Jeden Tag meckert der feine Herr übers Essen. Was glaubst du, mein lieber Bruder, kann ich dir von deinem Gehalt vorsetzen? Etwa Braten oder Fisch? Es ist sowieso Fastenzeit. Trotzdem habe ich dir heute eine Schwarte Speck mitgekocht.«

Hastig schlug sie ein Kreuz auf ihre Brust.

»Ja, ja, der Carl hätte es halt auch lieber zu mehr gebracht«, grummelte die Alte auf der Bank. »Wenn euer Vater nicht alles Geld nass gemacht hätte, wäre es euch besser ergangen.«

»Lass es gut sein mit den alten Geschichten, Tante. Apollonia weiß gar nicht, wie gut es ihr geht. Ich bringe als Polizeidiener immer noch mehr Taler nach Hause als ein Handwerksgeselle. Aber das will sie gar nicht sehen. Mit ihrem Schuster-Josef stünde sie weitaus schlechter da.«

»Halt meinen Josef da raus, ich warne dich!«

Drohend fuchtelte sie mit dem Holzlöffel in der Luft herum.

»Dann bleib du endlich bei der Wahrheit! Du weißt so gut wie ich, dass wir sehr anständig von meinem Geld leben können. Ich kenne die Preise auf dem Markt und in den Läden in Boppard genau. Schließlich gehört es zu meinen Aufgaben, die Preise jeden Monat für den Landrat aufzuschreiben. Mir machst du nicht weis, dass wir uns nichts anderes als diese dünnen Suppen leisten können. Du steckst das Geld doch heimlich unter deine Matratze!«

»Sei still, du elender …!«

Schon holte sie mit der Hand zum Schlag aus. Müller gelang es im letzten Moment, ihren Arm festzuhalten.

»Du wirst doch nicht deinen eigenen Bruder schlagen! Reiß dich zusammen, sonst werfe ich dich vor die Tür!«

Verärgert stieß er sie weg und ging zum Tisch hinüber. Tante Walburga sah ihm mit leuchtenden Augen entgegen. Kein Zweifel, sie amüsierte sich prächtig.

»Was gibt es Neues über Lieselotte Weinand?«, krähte sie, als Müller sich zu ihr setzte. »Sie soll in anderen Umständen gewesen sein, habe ich gehört. Wer hätte das von ihr gedacht? Ein so freundliches Mädchen, und dann so etwas! Dem armen Weinand bleibt auch nichts erspart.«

»Wer behauptet denn das?«

Die Frage war überflüssig, das wusste er.

»In der ganzen Stadt wird über nichts anderes mehr geredet«, warf seine Schwester rasch ein, während Walburga sich das Kamutchen zurechtrückte. Müller beobachtete, wie sie ihre Finger mit Spucke anfeuchtete und sich dann durch die wenigen Haare strich, um sie unter die Kopfbedeckung zu klemmen. Unablässig rieben ihre Kiefer gegeneinander. Die schmalen, blassen Lippen verschwanden fast ganz im Mund. Ein Speichelfaden rann über ihr haariges Kinn, ohne dass sie es bemerkte. Stattdessen kündigte sie mit einem Schmatzen an, etwas sagen zu wollen.

»Stille Wasser sind tief, da sieht man es wieder: Nach außen war sie freundlich und hilfsbereit, und hintenrum poussierte sie mit diesem Evangelischen.«

»Schon letztes Jahr auf der Kirmes habe ich das Unglück kommen sehen, Tante Walburga«, pflichtete Apollonia ihr bei. »Schon da hat sie mit diesem Burschen getanzt, dass man vor Scham nicht

hingucken konnte. Und ihr Verlobter hat wegen des Trauerjahrs nicht kommen können. So etwas gehört sich doch nicht!«
»Wahrscheinlich hat der Reitz sie im Zorn umgebracht«, krächzte Walburga. »Das kann ihm keiner verdenken.«
»Hätte er doch besser diesen evangelischen Nichtsnutz erwürgt! Aber nein, Lieselotte töten, das würde der nie tun. Ich glaube, dass es dieser Evangelische war. Die sind doch zu allem fähig.«
Apollonia stemmte die Hände in die Hüfte und starrte vor sich hin. Die Suppe auf dem Herd hatte sie offensichtlich vergessen. Schon roch es angebrannt.
»Gibt es hier auch etwas zu essen, oder seid ihr nur noch mit dem Fall beschäftigt«, fuhr Müller dazwischen.

Nach dem Mittagessen gelang es Helena unter einem Vorwand, der strengen Aufsicht ihrer Mutter zu entkommen und hinüber ins Kelterhaus zu gehen. Die Notarsfrau empfing sie im Salon, in dem sie sich offenbar gerade ihrer Mittagsruhe hatte hingeben wollen.
»Verzeihen Sie die Störung«, setzte Helena an. »Meine Mutter lässt Ihnen diese Wäschestücke bringen. Sie können Sie vielleicht bald gebrauchen, meinte sie.«
Sie knickste und überreichte Cornelie Görgen ein sorgfältig geschnürtes Paket mit weißen Leintüchern.
»Danke, aber das ist wohl nicht der alleinige Grund Ihres Besuches?« Aufmunternd lächelte Cornelie Görgen Helena zu. »Setzen Sie sich doch einen Moment.«
Helena folgte ihrer Bitte gern und fasste die Neuigkeiten im Fall Lieselottes zusammen. Während sie sprach, spürte sie, wie das Reden sie erleichterte.
»Und Sie sind ganz fest davon überzeugt, dass sie wirklich nicht mit diesem evangelischen Gesellen der Thonets angebändelt hat?«, fragte Cornelie Görgen.
»Lieselotte doch nicht!« Eine Spur zu laut bemühte Helena sich, die Ehre der Freundin zu verteidigen.
»Sie haben sie doch auch erlebt«, fuhr sie leiser fort. »Ich denke eher, dass ihr Gewalt angetan wurde. Und ihr Vater muss etwas davon wissen. Er wirkt sehr seltsam auf mich.«

Bedächtig neigte die Notarsfrau den Kopf, besah ihre Finger, die auf dem gewölbten Bauch ruhten. Dann blickte sie wieder auf. »Der alte Fassbinder gilt als Hitzkopf. Schon oft ist sein Temperament mit ihm durchgegangen. Allerdings ist es die eine Sache, gegen seine Mitmenschen aufzubrausen, und die andere, die Hand gegen die eigenen Kinder zu erheben. Sie sollten vorsichtig sein, meine liebe Helena! Gerade weil Weinand in den letzten Monaten so viele Schicksalsschläge hat hinnehmen müssen, weiß man nicht, wie man sein Verhalten beurteilen soll.«

»Ich habe auch nicht behauptet, dass er selbst Lieselotte – nein, so etwas wage ich gar nicht zu denken! Allerdings finde ich es merkwürdig, dass sich die meisten so schnell sicher waren, dass dieser Geselle mit Lieselottes Tod zu tun habe. Auf einmal werden wir Evangelischen argwöhnisch betrachtet.«

Cornelie Görgen lachte auf: »Meine liebe Helena! Was erwarten Sie? Wir befinden uns mitten im katholischen Rheinland! Vor wenigen Monaten erst wurde der Kölner Erzbischof aus dem Arrest entlassen. Die preußische Regierung hatte ihn festgenommen, weil er sich weigerte zuzustimmen, dass Evangelische und Katholische mit dem Segen der Kirche einander heiraten und ihre Kinder christlich erziehen dürfen. Die Aussicht, ein Katholik könnte mit einem Evangelischen unter einem Dach leben, hat für ihn wohl etwas Teuflisches. Undenkbar für ihn, das auch noch mit dem Segen der heiligen katholischen Kirche gutzuheißen. Erst als der Erzbischof eingelenkt und versprochen hat, Mischehen dann zu akzeptieren, wenn die daraus hervorgehenden Kinder in jedem Fall katholisch erzogen würden, durfte er das Gefängnis verlassen. Übrigens steht der Erzbischof mit seiner Haltung nicht allein da: Nahezu alle katholischen Pfarrer im Rheintal lehnen Mischehen ab, unser lieber Pfarrer Berger übrigens auch. Vorsicht also, falls Sie jemals mit dem Gedanken spielen sollten, sich hier in der Stadt verheiraten zu wollen.«

Neckisch hob sie den Zeigefinger, lächelte dabei noch immer. Es war ihr deutlich anzumerken, wie sie selbst über diese Dinge dachte.

»Aber schätzen Sie Pfarrer Berger denn nicht sehr?« Verwundert sah Helena ihre Nachbarin an.

Die zwinkerte ihr zu: »Was bleibt mir übrig? Sie wissen, dass mein Mann viel unterwegs ist. In meinem jetzigen Zustand kann ich nur wenige Gäste empfangen, geschweige denn Besuche abstatten. Da ist mir ein Pfarrer, der derart belesen und in der Literatur bewandert ist wie unser lieber Pfarrer Berger, noch der Wohlgelittenste. Das mit der Religion«, sie machte eine abfällige Handbewegung, »muss ich dann eben in Kauf nehmen.«

Bevor Müller um drei Uhr am Nachmittag wieder ins Rathaus bestellt war, musste er zum Rheinkran an den Fluss hinunter. Einer der Handlanger von Schiffer Georg Lamberti aus St. Goar hatte ihn kurz zuvor gerufen. Es hatte Ärger mit einem der neuen Zöllner gegeben, der etwas an der Ladung von Lambertis Kahn zu beanstanden hatte. Zügig schritt Müller aus. Die Zeit drängte. Er war schlechter Dinge. Verärgert schüttelte er beim Gedanken an die Auseinandersetzung mit seiner Schwester den Kopf. Die Linsensuppe war viel zu wässrig gewesen, und das angekündigte Stück Speck hatte sich als winziger Streifen entpuppt, den er auch noch anstandshalber mit seiner Tante hatte teilen müssen. Von wegen Fastenzeit! Nicht einmal die alten Weiber hielten sich daran. Dabei hatte die zahnlose Tante ohnehin nur auf dem Speck herumgelutscht.

Knurrend vor Hunger und Wut ging er durch die Spiegelpforte und gelangte bald zu dem klobigen, achteckigen Rheinkran, aus dessen niedriger Haube der Hebelarm mit dem Flaschenzug zum Hochziehen der Lasten ragte. Flussmöwen hatten sich darauf niedergelassen. Von ihren Logenplätzen beobachteten sie das Spektakel unten am Boden. Eine Traube Menschen stand herum und gaffte. Das Schimpfen Lambertis war schon zu hören, noch bevor Müller ihn sehen konnte.

»Bonnschur, Wachtmeister«, rief Lamberti ihm erleichtert zu. »Endlich kommst du. Stell dir vor, ich soll auf einmal alles bis auf den letzten Sack Getreide entladen! Dabei sieht man doch eindeutig, was ich in meinem Kahn habe. In meinem ganzen Leben habe ich noch nie etwas geschmuggelt, immer zahle ich brav meinen Zoll. Bislang hat es immer genügt, wenn ich die oberste Schicht abgetragen und die Sicht auf den Rest der Ladung freigegeben habe. Wenn ich nun alles auslade, hält mich das nur unnötig auf. Ich muss heute noch zurück in St. Goar sein.«

»Für Zollangelegenheiten bin ich nicht zuständig, Lamberti. Das weißt du genau.«
Durch einen Seitenblick zum Zöllner wollte er ihn warnen, dem nicht zu widersprechen. Noch war der Zöllner zu kurz in der Stadt, als dass man wagen konnte, ihn mit einer großzügigeren Auslegung der Vorschriften vertraut zu machen, wie sein Vorgänger es gehandhabt hatte.
»Damit es schneller geht, nimmst du dir einfach ein paar Helfer mehr zum Ausladen. Dann seid ihr rasch mit der ganzen Angelegenheit zu Ende.«
Ohne abzuwarten, ob Lamberti und der Zöllner mit seinem Vorschlag einverstanden waren, wandte er sich wieder ab. Der Zöllner sollte gar nicht erst auf die Idee kommen, sich in seinen Kompetenzen beschnitten zu fühlen.

Als Müller das Rathaus erreichte, war er wieder nicht der Erste, der bei Jacobs vorsprach. Der Schreiber hieß ihn im Vorraum warten, weil der Kreisphysikus dem Bürgermeister gerade seinen Obduktionsbericht erläuterte.
»Ich bin mir sicher, dass der Bürgermeister mich gern dabei hätte«, probierte Müller, ins Amtszimmer durchgelassen zu werden. »Melden Sie mich wenigstens an, damit er Bescheid weiß.«
Das Schlagen der Kirchturmuhr verkündete genau drei Uhr. Ungeduldig stampfte der Polizeidiener mit dem rechten Stiefel auf. Manchmal war der Schreiber schwer von Begriff, insbesondere dann, wenn er es eilig hatte. Er versuchte noch einmal, ihn davon zu überzeugen, dass er unbedingt sofort zum Bürgermeister musste. Endlich hatte er Erfolg. Der Schreiber gab widerstrebend die Tür frei.
»Bitte, aber gehen Sie allein hinein. Ich habe strikte Anweisung, nicht zu stören und niemanden einzulassen. Deshalb werde ich Sie auch nicht anmelden!«
Nach einem energischen Klopfen öffnete Müller gleich die Tür und betrat das Zimmer von Bürgermeister Jacobs.
Erstaunt sah der von seinem Schreibtisch auf. Vor ihm, mit dem Rücken zum eintretenden Polizeidiener, saß Kreisphysikus Heusner und drehte sich nun ebenfalls um. Seine dicken Augen

richteten sich geradewegs auf Müller und folgten ihm, bis er direkt vor dem Tisch stehen blieb.

»Sie hatten mich zu drei Uhr bestellt, um den Bericht des Herrn Kreisphysikus mit anzuhören«, erklärte Müller mit einer knappen Verbeugung.

»Gut, dass Sie da sind«, begrüßte ihn Jacobs, wie es schien erleichtert, nicht mehr allein dem aus allen Poren schwitzenden Kreisphysikus gegenübersitzen und zuhören zu müssen. Durch eine Handbewegung hieß er ihn auf dem Stuhl rechts von Heusner Platz zu nehmen. Der leichte Sessel aus gebogenem Kirschholzfurnier knarrte unter Müllers Gewicht. Da das Gegenstück der großen Belastung durch Heusner schon seit längerem standhielt, beschloss er, sich nicht weiter darum zu kümmern.

»Ich habe unserem verehrten Herrn Bürgermeister gerade erläutert«, wandte sich der Kreisphysikus ihm zu, »dass wir es tatsächlich mit einem gewaltsamen Tod zu tun haben. Die Würgemale am Hals der Toten sind eindeutig. Ebenso eindeutig wie der Fakt, dass sie sich in anderen Umständen befand.«

Er hüstelte in seine rechte Hand hinein, stützte die linke mit dem Taschentuch darin auf die Sessellehne. Die Befriedigung über das Obduktionsergebnis stand ihm ins Gesicht geschrieben.

»Sie wissen, Müller, was das bedeutet?«, fragte der Bürgermeister.

»Wir werden umgehend den Landrat informieren«, fuhr er sogleich selbst fort. Dabei sah er Müller vielsagend an. »Allerdings nur, um ihn davon in Kenntnis zu setzen, dass wir uns durchaus in der Lage sehen, die Angelegenheit rasch und ohne Hilfe von außen aufzuklären. Wir sind schon auf dem besten Weg. Sie, mein verehrter Herr Wachtmeister, haben ja bereits einige Dinge in Erfahrung gebracht, die eine baldige Aufklärung des Casus in Aussicht stellen.«

»So?«

Amüsiert musterte Heusner erst den Bürgermeister, dann Müller.

»In der Tat gibt es erste Hinweise auf den möglichen Täter«, erklärte Jacobs weiter.

»Dann waren Sie sich also bereits vor meinem Bericht sicher, dass die arme Weinand umgebracht wurde? Dabei sind Sie gar kein Mediziner, geschweige denn ein amtlich geprüfter Physikus. Sie wissen, dass nur der einen gewaltsamen Tod feststellen darf.« Heusner triumphierte offen darüber, dem Bürgermeister wieder einmal einen Verstoß gegen die Vorschriften vorhalten zu können.

»Wir wollen uns doch hier nicht um die Auslegung der Vorschriften streiten, mein verehrter Kreisphysikus.« Jacobs' Stimme klang warnend. »Sie waren leider auf Visite im Hunsrück und nicht für uns erreichbar. Dankenswerterweise führte Doktor Veling die erste Untersuchung durch, denn irgendeinen Arzt brauchten wir dazu. Nachdem er erste Vermutungen über die Todesursache geäußert hatte, stellte unser Polizeidiener sofort einige Befragungen an, um schnellstmöglich Hinweise auf den Täter zu erhalten. Die Dinge, die er dabei in Erfahrung gebracht hat, werden uns bei der Klärung des Ganzen sehr dienlich sein.«

»Das Wichtigste ist erst einmal sicherzustellen, dass die Situation durch voreilige Schlüsse nicht eskaliert. Das, mein lieber Herr Bürgermeister, ist meine einzige Sorge«, stellte Heusner mit scharfem Unterton fest. »Dass der Bruder der Toten Thonets Werkstatt überfällt, wie mir berichtet wurde, und der Verlobte wüste Verdächtigungen gegen einen von Thonets Gesellen ausspricht, lässt mich das Schlimmste befürchten. Wir sollten im Interesse der öffentlichen Sicherheit lieber früher als später Hilfe von außen anfordern. Dafür sind die Organe in Koblenz schließlich da.«

»Mit Verlaub, mein verehrter Herr Kreisphysikus«, erwiderte Jacobs, der die ganze Zeit nur auf diese Bemerkung gewartet zu haben schien, wie Müller an seinem zufriedenen Gesichtsausdruck ablas. »Zunächst gibt es keinen Grund zu der Annahme, die öffentliche Ordnung in der Stadt sei in Gefahr. Dass der Bruder der Toten in seiner ersten Trauer eine Dummheit begangen hat, ist für uns alle mehr als nachvollziehbar. Der vorübergehende Aufenthalt im Arresthaus wird ihm eine Lehre gewesen sein. Bislang ist er nicht mehr unangenehm aufgefallen. Wie ich von unserem Polizeidiener hörte, arbeitet er nun ganz brav in der Werkstatt seines Vaters. Auch das Auftreten des Verlobten, des Bäckergesellen Sebastian Reitz, hat unser Wachtmeister unter Kontrolle. Das hat er in den letzten Stunden bewiesen.«

Triumphierend erhob er sich von seinem Platz und baute sich

in voller Größe dicht neben dem sitzenden Kreisphysikus auf. Sein Blick, den er ihm dabei aus der Höhe zuwarf, schwankte zwischen Hohn und Mitleid. Gebannt verfolgte Müller, wie die beiden sich gegenseitig auszuspielen versuchten.

»Wir wollen doch alle nicht, dass der Eindruck entsteht, in Boppard breche wegen dieser Geschichte demnächst ein neuer Glaubenskrieg aus«, sagte Jacobs.

»Wie meinen Sie das?« Heusner stutzte, nicht ahnend, dass Jacobs auf diese Reaktion spekuliert hatte.

Nun konnte Jacobs seinen Trumpf ausspielen: »Wenn wir zu früh Hilfe von außerhalb anfordern, könnte das heißen, dass wir uns außerstande sehen, entsprechende Konflikte selbst zu lösen. Und das, mein Lieber«, genüsslich kostete er die Wirkung seiner Worte auf den Kreisphysikus aus, »könnte einen guten Vorwand liefern, von der offiziellen Einrichtung einer evangelischen Gemeinde in unserer Stadt Abstand zu nehmen. Allein, um den Frieden innerhalb der Bürgerschaft zu sichern. Ganz abgesehen von weiteren Maßnahmen, die der Oberpräsident erwägen müsste, um auf Dauer Ruhe und Ordnung in unserer Stadt zu garantieren. Ich erinnere nur an den möglichen Erlass von Versammlungsverboten für politisch verdächtige Gruppierungen und dergleichen. Sie kennen das.«

»Das ist nicht Ihr Ernst!« Empört sprang der dicke Kreisphysikus auf. Seine Stirn glänzte. Vor Entsetzen riss er die Augen weit auf.

Jacobs nickte kurz zu Müller, dann klopfte er dem erregten Heusner auf die Schulter.

»Gemach, gemach, mein Lieber. Das sind nur mögliche Reaktionen, falls wir in diesem Fall falsch handeln sollten. Da ich dessen ungeachtet Ihren Bedenken Rechnung tragen will, schlage ich Ihnen vor, dass Sie gemeinsam mit unserem Polizeidiener Müller heute noch beim Landrat in St. Goar vorsprechen. Er wird entscheiden, wie weiter vorgegangen werden muss.«

Fasziniert bemerkte Müller, dass Jacobs wieder einmal dabei war, seinen Gegnern ein Schnippchen zu schlagen. Aus einer Situation, die zunächst ungünstig, wenn nicht gar bedrohlich für ihn gewesen schien, hatte er einen Vorteil für sich herausgeschlagen. Das musste ihm einer einmal nachmachen, stellte Müller fest, dem das Ganze zwar nicht so recht behagte, der aber dennoch seine Bewunderung für Jacobs nicht unterdrücken konnte.

Widerstrebend fügte Heusner sich dem Vorschlag. Die Aussicht auf den gemeinsamen Ausflug in die Kreisstadt erfreute ihn offensichtlich ebenso wenig wie den Polizeidiener.

Scheitern

Die ganze Rückfahrt von Stolzenfels bis Boppard saß Nicolaus Weissgerber schweigend in der Kutsche. Das war Franz nur recht. Zu sehr beschäftigten ihn die eigenen Gedanken, als dass er zu einem Gespräch fähig gewesen wäre. Er machte sich Vorwürfe, weil er versagt hatte, wieder einmal. Dieses Mal aber empfand er es als besonders schlimm. Dieses Mal, so befürchtete er, hatte er mehr kaputtgemacht als ein paar Leisten teuren Holzes oder ein fast fertiges Möbelstück. Dieses Mal hatte er jegliche Hoffnung auf geschäftliche Alternativen im Rheinland zunichte gemacht: Hinter dem Rücken seines Vaters hatte er den Kontakt zu dem Kaufmann Weissgerber angebahnt. Hinter dem Rücken seines Vaters hatte er die schon verloren gegebenen Aufträge in Stolzenfels doch noch erhalten wollen. Sein Vater war an Lassaulx gescheitert. Er, Franz, hatte ihm beweisen wollen, dass es ihm dagegen glücken würde. Dass er wusste, wie man von Leuten wie Lassaulx berücksichtigt werden würde. Dass er die Werkstatt vor den ungewissen Geldgebern eines van Meerten bewahren konnte. Es war ihm nicht gelungen. Einmal mehr hatte er eine selbst gewählte Aufgabe nicht bewältigt. Kein Wunder, dass sein Vater während seiner Abwesenheit eher Martin Altdorf als ihm die Geschicke der Werkstatt anvertraute.

Müdigkeit überfiel ihn. Verstohlen gähnte er. Seine Augenlider wurden schwer. Das gleichmäßige Ruckeln des Wagens und die stickige Luft im Innern der Kutsche taten ihr Übriges, ihn schläfrig werden zu lassen. Krampfhaft versuchte er, sich wach zu halten. Bald gab er auf. Sogleich durchströmte ihn ein angenehmes Gefühl der Erleichterung.

Das plötzliche Anhalten des Wagens schreckte ihn hoch. Die Seitentür wurde zugeschlagen. Es gab einen lauten Knall. Entsetzt riss Franz die Augen auf. Der Platz neben ihm war leer. Irritiert streckte er den Kopf zur Seite heraus und blinzelte in das rötliche Licht der untergehenden Sonne.

Sie hielten mitten auf der Landstraße. Obstbäume säumten den Straßenrand. Bald würden sie in praller Blüte stehen. Noch immer war die Luft trocken und warm. Die ersten vorwitzigen Hummeln brummten durch die Luft. Eine Amsel sang für einen weit entfernten Gefährten ihr Locklied. Paul, der Kutscher, saß ruhig auf seinem Bock und stierte geradeaus. Da trat Weissgerber aus dem Gebüsch heraus und ordnete seinen Rock.

»Sie auch?«

Endlich verstand Franz, dass sein Begleiter lediglich kurz ausgetreten war. Mit hochrotem Kopf verneinte er und zog sich wieder ins Innere des Wagens zurück.

Wenig später, nachdem Weissgerber einige Worte mit dem Kutscher gewechselt hatte und auf seinen Platz zurückgekehrt war, ging die Fahrt weiter.

»Wir erreichen bald Spay«, verkündete Weissgerber. »Dort links können Sie schon die Marksburg sehen. Kaum zu glauben, dass sie jenseits des Flusses liegt. Sie wirkt von hier aus so nah.«

Franz würdigte das Bauwerk oberhalb der Hänge von Braubach keines Blickes. Stattdessen kam wieder Unruhe in ihm auf. Sobald sie Spay hinter sich hatten, begannen die nördlichsten Ausläufer des Bopparder Hamms. Dann waren sie fast zu Hause. Dann musste er sich den Fragen seiner Mutter und der Gesellen stellen. Hoffentlich war wenigstens in der Werkstatt alles glatt gelaufen. Nicht auszudenken, wenn es während seiner Abwesenheit Probleme gegeben hatte. Sein Vater würde toben.

Die Kutsche schwankte. Ein tiefes Loch in der Straße rüttelte sie durch. Franz sah zum Fenster hinaus. Rechts zweigte der Weg zum Jakobsberg ab. Mit aller Kraft konzentrierte er sich auf andere Gedanken: Vom Jakobsberg stammte seine Großmutter väterlicherseits. Er hatte sie zwar nicht mehr gekannt, sie war ihm aber aus vielen Erzählungen vertraut. Die Schwestern seines Vaters hatten ihn oft mitgenommen, um Verwandte auf dem ehemaligen Klostergut zu besuchen. Er erinnerte sich an große Körbe voller Kirschen und Äpfel, die sie von dort mit nach Hause gebracht hatten. Der Duft des Obstes hatte das enge Haus auf dem Balz erfüllt, das sie damals noch bewohnten, und den Geruch nach Leim vorübergehend verdrängt. Seine Mutter hatte Marmelade und Kompott aus dem Obst gekocht, er hatte den riesigen Schaumlöffel ablecken dürfen. Das musste lange Zeit vor der Geburt seiner Brüder und Schwestern gewesen sein, die fast alle kaum auf die Welt gekommen, schon wieder gestorben waren. Sehnsucht erfasste Franz und entführte ihn in eine andere Zeit. Erneut fiel er in Schlaf.

»Wachen Sie auf, Thonet, wir sind da!«

Weissgerber rüttelte ihn an seiner Schulter. Die Kutsche stand mitten auf dem Eltzer Hof, umringt von zwei halbwüchsigen Knaben, offensichtlich den Söhnen des Rentiers, sowie einer Magd und einem Knecht. Neugierig verfolgten sie, wie die beiden Reisenden mit steifen Beinen dem Gefährt entstiegen. Die Pferde wurden abgespannt und von Paul in den Stall geführt.

»Unsere Mission ist vorerst beendet, junger Freund.«

Weissgerber klopfte ihm auf die Schulter, sah jedoch an ihm vorbei zum Haus hinüber. Franz folgte seinem Blick und entdeckte dort eine junge Frau, die aus einem der Fenster im oberen Stock spähte und sich rasch wieder hinter die Vorhänge zurückzog.

»Es tut mir Leid, dass wir Lassaulx nicht angetroffen haben. Er wird mir sicher eine Nachricht zukommen lassen. Noch ist nicht aller Tage Abend. Sie haben gesehen, wie eifrig die Handwerker auf Stolzenfels noch zugange sind. Wir werden es schon schaffen, noch ein oder zwei Aufträge für Ihre Werkstatt herauszuschlagen.«

Franz hatte das Gefühl, als passe Weissgerbers Ton nicht recht zu dem, was er versprach. Sein Zorn über das Nichterscheinen des Kreisbauinspektors schien zwar verflogen, dennoch war die heitere Stimmung, mit der Weissgerber am Morgen die Fahrt angebrochen hatte, nicht zurückgekehrt. Außerdem wich er dem direkten Augenkontakt mit Franz aus.

Es war offenkundig an der Zeit, sich zu verabschieden. Unschlüssig, wie er das am besten bewerkstelligen sollte, drehte Franz den Hut in der Hand. Weissgerber ging im Hof auf und ab.

»Wenn Sie erlauben, werde ich in unserer Werkstatt nach dem Rechten sehen«, sagte Franz schließlich.

Weissgerber unterbrach seine Schritte und blickte endlich wieder zu ihm herüber, sichtlich erleichtert, ihn loszuwerden.

»Tun Sie das, mein lieber Thonet. Auf Wiedersehen!«

»Auf Wiedersehen. Und vielen Dank für Ihre Unterstützung.«
Franz sah sich noch einmal im Hof um und nickte dabei den
beiden Jungen zu, die ihn noch immer beobachteten. Die Magd
war im Haus verschwunden. Eilig verließ er den Hof Richtung
innere Stadt.

Auf der Oberstraße herrschte reges Treiben. Die Postkutsche aus
Simmern war soeben eingetroffen. Franz musste das Signal des
Posthorns überhört haben.

Einige Kinder hüpften aufgeregt herum, mehrere Frauen um-
ringten den Wagen und reckten die Köpfe, um einen Blick auf die
Reisenden zu werfen.

»Macht Platz!«, herrschte der Kutscher sie an und fuchtelte mit
der Peitsche herum. »So kann keiner aussteigen.«

Die Tür öffnete sich und ein gut gekleideter Mann in schwarzem Rock und mit hohem Zylinder zwängte sich heraus. Es war
der Kaufmann Mallmann. Franz ging auf ihn zu.

»Bonnschur, Herr Mallmann.«

Er lüpfte seinen Hut.

»Bonnschur, Thonet.« Mallmann wirkte zerstreut. »Nicht in
der Werkstatt? Ah, ich sehe, Sie sind in Ausgehmontur. Was haben Sie vor?«

»Ich hatte ein wichtiges Gespräch mit einem Kunden«, log
Franz und wollte sich rasch an ihm vorbeidrücken.

»Tja, die lieben Kunden. Ich hoffe, Sie waren erfolgreicher als
ich. Heutzutage geht einem das Geschäftemachen nicht eben
leicht von der Hand. Grüßen Sie Ihren verehrten Herrn Vater von
mir!« Und schon schritt er, den eleganten Spazierstock schwin-
gend, davon.

Franz setzte seinen Weg in die Franziskanergasse fort.

»Endlich kommst du!«, rief ihm sein jüngerer Bruder entgegen, kaum dass er die letzte Biegung vor ihrem Haus erreicht hatte. »Mutter ist in heller Aufregung!«

Hinter ihm drückten sich die anderen Lehrlinge herum und
schauten ihn neugierig an. Franz ahnte Schlimmes.

»Ist etwas passiert? Ist etwas mit Theresia?«

Mit großen Schritten hastete er zum Hofeingang. Zum Glück

entdeckte er seine Mutter, die an einem der Fenster stand und seine kleine Schwester wiegend auf dem Arm hielt.

»Wo warst du?«, fragte sie vorwurfsvoll, kaum dass er die Werkstatt betreten hatte. »Wir haben dich überall gesucht.«

Franz antwortete nicht, sondern sah sich erst einmal um. Auf den ersten Blick schien in der Werkstatt alles in bester Ordnung: Die Gesellen arbeiteten an den Plätzen, die er ihnen heute früh zugewiesen hatte. Einige sägten, andere hobelten, wieder andere beschäftigten sich mit den Holzschablonen zum Biegen. Unter den Händen zweier Altgesellen nahm ein Canapé aus Nussbaumholz Gestalt an. Durch die offene Tür zum Hof konnte er sich davon überzeugen, dass die Lehrlinge wie am Morgen besprochen Holz sortierten und zum Lagern aufsetzten. Die angekündigte Lieferung war also pünktlich eingetroffen.

»Wo ist Martin?«, fragte er. »Ist er doch in die Michelsmühle gegangen?«

Schon stieg der alte Unmut in ihm auf: Dass sich dieser Altdorf nicht an ihre Abmachung gehalten hatte und in der Werkstatt geblieben war, hätte er sich gleich denken können. Dem Burschen war nicht über den Weg zu trauen! Sobald der Meister nicht aufpasste, tat Martin Altdorf, was er wollte.

Franz beschloss, den Vater nach seiner Rückkehr aus Mainz noch einmal darauf anzusprechen. Entweder unternahm Michael Thonet endlich selbst etwas dagegen, oder Franz musste sich den Burschen noch einmal vorknöpfen. Und dieses Mal würde er sich von ihm nicht mehr auf der Nase herumtanzen lassen! Nicht noch einmal würde er sich von diesem dahergelaufenen Handlanger die Zügel aus der Hand nehmen lassen! Wäre doch gelacht, wenn er den Burschen nicht endlich in die Schranken weisen könnte!

Als Franz seine Augen durch die Werkstatt wandern ließ, wichen die Gesellen seinem Blick aus. Offensichtlich wollte sich keiner zu Martin Altdorfs Verbleib äußern.

»Martin ist verschwunden«, verkündete Franz' Bruder schließlich. »Heute Morgen ist er weggelaufen, hinten durch den Garten zur Landstraße.«

»Weggelaufen? Wohin? Sicher ist er in der Mühle.«

Aus seiner Missbilligung machte Franz keinen Hehl.

»Nein, in der Mühle ist er nicht. Wir haben schon nachgesehen«, erklärte der Lehrling Jacob Henrich.

»Bist du sicher?«, hakte Franz nach.

»Ja«, bestätigte seine Mutter erschöpft. »Martin ist weg. Sicher versteckt er sich irgendwo. Kein Wunder, nach dem, was heute früh hier los war.«

»Was war hier los? Erzählt mir doch endlich, was geschehen ist!«

Ungeduldig zog Franz seinen Rock aus, krempelte die Ärmel seines Hemdes auf und nahm seine Lederschürze vom Haken. Er wollte sofort mit anpacken, um die Versäumnisse aufzuarbeiten.

»Was hier los war? Eine ganze Menge war hier los. In großer Gefahr haben wir uns befunden, und du warst mal wieder nicht da, um uns zu helfen!«

Tränen traten in die Augen seiner Mutter, als sie das sagte. Beschämt wischte sie sich mit der rechten Hand durchs Gesicht, während sie auf dem linken Arm das kleine Mädchen schaukelte. Dann hatte sie sich wieder gefasst und konnte die Ereignisse schildern: »Kaum bist du heute Morgen weggegangen, da sind die einheimischen Burschen vor der Werkstatt aufgetaucht und haben verlangt, dass Martin zu ihnen herauskommt. Dein Freund Reitz hat gleich in vorderster Reihe gestanden und am lautesten nach Martin gerufen. Es war schauerlich, wie sie so dastanden.«

»Sebastian Reitz? Wer noch? Wer waren die anderen Burschen? Was haben sie von Martin gewollt?«

»Wenn wir das wüssten! Ganz bedrohlich haben sie ausgesehen. Ich glaube, es waren alles junge Burschen aus der Stadt. Die Handwerksgesellen, mit denen du sonst oft am Markt zusammen bist. Du kennst sie alle besser als ich.«

Theresia weinte. Beschwichtigend strich die Mutter über ihren Kopf und flüsterte der Kleinen etwas ins winzige Ohr. Das Heulen wurde leiser, ging in ein klägliches Wimmern über. Schließlich sackte ihr Kopf auf die Brust der Mutter, und sie war eingeschlafen.

Franz beobachtete die beiden. Zu gern hätte er seine kleine Schwester einmal gehalten. Die Mutter ließ es nie zu. Als ob sie

Angst hat, dass der Kleinen bei mir etwas passieren könnte, dachte er.

»Ich habe schon vorher befürchtet, dass sie wieder in unsere Werkstatt einfallen und auf Martin losprügeln würden«, berichtete Anna Thonet leise weiter. »Dein Bruder hat gemeint, du wärst bei diesen Weissgerbers im Eltzer Hof. Deshalb habe ich diesen Jungen, der seit Tagen auf der Gasse vor unserem Haus herumlungert, dorthin geschickt. Außerdem habe ich deinen Bruder zum Wachtmeister laufen lassen. Stell dir vor: Reitz ist auf Müller losgegangen! Seinen Säbel hat Müller ziehen müssen, damit Reitz Vernunft angenommen hat. Ich habe es mit eigenen Augen vom Fenster aus gesehen. Erst nachdem Müller ihm und den anderen Burschen gedroht hat, sind sie endlich abgezogen. Martin ist die ganze Zeit hier drin bei mir geblieben, hat allerdings alles mitbekommen. Kaum sind die Burschen draußen fort gewesen, ist auch er davongerannt, ohne uns etwas zu erklären. Franz, ich habe solche Angst, dass etwas Schlimmes geschieht! Dass die Burschen wieder kommen und uns aus Rache etwas antun, wenn sie Martin nicht finden. Was ist auf einmal nur los? Warum glauben alle, er hätte etwas mit dem Tod der Weinand-Tochter zu tun? Doch nicht Martin! Er ist so ein anständiger, netter Mensch!«

Das Bedauern in ihrer Stimme schmerzte Franz. Dieser Habenichts hatte sich also längst auch bei seiner Mutter lieb Kind gemacht. Und nun erfuhr sie am eigenen Leib, was sie sich mit ihm eingehandelt hatte: Ärger, nichts als Ärger! Dank Altdorf waren seine Eltern und ihr Hab und Gut nicht eine Stunde mehr sicher. Franz hatte seinen Vater gewarnt, aber auf ihn, den eigenen Sohn, hatte der Meister nicht hören wollen.

»Was sollen wir jetzt tun? Den Wachtmeister informieren? Nach Martin suchen? Was, wenn er tatsächlich etwas angestellt hat?«

Seine Mutter machte keinen Hehl daraus, dass sie auf seinen Rat nicht viel gab. Sie riss nur ihre traurigen Augen weit auf. Dass sie eigentlich ganz andere Sorgen hatte, verriet ihr ausgemergeltes Gesicht. Wie gern hätte Franz sie in den Arm genommen und getröstet. Doch er fürchtete, zurückgewiesen zu werden.

»Wo hast du die ganze Zeit gesteckt? Nirgends warst du zu

finden. Dieser Junge hat behauptet, dass du mit Nicolaus Weissgerber in der Kutsche weggefahren bist. Stimmt das? Ausgerechnet heute, wo wir dich hier so dringend gebraucht hätten!«

»Ich habe versucht, neue Aufträge für uns zu bekommen, damit wir uns nicht weiter bei van Meerten und diesen Leuten verschulden müssen. Weissgerber ist sehr daran interessiert, uns zu helfen. Er unterhält beste Beziehungen zu dem Koblenzer Kreisbauinspektor Lassaulx.«

»Ach Franz! Weiß dein Vater davon? Oder machst du das alles wieder einmal hinter seinem Rücken?«

Sie musterte ihn mit einem, wie er fand, abfälligen Blick. Er senkte den Kopf.

»Es ist also wie immer nichts herausgekommen bei deinen eigenmächtigen Unternehmungen. Wann begreifst du endlich, dass du hier in der Werkstatt gebraucht wirst und nicht draußen den feinen Herrn zu spielen hast?«

Kopfschüttelnd wandte sie sich von ihm ab und schlurfte, das schlummernde winzige Mädchen sanft im Arm wiegend, zur Küche hinüber.

Franz sah ihr nach. Wie oft hatte sie sich schon enttäuscht von ihm gezeigt. Ändern konnte er das nicht. Er hatte es versucht. Es war ihm misslungen. Ihr Urteil über ihn stand längst fest. Müde ging er zu einer der Werkbänke und begann, Leisten zu schneiden.

»Was wird jetzt aus Martin? Gehen wir ihn nun suchen oder nicht?«

Der Lehrling Jacob Henrich stand plötzlich hinter ihm. Franz drehte sich um.

»Wo willst du ihn suchen? Wenn er nicht in der Mühle ist, kann er überall sein. Er wird schon zurückkommen.«

Franz' Lust, sich weiter mit dem Lehrling zu beschäftigen, war gering. Ärgerlich stieß er ihn weg.

»Das glaube ich nicht. Das traut er sich gar nicht«, ließ Jacob nicht locker. »Die Burschen in der Stadt halten ihn für schuldig an Lieselottes Tod. Sie soll sogar in anderen Umständen gewesen sein, hat mir heute früh einer zugeflüstert. Was denkst du wohl, von wem?«

Sein Ton wurde forscher. Aus seinen Augen sprühte Unternehmungslust. Ungeachtet der Zurückweisung redete er weiter auf Franz ein: »Warum taucht Reitz vor der Werkstatt auf und fragt nach Martin? Warum rennt Martin davon, wenn er nichts zu befürchten hat? Franz, ich glaube, Martin steckt ganz tief in der Sache drin. Sollen wir ihn nicht doch besser suchen?«

»Wozu?«

Franz winkte ab. Dass Martin weg war, war gut für ihn, gut für sie alle. Und die Sache mit der Toten interessierte ihn wenig. Was gingen ihn die Sorgen anderer an? Er hatte selbst genug.

Jacob gab nicht auf: »Stell dir vor, wir beide finden ihn, du und ich. Wir überwältigen ihn und bringen ihn dem Wachtmeister. Dann sind alle beeindruckt, weil wir den Täter gefasst haben. Wir sind die Helden! Alle bewundern uns dann!«

Erstaunt über so viel Begeisterung unterbrach Franz seine Arbeit. Dabei kam ihm gerade eine viel bessere Idee: Martins Verschwinden barg auch viele Vorteile in sich, vor allem für ihn: Der ewige Konkurrent war endlich weg aus der Werkstatt. Über kurz oder lang musste der Vater endlich Franz' Leistung anerkennen. Und die Mutter brauchte keine Angst mehr vor neuen Überfällen zu haben.

»Es ist besser, wenn ich mich erst einmal allein umhöre«, beschwichtigte Franz den eifrigen Jacob. »Ich kenne die Burschen um Reitz. Wir sind zusammen zur Schule gegangen. Es sind meine Kumpane.«

Bedächtig zog er die Schürze aus, hängte sie zurück an den Haken und krempelte die Aufschläge an den Hemdsärmeln wieder nach unten.

»Was hast du vor?«, flüsterte Jacob aufgeregt.

»Lass dich überraschen. Bis es dunkel ist, bin ich wieder zurück.«

Er zwinkerte dem Jungen zu und verließ, ohne dass es die anderen Gesellen bemerkten, die Werkstatt. Der bewundernde Blick des Lehrlings, den er kurz auf sich gespürt hatte, tat ihm gut. Aber das konnte er sich nicht offen eingestehen.

Bürgermeister Jacobs hatte es sich nicht nehmen lassen, den Polizeidiener und den Kreisphysikus höchstpersönlich zur Poststation zu begleiten. Im Handumdrehen stand für sie eine seiner Kutschen mit zwei Pferden bereit, die sie nach St. Goar bringen würde.

»Also, Müller, passen Sie gut auf, was Heusner mit dem Landrat bespricht. Ich verlasse mich darauf, dass Sie die Interessen unserer Stadt gebührend vertreten werden«, raunte Jacobs ihm ins Ohr, als er den Wagen bestieg.

Müller nickte, in Gedanken schon damit beschäftigt, wie er sich während der mehr als einstündigen Fahrt in die rheinaufwärts gelegene Kreisstadt den schwitzenden Kreisphysikus am besten vom Leib halten konnte.

»Warten Sie! Lassen Sie die Kutsche noch nicht abfahren!«, rief Heusner.

Gerade als der Kutscher die Zügel in die Hand nehmen und anfahren wollte, eilte Stadtrat Thomas aus der Kirchgasse herbei. Um auf sich aufmerksam zu machen, schwenkte er seinen breitkrempigen Hut. Im selben Augenblick gab Jacobs den Pferden einen Klaps aufs Hinterteil und bedeutete dem Kutscher anzufahren. Schwankend setzte sich das Gefährt in Bewegung. Müller verkniff sich den Blick zurück auf den zweifelsohne tobenden Stadtrat.

»Haben Sie das gesehen, Wachtmeister? Eine bodenlose Unverfrorenheit ist das! Kutscher, halten Sie an, halten Sie sofort an!«

Heusner geriet in helle Aufregung. Wieder trat ihm der Schweiß auf die Stirn, drohten die runden Augen aus den Höhlen herauszuplatzen. Er wusste gar nicht, was er zuerst tun sollte: sich das Gesicht wischen, den Kutscher zum Anhalten zwingen, aus dem Fenster nach hinten sehen oder aber sich gegenüber Müller echauffieren. Er entschied sich für Letzteres.

»Das wird Folgen haben, mein Lieber, das verspreche ich Ihnen! Gleich werde ich dem Landrat berichten, wie Jacobs sich über alles und jeden in der Stadt hinwegsetzt. Zum Glück sind wir schon auf dem Weg. Der wird sich noch wundern. Von wegen: Wir haben die Lage in Boppard im Griff! Gar nichts hat er! Höchste Zeit, dass der Landrat endlich durchgreift und diesen selbstherrlichen Menschen zur Räson bringt!«

Erschöpft lehnte er sich zurück und zog ein riesiges, reichlich zerknittertes Taschentuch aus der Weste.

Müller schwieg. Nicht allein aus Treue zu Jacobs, sondern auch, weil er das seltene Glück genießen wollte, für eine Weile die Stadt zu verlassen. Und das auch noch mit einer Kutsche. Er konzentrierte sich allein auf den Blick aus dem Seitenfenster.

Die Häuser der Oberstraße zogen an ihnen vorbei. Die oberen Stockwerke der reich verzierten Fachwerkbauten ragten weit in die Gasse hinein, so dass sie trotz der Nachmittagsstunde durch Dämmerlicht fuhren. Hinter der Pützgasse wurde es heller, die Fahrt ging an Gärten und Wiesen vorbei, dann kam die südliche Stadtmauer, dahinter der Stadtgraben. Endlich befanden sie sich auf der offenen Chaussee nach Mainz. Rechts zogen sich Berghänge hin, links schimmerte der Fluss im milden Licht der tiefer stehenden Sonne. Auf der gegenüberliegenden Rheinseite wurden erst die wenigen Häuser des Dorfes Kamp, dann die von Bornhofen erkennbar. Die beiden Burgen Sterrenberg und Liebenstein thronten majestätisch auf dem Berg darüber. Nach kurzer Zeit passierten sie den wuchtigen Meilenstein aus Basalt, der nach Fertigstellung der linksrheinischen Landstraße durch die Preußen aufgestellt worden war. In preußischen Meilen zeigte er dem Reisenden die Entfernungen nach Köln, Koblenz und Mainz an. Ein Wanderer, der Kleidung nach ein Zimmermannsgeselle auf der Walz, hockte auf einer der seitlich angebrachten Sitzbänke und ruhte sich aus. Sobald die Kutsche auf seiner Höhe war, sprang er auf und winkte mit seinem ausladenden Hut. Stumm erwiderten Müller und der Kreisphysikus den freundlichen Gruß.

Bei Salzig öffnete sich eine weite Landschaft, die Berge traten zurück und gaben die Sicht auf ausgedehnte Obstwiesen frei, die, viel zu früh in diesem Jahr, kurz vor der Blüte standen. Müller versenkte sich in diesen Anblick. Wie oft hatte er dort in jungen Jahren im Gras gesessen, im Frühling, im Sommer, hatte die Schiffe auf dem Rhein beobachtet, den Flug der Vögel in der Luft verfolgt, dem Brummen der Insekten in den blühenden Bäumen und Büschen gelauscht. Manchmal war Agnes dazugekommen, hatte sich von zu Hause weggeschlichen, um ihn auf den einsam gelegenen Wiesen vor dem Dorf heimlich zu treffen.

Doch mit der Erinnerung an die schönen Stunden stieg auf einmal ein ganz anderes Bild in ihm auf: Das jenes Nachmittags vor fast zwanzig Jahren, als plötzlich dieser schwer verletzte Bursche in der Wiese gelegen hatte. Fassungslos hatten Agnes und er auf ihn hinuntergestarrt. Sie hatten nicht gewusst, was sie tun, wie sie dem Burschen helfen konnten. Sein Gesicht war voller Blut gewesen, es troff unaufhörlich aus Mund und Nase heraus. Zuerst hatte er noch einige Male laut aufgestöhnt, sich vor Schmerzen gekrümmt, sich schließlich jedoch nur noch leise wimmernd auf der Erde gewunden. Sie beide angesehen, sie erkannt, so viel stand für Müller selbst nach so vielen Jahren noch fest, hatte der Bursche sie ganz bestimmt nicht mehr.

Agnes' flehender Blick, ihre stumme Bitte, sich nicht in die Sache einzumischen, den Burschen stattdessen einfach liegen zu lassen und wegzurennen, verfolgte ihn noch heute bis in seine tiefsten Träume. Er hatte es nicht übers Herz gebracht, ihrem unausgesprochenen Flehen nachzugeben, hatte etwas tun, den Arzt in Boppard rufen müssen. Vielleicht wäre Müllers Leben anders verlaufen, hätte er damals nicht so gehandelt.

Als Müller nach einer guten Stunde mit dem Arzt zurückgekehrt war, begleitet vom damaligen Polizeidiener Hoffmann, war niemand mehr da gewesen: weder Agnes noch der schwer verletzte Bursche. Lebend wiedergesehen hatte er beide nicht. Bis zum heutigen Tag nicht.

Seit er gestern früh die tote Lieselotte im Rhein erblickt hatte, wusste er, dass zumindest die Geschichten wiederkehrten, dass auf der Welt nichts einzigartig war. Denn auch damals hatte alles damit begonnen, dass er wenige Tage zuvor eine junge Frau tot aus dem Rhein gezogen hatte. Die Tote war ein katholisches Mädchen aus dem Dorf gewesen, und als Schuldigen hatte man sich schnell einen neu hinzugezogenen Tagelöhner aus der Bopparder Strumpffabrik ausgeguckt. Einen Evangelischen noch dazu. Das musste der Bursche in den Salziger Obstwiesen gewesen sein, wie Müller später klar wurde. Hoffentlich blieb Martin Altdorf dieses Schicksal erspart!

Fest kniff Müller die Augen zu, schlug sich die Hände vors Gesicht und flehte inständig, dass Gott dieses Mal ein Einsehen haben und das Schlimmste verhindern möge. Im selben Augenblick wurde ihm klar, dass er damals den Glauben an Gott verloren hatte. Doch jetzt wollte er es noch einmal mit ihm versuchen.

Nach einer weiteren Flussbiegung wurde das Flusstal wieder enger. Hirzenach, ein kleines Dorf rund um die geschichtsträchtige Propstei St. Bartholomäus, erstreckte sich entlang der Berghänge. Ein gutes Stück dahinter tauchten die ersten Häuser der Kreisstadt sowie die immer noch recht imposante Ruine der einstmals mächtigen Burg Rheinfels auf.

»So, da wären wir«, verkündete der Kutscher, als er die Pferde vor dem Rathaus, in dem sich die Amtsräume des Landrats befanden, anhielt.

Erleichtert, den ungemütlichen Wagen mitsamt den darin durchlebten schmerzhaften Erinnerungen verlassen zu können, entstieg Müller dem Gefährt. Dabei bereitete ihm sein linkes Bein wieder einmal große Schwierigkeiten. Mit einiger Anstrengung erreichte er festen Boden unter den Stiefeln. Vor mehr als einem halben Jahr, im vergangenen Herbst, war er zum letzten Mal in St. Goar gewesen. Schiffer Lamberti hatte ihn damals auf seinem Kahn flussaufwärts mitgenommen und zu sich nach Hause eingeladen. Noch immer hatte er den Geschmack des köstlichen Salms, den Lambertis Frau ihm damals aufgetischt hatte, auf der Zunge. Schon lief ihm das Wasser im Munde zusammen, sein Magen knurrte laut. Die letzte ausgiebige Mahlzeit lag zu lange zurück. Lamberti, spann er seine Gedanken fort, wird heute erst spät nach Hause kommen. Der Zwischenfall mit dem diensteifrigen Zöllner wird ihn viel Zeit gekostet haben. Hoffentlich erreicht er vor Anbruch der Dunkelheit den heimatlichen Hafen, sonst wird sich seine Frau sorgen! Keine zwei Jahre ist es her, dass ihr ältester Sohn oben vor der Loreley im Fluss ertrunken ist. Müller schnaubte und versuchte, die Sorgen anderer zu verdrängen. Er musste sich auf das bevorstehende Gespräch mit dem Landrat konzentrieren.

Viel hatte sich seit seinem letzten Besuch in der Stadt nicht verändert, stellte er fest. In den engen Straßen herrschte trotz der späten Nachmittagsstunde reges Treiben. Noch immer dauerte der Abbruch der Burganlage Rheinfels oberhalb St. Goars an. Die

Steine dienten dem Wiederaufbau der Festungsanlage Ehrenbreitstein bei Koblenz, wovon nicht nur Müllers Freund Lamberti seit langem gut lebte, transportierte er mit seinem Kahn doch kaum etwas anderes mehr flussabwärts. Der jetzige Besitzer von Burg Rheinfels verdiente sich ebenfalls eine goldene Nase daran, die alte Festung als Steinbruch auszuschlachten und als Baumaterial an die preußische Regierung zu verkaufen. Es war unfassbar, wie viele Steine in Ehrenbreitstein benötigt wurden. Die Preußen mussten dort eine gigantische Anlage errichten. Ohnehin war ihr Baueifer ein ganz besonderer. Merkwürdig nur, stellte Müller für sich fest, dass sie einerseits zuließen, eine Burg wie Rheinfels regelrecht zu schleifen, während sie andere Burgen im Tal sorgfältig – und teilweise prächtiger als früher – wieder errichteten. Verständnislos schüttelte er den Kopf und blickte einem breitschultrigen Mann nach. Mit einem riesigen Steinquader auf dem Rücken überquerte er den Marktplatz.

Inzwischen war auch Kreisphysikus Heusner der Kutsche entstiegen. Im Gegensatz zu Müller verlor er nicht viel Zeit mit der Betrachtung der Umgebung. Kein Wunder, fuhr er doch regelmäßig zum evangelischen Gottesdienst nach St. Goar.

»Kommen Sie, Müller«, wies er ihn an. »Lassen Sie uns gleich beim Landrat vorsprechen. Ich weiß eine gute Gaststube, in der wir uns hinterher noch einen exzellenten Schoppen genehmigen.«

Der schwarze Basalt der Rathaustreppe war ausgetreten, aus den Ritzen zwischen den Steinen kroch bereits Moos hervor. Müller musste aufpassen, dass er mit seinem ungelenken Bein nicht darauf ausglitt. Deshalb konnte er kaum den Anblick des Gebäudes, das an einer Straßenecke direkt am Rheinufer lag, genießen. Die beiden Flügel der aus Eichenholz geschnitzten Tür standen weit offen und erlaubten den Blick in einen mit schwarz-weißen Kacheln gefliesten Flur.

Obwohl ihr Besuch nicht angemeldet war, kam der Landrat bereits die Eingangsstufen des Rathauses hinunter und breitete die Arme zum Willkommensgruß aus. Müller vermutete, dass er ihre Ankunft bereits aus den Fenstern des ersten Stockes beobachtet hatte.

»Bonnschur, mein verehrter Kreisphysikus«, grüßte der Landrat lächelnd und schenkte Müller keine Beachtung. »Was verschafft mir die Ehre Ihres unerwarteten Besuchs?«

»Leider sind es nicht eben erfreuliche Dinge, die wir zu berichten haben.«

Heusner schnaufte beim Sprechen. An der Seite des Landrats erklomm er die Stufen. Obwohl er den Hut vom Kopf genommen hatte, verringerte das den Größenunterschied zwischen den beiden nur geringfügig: Der Landrat reichte dem Kreisphysikus kaum bis zur Schulter. Der krumme Rücken ließ das zierliche Männlein noch kleiner wirken. Müller, der hinter den beiden die letzten Stufen hinaufging, musterte den Landrat aufmerksam: Die ganze Gestalt des Landrats besaß etwas Spinnenartiges. Trotz des fortgeschrittenen Alters – der Landrat musste um die fünfzig sein – bewegte er sich flink. Der dunkle Rock saß tadellos; die schmalen Längsstreifen der schwarz-grauen Hosen betonten seine dürren Insektenbeine.

»Sie sind in offizieller Begleitung, wie ich sehe«, bemerkte der Landrat und drehte sich, noch immer zwei Stufen über Müller stehend, zu ihm um. Die Augen des Landrats sprühten vor Wachsamkeit – ein schroffer Gegensatz zu seinen herunterhängenden Gesichtszügen. Schiefhals und Buckel mussten ihn bereits seit frühester Kindheit verunstalten.

»Mein lieber Wachtmeister, welch Freude! Sie sind ein viel zu seltener Gast bei uns in der Kreisstadt.«

Sein Lächeln wirkte gequält. Müller beschloss, auf der Hut zu bleiben. Noch nie war ihm der Landrat geheuer gewesen, heute aber schreckte er ihn ab. Förmlich salutierte Müller und folgte den beiden Männern in die Amtszimmer im oberen Stockwerk. Dort händigte er mit einer tiefen Verbeugung das Schreiben von Jacobs aus.

Der Landrat schenkte dem Brief nur einen knappen Blick, dann warf er ihn auf den mit Papieren überhäuften Schreibtisch. Seinen Gästen wies er zwei Fauteuils direkt davor an. Die Sessel waren mit dunkelrotem Stoff bespannt und stammten ihrer klobigen, schweren Form nach sicherlich nicht aus der Werkstatt Thonets. Müller wunderte sich, dass ihm das ausgerechnet jetzt auffiel. Wahrscheinlich hatte er sich in den letzten beiden Tagen zu sehr mit den Angelegenheiten des Tischlers beschäftigt.

Durch das Fenster blickte man direkt auf die Anlegestelle der Kölner und Düsseldorfer Dampfschifffahrtsgesellschaft. Die letzten silbrigen Sonnenstrahlen tanzten auf den Wellen. Weiße Möwen schaukelten im Rhythmus des Stromes. Um diese Stunde waren kaum mehr Boote und Kähne unterwegs.

»Tee, die Herren, oder lieber einen echten Kaffee?«, fragte der Landrat und klingelte bereits mit einem goldenen Glöckchen. Eine ältliche Magd mit weißer Haube und schmutzbefleckter Schürze über einem dunklen Rock trat herein.

»Kaffee bitte«, antwortete Heusner, und Müller, solch großzügige Offerten nicht gewohnt, schloss sich ihm rasch an. Die Magd verschwand, sichtlich verwundert darüber, dass nach fünf Uhr noch Bohnenkaffee gewünscht wurde.

»Nun, mein lieber Freund, welch unerfreuliche Dinge führen Sie also zu mir?«

Müller bemerkte, wie der Kreisphysikus nervös an seinem Taschentuch herumnestelte und auf seinem Sessel nach vorn rutschte. Den rechten Arm legte er schließlich auf der Lehne ab und umklammerte sie mit den Fingern, bis die Knöchel weiß hervortraten. Die linke Hand suchte Halt auf der anderen Seite. So ruhig wie möglich begann er, von den Ereignissen in Boppard zu berichten. Die erst vor wenigen Stunden abgeschlossene Obduktion schilderte er in sämtlichen, für medizinische Laien eher unappetitlichen Einzelheiten, ohne darauf Rücksicht zu nehmen, ob sein Gegenüber diesen Ausführungen folgen konnte oder überhaupt wollte.

Der Landrat lehnte sich in dem schweren, dunklen Stuhl hinter seinem Schreibtisch zurück und beobachtete Heusner genau. Es entging Müller nicht, dass er dabei ab und an eine Augenbraue hinaufzog und die Lippen schürzte.

»Was soll ich also Ihrer Meinung nach in diesem Casus tun, mein verehrter Herr Kreisphysikus«, begann der Landrat, nachdem Heusner geendet hatte. »Soll ich selbst nach Boppard reisen? Oder soll ich gleich Truppen aus Koblenz anfordern?«

Der Arzt blieb die Antwort schuldig. Stille breitete sich aus, nur unterbrochen vom Ächzen der Holzdielen, als sich die Magd mit schlurfenden Schritten näherte.

»Ihr Kaffee ist da«, verkündete sie barsch und stellte das Tablett mitten auf den Schreibtisch. Die Papiere, die dort lagen, schob sie nicht beiseite. Sie verschwanden unter dem Tablett. Aufgrund der unterschiedlich hohen Stapel geriet es in beträchtliche Schieflage. Drei Tassen aus gutem Porzellan, eine Kanne desselben Geschirrs sowie Zucker und Milchkännchen aus Silber befanden sich darauf und drohten herunterzurutschen. In einer Schale lag trockenes Gebäck. Müllers Magen krampfte sich vor Hunger zusammen. Schon freute er sich auf den bitter-süßen Geschmack des Bohnenkaffees. Sein Duft vermischte sich jedoch mit dem Geruch der Magd, deren Kleidung und Haare die Ausdünstungen eines langen Arbeitstages in der Küche verströmten. Der Stoff ihres schweren Wollrocks streifte seine Hand, die er um die Lehne des Fauteuils geklammert hielt. Die Wolle kratzte.

Ohne auf eine weitere Anweisung zu warten, füllte sie die schwarze, dampfende Flüssigkeit aus der Kanne in die Tassen und verteilte eine nach der anderen an die Herren, zuerst an den Landrat, dann an den Kreisphysikus und schließlich, nicht ohne einen letzten fragenden Blick auf den Landrat, der stumm nickte, an Müller. Dankend nahm er sie entgegen.

»Du kannst gehen«, scheuchte der Landrat sie mit einer Handbewegung fort. Dann begann er mit den Fingern auf dem Tisch zu trommeln.

»Nun, mein verehrter Freund, Sie bleiben mir die Antwort schuldig. Also muss ich Sie Ihnen selbst geben.«

Seine Stimme klang unerwartet scharf. Müller zuckte zusammen, als gelte die darin mitschwingende Schelte ihm. Gleichzeitig bemerkte er, dass Heusner die Kaffeetasse mit zittriger Hand absetzen musste. Seine dicken, runden Augen glänzten gefährlich.

Der Landrat sprang auf und marschierte einige Male direkt neben Müller hin und her, den schiefen Kopf noch stärker zur Seite geneigt, den Buckel noch stärker gekrümmt. Abrupt blieb er stehen und wandte sich an Heusner.

»Gar nichts kann ich derzeit tun, mein lieber Herr Kreisphysikus. Mir sind die Hände gebunden, und das wissen Sie genau! Laut preußischer Polizeiverordnung ist der Bürgermeister der Verantwortliche für die öffentliche Sicherheit in der Stadt. Um diese zu gewährleisten, steht ihm unser verehrter Polizeidiener zur Seite. Solange Bürgermeister Jacobs der Ansicht ist, die Sache vor Ort regeln zu können, so lange kann ich gar nichts tun. Es hat nicht den Anschein, als liege eine Bedrohung der öffentlichen Sicherheit vor. Warten wir also ab, was Bürgermeister Jacobs mir nächste Woche in seinem monatlichen Zeitungsbericht zu melden hat.«

Damit drehte er sich um und richtete seine ganze Aufmerksamkeit auf das Gemälde, das in einem schwarzen Rahmen an der Wand hing. Es zeigte eine verwunschene Burgruine hoch oben auf einem Felsen. Dichter Nebel stieg vom Tal hinauf. Winzig klein gemalte Menschen schickten sich an, den steilen Bergweg zu erklimmen.

Weder Müller noch Heusner wagten sich zu bewegen, zu andächtig verharrte der bucklige, kleine Landrat vor dem Gemälde, das fast die ganze Wand an der Stirnseite des Raumes ausfüllte. Endlich beendete er sein Studium und sah wieder zu Müller und dem Kreisphysikus hinüber.

»Sagen Sie, Herr Wachtmeister, wie geht es Pfarrer Berger?«

Die beiden befanden sich fast auf Augenhöhe, obwohl Müller saß und der Landrat stand. Sofort war Müller klar, dass er darauf besser nichts antworten sollte.

Schon fuhr der Landrat fort: »Erst kürzlich kam mir zu Ohren, dass Pfarrer Berger nicht mehr brav die Kirchenväter übersetzt. Stattdessen dichtet er jetzt eifrig katholische Kirchenlieder. Sogar in ein neues Gesangbuch sollen seine Werke schon Eingang gefunden haben. Richten Sie ihm meine Glückwünsche aus. Wir verkehren leider fast gar nicht persönlich miteinander. Sie wissen schon, unsere unüberbrückbaren Differenzen im Glauben …«

Müller nickte.

»Darüber hinaus, so heißt es, versuche sich Ihr katholischer Hirte neuerdings an eigenen Gedichten. Sie kennen meine Vorliebe für die Dichtung. Fleißig, fleißig, der verehrte Herr Pfarrer. Ein wahrer Freund der Kunst, und dabei doch immer ein offenes

Ohr für seine Gemeinde. Von diesem Engagement sollte sich so manch einer eine Scheibe abschneiden!«

Dabei warf er Heusner einen tückischen Blick zu.

»Wollen wir hoffen, dass unser lieber Pfarrer über seiner lyrischen Beschäftigung nicht den Blick für die Wirklichkeit verliert. Es scheint, als habe Ihre Stadt in der nächsten Zeit geistlichen Beistand nötiger denn je.«

Kopflose Flucht

Nach Verlassen der Werkstatt hatte Franz es eilig, auf den Balz zu gelangen. Er war sich nicht ganz sicher, wo Martin Altdorf mit seiner Familie lebte, meinte aber sich zu erinnern, dass es unweit des Binger Tors sein musste. Eigentlich hätte er, wie Martin es jeden Tag tat, quer durch die Wiesen und Gärten hinüberlaufen können. Doch aus alter Gewohnheit schlug er den Weg über die Oberstraße ein.

Die Gassen steckten voller Leben: Kinder tollten, einige Schuljungen balgten sich um einen großen, runden Stein, Hausfrauen und Mägde liefen geschäftig mit ihren Körben umher. Vor den Haustüren rückten sich die Alten die Schemel zurecht, um über die Kinder zu wachen, dabei zu stricken oder zu rauchen. Bald würden sie den Tag bei einem geselligen Schwätzchen mit den Nachbarn ausklingen lassen.

Niemand achtete auf Franz, als er an den Leuten vorbeihastete. Selbst auf dem Balz, wo sich sonst um diese Zeit allmählich die Burschen einfanden, um miteinander zu singen und zu sprechen, rief ihm keiner einen Gruß zu. Der Platz war nahezu leer. Ungewöhnlich für diese Zeit, zu der die Gesellen in den umliegenden Werkstätten für gewöhnlich ihre Arbeit beendeten. Erstaunt verlangsamte er seinen Schritt und blickte sich um. Wo steckten die heute nur?

Eine alte Frau zog einen Eimer Wasser am Brunnen nach oben. Dabei drohte ihr schwarzes Kamutchen vom Kopf zu rutschen. Sie schien es nicht zu bemerken, sondern konzentrierte sich einzig auf den Eimer, der aus den Tiefen des Schachtes langsam wieder hervorkam. Unter der Anstrengung stöhnte sie auf. Endlich hatte sie es geschafft. Mit letzter Kraft hievte sie den Eimer auf den gemauerten Brunnenrand. Dann wischte sie sich mit dem Handrücken die Stirn und stemmte die Hände in den krummen Rücken.

Franz rang mit sich. Noch hatte sie ihn nicht entdeckt, noch konnte er ohne zu helfen in die Bingergasse verschwinden. Andererseits wusste er, dass es sich bei der Frau um die alte Tante des

Wachtmeisters handelte. Ihr nicht beizuspringen, konnte ihm schlecht ausgelegt werden. Und schlecht wurde ihm und seiner Familie in der letzten Zeit schon viel zu vieles ausgelegt. Also ging er zu ihr hin.

»Bonnschur, lassen Sie mich das besser machen.«

Überrascht sah sie auf. Er griff bereits nach dem schweren Eimer und hob ihn vom Brunnenrand.

»Soll ich Ihnen das Wasser nach Hause tragen?«

»Ja, gern, junger Mann. Ich wohne gleich dort vorn.«

Mit der knöchrigen Hand wies sie auf eines der kleinen Häuschen direkt auf dem Balz. Er trug ihr den Eimer in die dunkle Küche. In dem niedrigen Gebälk roch es nach altem Essen, Schweiß und anderen menschlichen Ausscheidungen. Auf der Suche nach einem geeigneten Platz, um den Eimer abzustellen, musterte er die Unordnung, die in dem winzigen Raum herrschte: Im Spülstein stapelten sich schmutzige Teller, in den Stellagen vergammelten Äpfel, darunter faulten Kartoffeln in einem Korb. Selbst mitten auf dem Tisch standen dreckverkrustete Schüsseln und Töpfe. Unglaublich, dass ein altes Weib so hausen konnte! Er drehte sich angewidert um. Ein Topf mit Brei köchelte auf dem rußgeschwärzten Herd. Einige dicke Spritzer waren bereits herausgebrodelt und auf der gusseisernen Platte zu schwarzen Klumpen verkohlt.

»Stell den Eimer einfach auf den Boden«, krächzte die Alte, als sie die Küche betrat. Sie grinste ihn aus ihrem zahnlosen Mund an. »Bist du nicht einer von den Thonets? Du musst eigentlich Franz, der Älteste, sein. Ich weiß noch gut, wie ihr früher hinten in der Walburgisgasse gewohnt habt. Wärt ihr mal dort geblieben, wer weiß, ob es euch nicht besser ergangen wäre!«

Ein meckerndes Lachen begleitete ihre Worte.

Franz nickte ihr nur zu und machte, dass er aus der stinkigen Küche entkam.

Das goldene Licht der Abendsonne fiel auf die Häuser in der Bingergasse. Nur die Fensterscheiben in den spitzen Giebeln spiegelten es noch wider. Aus den unteren Geschossen verschwand bereits das letzte Tageslicht. Schon wurde es schattig und kühl.

Ein Korbbinder saß auf den Stufen seines Hauses und beugte sich tief über sein Flechtwerk. Selbst als Franz ihn laut grüßte, sah er nicht von dem Weidenkorb auf.

Bald ging die Bingergasse in einen Feldweg über, der auf beiden Seiten von armselig bepflanzten Gärten gesäumt war. Vereinzelt streckten Obstbäume ihre knorrigen Äste über die noch kahlen Böden, dennoch sprossen bereits die ersten Triebe an den Zweigen. Kurz vor dem Binger Tor endeten die Gärten und eine Hand voll winziger Tagelöhnerhäuschen schmiegte sich dicht aneinander.

In diesem Winkel sah es anders aus als in den anderen Vierteln der Stadt: Die Häuschen waren meist nur einstöckig und hatten niedrige Dächer. Nirgends stand ein Schemel vor der Tür, auf dem eine Großmutter oder ein Großvater hätte sitzen können, um über die Jüngsten zu wachen. Es war überhaupt kein Erwachsener zu sehen. Lediglich eine Horde lauter, schmutziger Kinder sprang umher. Franz erinnerte sich, dass Martin ihm einmal erzählt hatte, seine Mutter und seine Schwestern verdingten sich als Waschfrauen in den Häusern der begüterten Bürger. Sicherlich hielten das hier alle Familien so, froh darüber, dass auch die Frauen ein paar Groschen zum Lebensunterhalt beisteuern konnten.

Als er näher kam, blieben die Kinder stehen und beäugten ihn misstrauisch. Er versuchte zu lächeln und sie freundlich anzusehen.

»Bonnschur«, grüßte er, »könnt ihr mir sagen, in welchem Haus Martin Altdorf wohnt?«

Einige Kinder sahen zu Boden, andere zur Seite. Nur ein dicker Junge trat vor und guckte ihn neugierig an.

»Warum wollen Sie das wissen?«

»Gute Frage. Du bist nicht auf den Kopf gefallen«, lobte Franz. »Ich heiße Thonet und arbeite mit Martin zusammen in der Tischlerwerkstatt meines Vaters. Ich muss ihn dringend sprechen.«

Der Junge ließ sich Zeit mit seiner Erwiderung. Er schien genau abzuwägen, ob er überhaupt etwas sagen sollte. Schließlich hatte er sich entschieden.

»Martin ist nicht da. Seine Familie wohnt hinten im allerletzten Haus, gleich an der Stadtmauer. Bei denen sind jetzt aber alle zur Arbeit und kommen erst spät am Abend zurück.«

»Wenn du ihn siehst, richte ihm aus, dass er wieder in die Werkstatt kommen soll. Ich muss mit ihm reden.«

»Klar, mache ich.«

Der Junge grinste. Dass er sich getraut hatte, mit dem fremden Mann zu reden, machte ihn offenbar stolz. Die anderen stierten ihn mit aufgerissenem Mund an.

Franz winkte ihnen zu, dann setzte er seinen Weg fort, an dem winzigen Haus vorbei durch das Binger Tor.

Wenn ich schon einmal hier bin, dachte er, kann ich gleich noch in der Michelsmühle nachsehen. Vielleicht ist Martin inzwischen doch dorthin gelaufen. Es ist schon eine Weile her, seit die Gesellen dort nach ihm gesucht haben. Vielleicht ist er auch gar nicht wirklich weggelaufen, sondern einfach nur später zur Mühle gegangen, um alles für das Leimsieden vorzubereiten.

Das Vesperläuten hatte gerade eingesetzt, als sich die Familie Weissgerber zum Abendessen versammelte. Eine seltsame Stimmung herrschte im Salon. Die Magd hatte mit Helenas Hilfe die Schüsseln aufgetragen und war danach gleich wieder in die Küche verschwunden. Dabei hatte Helena an ihrer Mimik ablesen können, wie sehr auch sie sich über die ungewöhnliche Stille bei Tisch wunderte.

Besorgt beobachtete Helena jede Geste ihrer Eltern: Ohne ein Wort zu sagen, verteilte ihre Mutter Braten, Kartoffeln und Bohnen auf den Tellern und reichte sie weiter. Am Kopf der Tafel thronte ihr Vater Nicolaus Weissgerber und begann schweigend zu essen. Franziska Weissgerber ließ sich am anderen Ende nieder und widmete sich ganz dem Fleisch auf ihrem Teller. An den Längsseiten des Tisches saßen auf der einen Seite Helena, auf der anderen ihre beiden jüngeren Brüder. Die Jungen waren mehr mit sich als mit ihrer Umgebung beschäftigt und fochten unterhalb des Tischtuchs den Kampf um das dickste Stück Braten aus. Neidisch sah Helena den beiden zu, während sie in dem Gemüse auf ihrem Teller herumstocherte. Dass es sich ausgerechnet um saure Bohnen handelte, schien ihr ein schlechtes Omen.

»Wo bist du heute hingefahren, Papa?«, fragte sie schließlich in die unnatürliche Stille hinein.

Erschrocken legte ihre Mutter die Gabel zur Seite. Ihr Vater reagierte nicht. Gerade als sie die Frage wiederholen wollte, legte auch er das Besteck ab, griff zur Serviette und wischte sich den Mund. Erst als er den letzten Bissen hinuntergeschluckt und die Serviette wieder ordentlich zusammengefaltet hatte, begann er zu sprechen.

»Ich habe mit meinem jungen Freund Franz Thonet einen kleinen Ausflug unternommen. Wir wollten uns den Fortgang der Bauarbeiten auf Schloss Stolzenfels ansehen. Auch meinen alten Freund, den Baumeister Lassaulx, wollte ich dort treffen. Leider ist der wohl ganz vom Dienst an den Preußen in Beschlag genommen. Außer Stolzenfels beaufsichtigt er noch so manch anderen Wiederaufbau verfallener Burgen im Rheintal. Zu meinem großen Bedauern haben wir uns deshalb verpasst.«

Helena entging nicht, dass er einen kurzen Blick auf ihre Mutter warf, anscheinend um sich ihrer Zustimmung zu vergewissern, denn nun wandte er sich direkt an sie: »Wenn ich also auch nicht alle Ziele meiner Reise erreicht habe, so hatte ich in Franz Thonet doch einen sehr angenehmen Gefährten.«

Er lächelte, Franziska Weissgerber schmunzelte, Helenas Brüder beendeten ihre Streiterei. Alle lauschten gespannt.

»Der junge Mann ist eifrig darum bemüht, seinem Vater beim Ausbau der Tischlerei hilfreich zur Seite zu stehen«, erzählte Nicolaus Weissgerber. »Die Idee, die dem Ganzen zugrunde liegt, ist äußerst faszinierend. Sicher wird es nur eine Frage der Zeit sein, wann ihnen damit der gebührende Erfolg beschieden sein wird.«

Erstaunt vernahm Helena seine Worte. Was sollte das? Wollte er ihr da gerade Franz Thonet, Sohn eines Möbeltischlers, als zukünftigen Gatten schmackhaft machen? Sie errötete und senkte den Blick. Natürlich fand sie ihn nett, höflich – aber reichte das?

»Wie ich höre, hast du deine Mutter zum Vater der armen Lieselotte begleitet.«

Zum Glück wechselte ihr Vater das Thema.

»Schade, dass er eure Hilfe ausgeschlagen hat. Ich bin mir sicher, liebe Helena, du hättest dein Bestes gegeben, die armen Kinder über ihren großen Verlust hinwegzutrösten. Vielleicht solltest du es morgen einmal allein bei Heinrich Weinand probieren. Vielleicht findest du eher Gehör, wenn du als Freundin seiner verstorbenen Tochter bei ihm vorsprichst.«

Helena sah wieder auf, blickte vom Vater zur Mutter. Beide lächelten sie aufmunternd an. Verwirrt nahm sie den Stimmungswandel zur Kenntnis.

»Dann gehe ich morgen früh gleich nach dem Frühstück zu ihnen hinüber«, verkündete sie, bevor es sich ihre Eltern wieder anders überlegen konnten.

Der Vorschlag ihres Vaters kam ihr sehr gelegen. Ohne ihre Mutter konnte sie bei Weinands bestimmt mehr ausrichten und zudem noch einige Neuigkeiten erfahren, die ihr helfen konnten, das schreckliche Verbrechen an Lieselotte aufzuklären. Außerdem entkam sie damit auch der langweiligen Hausarbeit!

Die Michelsmühle lag unweit des Binger Tors im Südosten der Stadt. Hinter ihr ragte am Berg das Kloster Marienberg auf. Im Licht der untergehenden Sonne wirkten die Klostergebäude noch klobiger als am helllichten Tag. Rundherum dehnten sich weitläufige Felder und Wiesen, auf denen ein Schäfer seine Herde weidete. Das Meckern und Blöken der Schafe wurde unterbrochen vom Bellen des Hundes, der aufgeregt umhersprang, um die Tiere beieinander zu halten. Gerade brach der Hirte auf, um für sich und seine Schafe ein Nachtquartier zu suchen. Unter Rufen und Kläffen zogen er und seine Tiere weiter Richtung Westen.

Wehmütig sah Franz ihnen nach. Von dem friedlichen Anblick konnte er sich lange nicht losreißen.

Die Michelsmühle war kein sonderlich großes Anwesen. Der Orgelbornsbach schlängelte sich an ihr vorbei zum Rhein hinunter. Jedes Mal, wenn Franz hierher ging, bedauerte er, dass sein Vater nicht mehr aus dem Besitz machen wollte. Außer dem roten Backsteinbau des Mühlenhauses gab es noch eine alte Scheune, die kurz vor dem Einsturz stand. Ohne größeren Aufwand hätte man sie herrichten und als Lager für Holz und Möbel nutzen können. Dann stünde ihnen in der Franziskanergasse endlich mehr Platz zum Tischlern zur Verfügung. Doch Michael Thonet wehrte sich vehement dagegen. Es war ihm zu riskant; er fürchtete Plünderungen, weil die Mühle außerhalb der Stadtmauern lag. Mit langen Schritten erreichte Franz das Tor. Es war verschlossen. Ungeduldig begann er daran zu rütteln, schlug mit der flachen Hand gegen das Holz.

»Martin, mach auf! Ich bin es, Franz!«, rief er in die Stille des frühen Abends hinein.

Das Bellen des Schäferhundes erstarb in der Ferne. Schwalben wurden durch das Rufen aufgescheucht und flatterten aus den Ritzen oberhalb der Tür.

»Lass mich rein. Wir müssen miteinander reden.«

Franz legte das Ohr an die Tür, lauschte angestrengt. Es war kein Laut zu vernehmen. Vorsichtig drückte er sich an der Hauswand entlang zum Fenster und spähte hindurch. Die kleinen Scheiben waren verstaubt. Man konnte kaum durch sie hindurchsehen. In der Mühle war es dunkel. Nicht das kleinste Flackern einer Kerze, ganz zu schweigen vom Widerschein eines Feuers, das brennen musste, wenn Martin dort wirklich Leim sieden oder Lederabfälle waschen würde.

Franz beschloss, einmal ganz um die Mühle herumzugehen und durch die anderen Fenstern hineinzuschauen. Doch auch von dort entdeckte er nichts. Gerade bog er um die letzte Ecke, als er eine dürre Gestalt erspähte, die sich am Tor der Mühle zu schaffen machte.

»He du, was machst du da?«, rief er laut und rannte hin.

Da der Eingang nach Osten lag, bedeckte der Schatten des Gebäudes den Vorplatz. Es war schon zu dämmrig, um viel erkennen zu können. Die weit ausladenden Äste einer uralten Kastanie, die mitten im Hof stand, schluckten das letzte Tageslicht. Erst als er genau vor der Gestalt stand, konnte Franz sie erkennen: Es war dieser Junge, Lukas Weber, der sich seit gestern immer wieder im Umkreis ihrer Werkstatt herumgedrückt hatte.

»Bonnschur, Herr Thonet«, grüßte er Franz und verbeugte sich tief.

Dass Franz ihn gerade dabei ertappt hatte, wie er das Schloss aufbrechen wollte, schien ihn nicht weiter zu kümmern.

»Was treibst du hier?«, fuhr Franz ihn an. »Welcher Schlüssel ist das?«

»Der von dieser Tür«, erwiderte Lukas ruhig.

»Gib ihn her! Wie kommst du an den Schlüssel?«

»Ich habe ihn gefunden. Er lag vorn auf dem Weg. Den hat wohl jemand dort verloren. Weil das einzige Gebäude in der Nähe Ihre Mühle ist, bin ich hierher gelaufen, um den Schlüssel auszuprobieren.«

Franz entriss ihm den Schlüssel und steckte ihn ins Schloss. Tatsächlich, er passte. Mit einem Knarren und Quietschen schwang die morsche Tür auf. Der grässliche Gestank nach alten Fellen und Häuten schlug ihnen entgegen. Franz war ihn gewöhnt, Lukas dagegen wich zurück, wie Franz amüsiert feststellte. Der Junge hielt sich mit den Fingern die Nase zu und rang mit offenem Mund nach Luft.

»Es riecht hier wie in einer Gerberei«, erklärte Franz. »Wir lassen uns die Lederabfälle liefern, um daraus Leim zu kochen. Früher haben wir das in der Werkstatt gemacht. Seit zwei Jahren haben wir dafür die Mühle. Mittlerweile ist unser Leim so begehrt, dass wir die Platten sogar an andere Tischler verkaufen. Wenn wir wollten, könnten wir eine richtige Leimfabrik aufmachen.«

Stolz schwang in seiner Stimme. Warum er das alles dem Jungen erzählte, wusste er nicht. Eben noch hatte er ihn für einen Einbrecher gehalten, nun erzählte er ihm von seiner Arbeit. Franz wunderte sich über sich selbst.

In der Mühle sah es nicht so aus, als wäre Martin, nachdem der Gerber am frühen Morgen die Reste geliefert hatte, noch einmal da gewesen. Die Häute lagen noch immer auf einem großen Haufen unweit der Tür. Die Gruben zum Äschern waren leer, ebenso die Regale, in denen sonst die Leimtafeln lagerten. Kein Feuer brannte, keine Asche glühte, kein Trog mit Wasser stand bereit. Nein, hier war niemand zugange gewesen.

»Kennst du Martin Altdorf, der bei uns arbeitet?«, fragte Franz Lukas, der ihm bei seinem Rundgang dicht auf den Fersen blieb.

»Ja, sicher. Jeder kennt den. Der ist immer sehr freundlich.«

»Hast du ihn heute gesehen? Weißt du, wo er steckt?«

»Bei Ihnen in der Werkstatt, dachte ich. Da arbeitet er doch.«
»Da ist er nicht, auch nicht zu Hause, hinten am Binger Tor. Er ist vor einigen Stunden aus unserer Werkstatt einfach weggelaufen. Seither hat ihn niemand mehr gesehen. Hast du eine Idee, wo er sein könnte?«

Lukas zuckte die Schultern. Franz musterte ihn nachdenklich. Nichts deutete darauf hin, dass der Junge ihn anlog.

»Seltsam«, brummte Franz. Noch einmal schweifte sein Blick durch den nahezu dunklen Raum. Da erst bemerkte er den großen Bottich mit Kalkmilch, der in der Ecke gleich hinter der Tür stand. Also war Martin doch in der Mühle gewesen. Nur er wusste, dass er diesen Bottich für die Säuberung der Lederreste bereitstellen musste. Verwundert, dass er den Bottich vorhin übersehen hatte, ging Franz zur Tür und drängte Lukas zum Aufbruch.

»Lauf nach Hause. Es ist schon sehr spät.«

Sie traten hinaus. Franz schloss sorgfältig die Tür ab und steckte den Schlüssel ein. Mit einem letzten Ruck prüfte er, ob das Schloss noch funktionierte. Die Tür gab nicht nach. Dann ging er an der Seite des Jungen entlang des Bachs zur Landstraße. Durch das Mainzer Tor gelangten sie zurück in die Stadt.

An der Ecke zur Franziskanergasse wollte Franz sich verabschieden, da brach Lukas plötzlich sein Schweigen: »Ich habe gesehen, wie die einheimischen Burschen heute vor Ihrer Werkstatt zusammengekommen sind. Die waren ganz schön wütend. Die wollten, dass Martin herauskam. An seiner Stelle wäre ich auch lieber weggerannt.«

»Davonlaufen ist nicht immer die beste Lösung«, räumte Franz ein. »Man kann sich nicht auf ewig verstecken. Ich frage dich noch einmal: Hast du eine Ahnung, wo Martin hingelaufen sein könnte?«

»Ich habe gehört, dass Martin Verwandte in einem der Dörfer hat, vielleicht in Weiler oder Rheinbay.«

Diese Dörfer lagen nicht weit entfernt, gut zu Fuß zu erreichen. Für den Flüchtenden wie für seine Verfolger. Irgendwelche Verwandten hatte dort fast jeder aus Boppard.

»Das ist eigentlich viel zu nah. Reitz und die anderen können auch schnell dort sein und ihn finden. Eigentlich ist es sinnlos, sich dort zu verstecken.«

»Wo soll er sonst hin? Hauptsache weg von hier, wo ihn alle für den Schuldigen halten. Dabei habe ich gehört, dass der Wachtmeister auch Reitz gefragt hat, wo er an dem Morgen gewesen ist. Kann ja sein, dass er seine Verlobte selbst getötet hat. Vielleicht hat sie ihn nicht mehr heiraten wollen.«

»Du hast deine Ohren überall, wie mir scheint.«

»Wenn ich den ganzen Tag über in der Stadt unterwegs bin, kriege ich viel mit.«

Plötzlich brauste eine zweispännige Kutsche im schnellen Trab von Osten her in die Stadt hinein. Überrascht sprang Franz zur Seite. Es war ein Wagen von Bürgermeister Jacobs, das erkannte er an dem Kutscher. Doch es war nicht die Postkutsche. Gerade noch erblickte er den Wachtmeister und einen weiteren, dicken Mann im Innern der Kutsche, dann war sie auch schon an ihm vorbei. Mit der Kutsche war allerdings auch Lukas verschwunden, der eben noch auf der gegenüberliegenden Straßenseite gestanden hatte. Suchend sah Franz sich um. Der Junge schien vom Erdboden verschluckt.

Dann eben nicht, dachte Franz und tastete nach dem Schlüssel in seiner Hosentasche. Als er das kühle Eisen an den Fingern spürte, war er beruhigt. Für heute konnte er nach Hause gehen. Nach einigen Schritten aber blieb er stehen. Die Gedanken rasten durch seinen Kopf. Es kostete ihn viel Mühe, sie in eine logische Ordnung zu bringen. Eins stand fest: Solange Martin verschwunden blieb, galt er als Lieselottes Mörder. Wahrscheinlich war er das sogar. Warum sollte er sonst untertauchen? Eigentlich konnte es Franz egal sein. Was zählte, war nur: Solange Martin verschwunden blieb, hatte Franz auch einen besseren Stand in der Werkstatt.

Andererseits: Auch Sebastian Reitz schien inzwischen als Täter in Betracht zu kommen. Geschickt hatte er das Augenmerk auf Martin gelenkt. Dem traute man die Tat gleich zu, weil er ein Fremder war, ein Tagelöhnersohn, evangelisch noch dazu. Dass ein solcher Bursche einem alteingesessenen Bopparder die Braut wegschnappte, gefiel vielen nicht. Der musste ja geradezu der Täter sein! Dabei traute Franz dem jähzornigen Reitz die Tat mindestens ebenso zu.

Vielleicht war die Idee von Jacob, dem Lehrling aus der Werkstatt, gar nicht so übel: Die Tat im Alleingang aufzuklären und hinterher als Held dazustehen, das hatte etwas! Dazu musste Franz lediglich Martin auftreiben und ihn zur Rede stellen. Er kannte Martin zu gut, um sich nicht von ihm belügen zu lassen. Außerdem: Welche Wahl blieb Martin, wenn Franz ihn fand? War er tatsächlich der Mörder, würde er abermals versuchen zu fliehen, war er es nicht, würde er dankbar sein, sich Franz anvertrauen und um Hilfe bitten zu können.

Franz machte kehrt. Lukas hatte von Verwandten der Altdorfs in Weiler oder Rheinbay gesprochen. Es war ein Leichtes, Martin dort zu finden. In den Dörfern kannte Franz genug Leute, die ihm bereitwillig Auskunft geben würden.

In den engen Straßen war es bereits finster. Nur der Schein der Laternen rechts und links des Kutschbocks spendete etwas Helligkeit. Unruhig tanzte ihr Licht im Rhythmus der Kutsche.

Während der gesamten Rückfahrt von St. Goar nach Boppard hatte Heusner kein Wort gesprochen. Ohne ihn anzusehen, wusste Müller, dass er regelrecht im eigenen Saft schmorte. In der Enge der Kutsche entkam Müller den unangenehmen Ausdünstungen des Kreisphysikus nicht.

Erschöpft wischte Müller sich nun selbst Schweißtropfen von der Stirn. Seine Mission in St. Goar war erfüllt. Gleich würde er dem Bürgermeister die gute Nachricht übermitteln: Der Landrat sah sich außerstande, dem Betreiben des Kreisphysikus und des Stadtrats Thomas nachzugeben. Bis zur nächsten Woche würde es also allein ihm als Polizeidiener und damit einziger lokaler Instanz für Sicherheit und Ordnung obliegen, den Mordfall aufzuklären.

Den ungelösten Fragen wollte Müller sich erst am nächsten Morgen widmen. Gleich nach der Ankunft würde er seinen abendlichen Rundgang durch die Straßen machen und sich anschließend einen letzten Schoppen in einem der Gasthäuser gönnen. Vielleicht würde er dort Ruhe finden und die Erinnerung an Agnes' flehentlichen Blick im Wein versenken können.

Die Kutsche erreichte den Marktplatz. Schwankend bog sie nach links in die Kirchgasse ein. Das Gasthaus »Zur Post« war hell erleuchtet. Zwei große Lampen beidseitig der Tür luden zum Eintreten ein. In jedem der gut geputzten Fenster standen weitere Lichter. Damit erwies Jacobs nicht nur seinen Gästen einen Dienst. Mit gutem Beispiel zeigte er seinen Mitbürgern, wie die städtische Beleuchtungsverordnung zu erfüllen war.

Kaum hatten sie den Hof erreicht, trat der Bürgermeister auch schon höchstpersönlich an den Wagen und öffnete den Verschlag. »Bonnschur, die Herren. Ich hoffe, Sie hatten eine angenehme Fahrt.«

Heusner knurrte, dann ließ er sich widerwillig aus dem Wagen helfen. Jacobs konzentrierte sich ganz auf ihn, so dass Müller der Peinlichkeit entging zu überlegen, ob er seine Hand annehmen durfte oder nicht.

»Darf ich Sie, mein lieber Herr Kreisphysikus, zu einem Essen in meine bescheidene Gaststube einladen? Gerade ist der köstliche Braten fertig geworden. Auch Sie, lieber Müller, können sich heute Abend auf meine Kosten bewirten lassen. Sie haben nachher noch Ihre Runde durch die Stadt zu absolvieren. Dabei sollte Sie ein leerer Bauch nicht stören!«

Er klopfte ihm auf den Rücken und flüsterte ihm ins Ohr: »Deute ich Heusners Verhalten richtig: Der Landrat hat ihn abgewiesen?«

Gerade wollte Müller ansetzen, da triumphierte Jacobs schon mit wispernder Stimme: »Habe ich es Ihnen nicht gleich gesagt, dass sich die Dinge zu unseren Gunsten entwickeln werden?«

Noch einmal tätschelte er ihm die Schulter, dann folgten sie dem Kreisphysikus, der längst in der Gaststube verschwunden war.

Drinnen herrschte reges Treiben. Müller brauchte einen Moment, bis er sich dem lauten Getöse gewachsen fühlte. Die Postkutschen aus Simmern und Koblenz hatten viele Gäste mitgebracht. Vor der Weiterfahrt am nächsten Tag nahmen sie bei Jacobs ihr nächtliches Quartier. Eine Runde ausgelassener Studenten saß an einem runden Tisch und huldigte dem Rheinwein, argwöhnisch beäugt von zwei geistlichen Herren auf der Bank daneben.

Ein Kaufmann und ein gelehrt aussehender Mann hielten sich etwas abseits. Sie schienen in ein reges Gespräch vertieft. Vorn rechts hatten sich um Pfarrer Berger und seinen Kaplan der Friedensrichter sowie einer der Beigeordneten eingefunden. Wie um Kreisphysikus Heusner zusätzliche Schmach zuzufügen, leitete Jacobs ihn geradewegs dorthin. Müller hielt den Atem an. Dass der Kreisphysikus, ein enger Freund nicht nur des Landrats sondern auch von Stadtrat Thomas, in nahezu allen Fragen die entgegengesetzte Position zu diesen Herrschaften vertrat, war kein Geheimnis. Trotzdem versuchte er, gute Miene zum bösen Spiel zu machen.

Müller hielt sich bescheiden im Hintergrund. Es stand ihm nicht an, sich zu den Honoratioren der Stadt an den Tisch zu setzen, wenn er auch gern ihrem Gespräch gelauscht hätte. Noch im Stehen wies Jacobs ihm einen Platz weiter hinten zu und beauftragte die Magd, ihm einen Teller warmen Essens und einen Schoppen Wein zu bringen.

»Ich wünsche Ihnen einen guten Appetit und schließlich eine ruhige, letzte Runde, mein lieber Wachtmeister!«

Mit großen Augen beobachtete Müller, wie dampfende Schüsseln voller Klöße und Platten mit knusprigem Braten hereingetragen wurden. Sofort durchzog ein köstlicher Duft den Raum, und es wurde still. Lediglich das Klappern des Geschirrs war zu hören. Als alle Gäste bedient waren, näherte sich die Magd seinem Tisch. Schüchtern lächelnd schob sie ihm einen prall gefüllten Teller zu. Er nickte dankbar und musste sich beherrschen, nicht gleich alles auf einmal herunterzuschlingen.

Um einiges später als üblich brach Müller an diesem Abend zu seiner letzten Runde durch die Stadt auf. Die Uniformjacke zwickte ihn gewaltig. Außer der opulenten Portion Braten hatte ihm die Magd noch ein Stück Schokoladenkuchen zugeschoben, dem er nicht hatte widerstehen können. Nun genoss er den Gang durch die kühle Nachtluft. In tiefen Zügen sog er sie ein. Nach dieser ungewohnten Völlerei schätzte er die angenehme Erfrischung.

»Bonnschur, Wachtmeister«, grüßte ihn direkt am Markt eine

dunkle Gestalt, die mit einem langen Stiel und einem Kännchen an der Straßenlampe herumhantierte.

»Will sie nicht brennen?«, fragte Müller und ging näher heran. Das trübe Licht seiner eigenen Laterne, die er von einem der Knechte in der Poststation erhalten hatte, reichte gerade, um das Gesicht des Laternenwärters zu erhellen.

Träge schüttelte der den Kopf: »Das Öl ist mal wieder schneller leer, als uns lieb sein kann. Gestern schon habe ich es dem Bürgermeister gemeldet, aber er hat nicht darauf reagiert. Mallmann liefert nur noch gegen sofortige Zahlung an die Stadt. Allzu oft ist er in den letzten Jahren schon auf den Rechnungen sitzen geblieben. Dabei haben wir mittlerweile genug wohlhabende Bürger, die das übernehmen könnten. Ich kann dir gleich ein gutes Dutzend nennen, die ohne Umschweife ein paar Taler hergeben könnten, damit die zwanzig Öllaternen jeden Abend brennen. Die beleuchten ohnehin zumeist nur die Plätze, an denen die Häuser der Reichen stehen.«

»Ja, ja, das liebe Geld. Früher war Boppard selbst einmal eine reiche Stadt.«

Müller stellte sich direkt an den Laternenpfahl und nickte bedächtig.

»Das ist lange her«, pflichtete der Laternenwärter ihm bei. »Eine Schande ist es, wie viel Stadtwald schon verkauft wurde, um die Schulden zu bezahlen. Seit die Preußen hier sind, liegt viel zu vieles im Argen.«

»An den hohen Schulden sind nicht die Preußen schuld. Die haben sich schon vorher angehäuft. Die Preußen haben lediglich dafür gesorgt, dass einmal alles ordentlich aufgelistet wird.«

»Ja, ja, bei den Preußen muss immer alles ordentlich sein. Deshalb haben sie uns alle auch ordentlich im Griff. Man hört, du bist heute mit dem Kreisphysikus in St. Goar beim Landrat gewesen. Ist es wegen der toten Lieselotte Weinand gewesen? Eine furchtbare Geschichte! Wer hätte gedacht, dass das Mädchen mit einem Evangelischen angebändelt hat? Diese Schande für den Vater!«

Der Laternenwärter schüttelte den Kopf: »Schickt der Landrat jetzt etwa fremde Beamte hierher, um die Sache zu regeln? Früher sind wir mit allem allein fertig geworden.«

217

»Ich kann dich beruhigen«, beschwichtigte ihn Müller. »Das wird auch weiterhin so bleiben. Vorerst kümmere ich mich darum.«

»Dann wird es dich interessieren, dass sich bei der Brüderpforte ein paar Burschen versammelt haben. Ich habe sie gesehen, als ich dort die Lampe angezündet habe. Die sahen nicht so aus, als wollten sie friedlich im ›Heilig Grab‹ einen Schoppen Wein miteinander trinken.«

Der Laternenwärter setzte eine wichtige Miene auf, als er von seiner Beobachtung berichtete.

»Welche Burschen? Etwa schon wieder Reitz und seine Kumpane?«

»Nein, den Reitz habe ich nicht gesehen. Stimmt es eigentlich, dass du ihm vorgeworfen hast, er hätte nicht gut auf seine Verlobte aufgepasst? Dann sind seine Freunde bestimmt wütend, dass er ihnen nicht alles gesagt hat. Er hat sie schließlich gegen die Gesellen von Thonet aufgehetzt. Und du hast sie in der Franziskanergasse wie dumme kleine Buben weggeschickt! Das werden sie ihm wohl nicht verzeihen. Reitz soll sich lieber gut in seiner Backstube verschanzen!«

»Danke dir für die Auskunft. Ich gehe am besten gleich mal hin und knöpfe mir die Burschen vor.«

Auf der Oberstraße und im Brüdergraben herrschte nächtliche Ruhe. Ein paar Katzen mit leuchtend grünen Augen kreuzten Müllers Weg, der Wachhund im Eltzer Hof bellte, ansonsten war es still. Erst vor dem Gasthaus »Heilig Grab«, das sich im Hof Bickenbach kurz vor der Brüderpforte befand, wurde es wieder lauter. Verärgert bemerkte Müller, dass sich der Wirt nicht daran hielt, zwei Laternen an der Eingangstür anzubringen. Aus Sparsamkeit hatte er wohl nur eine angezündet. Von jenseits der Stadtmauer drang bereits das hitzige Reden der Burschen hinüber. Deshalb verzichtete Müller darauf, den Wirt daran zu erinnern, dass auch er sich an die städtische Beleuchtungsverordnung zu halten hatte. Stattdessen beeilte er sich, zu den Burschen an den Rhein zu kommen.

»Was treibt ihr hier? Es ist weit nach neun!«, rief er den jungen

Männern zu, als er sie erreicht hatte. »Geht nach Hause. Morgen beginnt die Arbeit früher, als euch lieb ist.«

Erstaunt drehten sie sich um. In ihrer Erregung hatten sie sein Kommen nicht bemerkt.

Müller ließ seinen Blick über jeden Einzelnen von ihnen wandern. Der Laternenwärter hatte Recht gehabt: Sebastian Reitz war nicht darunter. Dafür aber Anton Weinand. Ein blaues Auge zierte sein Gesicht.

Böse blitzte Müller den jungen Fassbinder an: »Warum bist du hier? Wirst du nicht zu Hause gebraucht, bei deinen kleinen Geschwistern? Oder willst du etwa schon wieder Ärger machen und im Arresthaus landen?«

Anton senkte den Blick.

»Warum stürzen Sie sich auf ihn?« Ein rothaariger, kräftiger Bursche trat ein paar Schritte aus der Reihe der anderen hervor. »Er ist Lieselottes Bruder und leidet am meisten unter der Geschichte. Statt ihm zu helfen, drohen Sie ihm immer mit Arrest. Schaffen Sie lieber den wahren Täter heran, bevor ein weiteres Unglück geschieht! Sie wissen doch genauso gut wie wir, wer es gewesen ist.«

»Genau!«, »Gut, Wilhelm, dass du es ihm gesagt hast!«, »Bravo!«, riefen die anderen.

»Was macht euch da so sicher? Habt ihr es gesehen? Habt ihr Beweise?«

Prüfend sah Müller dem Rothaarigen ins Gesicht, bis dieser unsicher wurde und den Kopf senkte.

»Überlasst das lieber mir! Ich werde den Schuldigen schon finden.«

Die Bestimmtheit, mit der er diese Worte aussprach, täuschte: Tief in seinem Innern zitterte Müller bei der Vorstellung, die Burschen würden den Fall auf ihre Weise klären. Das hieße mit Gewalt. Und die richtete sich sicher gegen den Falschen. Wieder tauchte das Bild aus den Salziger Obstwiesen vor fast zwanzig Jahren auf. Damals hatte die Wut der Einheimischen einen Unschuldigen getroffen, wie sich später herausstellte: Der evangelische Tagelöhner war nie mit dem toten katholischen Mädchen zusammen gewesen. Er hatte sie nicht einmal gekannt. Trotzdem hatten sich die katholischen Burschen auf ihn gestürzt. Und hinterher einfach beim Pfarrer ihr Vergehen gebeichtet, auf dass sie sich fortan wieder rein fühlen konnten. Müller schauderte. Er musste etwas tun, um eine Wiederholung der Ereignisse zu verhindern.

»Sie und den Schuldigen finden – dass ich nicht lache! Bislang haben Sie noch gar nichts unternommen, um ihn zu finden«, riss ihn der Rothaarige aus seinen Gedanken. Während Müller gegrübelt hatte, war er wieder sicherer geworden. Nun richtete er sich dicht vor Müllers Nase auf.

Müller beschloss, sich nicht einschüchtern zu lassen. Immerhin war er die Amtsperson. Er hatte die Mittel, die Burschen zur Räson zu bringen.

»Pass auf! Du landest schneller in der Burg, als dir lieb sein kann«, warnte er den Burschen. Dann wandte er sich an die anderen: »Das gilt auch für euch andere: Falls ihr euch in meine Arbeit einmischen und auf eigene Faust etwas unternehmen wollt, bekommt ihr Ärger mit mir!«

»Was wollen Sie, Müller? Wir stehen nur unserem Freund Weinand in seinem Unglück bei.« Ein anderer aus dem Kreis bemühte sich um einen ruhigen Ton. »Das ist unsere Pflicht, nach allem, was ihm passiert ist: Erst wird Antons Schwester von irgend so einem Lump verführt, dann treibt sie tot im Rhein.«

»Und wie sieht euer Beistand aus?«, fragte Müller. »So, dass ihr euch zu nachtschlafender Zeit vor den Mauern der Stadt herumdrückt? Wollt ihr wieder einmal die Thonets in Angst und Schrecken versetzen? Oder euch gleich auf den evangelischen Gesellen stürzen?«

»Keine Sorge, mit den Thonets haben wir nichts mehr zu schaffen. Und falls sie mit Geselle den Martin Altdorf meinen: Der ist längst über alle Berge. Um den zu suchen, sollten Sie sich ein Pferd und einen Trupp Leute besorgen.«

»Altdorf ist weg? Woher wisst ihr das?«

Müller sah einen nach dem anderen durchdringend an. Keiner antwortete ihm.

»Und was ist eigentlich mit Reitz? Warum ist der nicht bei euch? Ist er nicht mehr euer Anführer?«

»Wir brauchen keinen Anführer. Schon gar nicht den. Der hat ja nicht einmal auf seine Verlobte aufpassen können!«

Verächtlich spuckte der Rothaarige auf den Boden. Dann bedeutete er den anderen, ihm zurück in die Stadt zu folgen.

»Ich rate euch, den direkten Weg nach Hause zu nehmen. Sollte ich einen von euch heute Abend noch irgendwo in den Straßen entdecken, übernachtet er in der Burg!«

Es war Vollmond. Silbrig glänzte der kleine Tümpel im hellen Licht. Ein Käuzchen rief. Bäume säumten den Weiher, und ihre knorrigen Äste warfen bizarre Schatten auf das Wasser.

Franz hatte sich mit letzter Kraft dorthin geschleppt und ans Ufer gehockt. Vielleicht hatte er gehofft, dort Hilfe zu finden. Er wusste es nicht mehr. Nun starrte er schon eine ganze Weile auf die glatte Wasseroberfläche und rieb sich den Knöchel. Zu dumm, dass er über die Wurzel gestolpert war. So etwas passierte immer nur ihm. In voller Länge war er zu Boden gestürzt. Nun schwoll ihm der Fuß im Stiefel dick an. Er schmerzte entsetzlich. Ob sich der Fuß jemals wieder aus dem Leder herausziehen ließ? Was sollte er nun tun? Aufzustehen und den Fuß mit seinem Gewicht zu belasten, schien ihm unmöglich. Andererseits wusste er, dass er nicht die ganze Nacht hier sitzen und warten konnte. Die Luft wurde allmählich feuchter. Aus den Wiesen stieg die Nässe. Seine Hosenbeine waren klamm; die Hände wurden kalt. Er hauchte hinein und rieb die Handflächen gegeneinander.

Bis Weiler würde er nicht mehr kommen, geschweige denn den Berg weiter hinauf bis nach Rheinbay. Eine verrückte Idee, zu so später Stunde noch aufzubrechen. Zwar hatte er die Abkürzung am Kloster Marienberg vorbei durch den Schowes auf den Eisenbolz genommen, dennoch war er nicht sehr weit gekommen. Zu rasch war die Dunkelheit über ihn hereingebrochen. Er trug weder eine Lampe noch warme Kleidung bei sich. Als er gestürzt war, hatte ihn die Verzweiflung vollends übermannt. Tränen rannen ihm die Wangen hinab. Nichts gelang ihm, egal, was er anpackte. Wollte er an diesem winzigen Weiher nicht erfrieren, musste er versuchen, aufzustehen und irgendwie in die Stadt zurückzukehren. Vielleicht fand er einen Stock, auf den er sich stützen konnte.

Großzügig überflutete das Mondlicht die frisch gepflügten Felder. Der Weg schlängelte sich durch sie hindurch bis zum Horizont. Wenn er es doch nur zurück zur Michelsmühle schaffen würde! Dort konnte er übernachten und am nächsten Morgen ausgeruht zur Werkstatt hinübergehen.

Unter Stöhnen richtete er sich auf. Vorsichtig senkte er sein Gewicht auf den Fuß. Als er gerade auftreten wollte, schoss ein stechender Schmerz das ganze Bein hinauf. Entsetzt rang er nach Atem. Erneut rannen Tränen die Wangen hinab. Franz schloss die Augen und wartete. Bald ließ der Schmerz nach. Behutsam versuchte er es erneut, dieses Mal auf das Schlimmste gefasst; es ging besser als erwartet. Er kaute auf den Lippen, wankte los, denselben Weg zurück, den er gekommen war: durch die Felder hinunter zum Schowes, am Kloster vorbei und in die Mühle. Zumindest dachte er das. Den Schlüssel zur Mühle spürte er bei jedem Schritt in seiner Hosentasche.

Böse Überraschung

Aufgeregtes Vogelzwitschern begrüßte den neuen Tag. Bald erfüllte es den ganzen Eltzer Hof. Die Mehlschwalben bauten emsig an ihren Nestern, die sie direkt unterhalb des Dachvorsprungs an der Hauswand platziert hatten. Die blauschwarz schimmernden Vogelköpfchen glänzten im Sonnenlicht. Helena beobachtete sie fasziniert. Geschickt hackten die kleinen Vögel ihre Krallen in den Mauerputz und stopften mit den Zweigen aus ihren Schnäbeln den kugelförmigen Bau. Nicht mehr lange und die Weibchen legten ihre Eier hinein.

Helena stieg die Treppe hinunter. Die Aussicht, ohne Begleitung durch die Straßen der Stadt zu spazieren, und das mit Billigung ihrer Eltern, erfüllte sie mit Genugtuung. Es würde jedoch kein leichter Gang werden. Bei dem Gedanken, dem Vater ihrer verstorbenen Freundin Lieselotte allein gegenüberzutreten, wurde ihr doch etwas flau im Magen. Als sie den gepflasterten Boden erreicht hatte, zupfte sie nervös an ihrem schwarzen Schal, den sie über ihrem gelben Kattunkleid trug. Ihr Strohhut verrutschte. Helena nestelte an ihm herum. Es war schwer, ihn ohne Spiegel einigermaßen ordentlich auf der Frisur zu befestigen.

Ungeduldig wartete sie auf ihre Mutter, die ihr ein Paket mit Leckereien für die Weinands hinausbringen wollte. Dann gedachte sie, ihre Mission anzutreten.

»Guten Morgen, Helena!«

Die weiße Haube von Cornelie Görgen erschien am mittleren Fenster ihres Salons im ersten Stock des Kelterhauses.

»Guten Morgen, Frau Görgen.«

»So früh schon ausgehfertig? Haben Sie an diesem herrlichen Vormittag etwas Besonderes vor? Wollen Sie mir nicht davon erzählen?«

»Ich gehe zu Familie Weinand, um ihnen anzubieten, mich um die jüngeren Geschwister Lieselottes zu kümmern. Meine Eltern haben es mir erlaubt.«

Cornelie Görgens Gesichtsausdruck wirkte auf einmal entsetzt. Sie machte merkwürdige Zeichen, die Helena nicht deuten konnte.

»Das ist ein schwieriges Vorhaben. Passen Sie auf sich auf!«, warnte die Notarsgattin. »Meine Waschfrau hat mir erzählt, dass der alte Weinand kurz vor dem Wahnsinn steht. Kein Wunder, bei dem Unglück. Wäre es nicht besser, wenn jemand Sie begleitet?«

»Was soll schon passieren? Ich habe keine Angst vor dem Fassbinder«, verkündete Helena bestimmter, als ihr zumute war.

»Helena, was erzählst du da? Du langweilst Frau Görgen sicherlich.«

Die Mutter war aus dem Haus gekommen und hatte sich neben Helena gestellt. Tadelnd schüttelte sie den Kopf und wandte sich an ihre Nachbarin: »Entschuldigen Sie das Verhalten meiner Tochter. Sie wollte Sie nicht belästigen.«

»Keine Ursache, liebe Frau Weissgerber. Ich freue mich immer, mit Helena zu plaudern. Derzeit komme ich ja nicht mehr aus dem Haus. Da tut es mir gut, etwas über die Ereignisse in der Stadt zu erfahren.«

»Ich weiß nicht, ob das die richtigen Dinge sind, mit denen man sich in Ihrem Zustand beschäftigen sollte. Es ist erschütternd, was hier geschieht. Wir dachten, hier im Rheintal wäre es friedlicher als in der Stadt. Man wagt gar nicht, darüber nachzudenken.«

»Trotzdem schicken Sie Ihre Tochter nun allein zu diesem Weinand. Das finde ich sehr gewagt.«

»Unsere Magd wird sie begleiten«, warf Franziska Weissgerber ein.

Helena stutzte. Das hatte ihr bislang niemand gesagt.

»Ihre Magd? Ich bin mir nicht sicher, ob ihre Begleitung ausreicht. Sehen Sie, dort kommt Pfarrer Berger. Eigentlich wollte er zu mir, aber ich bin sicher, dass er gern bereit ist, mit Helena zu Weinands zu gehen.«

Mutter und Tochter drehten sich zum Hoftor um. Im selben Moment bog ein schlanker Mann in Soutane um die Ecke. Als er sie erblickte, nahm er den Hut vom Kopf und eilte auf sie zu.

»Bonnschur, die Damen.«

Tief verbeugte er sich vor ihnen. Auch nach oben zum Fenster hin, aus dem die Notarsfrau herausschaute, deutete er einen Diener an.

»Sie wollen schon gehen?«

Helena wunderte sich, wie schnell er die ganze Situation erfasst hatte.

»Denken Sie nur, Fräulein Weissgerber möchte dem armen Weinand ihre Aufwartung machen und ihm anbieten, sich um die unglückseligen Kinder zu kümmern.«

»Ein selbstloses Angebot, sehr löblich.«

Berger verharrte in leicht vorgebeugter Haltung, den Hut fest an die Brust gedrückt, und blickte erst zu Helena, dann zu ihrer Mutter, dann wieder zu ihr.

»Trost und Hilfe hat Weinand bitter nötig. Wir sollten allerdings nicht vergessen, die Verstorbene in unsere Gebete mit einzuschließen, damit Gott der armen Sünderin gnädig ist.«

»Lieselotte ist keine arme Sünderin«, brauste Helena auf.

»Kind!«, rief ihre Mutter erschrocken.

Der Pfarrer verzog für einen kurzen Moment das Gesicht, dann hatte er seine Mimik wieder unter Kontrolle.

»Sie haben Recht: Wer sich ohne Sünde fühle, der werfe den ersten Stein.«

Sie schluckte eine weitere Bemerkung hinunter, sah ihm allerdings unverwandt in die Augen.

»Wollen Sie Fräulein Weissgerber nicht begleiten, Herr Pfarrer?«, wagte Cornelie Görgen unterdessen einen Vorstoß.

Das befremdete Helena. Was sollte das? Gestern erst hatte Cornelie Görgen ihr verraten, was sie von dem Pfarrer wirklich hielt, und nun das! Während Groll in ihr aufstieg, bemerkte sie, wie ihre Mutter blass wurde und nach Fassung rang. Aus den Augenwinkeln beobachtete sie den vernichtenden Blick, den sie der Notarsfrau zuwarf. Damit hatte sie nicht gerechnet. Dann aber nahm sie Haltung an.

»Danke für Ihren Vorschlag, meine Liebe«, säuselte Franziska Weissgerber in Richtung des Kelterhauses, »aber ich denke, meine Tochter wird auch ohne die Hilfe des verehrten Herrn Pfarrer zurechtkommen. Auf Wiedersehen.«

Ohne die Erwiderung abzuwarten, packte sie Helena am Arm und lenkte sie Richtung Hoftor.

»Was ist mit unserer Magd? Soll ich nicht auf sie warten?«,

fragte Helena ihre Mutter erstaunt. »Und was ist mit dem Päckchen für Weinands?«

»Das dauert jetzt alles zu lange. Du gehst allein. Den Weg kennst du. Die Magd wird nachkommen, sobald sie in der Küche fertig ist.«

Sie drückte ihrer Tochter einen Kuss auf die Wange und schob sie auf die Straße hinaus.

Langsam erwachte die Stadt zum Leben. Helena genoss es, mitten durch das morgendliche Getümmel zu gehen. Eine Magd fegte die Gasse vor einem Hauseingang, die Hausfrau aus demselben Haus schüttelte ein dickes Federbett am Fenster aus. Zwei Handwerksburschen eilten grüßend an den Frauen vorbei, ein Junge mit Schultornister auf dem Rücken war ihnen dicht auf den Fersen.

Ein alter Mann schob einen Karren vor sich her, auf dem zwei große blecherne Eimer standen. Aus ihnen stank es erbärmlich. Helena beobachtete, wie er an jede Haustür klopfte. Wurde ihm geöffnet, dann stellte er den Karren ab, nahm Eimer und Schaufel und verschwand im Hauseingang. Sobald er wieder herauskam, entleerte er den Inhalt des Eimers auf seinem Wagen. Helena kniff sich mit den Fingern die Nasenflügel zusammen und drückte sich rasch an ihm vorbei.

Wie so oft stauten sich die Fuhrwerke bei der Engstelle in Höhe der ehemaligen Schmidtspforte. Ein breit beladenes Fuhrwerk hatte sich zwischen den engen Mauern verkeilt. Hinter diesem warteten bereits mehrere Kutschen. Zu allem Überfluss war auch noch eine Achse unter der Last des ersten Wagens gebrochen. Die Fuhrleute schimpften lauthals aufeinander ein. Viele Neugierige hatten sich um sie herum versammelt. Es war das beinahe täglich gleich ablaufende Schauspiel. Je näher Helena ihm kam, desto deutlicher vernahm sie die Flüche, die die Männer gegeneinander ausstießen. Dann entdeckte sie den Wachtmeister, den jemand gerufen hatte, um den Streit zu schlichten. Helena musste sich zwischen den anderen Menschen hindurchzwängen, um weiterzukommen.

Kurz darauf bog sie nach rechts in die Steingasse und anschließend über den Balz in die Bingergasse. In den engen Straßen schallte der Lärm aus den Werkstätten. Kinder sprangen über den Weg, spielten Fangen oder warfen sich Lumpen zu. Schließlich erreichte Helena das Haus der Weinands.

»Bonnschur«, grüßte sie, als sie in den Hof ging. Niemand war zu sehen. Aus der Werkstatt hörte sie lautes Hämmern. Neugierig ging sie hinüber. Noch nie hatte sie die von innen gesehen. Sie brauchte eine Weile, bis sie sich im Halbdunkel der Werkstatt zurechtfand. Langsam zeichneten sich die Umrisse von zahllosen Fässern ab. Halbfertig stapelten sie sich an der Wand empor. Holzleisten lagen auf dem Boden, ebenso lange Stücke aus Eisen. Helena musste aufpassen, nicht darüber zu stolpern. Vorsichtig setzte sie einen Fuß vor den anderen.

An der Werkbank stand Anton, Lieselottes älterer Bruder, und bearbeitete ein Eisenstück mit einem klobigen Hammer. Schrill dröhnte das Schlagen von Eisen auf Eisen. Anton hielt den Hammer in der linken Hand, das Eisenstück in der rechten. Er hatte eine braune Lederschürze umgebunden; die Ärmel seines hellen Leinenhemdes waren unordentlich aufgekrempelt. Seine bloßen Unterarme waren muskulös. Dicke blaue Adern durchzogen die helle Haut.

»Bonnschur«, wiederholte sie lauter.

Nun hatte er sie gehört. Erstaunt unterbrach er seine Arbeit und blickte auf.

»Bonnschur, Fräulein Weissgerber. Was wollen Sie bei uns?«

Schwerfällig senkte er den Hammer, wischte die Hände an der Schürze ab. Dennoch blieben sie schmutzig. Schnell versteckte er sie hinter seinem Rücken.

»Ich wollte Ihnen und Ihrem Vater noch einmal meine Hilfe anbieten. Ich würde mich von Herzen gern um Ihre jüngeren Geschwister kümmern, bis Sie wissen, was mit ihnen geschehen soll. Sie können einige Zeit bei uns im Eltzer Hof wohnen. Platz haben wir dort genug.«

»Danke, sehr nett von Ihnen.« Unsicher lächelte er sie an. »Aber ich glaube nicht, dass mein Vater das erlaubt.«

»Fragen Sie ihn doch einfach. Oder ist er nicht da?«

Suchend blickte sie sich um und bemerkte erst jetzt, dass außer

Anton niemand in der Werkstatt und im Hof zu sehen war. Auch das Haus wirkte verlassen.

»Wo sind Ihre Geschwister? Wo ist Ihr Vater?«

»Die Kleinen sind bei einer Nachbarin, und mein Vater ist weg.«

»Weg? Wohin?«

»Keine Ahnung.«

Er zuckte mit den Achseln, blickte auf die Werkbank hinunter. Sicher hatte er viel zu tun und wollte gleich weiterarbeiten.

»Ich denke, Sie gehen besser«, sagte er. Sogleich griff er wieder nach dem Hammer und konzentrierte sich darauf, das vor ihm liegende Stück Eisen zu schlagen.

»Es geht Ihnen nicht gut, nicht wahr?« Helena ließ nicht locker. »Haben Sie niemanden, mit dem Sie sich aussprechen können?«

Besorgt ging sie auf ihn zu. Als sie dicht vor ihm stand, glitt ihr Blick über sein ausgemergeltes Gesicht. Ein Bluterguss hatte ein Auge zuschwellen lassen. Das andere war von einem schwarzen Rand unterlaufen. Es war Anton Weinand deutlich anzusehen, dass er in den letzten Tagen viel geweint und wenig geschlafen hatte. Ob er unter seinem Vater zu leiden hatte? Wie hatte Cornelie Görgen vorhin erzählt: Die Waschfrau meinte, der Alte stünde kurz vor dem Wahnsinn?

Der Hammer knallte laut herunter. Plötzlich schluchzte Anton auf: »Wie gut soll es mir gehen, wenn innerhalb eines Jahres meine Mutter, mein Bruder und jetzt auch noch meine Schwester gestorben sind?«

Verlegen wischte er sich mit der Hand über die Wange, schluchzte erneut.

»Verzeihung. Das war eine dumme Frage von mir.« Sachte berührte Helena seinen Arm. »Ich habe Lieselotte sehr gemocht. Sie war ein nettes Mädchen. Ich hätte sie gern zur Freundin gehabt.«

»Da sind Sie bald die Einzige. Fast alle zerreißen sich das Maul über sie. Auf einmal heißt es, sie sei eine evangelische Hure gewesen. Dabei wissen alle, dass das nicht stimmt. Sie war ein anständiges Mädchen. Das glauben Sie doch auch, oder?«

Verzweiflung stand in seinem Gesicht.

»Natürlich«, versicherte Helena sofort. »Ich kann mir nicht vorstellen, wie es dazu kam, dass sie –«

»Das kann ich mir auch nicht vorstellen! Doch nicht Lieselotte! Meine Schwester war nicht so eine!«

»Nein, das war sie ganz bestimmt nicht.«

Sie senkte den Blick. Eine Weile schwiegen sie.

»Wenn ich nur wüsste«, begann Anton wieder, »wer uns das angetan hat. Wenn ich den in die Finger kriege, der sie ins Unglück gestürzt hat!«

Er schwang den Hammer in der Luft. Schon waren die Tränen vergessen. Wilde Entschlossenheit spiegelte sich in seinem Gesicht, als er Helena ansah.

»Eins verspreche ich Ihnen: Der Kerl wird nicht ungeschoren davonkommen. Ich werde ihn finden und den Tod meiner Schwester bitter an ihm rächen!«

»Gar nichts wirst du, du altes Waschweib!«

Unter lautem Gepolter kam Heinrich Weinand in die Werkstatt. Sein spärliches Haar stand in allen Himmelsrichtungen vom Kopf ab, seine Kleider flatterten zerrissen um seinen mageren Leib.

Helena erschrak über seinen ungepflegten Anblick und wich ein paar Schritte zurück.

»Du bleibst hier und kümmerst dich um die Werkstatt«, wies der alte Fassbinder seinen Sohn zurecht. »Vielleicht kriegst du wenigstens das hin, ohne dass dich der Wachtmeister gleich wieder in der Burg einsperrt.«

Wirr schaute er um sich und entdeckte Helena.

»Was wollen Sie schon wieder hier? Haben Sie immer noch nicht genug von unserem Elend? Lassen Sie uns endlich in Frieden!«

»Ich will Ihnen meine Hilfe anbieten.«

Ihre Stimme zitterte, trotzdem brachte sie die Worte einigermaßen laut und verständlich heraus.

»Wir brauchen Ihre Hilfe nicht. Gehen Sie!«

Bedrohlich holte er mit der Hand aus. Helena duckte sich entsetzt. Erst im letzten Moment verwandelte sich seine Bewegung in eine wegscheuchende Geste. Dennoch wollte sie ihm nicht länger gegenüberstehen. Schnell raffte sie ihren Rock und eilte, ohne sich noch einmal umzusehen, zum Hoftor hinaus.

Vor Schreck war sie in die falsche Richtung gelaufen. Erschöpft rang sie nach Atem. Erst dann bemerkte sie, dass sie schon fast am Binger Tor angelangt war. Neugierig sah sie sich um. Hierhin hatte sie sich noch nie gewagt. Die kleinen Häuschen wirkten armselig, ebenso die Kinder, die davor spielten. Keine Großmutter und keine Magd kümmerten sich um sie. Sie schienen ganz auf sich allein gestellt, während ihre Eltern und älteren Geschwister wahrscheinlich alle irgendwo in der Stadt arbeiteten.

»Bonnschur, Helena«, vernahm sie eine vertraute Stimme. Erleichtert drehte sie sich in ihre Richtung. Lukas grinste sie an.

»Was machst du hier?«, fragte er.

Die Hände in den Hosentaschen, mit den Füßen einen kleinen Stein vor sich her tretend, kam er näher.

»Dasselbe könnte ich dich fragen«, erwiderte sie.

»Wieso bist du allein unterwegs? Ich dachte, dass deine Mutter dich behütet wie einen Schatz.«

»Heute durfte ich ausnahmsweise allein zu Weinands. Allerdings muss ich gleich wieder zurück.«

»Schade. Ich hätte dir gern draußen vor der Stadt etwas gezeigt, was du bestimmt noch nicht kennst.«

»Draußen vor der Stadt? Da sind doch nur Wiesen und Felder.«

Belustigt musterte sie sein sommersprossiges Gesicht, in dem die blauen Augen im gleißenden Licht der Sonne funkelten.

»Falls du das Kloster meinst«, setzte sie nach, »das kenne ich schon. Meine Eltern und ich waren dort bereits zum Essen eingeladen und haben die Wasserheilanstalt von Doktor Schmitz besichtigt. Auch den schönen Park, den er herrichten ließ, hat er uns bei diesem Anlass gezeigt.«

Sie verschränkte die Arme vor ihrer Brust und wog ihren Oberkörper hin und her.

»Ich werde dir etwas viel Besseres zeigen«, behauptete er frech. »Du wirst staunen. Wir haben gestern schon einmal darüber gesprochen. Es hängt mit Thonets zusammen. Komm mit und lass dich überraschen. Oder traust du dich nicht, mit mir vor das Tor zu gehen?«

Natürlich musste sie ihn vom Gegenteil überzeugen. Außerdem hatte er ihre Neugier geweckt. Er besaß wirklich Talent, Dinge zu erkunden und Neuigkeiten herauszufinden. Ohne zu zögern, raffte sie ihren Rock und spazierte an ihm vorbei zum Binger Tor hinaus.

Direkt dahinter empfing sie eine Schar aufgeregt schnatternder Gänse. Als sie mitten durch sie hindurchschritt, streckten sie die Hälse empor und zischten. Ein etwa zwölfjähriges Mädchen sprang rasch herbei und hieb mit einer Weidenrute nach den Tieren. Helena kümmerte sich nicht weiter um sie. Flugs überquerte sie die kleine Brücke über den Orgelbornsbach. Erst an der Weggabelung blieb sie stehen.

»Und wohin jetzt?«

»Nach rechts zur Mühle«, befahl er.

Wie selbstverständlich lief er dorthin. Sie zögerte noch.

»Meinst du etwa die Michelsmühle von Thonets?«

»Klar, welche denn sonst? Komm mit!«

Durfte man einfach so dort hingehen? Was, wenn einer der Gesellen dort gerade arbeitete? Oder wenn ein Wachhund aus irgendeiner Ecke hervorschoss und sie angriff? Sehr vorsichtig folgte Helena Lukas.

Alles blieb ruhig. Still und verlassen lagen die Gebäude da.

Lukas schritt zielstrebig auf das zweiflüglige Holztor zu. Kurz entschlossen eilte sie ihm nach.

»Seltsam«, rief er aus. »Es ist aufgebrochen! Dabei weiß ich genau, dass Franz es gestern Abend fest verschlossen hat.«

»Franz?«

»Franz Thonet, der Sohn vom Tischler. Ich habe ihn hier getroffen, und er hat mir die Mühle gezeigt. Da drinnen siedet Martin Altdorf für die Thonets seinen geheimnisvollen Leim. Riesige Berge mit Leder liegen dort herum. Daneben stehen große Tröge mit Milch. Um das Leder für den Leim zu bearbeiten, wurden Gruben im Boden eingelassen. Das musst du dir ansehen! Komm mit!«

»Lass es gut sein, Lukas. Ich glaube dir, dass die Mühle interessant ist. Aber wir sollten besser gehen, bevor jemand kommt und es Ärger gibt.«

»Ärger gibt es bestimmt keinen. Franz Thonet kennt mich. Deshalb muss ich nun erst nachsehen, was hier los ist. Falls etwas nicht stimmt, muss ich es ihm sofort sagen. Vielleicht ist jemand eingebrochen und hat die Lederreste gestohlen.«

Ehe sie ihn zurückhalten konnte, öffnete er das Tor und verschwand im Dunkel der Mühle. Mit klopfendem Herzen wartete sie draußen. Zum Glück spendeten die verwachsenen Äste der Kastanie mitten im Hof genug Schatten, so dass sie wenigstens nicht in der prallen Sonne stehen musste. Um sich abzulenken, sah sie sich den Vorhof der Mühle genauer an. Er war nicht gepflastert, der Boden lediglich festgestampft. Nichts deutete mehr auf die ursprüngliche Nutzung hin. Der Schuppen auf der gegenüberliegenden Hofseite verrottete; Werkzeug stand keines herum. Spatzen zwitscherten aus Leibeskräften ihr Frühlingslied, hin und wieder verfielen sie in erregtes Kampfgezeter. Helenas Blick wanderte aufwärts zum Himmel, wo er an einem großen Raubvogel hängen blieb, der dort seine Kreise zog. Anscheinend hatte er auf den weiten Wiesen etwas entdeckt. Seine Kreise wurden enger und enger. Gleich würde er wie ein Pfeil hinabstürzen.

»Helena! Schnell!«

Lukas' spitzer Schrei ließ sie zusammenfahren.

»Komm her und hilf mir«, rief er von drinnen.

Einen Moment rang sie mit sich. Sollte sie wirklich in die dunkle Mühle hineinrennen? War es nicht besser, in die Stadt zu laufen und Hilfe zu holen? Was, wenn Lukas gerade etwas Schreckliches passiert war?

Schließlich hob sie den Rock und stürmte in die Mühle hinein.

Von drinnen schlug ihr erbärmlicher Gestank entgegen. Zunächst sah sie nichts, so dunkel war es. Dann gewöhnten sich ihre Augen an das karge Licht, und sie konnte die Umrisse verschiedener Gegenstände unterscheiden. Unruhig wanderte ihr Blick umher. Endlich entdeckte sie Lukas. Er stand gleich rechts an einem riesigen Bottich und starrte entsetzt hinein.

Langsam ging sie auf ihn zu. Als sie den Ausdruck in seinem

Gesicht sah, ahnte sie Schlimmes. Stumm deutete er zum Bottich. Der war brusthoch. Sie musste sich auf die Zehenspitzen stellen, um hineinspähen zu können. Ungläubig schwankte sie zurück, beugte sich wieder vor und linste erneut hinein.

Tatsächlich! In einer milchigen Flüssigkeit kauerte jemand. Sein Kopf war auf die Brust gesunken, das Gesicht nicht zu erkennen. Doch eins stand fest: Er war tot!

Es dauerte Müller viel zu lange, bis die Kutsche mit dem Kreisphysikus eintraf. Längst fielen die Sonnenstrahlen von Süden her senkrecht in den Hof der Michelsmühle. Insekten schwirrten durch die Luft.

Dass dieser März so warm zu Ende ging, behagte Müller gar nicht. Wahrscheinlich erfroren dann die Obstblüten im April. Dass der Frost noch einmal zurückkommen würde, war so sicher wie das Amen in der Kirche. Auch der alte Bertram hatte das vor zwei Tagen prophezeit. Menschen wie er, die ihr ganzes Leben in den Weinbergen und auf den Feldern verbracht hatten, besaßen ein gutes Gespür für die Natur. Sollte es in diesem Jahr abermals zu einer schlechten Ernte kommen, würde die Stimmung unter der Bevölkerung endgültig kippen, davon war Müller fest überzeugt. Zu lange darbten die Menschen im Rheintal bereits, als dass sie weitere Einschnitte verkraften konnten. Zu lange hofften sie schon auf Besserung, als dass sie eine weitere Enttäuschung widerstandslos hinnehmen würden. Gleichzeitig wusste er, dass das, was in den letzten Tagen in Boppard geschehen war, den besten Anlass dafür bot, die lang aufgestaute Wut und Enttäuschung endlich ausbrechen zu lassen.

Erschöpft wischte er sich mit dem Handrücken über die Stirn. Nicht nur die düsteren Aussichten machten ihm zu schaffen. Auch das, was er da vorhin in der Mühle gesehen hatte, lehrte ihn das Fürchten. Dabei war ihm einmal mehr klar geworden, dass er die alten Bilder nicht mehr loswerden würde. Dass sie ihn Zeit seines Lebens in immer neuen Variationen heimsuchten, kaum dass er sie einmal verdrängt hatte. Die Geschichten wiederholten sich eben doch – und steigerten sich mit jedem Mal ein Stück mehr ins Schreckliche hinein. Ob der Tote in der Mühle auch mit

Lieselottes Tod zusammenhing? Ob der Täter gar derselbe war? Am Ende wirklich Reitz? Oder war er, Müller, gerade dabei, sich in eine aberwitzige Idee zu verrennen?

Breitbeinig baute er sich vor dem Holztor des Mühlenhauses aus rotem Backstein auf. Er beäugte die Menschen, die sich nach und nach auf dem schmalen, langen Platz vor der Mühle einfanden. In der Mehrzahl handelte es sich um die üblichen Neugierigen. Die Michelsmühle lag vor den südlichen Toren der Stadt. Es dauerte eine Weile, bis sich die Nachricht in Boppard verbreitet hatte. Zunächst trafen Leute aus der Oberstadt ein. Allmählich aber drang die Kunde weiter über den Marktplatz bis in die Niedersburg vor. Müller grüßte den alten Bertram aus der Steingasse, einen Winzer aus dem Mühltal und den Gerber Schlad aus der Zelgesgasse, entdeckte gleich daneben zwei Männer aus der Hospitalgasse.

Was ihn wunderte, war, dass sich keiner der Thonets oder wenigstens jemand aus der Werkstatt blicken ließ. Als die Besitzer der Mühle hatte er sie umgehend benachrichtigen lassen. Auch ohne den Boten hätten sie längst durch irgendwen anderen von dem grausigen Fund gehört haben müssen. Auch der Bäckergeselle Sebastian Reitz und Anton Weinand fehlten. Sonst waren auch sie immer gleich zur Stelle gewesen, wenn in der Stadt etwas Ungewöhnliches geschehen war. Ob sie für ihr Fehlen einen triftigen Grund hatten? Eigentlich gab es nur *einen* denkbaren.

Müller schnaubte und versuchte, diesen Gedanken zurückzudrängen. Noch sollte er sich mit Verdächtigungen zurückhalten. Noch wusste er viel zu wenig über das, was hier in den letzten Stunden tatsächlich geschehen war. Vorsichtig wechselte er vom rechten auf den linken Fuß und wieder zurück. Das Stehen bekam seinem Bein nicht. Doch besaß er aus der Landwehrzeit genug Disziplin, den Schmerz zu ertragen.

Gleich vorn in der ersten Reihe drückte sich Ferdinand Bock aus Salzig herum.

»Wo steckt Schuster? Ihr zwei seid doch sonst unzertrennlich!«, rief Müller ihm zu.

»Der fährt bei Lamberti auf dem Kahn mit. Nachdem wir ihm gestern beim Entladen am Rheinkran geholfen hatten, war der ganz begeistert von ihm. Wenn Schuster Glück hat, kann er sogar für längere Zeit mitfahren.«

»Dann hat wenigstens einer von euch eine geregelte Beschäftigung. Schusters Frau wird sich freuen.«

»So sehr, dass sie ihm dann bestimmt bald einen weiteren Esser am Tisch beschert«, grinste Bock. »Ich bin froh, nie geheiratet zu haben. Da bleibt uns doch so manches erspart, was, Müller? Stell dir vor, Agnes hätte dich damals wirklich genommen, dann müsstest du ihr jeden Abend erzählen, was du tagsüber getan hast, und jeden mühsam verdienten Groschen auf den Tisch legen. Läuft einmal alles einigermaßen gut, gebiert dir deine Frau sofort wieder einen weiteren hungrigen Panz in die Runde, und dann reicht es wieder hinten und vorn nicht mehr. Damit beginnt die ewige Hatz auf Geld und Essen von neuem. So kommst du nie zu etwas!«

Bock schien gar nicht zu bemerken, wie tief er Müller mit seinen scherzhaft gemeinten Worten verletzte. Die Augen zu schmalen Schlitzen zusammengekniffen und die Lippen fest verschlossen, sah Müller ihn an. Er empfand es als vollkommen unnötig, in dieser Form auf die Geschichte mit Agnes angesprochen zu werden. Ausgerechnet Bock musste so reden. Dabei wusste der doch genau, warum Agnes damals weggerannt war und später nicht mehr auf seine Rückkehr von der Landwehr gewartet hatte! Für Bock wäre es ohnehin besser, die alten Erinnerungen nicht so laut heraufzubeschwören. Wenn Müller wollte, konnte er Bock aus der Sache auch jetzt noch einen Strick drehen. Schließlich war er nicht der Einzige, der bezeugen konnte, dass Bock bei der damaligen Hetzjagd auf den Evangelischen in vorderster Reihe mit dabei gewesen war.

Endlich ratterte der offene Wagen des Kreisphysikus heran. Er lenkte das einspännige Gefährt selbst. Müller sah ihm entgegen, wie er in weitem Bogen auf den Hof einschwenkte und mitten durch die Herumstehenden bis vor die Scheune fuhr. Im letzten Moment konnten die Männer zur Seite springen. Der alte Bertram stürzte fast, als er es ihnen nachtun wollte. Heusner scherte sich keinen Deut darum. Er mühte sich aus seinem Wagen. Erst als er ausgestiegen war, wurde der schmächtige Lukas sichtbar, der neben ihm hatte sitzen dürfen. Flink kletterte er nun ebenfalls heraus.

Müller hatte inzwischen schon weit über eine Stunde vor der Mühle gewartet, im Rücken die Tür, hinter der sich ein schauerlicher Anblick bot, vor sich die Meute Neugieriger, die sich nichts entgehen lassen wollte.

Seinen Unmut konnte Müller nur mehr schwer verbergen, als Kreisphysikus Heusner von der Seite zu ihm herankeuchte. Das Gesicht rot angelaufen, in der Hand ein riesiges weißes Taschentuch, verströmte Heusner bereits auf fünf Schritt Entfernung einen unangenehmen Schweißgeruch. Angewidert kräuselte Müller die Nase. Die schwere Arzttasche aus braunem Schweinsleder ließ der Kreisphysikus sich von Lukas hinterhertragen. Müller bemerkte, dass das Gesicht des Jungen wieder etwas Farbe aufwies. Als er vor mehr als zwei Stunden bei ihm in der Wachstube aufgetaucht war, hatte er noch kreidebleich ausgesehen und am ganzen Leib gezittert.

»Bonnschur, Wachtmeister«, grüßte Heusner und lüpfte den hohen Hut. Hastig tupfte er sich Stirn und Wangen. »Eine furchtbare Geschichte! Ich habe erst einmal Fräulein Weissgerber versorgt. Die junge Frau ist zu Tode erschrocken. Mittlerweile befindet sie sich zu Hause in der Obhut ihrer Mutter. Gut, dass Sie so geistesgegenwärtig gewesen sind, sich zunächst um das Heil der Lebenden zu kümmern, und die junge Dame in den Eltzer Hof haben bringen lassen.«

Das Lob des Arztes nahm Müller stumm zur Kenntnis. Zu gern hätte er auch Lukas versorgt. Aber daran war natürlich nicht zu denken. Wer hätte das übernehmen sollen? Mitleidig tätschelte er dem Jungen den Kopf und griff nach der schweren Arzttasche, die Lukas kaum mehr halten konnte.

»Lassen Sie uns unsere Pflicht tun. Wo liegt der Tote?« Ungeduldig schob ihn der Arzt zur Seite und öffnete das Tor. »Oh Gott, das stinkt ja bestialisch!«

Entsetzt hielt Heusner sich sein Taschentuch vor die Nase und stieß das Tor weiter auf. Grelles Tageslicht fiel in den düsteren Innenraum und stellte die darin herrschende Unordnung bloß. Ein erregtes Drängen und Schubsen setzte unter den Schaulustigen ein. Jeder wollte als Erster einen Blick in die Mühle erhaschen. Selbst der Gestank nach Leder und Fäulnis konnte die Leute nicht davon abhalten.

»Zurück!«, befahl Müller, ließ die Tasche fallen und zog seinen Säbel, um seiner Aufforderung Nachdruck zu verleihen. Unter Murren und Unmutsäußerungen wich die Menge ein paar Schritte nach hinten.

»Bringen Sie mir zwei, drei Freiwillige, die mir helfen, den Toten aus dem Bottich zu heben!«, rief unterdessen der Kreisphysikus und kam noch einmal kurz heraus, um seine Tasche zu holen.

Das wirkte. Alle rannten und stolperten zum entferntesten Ende des Hofes.

»Ihr habt es gehört: Wir brauchen kräftige Männer, die uns helfen«, verkündete Müller. »Wie es scheint, sind hier allerdings nur Schwächlinge zugegen. Vielleicht läuft einer von euch in die Stadt und besorgt mir von dort echte Kerle!«

Langsam wanderte sein Blick durch die Reihen. Einer nach dem anderen senkte die Augen.

»He du, komm her!«, forderte er einen blondhaarigen Burschen auf, der unter dem groben Hemd eine muskulöse Figur vermuten ließ, »und bring Ferdinand Bock neben dir gleich mit. Ein echter Salziger fürchtet sich doch vor nichts, nicht wahr?«

Dann wandte er sich gleich einem weiteren Mann zu: »Schlad, du kannst den Geruch da drinnen am besten ertragen. Schließlich lieferst du die Abfälle aus deiner Gerberei hierher.«

Nicht eben begeistert von dem Auftrag marschierten die drei zusammen mit Müller in die Mühle. Müller holte noch einmal tief Luft, dann bezwang er sich. Es kostete ihn große Überwindung, sich an den Bottich mit Kalkmilch zu stellen. Kreisphysikus Heusner hatte sich unterdessen über den Rand des brusthohen Gefäßes gelehnt und versuchte, den zusammengekauerten Leichnam mit dem Gesicht zu sich zu drehen. Vergebens.

Einige Minuten verstrichen. Die drei Helfer standen unschlüssig herum.

Langsam richtete der Kreisphysikus sich auf, trat ein paar Schritte zurück. Noch während er sich das schweißnasse Gesicht wischte, zeigte er mit der freien Hand auf den Bottich: »Bitte, meine Herren, ziehen Sie ihn heraus!«

Die Männer krempelten ihre Hemdsärmel weiter nach oben, nickten einander Mut zu und traten dicht heran. Dann linste der Erste von ihnen hinein, zerrte an dem Kopf.

Plötzlich zerriss ein Schrei die Stille.

»Das ist ja Martin Altdorf!«

Der Gerber Schlad hatte das Gesicht des Toten erkannt. Mit einem lauten Würgen drehte er sich ab und übergab sich dicht neben Müllers Stiefeln auf den Boden.

Mutwillige Zerstörung

Nach dem dritten Glas Wasser kehrten Müllers Lebensgeister zurück. Er ließ das kühle Nass langsam durch die Kehle rinnen. Erst als der letzte Tropfen hinuntergeschluckt war, fühlte er sich stark genug, um wieder aufzustehen. Umständlich rückte er den Gürtel um seine Uniformjacke zurecht, tastete nach dem Säbel und streckte das Rückgrat mit einem Seufzer durch. Sein dicker Bauch wölbte sich dabei weit nach vorn. Das Zittern in seinen Beinen hatte aufgehört. Beruhigt darüber stellte Müller sich noch ein Stück aufrechter als sonst hin.

»Franz ist also seit gestern Nachmittag verschwunden«, wiederholte er, was er kurz zuvor in der Thonet'schen Werkstatt erfahren hatte. »Warum sucht ihr nicht längst nach ihm?«

Michael, der zweitälteste Sohn des Tischlers, stand neben ihm und hielt den Krug mit Wasser. Er sagte nichts, sondern starrte nur in den Garten, der im Süden zur Landstraße nach Mainz auslief. Müllers Blick wanderte an dem Jungen vorbei über den Hof. Ein knorriger Nussbaum streckte seine Äste weit in den Obstgarten hinein, der milden Nachmittagssonne entgegen. Zu seiner Linken lagerte das Holz ordentlich aufgeschichtet in einem offenen Unterstand. Auf der rechten Seite erstreckte sich eine stark bemooste Mauer. In seinem Rücken wusste er die Werkstatt, in der die Gesellen arbeiteten. Müller wunderte sich über den geordneten Arbeitsablauf, obwohl doch weder der Meister noch sein ältester Sohn anwesend waren. Kein Zweifel, bei Thonets herrschte entgegen dem Gerede in der Stadt äußerste Disziplin.

»Hast du euren Gesellen schon erzählt, was mit Martin Altdorf passiert ist?«, fragte er den Sechzehnjährigen, der neben ihm ausharrte.

»Jacob hat es ihnen gesagt.«

»Jacob?«

»Einer unserer Lehrlinge: Jacob Henrich vom Balz. Er wohnt im Haus neben Ihrer Tante.«

Müller erinnerte sich. Wenn er sich nicht täuschte, dann war

Jacobs älterer Bruder mittags an der Mühle gewesen. Gut möglich also, dass er die Nachricht übermittelt hatte.

»Wie geht es deiner Mutter?«, fragte er. »Wie hat sie das alles aufgenommen?«

»Sie ist oben bei Theresia. Die Kleine ist sehr krank. Wir machen uns große Sorgen um sie.«

Müller spürte Schmerzen in seinem Bein. Das lange Stehen vor der Mühle hatte ihm nicht gut getan. Vielleicht lag es auch an dem schrecklichen Anblick in der Mühle, an seinem leeren Magen oder an der Wärme oder aber an all dem zusammen. Es war ihm unbehaglich zumute. Am liebsten hätte er den zweitältesten Thonet-Sohn stehen lassen und wäre gegangen. Aus ihm war nichts Wesentliches herauszubringen. Entgegen seinen Worten gab er sich merkwürdig unberührt vom Zustand seiner Schwester. Ebenso schien ihn die unerklärliche Abwesenheit des Bruders nicht sonderlich zu sorgen. Zu Martin Altdorfs entsetzlichem Ende hatte er bislang keine Silbe gesagt, geschweige denn ein Wort des Bedauerns geäußert. Dafür, dass der Geselle so lange und eng mit ihm zusammengearbeitet hatte, wirkte das mehr als seltsam. Wahrscheinlich hatte er ihm nicht eben nahe gestanden. In der Stadt munkelte man seit längerem schon, der alte Thonet habe Altdorf wie einen Sohn behandelt. Eigentlich also kein Wunder, dachte Müller, dass die leiblichen Kinder keine Träne über seinen Tod vergießen. Das Schicksal seines Bruders Franz und der kleinen Schwester sollte dem jungen Michael Thonet dagegen wirklich näher gehen!

Missbilligend betrachtete er den Jungen. Die Ähnlichkeit mit seinem älteren Bruder war nicht zu leugnen: Auch er war von schlanker, nicht sonderlich großer Gestalt. Sein braunes, dichtes Haar wies trotz der Kürze lockige Ansätze auf, was auch das straffe Zurückkämmen nicht verbergen konnte. Auf der Oberlippe spross zarter Flaum. Die Lippen waren sehr gerade und schmal. Selten schien sich darauf ein Lächeln zu legen. Für einen Sechzehnjährigen ist er viel zu ernst, befand Müller.

»Warum habt ihr noch nicht nach Franz gesucht? Vielleicht ist auch ihm etwas passiert.«

Die trockene Luft kitzelte ihn plötzlich in der Nase. Mit einem lauten »Hatschi!« befreite er sich von den winzigen Sägespänen, die er mit jedem Luftzug einatmete.

Der Thonet-Sohn wartete höflich, bis er sich geschnäuzt und das Taschentuch wieder in der Jacke verstaut hatte. Erst dann antwortete er ruhig: »Das glaube ich nicht. Er kann gut auf sich selbst aufpassen. Gestern Vormittag ist er auch für längere Zeit fort gewesen. Erst am späten Nachmittag ist er zurückgekommen und hat weitergearbeitet, als wäre nichts gewesen. So wird es auch jetzt wieder sein.«

»Wo ist Franz gestern Vormittag gewesen? Was treibt ihr hier, wenn ich nicht da bin? Und wo steckt überhaupt Martin?«

Ohne dass sie es bemerkt hatten, stand der Tischlermeister vor ihnen. Er wirkte erschöpft. Sein grauer Backenbart war zerzaust, das straff nach hinten frisierte Haar verschwitzt. Den dunkelgrauen Rock hatte er ausgezogen und trug ihn sorgfältig zusammengelegt über dem linken Arm. In der rechten Hand hielt er einen hohen Hut. Die Ärmel seines weißen Hemdes waren aufgekrempelt, das schwarze Kamisol mit den hellen Punkten darauf war aufgeknöpft und gab den leichten Bauchansatz frei. Offensichtlich wollte er gerade die Kleidung wechseln, um in der Werkstatt mit anzupacken.

»Bonnschur, Herr Thonet«, grüßte Müller betont freundlich. »Wie war die Ausstellung in Mainz?«

»Ach«, ärgerlich fuchtelte er mit dem Hut durch die Luft. »Sagen Sie mir lieber, was hier los ist. Mir scheint, es hat schon wieder Ärger gegeben.«

Müller räusperte sich und begann dem Meister eine möglichst schonende Darstellung der jüngsten Ereignisse zu liefern. Das geschah weniger aus Mitleid mit Thonet als vielmehr aus Rücksicht auf sich selbst. Schon wieder drängten sich die alten Bilder auf, verursachten ein Engegefühl in der Brust.

»Das ist alles nicht wahr!«

Bleich im Gesicht suchte der Tischlermeister nach einer Sitzgelegenheit. Unter Ächzen ließ er sich auf einem Stapel Holz nieder, lehnte sich mit geschlossenen Augen zurück.

»Martin ertränkt in der Mühle? Und Franz seit gestern Nachmittag verschwunden?«

Seine Hand fuhr durch das schlohweiße Haar. Mehrmals schüttelte er den Kopf, dann öffnete er die Augen und stierte ausdruckslos vor sich hin.

»Was sagt meine Frau dazu?«

»Mutter ist oben bei Theresia«, antwortete sein Sohn.

»Geh und ruf Tante Margaretha. Sie soll zu uns kommen und ihr beistehen. Wenn Franz etwas passiert ist, wird Anna das nicht überleben!«

Offensichtlich froh, damit Müller endlich zu entkommen, schickte der Junge sich an, wegzurennen. Als er durch das Tor wollte, stieß er mit einem Gleichaltrigen zusammen, der schüchtern aus der Werkstatt in den Hof zu Müller und dem alten Thonet herauskam.

»Was gibt es?«, wandte Müller sich an ihn.

»Ich weiß nicht, ob es wichtig ist«, druckste er herum und sah ängstlich zum Meister hinüber.

»Alles ist wichtig«, fuhr Thonet ihn an. »Rede endlich, Jacob, damit wir keine Zeit verlieren!«

»Gestern Nachmittag habe ich mit Franz geredet, kurz bevor er weggerannt ist«, sagte Jacob leise.

»Was hat er gesagt? Weißt du, wo er hinwollte?« Erregt stürzte Thonet sich auf den Lehrling, packte ihn bei den Schultern und schüttelte ihn kräftig.

»Lassen Sie ihn los«, fuhr Müller dazwischen. »So kann er gar nicht sprechen!«

Dankbar blickte der Junge ihn an.

»Eigentlich ist es meine Idee gewesen«, wisperte er und senkte den Blick. »Ich habe Franz vorgeschlagen, dass wir Martin suchen sollen. Sobald wir ihn aufgetrieben hätten, wollten wir ihn zu Ihnen bringen, Herr Wachtmeister, damit uns alle bewundern und für Helden halten, weil wir Lieselottes Mörder geschnappt haben!«

»Unfug! Martin hat das Mädchen nicht umgebracht!« Wieder brauste Thonet auf.

Müller achtete nicht weiter auf ihn, sondern konzentrierte sich ganz auf den Jungen: »Franz ist also allein los, um Martin zu suchen?«

Jacob nickte.

»Weißt du, wohin?«

Deutlich seufzte der Lehrling auf und murmelte etwas Richtung Boden.

»Was hast du gesagt?«, hakte Müller ungeduldig nach und hielt sich die Hand hinters Ohr, um besser zu hören. Gleichzeitig neigte er den Kopf zur Seite.

»Ich glaube, er wollte zur Mühle«, wiederholte Jacob lauter. »Auch Sebastian Reitz und die anderen wollte er nach Martin fragen. Bis Einbruch der Dunkelheit wollte er wieder zurück sein.«

»Und das erzählst du erst jetzt?«

Ehe Müller es verhindern konnte, packte der Tischlermeister den Jungen erneut und ohrfeigte ihn kräftig rechts und links ins Gesicht, dass es knallte. Entsetzt duckte sich Jacob. Mit erhobenem Arm versuchte er, sich vor weiteren Schlägen abzuschirmen. Schnell stellte Müller sich zwischen Thonet und ihn.

»Ihr hättet gestern Abend schon nach ihm suchen müssen«, sagte der Meister schließlich leise. »Was, wenn auch ihm etwas Schlimmes passiert ist?«

»Und was, wenn er Martin tatsächlich in der Mühle angetroffen hat?«

Auf seine Frage erntete Müller von Thonet nur einen vernichtenden Blick.

Es dauerte nicht lange, bis Müller einen Trupp Freiwilliger zusammen hatte, die er auf die Suche schicken konnte. Die Männer aus der Thonet'schen Werkstatt hätten eigentlich schon genügt, doch sobald sich die Nachricht in der Nachbarschaft verbreitet hatte, meldeten sich weitere zehn Burschen, um mitzuhelfen. Auch Ferdinand Bock tauchte auf. Noch immer stand ihm der Schock in den Augen.

»Ihr fangt gleich bei der Mühle an. Durchkämmt die Büsche und Wälder bis hinauf zum Kloster und weiter auf den Eisenbolz. Vielleicht ist er auf dem Kaufmannspfad unterwegs. Aber auch am Rheinufer solltet ihr suchen«, wies er die Männer an. »Am besten teilt ihr euch in Zweier- und Dreiergruppen auf. Hat jemand eine Idee, wohin Franz gelaufen sein könnte? Hat er einem von euch gegenüber mal ein besonderes Versteck oder einen Freund erwähnt?«

»Das alles ist doch sinnlos«, meldete sich Bock. »Er kann sich überall verstecken. Wenn er seit gestern unterwegs ist, holen wir ihn nicht mehr ein, vor allem, wenn wir nicht wissen, in welche Richtung er davongerannt ist.«

»Vielleicht ist er auf die andere Rheinseite hinüber«, mutmaßte ein schwarz gelockter junger Mann hinter ihm. »Dann können wir ihn hier bis zum Sankt Nimmerleinstag suchen!«

»Ich habe Franz gestern Abend noch gesehen«, Lukas schob sich durch die umherstehenden Burschen nach vorn. »Ich habe ihm den Schlüssel gegeben, den ich in der Nähe der Mühle gefunden habe. Er hat ins Schloss der Mühle gepasst. Zur Belohnung hat Franz mich noch mit in die Mühle genommen und mir dort alles gezeigt. Als wir gegangen sind, hat er sorgfältig abgeschlossen. Wir sind danach gemeinsam in die Stadt zurückgelaufen.«

»Was? Warum bist du nicht gleich zu mir gekommen und hast mir davon erzählt?« Aufgebracht sah Müller ihn an.

»Ich habe doch dem Kreisphysikus helfen müssen. Seit Sie mich heute Mittag zu ihm geschickt haben, hat er immer wieder einen neuen Auftrag für mich gehabt. Sogar ins Hospital habe ich noch mitgehen müssen. Erst als er angefangen hat, den Toten zu untersuchen, hat er mich endlich gehen lassen. Nicht einen Groschen hat er mir für meine Hilfe gegeben!«

»Schon gut, mein Junge, schon gut.« Sanft drückte Müller ihm die Hand auf die Schulter. »Franz hat die Mühle also fest abgeschlossen und den Schlüssel eingesteckt. Heute Vormittag aber ist das Schloss aufgebrochen gewesen.«

Das leise »Ja« beachtete er kaum, so sehr beschäftigten ihn seine neuen Überlegungen.

»Fällt dir sonst noch etwas ein?«, fragte er.

Lukas grübelte eine Weile, dann hob er den Kopf. Angst sprach aus seinen Augen.

»Ich habe ihm erzählt, dass Martin Altdorf Verwandte in Weiler oder Rheinbay hat. Vielleicht ist Franz dorthin gelaufen? Oder denken Sie wirklich, er hat Martin in der Mühle umgebracht?«

Müller schnaubte, dieses Mal, weil er nicht wusste, was er darauf antworten sollte. Er richtete den Blick über den Jungen hinweg ins dämmrige Licht des späten Nachmittags, das sich über die Franziskanergasse senkte.

Helena konnte sich nicht mehr daran erinnern, wie lange sie nach ihrer Rückkehr von der Mühle zum Eltzer Hof noch geschrien hatte. Die Tatsache, dass ihr Hals stark schmerzte und sich selbst dann noch trocken anfühlte, als sie mehrere Gläser Wasser getrunken hatte, deutete auf ein lang anhaltendes Schreien hin. An den Besuch von Kreisphysikus Heusner konnte sie sich nur vage erinnern. Noch immer zitternd vor Schreck kam sie schließlich in den Armen ihrer Mutter zur Ruhe.

»Was ist mit Lukas? Wer kümmert sich um ihn?«, fragte sie in die Stille hinein, die lediglich vom lauten Ticken der Uhr in der angrenzenden Eingangshalle unterbrochen wurde.

Überrascht löste Franziska Weissgerber sich aus der Umarmung mit ihrer Tochter.

»Du meinst diesen Jungen, der dich überhaupt erst in diese entsetzliche Situation gebracht hat?«

Die Mutter rückte von ihr ab. Sie saßen beide auf der Chaiselongue im Empfangssalon, dabei wurde Helena im Rücken von mehreren dicken Brokatkissen gestützt.

»Du weißt also gar nicht, was aus ihm geworden ist?«

Erstaunt richtete sie sich auf. Ihre heisere Stimme verwandelte ihre Worte in ein Krächzen.

»Ich will es gar nicht wissen, meine Liebe«, entgegnete Franziska Weissgerber. »Bereits gestern hatte ich dich darauf hingewiesen, dass dieser Junge kein Umgang für dich ist. Du musst auf deinen Ruf achten. Hättest du meinen Rat befolgt, wäre dir diese schreckliche Geschichte in der Mühle erspart geblieben.«

»Wie geht es unserer Patientin? Darf man stören?«

Vorsichtig betrat ihr Vater das Zimmer. In der Hand hielt er eine hübsch verpackte Schachtel mit roter Schleife. Helena lächelte. Darin mussten Pralinen sein. Damit verwöhnte er sie immer, wenn es ihr schlecht ging.

»Hast du dich von dem Schreck erholt? Du musst die Bilder

schnell verdrängen und dich auf schöne Dinge konzentrieren. Dann geht es dir bald wieder besser.«

Er beugte sich über sie und hauchte einen Kuss auf ihr Haar. Dann blickte er zu seiner Frau. Helena bemerkte, wie sie die Mundwinkel verzog und den Kopf abdrehte.

»Morgen wirst du mit deiner Mutter nach Wiesbaden reisen«, erklärte ihr Vater, ohne sich weiter um die Reaktion seiner Frau zu kümmern. »Ich habe Paul bereits instruiert. Wie üblich werdet ihr im Hotel ›Vier Jahreszeiten‹ logieren. Oder möchtest du lieber mit dem Dampfschiff den Rhein aufwärts fahren?«

Besorgt strich er über ihre Wange.

»Wir reisen nach Wiesbaden? Für wie lange? Was ist, wenn Fassbinder Weinand sich nun doch entschließt, Lieselottes Geschwister zu uns zu bringen? Ich habe ihm versprochen, mich um sie zu kümmern.«

Erschöpft lehnte sie sich zurück. Sie wollte nicht abreisen, nicht jetzt. Sie musste hier bleiben, sich um Lukas kümmern, Lieselottes Tod aufklären …

»Keine Sorge, mein Kind. Das wird sich alles regeln«, beschwichtigte ihre Mutter sie. »Bislang hat er sich noch nicht bei uns gemeldet.«

»Selbst wenn, werden wir eine Lösung finden«, versprach ihr Vater. »Erst einmal ist wichtig, dass du wieder zur Ruhe kommst. Dann sehen wir weiter.«

»Ich halte es ohnehin für besser, wenn du mit mir für längere Zeit die Stadt verlässt. Hier bist du viel zu vielen furchtbaren Dingen ausgesetzt«, erklärte Franziska Weissgerber.

Mit diesen Worten erhob sie sich von der Chaiselongue und trat ans Fenster. Während sie in den Hof hinausblickte, fuhr sie fort. »Es war überhaupt eine verrückte Idee, hierher zu kommen. In dieser Kleinstadt sind wir ohne jede passende Gesellschaft. Man will uns gar nicht hier haben, das sollten wir endlich begreifen und die Konsequenzen daraus ziehen.«

»Sprich nicht so«, wies ihr Mann sie zurecht. »Es dauert einfach eine Weile, bis man sich in einer Stadt wie Boppard eingelebt hat. Gerade im Vergleich zu Frankfurt ist das eine große Umstellung für uns alle.«

Langsam ging er zu seiner Frau und stellte sich dicht neben sie, legte den Arm um ihre Schultern. Das seltene Bild ehelicher Vertrautheit rührte Helena.

»Außerdem sind wir auf dem besten Weg, gute Kontakte zu knüpfen«, sprach Nicolaus Weissgerber weiter. »War nicht unlängst der Bürgermeister höchstpersönlich bei uns zu Gast? Mit Kreisphysikus Heusner und seiner Familie sind wir schon sehr freundschaftlich verbunden und ebenso mit dem Landrat und anderen Honoratioren aus St. Goar. Der Landrat hat uns sogar schon einige Male in sein Privathaus nach St. Goarshausen eingeladen, gar an den Soireen mit seinen Künstlerfreunden teilnehmen lassen. Wenn erst einmal die evangelische Gemeinde in Boppard offiziell angesiedelt ist, wird sich hier vor Ort ein reges Gemeindeleben entwickeln. Auch über die konfessionellen Grenzen hinweg können wir uns längst heimisch fühlen: Unsere direkten Nachbarn, Notar Görgen und seine Frau, bemühen sich liebevoll um Helena, die beiden Jungen entwickeln sich prächtig auf dem Progymnasium. Ich weiß gar nicht, was dir noch Sorgen bereitet.«

Bevor Franziska Weissgerber darauf antworten konnte, wurde Stimmengewirr in der Eingangshalle laut. Die Magd öffnete die Tür, dicht hinter ihr tauchte die hoch aufgeschossene Gestalt des Pfarrers Berger sowie die ihrer Nachbarin Cornelie Görgen auf.

»Bonnschur«, grüßte Berger und verbeugte sich tief vor ihnen. Weil ihn keiner aufforderte, näher zu kommen, verharrte er unschlüssig bei der Tür. Cornelie Görgen schob sich unterdessen in den Salon hinein, angesichts ihres hochschwangeren Leibes in den Hüften schwankend wie ein Lastkahn auf dem Rhein.

Helena sah ihr erfreut entgegen. Dass sie sich trotz ihres Zustands die Mühsal eines persönlichen Besuchs bei ihr aufbürdete, tröstete sie sogar über den katholischen Begleiter hinweg.

»Frau Görgen, wie schön, Sie zu sehen«, rief sie aus.

»Wie geht es Ihnen, meine Liebe?« Cornelie Görgens Stimme überschlug sich.

Helena entdeckte echte Besorgnis im Blick der Nachbarin. Aus den Augenwinkeln beobachtete sie, wie ihr Vater der Notarsfrau einen Sessel hinschob und sie mit einer Geste einlud, sich direkt gegenüber der Chaiselongue niederzulassen. Dann nickte er Berger zu.

»Welche Ehre, Sie bei uns zu sehen, Herr Pfarrer.«

»Das sind ganz entsetzliche Dinge, die Sie draußen bei dieser Mühle erleben mussten, liebe Helena«, fing Cornelie Görgen an und griff nach ihren Händen, um sie fest zu drücken. Ihre Augen hielt sie auf Helenas Gesicht gerichtet. »Gerade erst hat mich Pfarrer Berger über die Ereignisse informiert. Ich bin sofort gekommen, um Ihnen meinen Beistand anzubieten. Sie sollten sich dringend von diesen furchtbaren Erlebnissen ablenken und sie am besten ganz schnell wieder vergessen.«

»Ich glaube nicht, dass mir das so bald gelingen wird«, flüsterte Helena.

Im Salon breitete sich eine unangenehme Stille aus. Es war offensichtlich, dass der Besuch von Pfarrer Berger Helenas Eltern Unbehagen bereitete. Auch er selbst schien sich nicht sonderlich wohl dabei zu fühlen.

»Falls ich Ihnen in irgendeiner Form behilflich sein kann, tue ich das gern«, wagte er schließlich anzubieten.

»Danke, wir kommen schon zurecht«, entgegnete Nicolaus Weissgerber höflich, aber bestimmt und konzentrierte sich ganz auf die beiden jungen Frauen.

»Weiß Ihr Mann, dass Sie bei uns sind?«, fragte Franziska Weissgerber Cornelie Görgen und runzelte die Stirn. »Sie sollten sich in Ihrer Situation nicht mehr solchen Strapazen aussetzen.«

»Mein Mann ist beruflich unterwegs. Deshalb habe ich Pfarrer Berger gebeten, mich zu begleiten. Es bedeutet keine Mühe für mich, nach meiner lieben Freundin zu sehen. Im Gegenteil.«

Verschwörerisch lächelte sie Helena an. Sie erwiderte das Lächeln dankbar.

»Haben Sie bereits mit dem Wachtmeister gesprochen?«, wandte sich Berger direkt an Helenas Vater. »Was wird nun weiter geschehen? Man hört, Franz Thonet sei seit gestern Abend nicht mehr gesehen worden.«

Nicolaus Weissgerber erschrak.

»Franz Thonet ist verschwunden? Seit gestern Abend schon?« Nervös strich er sich über den Backenbart. »Sie werden ihn doch nicht mit den Ereignissen in der Mühle in Verbindung bringen wollen?«

»Unglaublich!«, entfuhr es Helenas Mutter. »Dabei bist du gestern noch mit ihm unterwegs gewesen. Wer hätte das gedacht?«

»Wer sagt denn, dass sein Verschwinden etwas mit dieser Sache zu tun hat? Vielleicht ist er seinem Vater entgegengereist. Der soll sich noch auf der Ausstellung in Mainz befinden«, wandte Weissgerber mit schrillem Ton ein.

Berger gewann dagegen an Sicherheit: »Tischlermeister Thonet ist inzwischen zurückgekehrt. Das hat mir seine Schwester berichtet. Sie kam vorhin zu uns ins Pfarrhaus, um sich Rat zu holen, wie sie in dieser Situation ihrer Schwägerin, Anna Thonet, beistehen soll. Schrecklich, mit welchen Sorgen sich die arme Frau plagen muss. Und das ausgerechnet jetzt, wo ihre kleine Tochter so schwer krank ist und mit dem Leben ringt. Immer wieder sind es die Mädchen, die den Thonets wegsterben. Gottes Wege sind unerforschlich.«

Berger schüttelte bei diesen Worten kaum merklich den Kopf.

Helena richtete sich in ihren Kissen auf, um dem Gespräch besser folgen zu können. Gebannt sah sie von einem zum anderen. Ihr Vater verharrte nachdenklich vor dem Sekretär, ihre Mutter starrte zum Fenster hinaus, die Arme fest vor der Brust gekreuzt. Berger verschränkte seine Hände hinter dem Rücken und schürzte die Lippen.

»Sie stehen in geschäftlicher Verbindung mit Thonets?«, fragte der Pfarrer.

»Ich bin mir noch nicht sicher, inwieweit sich eine Investition für mich lohnen wird.« Nicolaus Weissgerber klopfte kurz mit der Faust auf den Sekretär, als wollte er das Holz prüfen. Helena wusste, dass er dies nur aus Verlegenheit tat.

»Bei der derzeitigen Lage kann ich Sie nur warnen«, begann der katholische Geistliche, der sich ganz offensichtlich an der Ratlosigkeit ihrer Eltern weidete. »Mehrere Finanziers haben sich bereits darin versucht, Thonet zu unterstützen. Bislang ohne Erfolg. Man weiß nicht genau, worauf der Meister mit seinen Erfindungen hinauswill. Warum fertigt er nicht nach alter Tradition, so, wie alle seine Kollegen es tun? Warum verfolgt er diese seltsamen Ideen? Und vor allem: Was treibt er mit seinen Gesellen in der Mühle vor der Stadt? Man hört die übelsten Dinge darüber. Dass es nichts Gutes ist, das beweist der schreckliche Fund heute Vormittag, den Ihre Tochter machen musste. Es tut mir Leid, dass Ihr Fräulein Tochter da mit hineingezogen wurde.«

Helena hielt den Atem an. Berger hatte sich zu weit vorgewagt, das spürte sie. Noch bevor sie ihren Vater ansah, ahnte sie, wie er darauf reagieren würde.

»Mir tut es Leid, Sie bitten zu müssen, uns nun allein zu lassen. Geschäftliche Dinge entscheide ich nach wie vor allein, ohne Ihren Rat. Und meine Tochter benötigt Ruhe und nicht weitere unheilvolle Nachrichten über Menschen, die sie kennen und schätzen gelernt hat. Vielen Dank für Ihren Besuch, Herr Pfarrer, und auf Wiedersehen.«

Er packte den verdutzten Geistlichen bei den Schultern und führte ihn zur Tür. Das geschah so überraschend, dass Berger völlig vergaß, sich dem schmählichen Hinauswurf zu widersetzen.

Kaum hatte er den Salon verlassen, brauste Weissgerber ohne Rücksicht auf die Anwesenheit der Nachbarin und Helenas auf: »Was fällt ihm ein, sich derart in unsere Angelegenheiten zu mischen? Habe ich ihn um Rat gefragt? Als ob ich einen Pfaffen benötigte, um meine Geschäfte zu tätigen!«

Hastig schritt er auf und ab, hielt plötzlich inne.

»Genau das ist es, meine Liebe«, wandte er sich mit erhobenem Zeigefinger an Franziska Weissgerber, »was dem Rheintal so zu schaffen macht: Dass hier immer die Falschen das Sagen haben: entweder die Preußen, die nichts von Land und Leuten verstehen, oder aber die Pfaffen, die einzig nach ihren konfessionellen Denkmustern entscheiden. Die einen bringen die Einheimischen mit ihrer Arroganz gegen sich auf, die anderen lullen sie mit ihren gebetsmühlenartigen Beschwörungen ein und warnen sie vor allem, was neu und anders ist. So wird sich hier nie etwas an der schlechten wirtschaftlichen Lage ändern!«

Müller begleitete die Burschen des Suchtrupps bis zur Oberstraße, dann trennten sie sich: Die jungen Männer nahmen den Weg zur Stadt hinaus, um jenseits des Tores in alle Richtungen auszuschwärmen. Er selbst ging weiter durch die Pützgasse. Bevor er wieder ins Rathaus musste, wollte er mit der Familie des toten Martin Altdorf sprechen. Sicherlich hatte sie die schreckliche Nachricht schon erhalten, dennoch erhoffte er sich von ihnen weitere Auskünfte darüber, was gestern Nacht in der Mühle vorgefallen sein und mit einem Mord geendet haben mochte. Ohnehin hatte er mit einmal das Gefühl, sich viel zu wenig mit Martin Altdorf befasst zu haben. Dass er in Gefahr geschwebt hatte, war spätestens seit dem gestrigen Aufmarsch der Burschen vor Thonets Werkstatt offenkundig gewesen. Wie aber hätte er ihn schützen sollen? Noch dazu, wo er nach wie vor als Lieselottes Mörder in Betracht gekommen war? Auch Sebastian Reitz und Anton Weinand sollte er aufsuchen und bei ihnen nach dem Rechten schauen. Dass sie sich nicht hatten blicken lassen, beunruhigte ihn. Missmutig schnaubte er. Das Gehen fiel ihm schwer. Sein Bein wollte nicht mehr. Kein Wunder, bei den Strapazen!

»Bonnschur, Wachtmeister!«, rief ihm der alte Bertram zu, als Müller sein kleines Häuschen erreichte. »Wo gehst du hin?«

Der Tagelöhner saß auf seinem Schemel vor der Tür, hielt eine grau-weiß gestreifte Katze auf dem Schoß und schmauchte an seiner Pfeife.

Sobald Müller ihn erreicht hatte, blieb er stehen und betrachtete ihn. Dass Bertram den Tag trotz des schrecklichen Ereignisses bei der Mühle so geruhsam ausklingen lassen konnte, neidete er ihm. Was gäbe er jetzt darum, sich einfach dazusetzen zu können! Für einen Augenblick war Müller schon versucht, es einfach zu tun. Vielleicht fände er dann seinen Frieden. Dass er ihn als Polizeidiener nie würde finden können, hatte ihm der heutige Tag endgültig bewiesen. Die Dinge liefen so, wie sie laufen wollten. Er selbst war nur ein hilfloser Zuschauer. Es war höchste Zeit, das zu begreifen.

»Wenn du zu den Altdorfs willst: Ich habe gehört, dass sie vorhin zu Verwandten nach Bingen losmarschiert sind. Martins Eltern waren außer sich vor Trauer und Angst, auch den anderen Kindern könnte etwas Schlimmes passieren. Sie wollten nur noch weg von hier.«

»Verwandte in Bingen?«, fragte Müller. »Ich dachte, deren Leute wohnen in Weiler und Rheinbay?«

»Mag sein, dass da auch welche leben. So gut kenne ich die nicht. Aber das mit Bingen weiß ich ganz bestimmt: Ein Bruder von Martins Vater arbeitet dort bei einem Tischler, Kartell oder so ähnlich heißt der. Deswegen hat Martin sich doch auch so gut aufs Tischlern verstanden. Sein Onkel soll ihm ein paar Geheimnisse beigebracht haben, insbesondere vom Leimsieden. Den hat Martin so gut wie kein anderer sieden können, heißt es, und deshalb hat Thonet ihn so geschätzt.«

»Was du auf einmal alles über den Altdorf weißt!«

Erschöpft wischte sich Müller den Schweiß von der Stirn. Nachdenklich blieb er noch eine Weile auf der Gasse stehen. Die Kinder aus der Nachbarschaft hatten schlagartig aufgehört herumzuspringen und sich an die gegenüberliegende Hauswand gedrückt, um ihn aus sicherer Entfernung anzustarren.

»Was glotzt ihr so?«, rief er ihnen zu. »Habe ich euch jemals etwas Böses getan?«

»Du siehst heute nicht gerade freundlich aus«, mischte Bertram sich ein. »Deine Uniform ist kalkbefleckt und ziemlich unordentlich. Die Kinder wissen, dass du heute Mittag bei der Mühle schon wieder deinen Säbel gezogen hast, um die Leute zur Ruhe zu bringen. So etwas spricht sich schneller herum, als du denkst.«

Erschrocken sah Müller zu dem Alten. Am besten, er eilte auf kürzestem Weg in die Wachstube. Dort konnte er sich säubern und etwas zur Ruhe kommen. Die brauchte er dringend, denn später musste er dem Bürgermeister Bericht erstatten.

Längst hatte Franz die Hoffnung aufgegeben, dass man ihn jemals finden würde. Wie auch? Keiner wusste, wohin er gerannt war, als er gestern Nachmittag so überstürzt die Werkstatt verlassen hatte. Hätte er wenigstens Jacob eingeweiht!

Mit letzter Kraft probierte er erneut, sich aufzurichten. Er zitterte am ganzen Leib, als er sich aufstützen wollte. In seinem verletzten Knöchel hatte er längst kein Gefühl mehr. Der Fuß quoll dick über den Rand des Stiefels hinaus; das Leder hatte den Blutfluss abgeklemmt. Tränen schossen ihm in die Augen. Die Lippen hatte er sich blutig gebissen, ein metallischer Geschmack nach Eisen erfüllte seinen Mund. Er kam nicht auf die Beine. Erschöpft fiel Franz zurück und schloss die Augen.

Das Licht der untergehenden Sonne sorgte für einen hellroten Schimmer unter den geschlossenen Lidern. Wenn er sie fest zusammenkniff, verschwand er. Wohltuende Schwärze breitete sich aus. Sie verdrängte die Angst vor einer weiteren, sternklaren, eiskalten Nacht, die er im Gestrüpp verbringen musste.

Er genoss die Erleichterung und entschied, einfach liegen zu bleiben.

Das Vesperläuten der Kirchenglocken erklang in allen Gassen der Stadt. Müller erreichte das Rathaus, als gerade die letzten Gläubigen zum abendlichen Gottesdienst in die Severuskirche eilten. Von weitem schon entdeckte er unter ihnen seine Schwester. Das dunkle Kamutchen auf dem Kopf, das schwarze Brusttuch eng über dem Busen verknotet und das in Leder eingebundene Gebetbuch unter den Arm geklemmt, schritt sie quer über den Platz zum Hauptportal. Schon malte er sich aus, wie sie gleich brav in einer der Kirchenbänke niederkniete und besonders fromm tat. Nur um ihm hinterher guten Gewissens vorzuwerfen, wie wenig er sich um den rechten Glauben scherte. Als ob sich der rechte Glaube darin äußerte, wie oft einer vor den Augen seiner Mitbürger den Rosenkranz betete und samstags im Beichtstuhl saß!

Angewidert von ihrer zur Schau gestellten Frömmelei betrat er seine Wachstube. In der Dämmerung stieß er mit dem Knie gegen den Tisch. Fluchend tastete er nach der Schachtel mit den Zündhölzern. Mit zittrigen Fingern gelang es ihm, eines anzuzünden. Der Phosphorgeruch stieg ihm stechend in die Nase. Rasch hielt er das Streichholz an den Docht der kleinen Öllampe auf dem Wandbord und genoss den Lichtschein, der bald darauf den winzigen Raum ausfüllte.

Das Klopfen an der Tür schreckte ihn auf. Die Tür öffnete sich einen Spalt breit, so dass sich die lange, gekrümmte Nase des Schreibers hereinschieben konnte.

»Bonnschur. Der Bürgermeister will Sie sofort oben sehen«, krächzte er mit seiner Vogelstimme.

»Ich komme«, versicherte Müller und warf noch einen kurzen Blick in den Wandspiegel auf dem Bord. Bertram hatte Recht gehabt: Er sah schrecklich aus. Hastig feuchtete er sein Taschentuch mit Spucke an und wischte sich durchs Gesicht. Dann klopfte er die gröbsten Flecken auf der dunklen Uniformjacke aus. Zu mehr fehlte ihm die Zeit. Schon schallte ein lautes Rufen durch das ganze Treppenhaus. Die ungeduldigen Schritte des Bürgermeisters drangen aus dem ersten Stock hinunter in die Wachstube.

»Müller! Wo bleiben Sie nur wieder«, empfing ihn Jacobs, kaum dass er das Amtszimmer erreicht hatte. »In der Stadt ist die Hölle los, und Sie lassen sich nicht blicken! Was soll das?«

»Ich hatte viel zu tun, nachdem der Kreisphysikus Heusner den Toten ins Hospital schaffen ließ. Ich war bei Thonets. Keiner von ihnen ist in der Mühle gewesen.«

»Und? Ihre Sorge um die Thonets erscheint mir derzeit als reichlich übertrieben. Sie werden an anderer Stelle nötiger gebraucht.«

»Da bin ich mir nicht so sicher. Franz Thonet ist seit gestern Abend verschwunden. Ich habe bereits ein paar Burschen losgeschickt, ihn zu suchen.«

»Verdächtigen Sie ihn etwa des Mordes an Martin Altdorf? Den Sohn des Meisters als Mörder des Gesellen? Müller! Wenn Sie sich da mal nicht wieder verrennen!«

Der abfällige Blick, den Jacobs ihm zuwarf, brannte derart auf ihm, dass seine Wangen glutrot anliefen.

»Was ist mit Sebastian Reitz und Anton Weinand? Wenn die diesen Martin Altdorf weiterhin für Lieselottes Mörder hielten, besaßen sie einen guten Grund, ihn niederzumetzeln. Und sollte das so gewesen sein, mein lieber Wachtmeister, dann haben wir beide furchtbar versagt.«

Müller starrte ihn begriffsstutzig an: »Wie meinen Sie das? Die beiden sind gut aufgehoben: Auf Anton Weinand passt sein Vater auf. Der ist besser als jeder Wachhund. Er hat Anton mit Arbeit eingedeckt, dass er die nächsten zehn Jahre nicht mehr aus der Werkstatt kommt. Und Sebastian Reitz wagt sich nicht mehr aus seiner Backstube, weil die anderen Burschen der Stadt sich von ihm hintergangen fühlen. Was hätte ich mehr tun sollen? Die beiden in die Burg einsperren? Sie selbst waren davon überzeugt, dass da wohl eher Martin Altdorf hingehört.«

»Schon gut, Müller, schon gut.«

Die Furchen um Jacobs' Mund wurden tiefer. Er verschränkte die Hände hinter dem Rücken, sah erst zu Boden, dann zur Decke. Als er zu seinem Armlehnstuhl hinter dem Schreibtisch ging, bemerkte Müller den zarten Parfumduft, den Jacobs selbst um diese späte Stunde noch verströmte.

»Trotzdem hat es einen weiteren Toten gegeben«, stellte Jacobs fest. »Wie sollen wir das dem Landrat erklären? Verstehen Sie meine missliche Lage? Gestern noch verkünde ich, wir hätten die Lage in der Stadt bestens im Griff und bereits eine sichere Spur im Fall des toten Mädchens. Heute aber schon muss ich zugeben, dass wir einen weiteren Mord nicht verhindern konnten.«

Mit einem Ruck erhob er sich wieder, kam hinter dem Tisch hervor und begann nervös auf und ab zu gehen. Müllers Blick folgte ihm eine Weile durch den spärlich beleuchteten Raum. Die Gestalt des Bürgermeisters warf einen bizarren Schatten: dünn und unnatürlich in die Länge gezogen, mit unendlichen, staksigen Beinen.

Es klopfte an der Tür. Wieder bahnte sich zuerst die lange Nase des Schreibers ihren Weg ins Zimmer, dann erst folgten sein kahler Kopf und der Buckel.

»Pfarrer Berger wünscht Sie zu sprechen«, krächzte er und verbeugte sich tief vor dem Bürgermeister.

Hinter ihm zeichnete sich die hochgewachsene Figur des Geistlichen ab. Mit wehendem Haar und in großer Eile betrat er das Zimmer, noch bevor Jacobs seine Zustimmung signalisieren konnte. Die Anwesenheit Müllers schien er nicht zu bemerken, was Müller nur recht war. Bescheiden hielt er sich im Hintergrund.

»Wir müssen uns dringend beraten«, platzte Berger sogleich heraus. »Die Ereignisse laufen aus dem Ruder. Ich sehe schon, wie Stadtrat Thomas und seine Freunde die Messer wetzen. Sicherlich wird er gleich morgen früh beim Landrat melden, dass Sie Ihrer Aufgabe in der Stadt nicht mehr gewachsen sind. Umgehend werden dann die preußischen Truppen aus Koblenz vor den

Toren unserer Stadt stehen! Und wenn das passiert, Jacobs, dann bricht hier der Aufruhr endgültig los. Das Eingreifen der Preußen lassen sich die Bopparder nicht gefallen, da können Sie sicher sein!«

»Gemach, gemach, Hochwürden. So schnell schießen die Preußen nicht!«

Jacobs senkte die rechte Hand beruhigend und hieß den Geistlichen auf einem der beiden Fauteuils vor seinem Schreibtisch Platz zu nehmen. Er selbst stolzierte langsam zu seinem Stuhl zurück.

»Der Oberpräsident in Koblenz ist derjenige, der letztlich darüber zu befinden hat, ob Truppen geschickt werden oder nicht, und der ist, wie Sie wissen, durch mein Schreiben über die schändlichen Absichten unserer politischen Gegner bereits bestens unterrichtet. Im Zweifelsfall wird er sicherlich für uns und gegen sie entscheiden. Nie wird er zulassen, dass Stadtrat Thomas und die anderen die Lage für ihre politischen Zwecke missbrauchen und mich aus dem Amt jagen. Das verstieße gegen das Gesetz!«

Entschlossen hatte er bei seinen letzten Worten die Faust geballt, um sie einmal kurz und kräftig auf die Tischplatte sausen zu lassen. Der dumpfe Aufprall ließ Berger zusammenzucken.

Es beeindruckte Müller, wie schnell sich Jacobs wieder im Griff hatte.

»Unser Polizeidiener ist gerade zugegen«, Jacobs wies mit der Rechten in Müllers Richtung und winkte ihn näher zum Tisch. »In allen Einzelheiten hat er mir gerade die Vorkommnisse des heutigen Tages geschildert. Die katholischen Burschen, die sich gestern noch von Reitz gegen diesen evangelischen Gesellen Thonets haben aufwiegeln lassen, sind ruhig geblieben. In der Bevölkerung herrscht Bestürzung über die Ereignisse. Von drohendem Aufruhr kann allerdings nicht die geringste Rede sein. Das ist alles Geschwätz von denjenigen, die einen solchen überhaupt erst herbeiführen wollen. Möglicherweise entpuppt sich der Mord an dem Gesellen der Thonets gar als Zufallstat, die gar nichts mit dem Casus der armen Lieselotte Weinand zu tun hat.«

»Wie meinen Sie das?«, riefen Berger und Müller gleichzeitig dazwischen.

Jacobs schmunzelte, sichtlich erfreut, die beiden überrascht zu haben. Schulmeisterlich hob er den rechten Zeigefinger vor den Mund und starrte in weite Fernen, bevor er seine neueste Überlegung erläuterte: »Das Verbrechen in der Mühle kann einen ganz anderen Hintergrund haben. Vielleicht handelt es sich um die Tat eines Vagabunden, der sich in der Michelsmühle widerrechtlich einen Schlafplatz gesucht hatte. Martin Altdorf kam hinzu, wollte ihn vertreiben. Es entstand ein Gerangel, schließlich ein Kampf auf Leben und Tod. Der tapfere Altdorf unterlag dem starken Landstreicher und fand im Trog sein trauriges Ende.«

»Das ist nicht Ihr Ernst«, entfuhr es dem Pfarrer.

Die drei Männer schwiegen. Das gleichmäßige Ticken der Standuhr war das Einzige, was ihre Gedanken störte. Plötzlich drang Lärm aus dem Flur. Feste Schritte näherten sich der Tür. Durch aufgebrachtes Kreischen wollte der Schreiber das Amtszimmer verteidigen. Müller sah ihn förmlich vor sich, wie er sich mit ausgestreckten Armen und Beinen vor der doppelflügligen Tür aufspannte. Erbost schoss der Bürgermeister aus seinem Sessel hervor und eilte zur Tür. Mit Schwung stieß er sie auf. Dabei prallte die kugelrunde Gestalt des Stadtrats Thomas zurück in den Vorraum.

»Bonnschur, Verehrtester!«

Jacobs hatte sich als Erster gefangen und grüßte. Stadtrat Thomas, leicht derangiert, hatte alle Mühe, sich zurechtzufinden. Unendlich langsam richtete er sich auf. Seine sonst vor Wohlbefinden strotzenden Apfelbäckchen waren aschfahl wie sein Backenbart, die Äuglein wanderten hastig durch den Raum.

Auf einmal spannte sich der dicke Wanst unter dem Kamisol. Müller deutete das als untrügliches Zeichen dafür, dass der Stadtrat die Lage im Amtszimmer erfasst hatte. Ein Lächeln huschte über Thomas' Gesicht.

»Oh, ich sehe, Hochwürden haben sich ebenfalls eingefunden, um unserem Bürgermeister mit Rat und Tat zur Seite zu stehen.«

Durch einen tiefen Diener versuchte er den spöttischen Ausdruck seiner Augen zu kaschieren.

»Und? Wie beurteilen Sie die Entwicklung in der Stadt, nachdem ein zweiter Mord die öffentliche Ruhe erschüttert«, wandte er sich an den Bürgermeister, der einen guten Kopf größer war als er. Um nicht allzu weit hinaufschauen zu müssen, trat Thomas ein paar Schritte zurück.

»Wollen Sie dem Landrat noch immer versichern, dass unsere Mitbürger nichts zu befürchten haben? Dass Sie auf dem besten Weg sind, die Vorfälle aufzuklären und weiterhin die Sicherheit und Ordnung in der Stadt garantieren können?«

Jacobs zeigte sich unbeeindruckt von den Fragen und schritt demonstrativ ruhig zum Fenster. Der Stadtrat folgte ihm und baute sich hinter seinem Rücken auf. Die beiden Männer boten einen Anblick, der selbst dem Pfarrer ein verstohlenes Schmunzeln entlockte, wie Müller durch einen Blick zur Seite feststellte.

»Sie wollen doch nicht allen Ernstes unserem Polizeidiener allein zumuten, die aufgebrachten Bürger in Schach zu halten?« Thomas' Stimme gewann mit jedem Wort an Lautstärke. Schließlich rief er aufgebracht aus: »Sie gefährden damit nicht nur die unbescholtenen Einwohner der Stadt, sondern auch unseren tapferen Polizeidiener!«

Beifallheischend blickte er zu Müller, dann zu Pfarrer Berger und schließlich wieder zu Jacobs, der sich noch immer nicht rührte.

Ruhiger fuhr er fort: »Es ist nicht die Aufgabe eines Polizeidieners, solche Verbrechen im Alleingang aufzuklären, geschweige denn, sich einem drohenden Aufruhr entgegenzustellen. Wozu gibt es die Behörden in St. Goar und in Koblenz? Wozu stehen dort Truppen?«

»Was wollen Sie eigentlich?« Plötzlich fuhr der Bürgermeister herum, wobei er Thomas fast mit dem Ellbogen umstieß, so dicht war der Stadtrat inzwischen an ihn herangerückt. Jacobs musste den Kopf tief neigen, um Thomas in die Augen zu sehen.

»Wollen Sie, dass Militär in unsere Stadt einmarschiert und einen bewaffneten Kampf vom Zaun bricht, dem unweigerlich auch Unschuldige zum Opfer fallen? Oder wollen Sie, dass die Morde an Lieselotte Weinand und Martin Altdorf aufgeklärt werden?«

Als Thomas nichts erwiderte, fuhr er in anklagendem Ton fort: »Ich werde Ihnen sagen, was Sie eigentlich wollen, mein Lieber:

Dass ich von meinem Amt zurücktrete! Es interessiert Sie nicht im Geringsten, wer die arme Lieselotte verführt, erwürgt und schließlich in den Rhein geworfen hat. Auch das entsetzliche Ende von Thonets Gesellen, das nicht unbedingt damit in Zusammenhang stehen muss, ist Ihnen im Grunde Ihres Herzens egal. Mit Adleraugen verfolgen Sie jeden Schritt, den ich in der Sache unternehme, einzig um mir einen Fehler nachzuweisen. Bei jeder Kleinigkeit rufen Sie nach dem Landrat. Vorfälle wie die jetzigen kommen Ihnen geradezu wie gerufen. Die sorgen in der Stadt für Empörung, Angst und Schrecken. Und damit für die richtige Stimmung, um gegen einen beliebten Amtsinhaber wie mich zu Felde zu ziehen. Dass die Mehrheit der Bopparder mich mag, ist Ihnen schon lange ein Dorn im Auge!«

Triumphierend streckte er den Zeigefinger so weit in die Höhe, dass er sich in einen Riesen zu verwandeln schien. Stadtrat Thomas schrumpfte dagegen auf Zwergenformat. Als Jacobs mit leiser Stimme fortfuhr, duckte er sich unwillkürlich noch weiter zusammen.

»Eigentlich wissen Sie ganz genau, dass der Landrat in dieser Angelegenheit am wenigsten tun kann. Die Vorschriften und Gesetze regeln den Ablauf solcher Verfahren bis ins kleinste Detail. Da sind selbst einem Landrat die Hände gebunden. Das hat Ihnen Ihr verehrter Freund Kreisphysikus Heusner nach seinem gestrigen Besuch in St. Goar doch sicherlich schon bestätigt. Geben Sie endlich auf, Stadtrat Thomas, so kommen Sie nicht weiter. Warten Sie auf eine bessere Gelegenheit, mir Knüppel zwischen die Beine zu werfen!«

»Das ist doch – das nenne ich doch – eine Unverschämtheit! Eine einzige, freche Unverschämtheit ist das!«

Stadtrat Johann Baptist Thomas rang nach Luft. Mit beiden Händen griff er sich an den Kragen, um sich Erleichterung zu verschaffen. Dann suchte er nach einem Stuhl. Kaum hatte er sich gefangen, sprang er wieder auf und zielte nun seinerseits mit erhobenem Zeigefinger auf die Brust des Bürgermeisters: »Sie werden sich noch wundern! So schnell kommen Sie uns nicht davon! Denken Sie nicht, wir würden Ihr Spiel nicht durchschauen!«

Böse funkelten seine Augen im Schein der Öllampe. Einen

Moment hielt er inne, dann sprudelte es aus ihm hervor: »Auch Sie interessiert es nicht sonderlich, die Vorfälle zu klären. Dass man zunächst diesen evangelischen Gesellen als Täter ins Visier genommen hat, haben Sie weidlich ausgenutzt. Damit ließ sich hervorragend Stimmung machen, nicht zuletzt, weil Ihr Freund, der Oberpräsident in Koblenz, zufällig gerade einen Bericht über die Situation der Evangelischen in den überwiegend katholischen Kleinstädten des Rheintals angefordert hat. Sofort hatten Sie ein Argument zur Hand, um vor der Einrichtung einer eigenständigen evangelischen Gemeinde in Boppard zu warnen. Ihrem verehrten Beichtvater, Hochwürden Berger, hatten Sie ohnehin versprochen, Ihr Möglichstes zu geben, um das zu verhindern! Letztlich sind Sie, Herr Bürgermeister, ein armseliges Werkzeug der katholischen Restauration.«

»Mein Herr! Ich darf doch sehr bitten!«

Pfarrer Berger richtete sich in voller Länge vor dem Stadtrat auf. Thomas schien wenig beeindruckt.

»Und nicht allein dieses Gerangel um die Konfessionen kommt Ihnen bei der Geschichte gut zupass«, führte er seine Tirade fort. »Schon lange sind Ihnen die Tagelöhner, die auf Suche nach Lohn und Brot durch die Lande ziehen, ein Dorn im Auge. Sie verstehen sich zwar als Mann der kleinen Leute, allerdings beziehen Sie das nur auf eine ganz bestimmte Auswahl, auf die fremden Tagelöhner ganz sicher nicht. Denn nicht nur, dass die in Ihren Augen den Alteingesessenen die wenige noch vorhandene Arbeit wegnehmen. Sie bringen auch das gesamte Gefüge durcheinander: Heiraten den Burschen die einheimischen Mädchen weg, bekennen sich zu einer anderen Religion und schlimmstenfalls sogar zu anderen politischen Ideen!«

Seine Stimme überschlug sich. Die Aufregung sorgte wieder für die richtige Einfärbung der Apfelbäckchen, die im Schein der Lampe regelrecht zu glänzen begannen.

»Doch nicht mehr nur die Fremden, verehrter Herr Bürgermeister, auch die ortsansässigen Bürger kommen allmählich zu der Überzeugung, dass sich etwas grundlegend ändern muss, damit sich die Zustände im Rheinland verbessern. Die alten Zeiten sind vorbei. Neues bricht an. Und das werden Sie mit Ihrer selbstherrlichen Art auch nicht mehr aufhalten können. Wir sollten uns endlich abgewöhnen, die Preußen zu verdammen, die Evangelischen schief anzugucken und immer nur auf das Althergebrachte zu pochen!«

Bewegt von den eigenen Worten legte er eine Pause ein, um sich den Schweiß von der Stirn zu wischen.

Jacobs hielt sich ganz ruhig neben ihm, scheinbar vertieft in das, was Thomas vorzubringen hatte. Pfarrer Berger verzog die Mundwinkel.

Müller beobachtete die drei Männer, jeder für sich ein hoch angesehener Bürger der Stadt. Tief in seinem Inneren rang er mit sich: Auf wessen Seite sollte er sich schlagen? Wer von ihnen hatte Recht? Wer von ihnen konnte ihm garantieren, dass die Alpträume von damals nicht ständig wiederkehrten? Dass er nicht immer wieder ein totes Mädchen aus dem Rhein ziehen und kurz darauf einen Halbtoten auf der Wiese vor Salzig auflesen musste, so wie damals, in dem Sommer, in dem er zur Landwehr eingezogen wurde? Dass die sinnlosen Auseinandersetzungen zwischen Katholischen und Evangelischen, zwischen Ortsansässigen und Zugezogenen, zwischen Bauernburschen und Handwerksgesellen endlich einmal ein Ende fanden? Erschüttert von der Erinnerung an die alten Bilder, die sich mit den Eindrücken der letzten beiden Tage vermischten, schloss er die Augen. Wie von fern hörte er Thomas dozieren. Dabei wurde ihm klar, dass Stadtrat, Bürgermeister und Pfarrer längst vergessen hatten, worum es bei den Vorfällen der letzten Tage eigentlich ging: um das Schicksal der Weinands, um den tragischen Tod Lieselottes und um das entsetzliche Ende Altdorfs.

»Schauen Sie sich zum Exempel einmal einen Mann wie Thonet an: Der hat neue Ideen, echte Visionen gar, die etwas Grundlegendes verändern könnten, wenn man ihn nur ließe. Er wagt mit seinen gebogenen Möbeln und der Fertigung auf Vorrat etwas völlig anderes als seine Tischlerkollegen. Er stellt Anträge auf Patente, die er an ausländische Lizenznehmer verkaufen will, und entwirft Pläne, wie man die Möbel zum leichteren Transport zerlegen, in Kisten verpacken und dann in alle Welt verschicken kann. Und was tun Sie? Statt ihn in seinen Bemühungen dankbar

261

zu unterstützen, weil sie Arbeit für viele in der Stadt bringen würden, hindern Sie den Mann an allen Ecken und Enden, damit Erfolg zu haben. Das werden Sie eines Tages noch bitter bereuen!«

»Und Sie werden eines Tages noch bitter bereuen, so unüberlegt mit dem Alten zu brechen, nur weil es alt ist«, brauste Jacobs auf. »Die Geister, die Sie mit Ihrem ständigen Ruf nach Neuem heraufbeschwören, die werden Sie so schnell nicht wieder los. Gerade am Beispiel Thonet sehen Sie das am besten: Natürlich hat er gute Ideen, aber was tut er damit? Er stellt nicht einen einzigen ordentlichen Tischlergesellen in seiner Werkstatt an, sondern immer nur diese evangelischen Hungerleider. Schon für ein paar Groschen tun sie jeden Handgriff, den er verlangt, ohne vom Handwerk auch nur den blassesten Schimmer zu besitzen. Damit zerstört Thonet die Grundlage des gesunden Handwerks, damit hebelt er alle Traditionen aus. Ordentlich ausgebildete Gesellen stehen auf der Straße, ungelernte Tagelöhner nehmen ihnen ihre Arbeit für einen Hungerlohn weg. So kann das auf Dauer nicht funktionieren. So brechen unserer Bevölkerung die Verdienstmöglichkeiten weg. Obendrein stürzt sich Thonet auch noch in Schulden, bis er nicht mehr weiß, wie er sein täglich Brot bezahlen soll. Überall steht er in der Kreide, überall lässt er anschreiben. Und warum? Nur weil er sich einbildet, besser tischlern zu können als die anderen. Weil er meint, er müsste nicht nur zwei, drei Stühle am Tag auf Bestellung herstellen, sondern gleich zehn oder zwanzig. Die Möbel mögen vielleicht besser sein, davon verstehe ich nichts. Nur einen Fehler haben sie: Verkaufen lassen sie sich hier nicht! Und das soll also besser sein als alles, was wir Jahrhunderte lang im Rheinland gemacht haben?«

Nachdem Jacobs geendet hatte, sagte niemand mehr etwas. Jeder der Männer schien einzig mit sich und seinen Gedanken beschäftigt.

Von Unbehagen erfüllt, schielte Müller zu seinem Dienstherrn. Der stand mit seinem Kontrahenten neben dem Schreibtisch. Bauch an Bauch harrten sie aus. Was der eine an Leibesfülle voraus hatte, machte der andere an Körpergröße wett.

Angesichts ihrer Reden war Müller mittlerweile komplett verwirrt. Ein Blick auf Pfarrer Berger bestätigte ihm, dass es nicht allein ihm so erging. Der Geistliche hatte das Kinn auf die gefalteten Hände gestützt und schien nachzudenken. Vor den hohen Fenstern zum Marktplatz breitete sich die schwarze Nacht aus. Das Amtszimmer wurde nur von einer flackernden Öllampe erleuchtet, so dass sich rund um den opulenten Schreibtisch eine kleine Lichtinsel gebildet hatte.

Das scheppernde Läuten der Brandglocke riss die Anwesenden jäh aus ihrer Versunkenheit. Müller brauchte eine Weile, bis er begriff, was da passierte. Im selben Moment tastete er nach seinem Säbel und rannte aus dem Amtszimmer, vorbei an dem aufgeregt krähenden Schreiber die Treppe hinab und aus dem Rathaus. In der Aufregung fiel ihm gar nicht auf, wie gut ihm sein linkes Bein gehorchte.

Die ersten Männer waren bereits damit beschäftigt, die beiden Feuerspritzen, die direkt neben der Wachstube in einem Verschlag standen, auf Fuhrwerke zu laden.

»Wo brennt es?«, rief Müller ihnen zu.

»In der Bingergasse bei Fassbinder Weinand«, antwortete ihm einer der Männer, ohne aufzublicken.

Schnell rannte Müller los. Je näher er der Oberstadt kam, umso mehr Leute eilten durch die Straßen, ausgerüstet mit ihren Ledereimern, wie es die Brandverordnung vorschrieb. Auf dem Balz begannen die Ersten bereits, ihre Gefäße an dem Ziehbrunnen herunterzulassen. Andere kamen mit Wassertrögen, die sie in ihren hauseigenen Brunnen gefüllt hatten, auf die Gasse heraus. Schnell reihten sich die Männer und sogar einige junge Frauen auf, um eine Kette zu bilden. Die Nachbarschaftsmeister transportierten Feuerspritzen, Brandleitern, Brandhaken und noch mehr lederne Eimer heran. Aus der Oberstadt rollte ein weiterer Wagen mit einer Feuerspritze herüber. Befriedigt nahm Müller zur Kenntnis, dass sich im Ernstfall das uralte System der Nachbarschaften bestens bewährte.

Dennoch bot sich ihm ein schrecklicher Anblick, als er durch das Getümmel zum eigentlichen Brandherd in der Bingergasse gelangte: Das ehemals stolze Fachwerkhaus der Weinands stand lichterloh in Flammen. Längst hatte das Feuer auf die Werkstatt übergegriffen und breitete sich, von einem leichten Wind begünstigt, auf die anliegenden Gebäude aus. Die mittelalterliche Enge der Stadt erwies sich als Fluch: Selbst Häuser auf der gegenüberliegenden Seite der Gasse wurden zur leichten Beute der Funken, die aus dem zusammenkrachenden Gebälk heraussprühten. Die ungewöhnliche Trockenheit in diesem Frühling hatte das Holz in Giebeln und Dächern bestens darauf vorbereitet, den hungrigen Flammen als Zunder zu dienen.

Der Nachthimmel färbte sich orangerot. Gleißendes Licht blendete die Menschen, die nahe am Brandherd mit dem vergeblichen Versuch zu löschen beschäftigt waren. Die glühende Hitze des Feuers nahm ihnen den Atem. Menschen schrien, Wasser platschte und zischte in den Flammen. Unter lautem Getöse krachten Holzbalken und Lehmfüllungen aus dem Fachwerk zu Boden.

»Hat jemand die Kinder gesehen?«, gellte ein Ruf über die Köpfe der helfenden Männer und Frauen hinweg. »Wo sind die Kinder?«

Müller erschrak. Er musste sich nicht lange besinnen: Im nächsten Augenblick riss er sich die Uniformjacke vom Leib, wickelte sie als Schutzschild gegen die Flammen um den Arm und stürzte sich in das lodernde Inferno.

Glückliche Rettung?

Die letzte Nacht hatte bei allen ihre Spuren hinterlassen. Selbst Helenas Mutter, sonst zu jeder Tages- und Nachtzeit korrekt frisiert und gekleidet, trug noch immer Nachthaube und Nachthemd, Brust und Schultern waren notdürftig mit einem Tuch aus grob gestrickter Wolle bedeckt. Helena konnte sich des Eindrucks nicht erwehren, als genieße Franziska Weissgerber es, weit über sich hinauszuwachsen: Eigenhändig hatte ihre Mutter gegen Mitternacht die drei kleineren Kinder der Weinands, die beiden Mädchen und den Jungen, in Empfang genommen, sie von ihren Ruß geschwärzten Kleidungsstücken befreit und anschließend in einem heißen Bad in der Küche gesäubert. Als die Magd ihr die Arbeit abnehmen wollte, hatte sie die entrüstet weggeschickt. Lediglich Helena hatte ihr zur Hand gehen und in ihrem Zimmer ein provisorisches Nachtlager für die Kleinen herrichten dürfen.

»Seid leise, die Kinder schlafen noch«, wies die Mutter ihre Söhne zurecht, die in der Eingangshalle herumtobten. »Wenn ihr keine Ruhe gebt, schicke ich euch doch noch zur Schule!«

Diese Drohung wirkte. Helena amüsierte sich darüber, wie schnell ihre Brüder gehorchten und auf Zehenspitzen zum Hof hinaus flüchteten. Sicher würden sie den Rest des Vormittags bei Kutscher Paul im Stall verbringen. Sehnsüchtig sah sie ihnen nach.

»Was ist, mein Kind? Träumst du?« Franziska Weissgerber legte die Hand auf Helenas Schulter. »Geht es dir gut? Oder möchtest du dich lieber wieder hinlegen? Die letzten vierundzwanzig Stunden waren sehr anstrengend für dich. Du solltest dich ein wenig schonen.«

»Danke, Mama, aber es geht mir wirklich gut. Lass uns zu Papa hinübergehen und eine Tasse Kaffee mit ihm trinken.«

Im Salon saß Nicolaus Weissgerber in seinem Schlafrock aus karierter, englischer Baumwolle und blätterte in der Zeitung, die er sich täglich aus Frankfurt kommen ließ. Helena hauchte ihm einen Guten-Morgen-Kuss auf die Wange und setzte sich an den Tisch.

»Wo ist Anton Weinand?«, fragte sie.

Überrascht ließ ihr Vater die Zeitung sinken.

»Ist er nicht zu euch nach oben gegangen, um nach seinen Geschwistern zu sehen? Mir schien, als wäre er in großer Sorge um die Kleinen.«

»Du solltest doch auf ihn aufpassen!« Missbilligend runzelte Franziska Weissgerber die Stirn. »Nach allem, was gestern geschehen ist, darf er sich keine weitere Aufregung zumuten. Kreisphysikus Heusner muss ihn unbedingt noch untersuchen, bevor er unser Haus verlässt.«

»Weit kann er nicht sein, sonst hätte Paul es mir schon gemeldet«, beschwichtigte ihr Vater die Mutter. »Ich gehe sofort hinüber zur Remise und sehe nach, ob er dort steckt.«

Schon erhob er sich und schritt zur Tür. Helena sprang auf, um ihn zu begleiten. In der Eingangshalle endete ihr Ausflug. Kreisphysikus Heusner war gerade eingetroffen und übergab der Magd Mantel, Stock und Hut.

»Bonnschur, verehrter Freund«, grüßte er Nicolaus Weissgerber, um sich anschließend mit einem tiefen Diener Helena zu empfehlen.

Sein Gesicht glänzte feucht. Eine Wolke herben Herrenparfums umwehte seine gedrungene Gestalt. Helena hielt den Atem an. Mit großen Augen sah er zu ihr.

»Wie geht es Ihnen heute, Fräulein Weissgerber? Sie sollten sich nicht zu viel zumuten, auch wenn Sie denken, den gestrigen Schock bereits überwunden zu haben. Einige Tage Bettruhe wären eigentlich die beste Medizin. Doch keine Sorge: Bald werden Sie wieder wohlauf sein. Unserer gemeinsamen Fahrt zum Gottesdienst nach St. Goar am nächsten Sonntag steht dann nichts im Weg, ebenso wenig dem anschließenden Besuch bei der Familie unseres verehrten Landrats. Er plant in seinem Privathaus in St. Goarshausen eine kleine Matinee. Mein Sohn wird uns übrigens dorthin begleiten.«

Heusner warf ihr einen eindeutigen Blick zu und lachte auf. Anscheinend erfüllte ihn diese Aussicht mit Freude, ganz im Gegensatz zu Helena. Schon jetzt graute ihr davor.

»Wie ich höre, kann von Ruhe in Ihrem Hause gar nicht die

Rede sein«, wandte der Kreisphysikus sich unterdessen an ihren Vater. »Die Kinder der Weinands wurden letzte Nacht noch zu Ihnen gebracht? Und Anton ebenfalls? Ich sollte sie mir alle Vier einmal ansehen, wenn Sie erlauben.«

»Die Kleinen schlafen noch«, warf Helena ein. »Es wäre sicher nicht gut, sie zu wecken. Sie haben lange gebraucht, um sich zu beruhigen. Meine Mutter und ich haben fast die ganze Nacht bei ihnen gewacht.«

»Und wo steckt unser Held?«

»Kommen Sie doch erst einmal in den Salon«, schlug Nicolaus Weissgerber vor und hüstelte verlegen in seine rechte Hand. »Anton Weinand ist vorhin hinausgegangen, vermutlich, um sich an der frischen Luft von den Erlebnissen zu erholen. Er machte nicht den Eindruck, als habe er bei seiner mutigen Aktion körperlichen Schaden genommen.«

»Nein, das glaube ich auch nicht«, stimmte ihm der Arzt zu. »Dennoch möchte ich kurz mit ihm sprechen und ihn selbst in Augenschein nehmen. Aber das hat natürlich auch noch etwas Zeit.«

Hungrig sah er zum Tisch hinüber. Die Magd hatte das Frühstück noch nicht abgeräumt. Ein frisch gebackener Gugelhupf thronte in der Mitte, daneben stand eine Schale mit getrockneten Früchten. Reichlich Brot, Wurst und Käse lagen bereit. Bislang hatte noch niemand von den Leckerbissen gekostet.

»Helena, sag der Magd, sie soll für den Kreisphysikus ein weiteres Gedeck auflegen und eine Kanne mit frischem Kaffee bringen«, befahl ihre Mutter, als sie den Blick Heusners bemerkte. Dann bat sie ihn, Platz zu nehmen.

»Was gibt es Neues über den Brand zu berichten?«, hörte Helena ihre Mutter noch fragen. Um die Antwort nicht zu verpassen, beeilte sie sich, den Auftrag in der Küche auszuführen, und erreichte rechtzeitig wieder den Salon, als der Kreisphysikus begann, die Ereignisse zu schildern.

»Das Haus der Weinands sowie die Werkstatt sind komplett niedergebrannt. Auch das Nachbarhaus zur Rechten sowie das gegenüberliegende Haus des Korbbinders sind fast vollständig zerstört. Es war ein Glück, dass kurz nach Mitternacht ein unerwarteter Regen einsetzte, sonst wären sicher noch weitere Häuser den Flammen zum Opfer gefallen. So schnell kann gar nicht gelöscht werden, wie diese alten Fachwerkhäuser brennen. Außerdem ist die Enge der Straßen ein sehr großes Problem, nicht nur in der Bingergasse. Die Häuser stehen einfach viel zu dicht beieinander. Bis in die frühen Morgenstunden hielt der Nachbarschaftsmeister Brandwache, damit das Feuer nicht wieder aufflammt. Ich denke, inzwischen ist die Gefahr eines erneuten Aufflackerns gebannt.«

Nachdenklich zog er sein Taschentuch aus der Weste und begann, über seine Stirn und Wangen zu tupfen. Dabei hatte er noch gar nicht richtig zu schwitzen begonnen.

Wahrscheinlich, dachte Helena, ist ihm dieses Wischen längst in Fleisch und Blut übergegangen. Aus sicherem Abstand musterte sie den Kreisphysikus.

»Eine furchtbare Geschichte«, fuhr Heusner fort. »Man fasst es nicht, welches Unglück Weinand in den letzten Monaten ertragen musste. Als ob Gott seinen ganzen Zorn ganz allein auf ihn richtet.«

»Zumindest hat Gott ihm diesen tapferen Sohn beschert«, warf ihr Vater nach einer Weile beklemmender Stille ein. »Das, was Anton letzte Nacht vollbracht hat, gelingt nicht jedem: Erst rettet er die drei Geschwister aus den Flammen, dann den Polizeidiener und schließlich zieht er im letzten Augenblick noch seinen Vater aus den Trümmern!«

»Ja, eine wahre Heldentat, vor der man sich tief verbeugen muss«, stimmte Heusner zu. »Und das, nachdem ihn sein Vater immer derart schlecht behandelt hat.«

»Väter müssen zuweilen streng zu ihren Kindern sein. Die Liebe der Kinder zu ihren Eltern sollte das nicht schmälern.«

Helena horchte auf. Solche Äußerungen hatte sie noch nie aus dem Mund ihres Vaters gehört.

»Wo steckt Heinrich Weinand eigentlich? Hat sich einer der Nachbarn seiner angenommen?«, fragte ihre Mutter.

»Das ist eine merkwürdige Geschichte«, antwortete Heusner. »Im Trubel der letzten Nacht ist er buchstäblich verloren gegangen. Nachdem Anton ihn gerettet hatte, lag er eine Weile auf einer der Wiesen, genau so wie der Polizeidiener und die Kinder. Als man später nach ihm sehen wollte, war er verschwunden. Keiner hat gesehen, wohin. Bis jetzt ist er nicht wieder aufgetaucht. Dabei wird auch er ärztliche Hilfe dringend nötig haben, ganz zu schweigen vom seelischen Beistand, dessen er nach dieser Katastrophe bedarf.«

»Die Kinder sind wach!«, rief die Magd aufgeregt zur Tür herein.

Sofort sprangen alle auf und eilten nach oben.

Die Turmuhr des nahe gelegenen Franziskanerklosters schlug zehn. Seit dem Morgengrauen saß Müller schon in der engen Arrestzelle der Burg. Seitdem versuchte er, Franz Thonet zum Reden zu bringen.

Franz lag auf der schmalen Bank aus dunklem Holz, die längs an der Wand stand. Über das Gesicht hatte er den rechten Arm gelegt. Seine Kleidung war zerrissen und starrte vor Schmutz. Auf Müllers Geheiß hin hatte Severus Nass den Stiefel aufgeschnitten, um den stark geschwollenen Fuß zu befreien. Franz stöhnte immer wieder vor Schmerz auf.

»Ich frage dich zum letzten Mal«, setzte Müller an. »Was ist geschehen, seitdem du vorgestern aus eurer Werkstatt weggelaufen bist? Wo bist du hingerannt? Wen hast du getroffen? Warst du noch einmal bei der Mühle, nachdem du dort auf Lukas Weber gestoßen bist? Wie bist du zum Eisenbolz gelangt?«

Der junge Thonet schwieg.

Müller wischte sich das Gesicht. Dann stand er auf und rief nach Nass, dass der Alte einen Krug Wasser in die Zelle brachte. Müllers Kehle war staubtrocken. Jeder Atemzug schmerzte ihn. Der beißende Rauch, den er während des Brands in der Bingergasse eingeatmet hatte, musste ihm die Luftwege versengt haben. Er konnte froh sein, keine schlimmeren Verletzungen davongetragen zu haben. Das war Anton Weinands Verdienst gewesen. Später wollte Müller zum Eltzer Hof, um sich bei ihm zu bedanken. Der Bursche hatte ihm das Leben gerettet. Und nicht nur ihm.

Müller rieb sich die Augen. Nur zu gern würde er nach Hause gehen, um zu schlafen. Geschlafen hatte er die ganze Nacht nicht.

Als er weit nach Mitternacht die Brandstelle endlich hatte verlassen können, hatte Ferdinand Bock bereits vor seinem Haus gewartet. Seine Leute und er hatten kurz zuvor den jungen Thonet gefunden, bewusstlos und völlig verwirrt, oben auf dem Eisenbolz. Auf Müllers Befehl hin hatten sie ihn zur Burg gebracht. Seither wachte Müller persönlich bei ihm. Erschöpft stützte er die Hände auf die Beine, stierte auf den Boden. Was sollte er nur tun?

Von draußen hörte er plötzlich aufgeregtes Reden und Schimpfen.

»Was ist da los?«, rief er in den Gang.

Schwere Schritte knallten auf dem Steinboden. Müller streckte den Kopf zur Tür hinaus. Michael Thonet marschierte geradewegs auf die Arrestzelle zu. Der bucklige Nass humpelte hinter ihm her und versuchte, mit der Hand nach dem Tischlermeister zu greifen, um ihn aufzuhalten.

»Lass ihn«, befahl Müller dem Alten, als die beiden die offene Zellentür erreichten. Und zu Thonet: »Es ist gut, dass Sie kommen. Vielleicht bringen Sie Ihren Sohn zum Reden.«

Nass schüttelte den Kopf und schlurfte wieder davon. Das Wasser für Müller hatte er vergessen.

»Warum halten Sie meinen Sohn hier wie einen Verbrecher fest? Dafür gibt es keinen Grund. Er braucht einen Arzt. Und vor allem Ruhe. Wer weiß, was er durchgemacht hat!«

»Genau das möchte ich von ihm wissen«, entgegnete Müller betont freundlich. »Sobald er es mir erzählt hat und ich sicher sein kann, dass er wirklich nichts Schlimmes verbrochen hat, können Sie ihn mit nach Hause nehmen. Vorher nicht.«

Thonet knurrte missbilligend.

Müller blieb fest. Kaum konnte er die Übelkeit unterdrücken, die ihn überkam, sobald er sich längere Zeit aufrecht hielt. Stöhnend sank er schließlich auf den Schemel.

»Reden Sie mit ihm«, wies er den Tischlermeister tonlos an.

Unschlüssig sah Thonet von ihm auf seinen Sohn. Dann trat er näher an die Bank heran und fragte: »Franz, was ist geschehen? Deine Mutter macht sich schreckliche Sorgen. Tu ihr das nicht an, dass sie auch deinetwegen noch leiden muss. Deine kleine Schwester bereitet ihr schon genug Kummer. Bitte sprich mit dem Wachtmeister! Dann nehme ich dich mit nach Hause, und alles wird gut.«

»Gar nichts wird mehr gut«, entfuhr es Franz.

»Hast du Martin Altdorf in der Mühle umgebracht oder nicht?«, platzte Müller ungeduldig dazwischen.

»Nein!«

Mit einem Ruck setzte Franz sich auf. Im selben Moment jaulte er vor Schmerzen.

»Was fällt Ihnen ein?«, fuhr der alte Thonet Müller an. »Hören Sie sofort mit Ihren unverschämten Fragen auf und lassen Sie meinen Sohn in Ruhe. Es reicht. Ich nehme ihn jetzt mit nach Hause!«

»Nichts da! Gar nichts tun Sie! Sie kriegen ihn hier nur raus, wenn er wirklich unschuldig ist«, stellte Müller klar. »Und danach sieht es nicht aus.«

»Natürlich ist er unschuldig!«, rief Michael Thonet. »Passen Sie auf, was Sie sagen, Wachtmeister!«

»Sie haben mir schon vor drei Tagen gedroht«, entgegnete Müller. »Damals haben Sie mir geschworen, dass Martin Altdorf nichts mit dem Tod der armen Lieselotte zu tun hat. Auch davon haben Sie mich bis heute nicht überzeugt.«

»Sie kriegen nie genug, was? Sehen Sie nicht, was Sie mit Ihren Verdächtigungen anrichten? Martin musste seine Unschuld mit dem Leben bezahlen. Sie waren ja nicht fähig, ihn zu beschützen!«

»Halten Sie sich zurück, Thonet! Bislang spricht alles dafür, dass Ihr Sohn ein schweres Verbrechen begangen hat. Und auch Martin Altdorf kommt im Fall der toten Lieselotte immer noch als Täter in Frage.«

»Sie halten Altdorf doch nur deshalb für den Täter, weil er sich nicht mehr wehren kann. Und jetzt stürzen Sie sich auf meinen schwer verletzten Sohn. Eine schöne Gerechtigkeit ist das, die Sie da vertreten! Machen Sie es sich nicht zu einfach, ich warne Sie!«

»Reden Sie mir nicht von Gerechtigkeit! Sie nicht!« Unerwartet behände sprang Müller plötzlich auf und funkelte den Tischlermeister böse an. »Helfen Sie lieber, das Verbrechen in Ihrer Mühle aufzuklären, wenn Ihnen etwas an Ihrem Sohn liegt. Es ist höchste Zeit, dass Sie einmal etwas für Ihren ältesten Sohn tun.«

»Was wollen Sie damit sagen?« Der alte Thonet wurde blass.

Müller reckte das Kinn. Nun wusste er, wie er den Tischlermeister in Schach halten konnte. Das schlechte Gewissen stand ihm ins Gesicht geschrieben.

»Sie wissen selbst am besten, wie Sie Ihren Sohn behandelt, wie Sie stets Ihren Gesellen Altdorf bevorzugt haben. Und wie sehr Sie sich seit Tagen für die Unschuld Altdorfs ins Zeug legen.«

»Worauf wollen Sie hinaus?«

Der alte Thonet wirkte auf einmal kraftlos. Jede Spur von Kampfgeist war verschwunden.

»Sie wissen genau, was ich meine«, beharrte Müller. »Wie sehr Franz unter Ihrem Verhalten leidet, wollen Sie aber immer noch nicht erkennen. Sehen Sie ihn sich an, sehen Sie doch einmal hin, was aus Ihrem Sohn geworden ist: ein Häuflein Elend, das im Arresthaus sitzt, weil es einen anderen Menschen getötet hat!«

»Das ist nicht wahr«, flüsterte Michael Thonet. Dann, etwas lauter: »Das ist nicht wahr! Franz, sag ihm doch selbst, dass das nicht wahr ist!«

»Der Wachtmeister hat Recht«, murmelte Franz.

»Was?« Entsetzt riss der alte Thonet die Augen auf.

Franz achtete nicht auf seinen Vater, sondern fuhr fort: »Es stimmt, was der Wachtmeister sagt: Du hast es nie wahrhaben wollen, dass du Martin mir, deinem eigenen Sohn, vorgezogen hast. Immer hast du gesagt: ›Schau, was Martin macht!‹ oder ›Martin kann dies, Martin kann das.‹ Was ich fertig bringe, hat dich nicht interessiert. Aber was der angeblich so brave Geselle Martin hinter deinem Rücken getrieben hat, darauf hast du nicht geachtet. Du hast ihm einfach vertraut, bei allem, was er getan hat. Du hast ihn ja nicht einmal gefragt, wo er herkommt, welche Leute seine Eltern sind, wer zu seiner Familie gehört. Geschweige denn, dass du jemals auf meine Warnungen vor ihm und seinen Machenschaften gehört hast! Selbst als ich dir gesagt habe, dass irgendetwas mit seinem Onkel in Bingen nicht stimmt und dass keiner von uns weiß, welche Geschäfte Martin in unserer Mühle abschließt, wenn wir nicht dabei sind, selbst da hast du mir nicht zugehört.«

»Das stimmt nicht«, widersprach Michael Thonet zaghaft.

Müller spitzte die Ohren.

»Du redest dich um Kopf und Kragen«, warnte der Tischlermeister.

Franz scherte sich nicht darum: »Im Gegensatz zu dir habe ich Erkundigungen über die Altdorfs eingezogen und mir längst meinen Reim auf ihn gemacht. Ich habe dich noch warnen wollen, aber mich hast du ja zurückgewiesen.«

»Das ist alles nicht wahr!« Michael Thonet war sichtlich erschüttert.

Franz genoss es offenkundig, den Vater mit seinen Schilderungen zu brüskieren. Müller blickte gebannt von einem zum anderen, verfolgte jede ihrer Regungen.

»Du hast Martin gehasst«, stellte der alte Thonet leise fest. Sein Blick bohrte sich in die Augen seines Sohnes.

Der wich ihm nicht aus: »Ja. Aber ich habe Martin Altdorf nicht getötet, obwohl ich es nur zu gern getan hätte.«

Helenas Mutter hatte sich zu den beiden kleinen Weinand-Mädchen aufs Bett gesetzt und hielt sie in den Armen. Die Mädchen weinten. Ihr etwa achtjähriger Bruder bemühte sich ganz offensichtlich um Tapferkeit. Scheu drückte er sich am Kopfende des Bettes herum. Helena ging zu ihm, strich ihm über den Kopf. Unter ihrer Hand duckte er sich weg.

»Gott sei Dank sind die Kinder am Leib völlig unversehrt«, stellte Kreisphysikus Heusner fest und schloss mit einem lauten Knall seine schwere Arzttasche. Dann richtete er sich auf. »Wenigstens eine gute Nachricht für den armen Vater Weinand.«

»Müssen wir wieder nach Hause?«, fragte der Junge leise.

Im selben Moment heulten seine Schwestern auf. Entsetzt sah Helena zu ihrer Mutter, die die Kinder fest hielt, dann zu Doktor Heusner.

»Freut dich das nicht?«, erkundigte sie sich vorsichtig, nachdem weder ihre Mutter noch Heusner Anstalten machten, etwas zu sagen.

Schnell schüttelte der Junge den Kopf. Den Blicken der Erwachsenen wich er aus, indem er sich kopfüber ins Bett verkroch.

»Komm da raus!«, rief der Kreisphysikus und zog an der Decke. »So ein großer Junge wie du hat doch keine Angst! Du musst deine beiden Schwestern beschützen.«

Der Junge rührte sich nicht. Hastig tupfte sich Heusner die Schweißperlen von der Stirn.

»Was habt ihr nur?«, fragte Franziska Weissgerber die beiden Mädchen. Sie vergruben die Gesichter in ihrem Schoß.

»Angst«, antwortete Helena an ihrer Stelle.

Und nach einem kurzen Moment der Stille fügte sie hinzu: »Wundert dich das? Ich habe dir doch erzählt, wie seltsam Lieselottes Vater sich gestern aufgeführt hat. Den Kindern wird er nicht anders begegnet sein als Anton und mir. Der Mann ist wahnsinnig!«

»Helena! Pass auf, was du da sagst!«, rief ihre Mutter sie zur Ordnung.

»Ihre verehrte Frau Mama hat Recht«, schaltete Heusner sich ein. »Es steht uns nicht an, voreilige Schlüsse zu ziehen. Fassbinder Weinand wurde in den letzten Monaten hart vom Schicksal gestraft. Dass er zurzeit nicht in jedem Moment Herr seiner Sinne ist und gelegentlich die Regeln des guten Anstands verletzt, darf uns nicht wundern. Es steht uns nicht an, ihm das auch noch vorzuwerfen.«

»Aber sehen Sie nicht, wie es um die Kinder bestellt ist? Die Kleinen beginnen zu zittern, sobald es heißt, sie müssten zu ihrem Vater. Da stimmt doch etwas nicht!«

Aufgebracht ging Helena ein paar Schritte auf ihn zu.

»Helena!«, beschwerte sich ihre Mutter erneut.

Doch Helena hörte nicht. Grübelnd zog sie die Stirn in Falten, dann sprudelte sie los: »Lieselotte hat sich doch auch so vor ihrem Vater gefürchtet. Erinnerst du dich nicht mehr, Mama, als wir sie zum letzten Mal auf dem Markt getroffen haben? Du hast sie eingeladen, wieder zu uns zum Nähen zu kommen. Ganz blass ist sie geworden, als sie eingestand, dass sie ihren Vater erst um Erlaubnis bitten müsste. Ganz so, als sei er ein Ungeheuer, das sie nicht wagte, um etwas zu bitten!«

»Lieselotte hat ganz schreckliche Angst vor dem Vater«, war vom Bett her zu hören. Mühsam schälte sich der Weinand-Junge aus dem Federbett und sah zu Helena hinüber.

»Weißt du denn auch, warum?« Sie lächelte ihm ermutigend zu. Mit drei Schritten war sie bei ihm und kniete vor ihm nieder.

Unsicher zuckte er die Schultern, überlegte angestrengt, bis er sich ein Herz fasste und erzählte: »Eigentlich hat der Vater ja nie mit ihr geschimpft. Nachdem die Mutter tot war, hat die Lieselotte doch alles für uns gemacht: gekocht, gewaschen, aufgeräumt, nach uns geguckt.«

»Lieselotte ist lieb«, piepste das ältere, etwa sechsjährige Mädchen und richtete sich in den Armen Franziska Weissgerbers auf. »Immer passt sie auf uns auf.«

»Jetzt nicht mehr. Jetzt ist sie tot«, wies ihr Bruder sie zurecht. Schon weinte die Kleine wieder los.

»Ist ja gut, mein Kind«, beruhigte Franziska Weissgerber sie. Die Jüngste kroch vorsichtig von ihrem Schoß und stolperte mit ausgestreckten Ärmchen auf Helena zu. Überrascht nahm sie die Vierjährige in den Arm und erhob sich ungelenk mit ihr.

»Lieselotte ist aber auf einmal auch nicht mehr lieb zu uns gewesen«, stellte der Weinand-Junge klar. »Seit ein paar Monaten war sie ganz anders.«

»Daran ist nur der Sebastian schuld. Der war böse zu ihr!« Die Sechsjährige mühte sich, in ihrer Schilderung eifriger als ihr Bruder zu erscheinen.

Helena horchte auf. Auch Kreisphysikus Heusner und ihre Mutter wirkten sehr daran interessiert, was die Kinder da erzählten. Dem Mädchen wurde sichtlich unwohl in seiner Haut.

»Meinst du Sebastian Reitz?«, fragte Helena und als die Kleine stumm nickte: »Was hat er ihr denn Böses getan? Hat sie dir das erzählt?«

Hastig schüttelte die Kleine ihren blonden Lockenkopf und begann, an ihren Fingernägeln zu kauen. Ihr Bruder beobachtete sie. Ihm war die Enttäuschung, gerade nichts Entscheidendes beitragen zu können, deutlich anzumerken.

»Sebastian hat Lieselotte wehgetan«, flüsterte die Jüngste in Helenas Ohr. »Ganz furchtbar weh. Lieselotte hat geweint!«

»Er hat ihr wehgetan, bis sie geweint hat?«, wiederholte Helena laut.

»Ja, jetzt weiß ich es wieder!«, mischte sich der Junge ein. »Wir sind aus der Kirche gekommen, es war schon dunkel. Es war St. Martin. Plötzlich ist Sebastian vor uns aufgetaucht. Ganz furchtbar böse hat er geguckt. Dann hat er uns angeschrien. Lieselotte hat sich vor uns gestellt und mit ihm geschimpft. Aber er ist noch böser geworden und hat sie sogar ins Gesicht geschlagen!«

»Und uns hat er weggejagt! Wir sind schnell nach Hause gelaufen, zu Anton und zum Vater«, ergänzte seine Schwester.

»Lieselotte ist erst ganz spät heimgekommen. Ich habe sie noch gesehen, wie sie sich heimlich in die Küche geschlichen hat. Ganz dreckig ist sie gewesen, die Kleider zerrissen, das Gesicht zerkratzt. Der Vater hat sie natürlich gesehen. Er hat ja auf sie gewartet. Richtig schlimm hat er mit ihr geschimpft. Das hat er vorher noch nie getan. Dann hat er sie auch geschlagen, wie er es sonst nur bei Anton tut, und sie hat nur noch geweint.«

»Seitdem hat sie immer nur geweint: abends im Bett, wenn wir schlafen sollten, und tagsüber, wenn sie gewaschen oder gekocht hat«, ergänzte die Sechsjährige die Erzählung ihres Bruders.

»Und um Sebastian hat sie einen großen Bogen gemacht. Obwohl sie ihn doch irgendwann heiraten sollte. Wie das nur gegangen wäre?«, sagte wieder der Junge.

»Der Vater hat sie dann noch oft geschlagen. Kein Wunder, so viel, wie sie geweint und dabei an Geschirr kaputtgemacht hat! Und natürlich, weil sie den Sebastian nicht mehr richtig angeguckt hat«, wusste das Mädchen zu berichten.

»Ihr ist seitdem richtig schlecht geworden, vor allem früh morgens, nach dem Aufstehen. Dann ist sie immer erst einmal in den Garten aufs Häuschen. Bestimmt war das, weil sie so viel Angst vor dem Vater und dem Sebastian gehabt hat«, endete der Junge mit einem ernsten Nicken.

Niemand sagte mehr etwas. Helena bemerkte, wie ihre Mutter und der Kreisphysikus ratlose Blicke austauschten. Die Vierjährige schmiegte ihr Gesicht fest an Helenas Hals, klammerte sich mit den Ärmchen an sie. Das sechsjährige Weinand-Mädchen drückte sich an Franziska Weissgerber, und der Junge saß in einigem Abstand zu ihnen auf der Bettkante.

Mit einem Ruck hob er den Kopf.

»Vor ein paar Tagen dann hat der Vater Lieselotte zum letzten

Mal verprügelt«, sprudelte er los. »Ich habe es gesehen, weil ich ganz früh am Morgen raus aufs Häuschen musste. Als ich durch die Küche zurückwollte, haben die beiden da gestanden. Der Vater hat sie erst ganz laut angeschrien und an den Haaren gezogen. Da habe ich mich schnell hinter dem Herd versteckt, damit er mich nicht entdeckt. Dann hat er sie am Hals gepackt und fest hin und her geschüttelt. Sie hat sich noch gewehrt, geweint, geschrien, mit den Armen um sich geschlagen. Dann aber ist sie immer leiser geworden, und irgendwann hat sie Ruhe gegeben. Ich bin schnell aus der Küche weggelaufen. Danach habe ich sie nicht mehr gesehen. Später an dem Morgen sind dann die Leute zu uns gekommen und haben erzählt, dass Lieselotte tot im Rhein liegt.«

Im schattigen Innenhof der Burg kauerte Severus Nass auf seinem Schemel. Dieses Mal schlief er nicht, sondern sah Müller entgegen, als er zusammen mit Michael Thonet in den Hof kam.

»Franz Thonet bleibt bis auf weiteres in der Zelle. Ich habe die Tür verschlossen. Hier ist der Schlüssel.«

Müller übergab dem Alten den Schlüssel und sah ihn dabei durchdringend an.

»Nachher schicke ich Kreisphysikus Heusner vorbei, damit er sich den Fuß von Franz Thonet anschauen kann. Die Magd der Thonets darf ihm auch etwas zu essen bringen. Das stellst du ihm aber selbst in die Zelle! Du lässt niemanden zu ihm rein, ist das klar?«

Severus Nass nickte.

»Sie gehen jetzt besser nach Hause, Thonet. Sie haben gehört, was ich veranlasst habe. Solange sich keine Beweise für Franz' Unschuld finden, können wir nichts für ihn tun. Er hatte einen guten Grund, Martin Altdorf umzubringen, und wird sich wohl für das Verbrechen verantworten müssen.«

Mit einem erschöpften Winken signalisierte der Tischlermeister, dass er die Worte vernommen hatte. Langsam hob er seinen Hut zum Kopf, drückte ihn behutsam auf den grauen Schopf und marschierte davon.

Müller folgte ihm in einigem Abstand. An der Schlauchgasse ging Thonet weiter geradeaus, Müllers Weg führte nach rechts hinüber zum Markt. Er wusste, dass er sich sputen musste. Bürgermeister Jacobs wartete sicher schon ungeduldig im Rathaus auf seinen Bericht.

Auf dem Marktplatz tummelten sich die Menschen. Bauern und Händler hatten ihre Stände aufgebaut und boten ihre Erzeugnisse feil. Weil Samstag und somit Markttag war, erstreckte sich das Treiben bis weit hinunter zur nordöstlichen Seite der Severuskirche. Dort befand sich der Buttermarkt, an dem auch Müllers Haus stand, dahinter der Eiermarkt. Samstags gab es dort die frischesten Erzeugnisse von den Hunsrücker Bauernhöfen. Am Ende der Woche servierte Apollonia deshalb meist süße Eierkuchen, die Müller besonders gern mochte. Für gewöhnlich lief ihm beim bloßen Gedanken daran bereits das Wasser im Mund zusammen. Heute jedoch hatte er keinen Appetit. In seiner Kehle brannte es noch immer, gleichzeitig schmeckte er Ruß und verkohltes Holz auf der Zunge.

Aus der Menge der Marktleute und Hausfrauen schälte sich die krummbeinige Gestalt des Schreibers heraus. Aufgeregt gestikulierend rannte er ihm entgegen.

»Müller! Endlich kommen Sie. Der Kreisphysikus erwartet Sie in Ihrer Amtsstube.«

»Mich? Und was ist mit dem Bürgermeister?«

»Bürgermeister Jacobs hat alle Stadträte und Beigeordneten zu sich einbestellt. Seit zwei Stunden schon beraten die Herren hinter verschlossenen Türen. Dort sollen Sie nachher auch einen Rapport abliefern. Zunächst aber müssen Sie mit Kreisphysikus Heusner sprechen.«

Ein wenig ratlos lief Müller neben dem buckligen Schreiber zu seiner Wachstube. Außerhalb seiner gewohnten Umgebung ähnelte der Schreiber eher einer zerrupften Krähe denn einem Menschen: Die Schäbigkeit seines schwarzen Gehrocks und seine riesige Nase kamen im ungetrübten Tageslicht noch besser zur Geltung.

Krächzend schilderte er Müller, wie die Herren Stadträte auf die außerordentliche Ratssitzung an diesem Morgen reagiert hatten. Müller hörte nur halb hin. Zu sehr beschäftigte ihn die Frage, was der Kreisphysikus ausgerechnet ihm so Dringendes mitzuteilen hatte.

Im Schatten der Linden vor dem Rathaus drückte sich Lukas Weber herum. Eine Bauersfrau, die sich dort mit einem Korb schrumpeliger, kleiner Äpfel niedergelassen hatte, schimpfte auf den Jungen ein. Hungrig stierte er auf ihre Äpfel. Als Müller die beiden erreicht hatte, beruhigte er die zeternde Frau.

Dann wandte er sich an Lukas: »Es gibt hier nichts mehr für dich zu tun. Sieh lieber zu, dass du an der Dampferanlegestelle noch ein paar Groschen verdienst!«

»Kann ich nicht beim Aufräumen in der Bingergasse helfen?«, fragte der Junge, sichtlich erschrocken über die barsche Zurückweisung.

»Kannst du schon, aber dafür wird dich dort keiner bezahlen. Das gehört zur Nachbarschaftshilfe. Ich weiß nicht, ob deine Eltern es gut finden, wenn du auch heute Abend wieder kein Geld nach Hause bringst.«

Betrübt machte Lukas kehrt und lief davon.

»Bonnschur, Wachtmeister!«, rief ihm Kreisphysikus Heusner entgegen. Er musste die kleine Szene mitbekommen haben, denn er wartete breitbeinig im Eingang zur Wachstube. »Gut, dass Sie den Jungen weggeschickt haben. Er folgt mir schon den ganzen Weg vom Eltzer Hof hierher, als schulde ich ihm noch etwas. Lästig, diese Tagelöhnerkinder!«

Zu gern hätte Müller ihn an Lukas' Hilfsdienste erinnert. Schon aber zog ihn der Kreisphysikus in die Wachstube. Dabei wischte er sich unablässig mit dem Taschentuch durchs Gesicht. Ein kurzer Regenschauer in den frühen Morgenstunden hatte für kühlere Temperaturen gesorgt, trotzdem schwitzte Heusner aus allen Poren.

»Es ist etwas Schreckliches vorgefallen«, keuchte er in sein Taschentuch hinein.

Verständnislos sah Müller ihn an.

»Natürlich«, stimmte er zu. »Dieser Brand ist ein Unglück für die gesamte Nachbarschaft, nicht nur für Weinand. Doch ihn trifft es mal wieder ganz besonders hart!«

»Nein, das meine ich nicht.«

Nun hüstelte Heusner auch noch in das Tuch und drückte seine feuchten Lippen gegen den Stoff.

»Wollen Sie sich nicht setzen?«, fragte Müller in der Hoffnung, Heusner würde sein Anliegen sitzend schneller preisgeben. Außerdem verlangte es ihn selbst nach einer Atempause. »Nein danke, ich bleibe lieber stehen. Müller, es ist so unvorstellbar, dass ich eigentlich gar nicht weiß, wie ich es ausdrücken soll.«

»Sagen Sie es einfach gerade heraus!«

Langsam wurde Müller ungeduldig. Gleichzeitig fühlte er Schwindel in seinem Kopf aufsteigen. Setzte sich der Kreisphysikus nicht, konnte er das allerdings auch nicht tun. Sein linkes Bein begann wieder zu kribbeln. Bald hielt er es nicht mehr aus.

»Sie wissen, dass die drei kleinen Weinand-Kinder im Eltzer Hof versorgt werden? Weissgerbers haben sie bis auf weiteres bei sich aufgenommen. Auch Anton war bis vor wenigen Stunden dort«, erzählte Heusner.

»Und?«

Vorsichtig verlagerte Müller das Gewicht von einem auf das andere Bein. Es brachte keine Erleichterung. Er fühlte, wie ihm nun ebenfalls der Schweiß aus den Poren trat. Er hinkte hinüber zum Fenster, riss es auf und schöpfte in langen, gierigen Atemzügen nach Luft.

»Ich habe die Kleinen soeben untersucht. Sie bedürfen eines besonderen Beistands«, fuhr Heusner fort.

»Selbstverständlich, nach allem, was sie erleben mussten«, bemerkte Müller, schloss das Fenster und wandte sich wieder dem Kreisphysikus zu.

»Nein, das ist es nicht.« Heusner zögerte. »Es ist etwas viel Schlimmeres. Danach habe ich Anlass zur Vermutung, dass –«

»Herr Kreisphysikus, ich bitte Sie!«

Müller wurde schwarz vor Augen. Im letzten Moment gelang es ihm, den Schemel hinter seinem Tisch zu erreichen und sich dort niederzulassen.

Mit gerunzelter Stirn verfolgte Heusner seine Bewegungen.

»Was ist los?«, fragte Müller mit letzter Kraft.

Es war dem Kreisphysikus deutlich anzusehen, wie sehr ihm Müllers Verhalten missfiel. Wieder hüstelte er mehrmals, dann erst sprach er weiter: »Also, es hat den Anschein, als sei derjenige, der Lieselotte verführte, nicht der, den man die ganze Zeit dafür verantwortlich machen wollte.«

»Was?« Müllers Stimme überschlug sich.

Heusner zog die Augenbrauen hoch, ließ sich aber nicht in seiner umständlichen Erzählweise irritieren.

»Die Kleinen haben da wohl etwas beobachtet«, berichtete er weiter. »Vorhin im Eltzer Hof haben sie davon erzählt.«

»Wovon?«

Müller konnte den heiseren Einwurf nicht unterdrücken. Zu mehr war er allerdings nicht fähig. Wie gern wäre er aufgesprungen, hätte den Kreisphysikus beim Kragen gepackt und kräftig geschüttelt! Vielleicht sprudelten ihm dann die Worte schneller aus dem Mund. Dazu fühlte Müller sich allerdings zu schwach.

Heusner schien nichts von seinen Regungen mitzubekommen. Nachdenklich sah er zur Decke, augenscheinlich damit beschäftigt, dort oben die richtigen Worte für das zu finden, was er nun zu berichten hatte.

Nach einer halben Ewigkeit blickte er endlich wieder zu Müller und sagte nur: »Sebastian Reitz war es.«

»Was?«

»Sebastian Reitz hat sich an Lieselotte vergangen. Es muss im letzten Herbst um St. Martin herum passiert sein.«

Zunächst stockend, dann immer flüssiger schilderte der Kreisphysikus Müller, was er von den Weinand-Kindern über Lieselottes letzte Wochen erfahren hatte. Als er geendet hatte, seufzte er tief.

»Unfassbar«, stieß Müller hervor. »Und der Junge behauptet wirklich glaubhaft, dass Heinrich Weinand seine eigene Tochter erwürgt hat?«

Heusner nickte.

Müller schluckte. Nach einer Weile fragte er: »Weiß Heinrich Weinand überhaupt, dass Altdorf Lieselotte gar nicht verführt hat, sondern dass Reitz sie mit Gewalt –?«

»Ich denke nicht«, erwiderte Heusner.

»Und Anton?«

Der Kreisphysikus antwortete nicht. Schweigend verharrten

sie in der engen Wachstube, Heusner im Stehen, Müller im Sitzen, jeder mit seinen Mutmaßungen beschäftigt.

Auf einmal kehrten Müllers Lebensgeister zurück, und er erhob sich. Scheppernd fiel sein Schemel um.

»Höchste Zeit, dass Sie Ihre Pflicht tun«, ermunterte der Kreisphysikus ihn in seinem Aufbruch. »Suchen Sie den alten Weinand!«

»Und den jungen«, ergänzte Müller.

»Wieso?«, stutzte Heusner.

»Weil ich sicher bin, dass Anton mittlerweile auch weiß, wie Lieselottes Tod zu erklären ist.«

Unruhig ging Helena im Salon auf und ab. Immer wieder sah sie zur Uhr, dann hinüber zur Tür. Ihre Mutter kam nicht. Helena knetete ihre Finger durch. Sie waren eiskalt. Ebenso ihre Füße. Es wäre sicherlich vernünftiger, sie beendete dieses sinnlose Auf- und-ab-Gehen und befolgte stattdessen die Empfehlung Heusners. Er hatte ihr geraten, sich auf der Chaiselongue etwas auszuruhen und die Beine hochzulegen, bis sie sich besser fühlte. Aber es gelang ihr nicht, zur Ruhe zu kommen. Kaum setzte sie sich, sprang sie schon wieder auf.

Die Erschütterung über das eben Erfahrene war einfach zu groß. Gänsehaut überzog ihren Körper. Sie hatte das Gefühl, als wehrte sich jedes einzelne Haar an ihr gegen das, was die Weinand-Kinder erzählt hatten. Dabei war es genau das, was sie selbst die ganze Zeit über befürchtet hatte: Der Verlobte hatte Lieselotte Gewalt angetan, sie geschwängert und mit dem Kind im Bauch schmählich im Stich gelassen. Thonets Geselle war also nur zufällig in die Sache hineingeraten, weil er auf einer Kirmes ausgelassen mit Lieselotte getanzt hatte. Und nun war auch er tot!

Helena schauderte. Sie konnte sich nicht beruhigen, würde wahrscheinlich nie mehr zur Ruhe kommen. Verzweifelt sah sie wieder zur Uhr. Schon mehr als eine halbe Stunde war vergangen, seit der Kreisphysikus ins Rathaus geeilt war, um Bürgermeister Jacobs zu informieren. Noch immer war ihre Mutter allein oben bei den Weinand-Kindern, und Helena sollte warten.

»Das ertrage ich nicht länger!«, rief sie plötzlich laut in die Stille hinein. Sie musste etwas tun. Sie musste wissen, wie es nun weiter ging, was man unternahm, um Lieselottes verschwundenen Vater und Mörder zu finden. Entschlossen raffte sie ihren Rock und eilte zur Tür hinaus.

Erst als sie fast schon den Marktplatz erreicht hatte, wurde ihr bewusst, wie überstürzt sie den Eltzer Hof verlassen hatte. Wo wollte sie hin? Was wollte sie überhaupt tun? Sie allein konnte schlecht den alten Weinand als Täter überführen. Und zum Rathaus laufen und dem Bürgermeister ihre Hilfe anbieten, das konnte sie auch nicht.

Einen Moment verharrte sie, um Atem zu schöpfen und ihre Gedanken zu ordnen. Da erspähte sie die gedrungene Gestalt des Polizeidieners auf der Oberstraße und beschloss, sich an seine Fersen zu heften.

Müller hatte die Brandglocke läuten lassen, weil ihm das die einfachste Möglichkeit schien, mitten am Tag schnellstmöglich ein paar Männer zusammenzutrommeln. Den Ersten, die vor der Wachstube eintrafen, erklärte er knapp, was zu tun war. Dann humpelte er selbst los Richtung Oberstadt.

In der Bingergasse bot sich ihm ein Bild der Verwüstung: Die Frühlingssonne, die sich tapfer durch die letzten Rauchschwaden kämpfte, konnte wenig dagegen ausrichten. Aus den Ruinen der Häuser qualmte es noch immer. Rußgeschwärzt reckten sich die letzten aufrecht stehenden Wände empor. Die ganze Gasse war von grauem Staub überzogen. Unangenehm stach der Brandgeruch in Mund und Nase. Männer, Frauen und Kinder waren dabei, die Trümmer aufzuräumen. Mehrere Fuhrwerke und Karren standen herum, auf die einige wenige noch brauchbare Gegenstände verladen wurden. Dazwischen zog Johann Grahs mit seinem stinkenden Karren durch.

»Bonnschur, Grahs! Was machst du hier?«, rief Müller ihm zu. »Ich denke, du hast heute in der Niederstadt zu schaffen?«

»Da bin ich längst fertig. Der Gerber Schlad hat mich hierher geschickt. Ich soll helfen, den Dreck wegzufahren.«

Kindliche Einfalt sprach aus seinen Augen. Müller klopfte ihm auf die Schulter.

»Du kannst nach Hause gehen. Die haben sich nur einen dummen Scherz mit dir erlaubt.«

Der Alte schaute zu ihm auf. Dann zuckte er mit den Schultern und machte kehrt.

Müller hatte sich längst abgewandt und suchte den Boden, auf dem einmal Weinands Haus gestanden hatte, mit den Augen ab. Von der Werkstatt und dem reich verzierten Fachwerkhaus, das die Ahnen des Fassbinders vor mehr als hundert Jahren errichtet hatten, war nichts mehr übrig geblieben. Nur noch Schutt und Asche, wo am Tag zuvor noch das Handwerk geblüht hatte. Ein verloren da stehendes Mauerstück markierte den Durchgang zum Obstgarten, von dem nur noch verbrannte Erde und verkohlte Baumstümpfe zeugten.

Vorsichtig kletterte Müller über die Trümmer, presste sich nach wenigen Schritten sein Taschentuch vor den Mund. Bald musste er erschöpft stehen bleiben.

»Herr Wachtmeister! Kommen Sie! Bei der Eisbrech sind sie!«

Hatte er richtig gehört? Langsam drehte er sich um, kniff die Augen zusammen, um besser sehen zu können.

Lukas Weber in den viel zu weiten Hosen und der riesigen Jacke winkte aufgeregt. Im selben Moment begann Müllers Herz noch schneller zu schlagen: Wenn Lukas ihn rief, dann verhieß das nichts Gutes. Dann bahnte sich neues Unglück an.

Helena blieb auf Abstand. Dabei wäre es ein leichtes für sie gewesen, den Polizeidiener trotz ihres langen Rockes und ihrer glatten Schuhsohlen einzuholen. Er humpelte stark. Ob die Verletzung vom Brand rührte? Helena beobachtete ihn. Es bereitete ihm größte Mühe, dem flinken Lukas zu folgen.

Sie liefen Richtung Fluss. Direkt hinter der Stadtmauer bogen sie nach Osten ab. Die Sonne stand bereits hoch am Himmel, ließ ihre Strahlen durch die sich reckenden Zweige der Pappeln glitzern. Das Gras auf der Bleiche leuchtete in sattem Grün.

Lukas und der Polizeidiener hatten sich auf ihrem Weg kein einziges Mal umgeblickt. So hatte Helena sich nicht vor ihnen verbergen müssen. Sie ging langsam hinter ihnen bis zur Eisbrech. Ihre Aufregung wuchs mit jedem Schritt.

Die vielen Neugierigen, die an der Mauer standen, erschreckten Helena. Sie wollte nicht erkannt werden. Der Polizeidiener schritt mitten durch die Menge hindurch bis vor zum Fluss. Gerade noch sah Helena, wie auch Lukas sich etwas abseits von den Leuten bis ganz nach vorn ans Flussufer drängelte. In sicherer Entfernung suchte sie sich einen Platz an der Stadtmauer, von wo aus sie das Geschehen an der Eisbrech verfolgen konnte.

Das Bild, das sich Müller bot, besaß etwas Unwirkliches: Es hatte den Anschein, als wiederholte sich das schreckliche Ereignis von vor wenigen Tagen. Der einzige Unterschied: Dieses Mal stierten die Menschen nicht fassungslos ins Wasser, sondern auf zwei Männer, die dort miteinander kämpften. Bis zu den Knien standen die beiden im Rhein, rutschten auf dem glitschigen Untergrund aus, fingen sich wieder und schlugen zu.

Müller wurde mulmig. Rasch schloss er die Augen, atmete tief durch. Dann setzte er sein Amtsgesicht auf und schritt über die Wiese.

»Lasst mich durch!«, befahl er barsch. »Geht nach Hause! Zurück an eure Arbeit!«

Mit den Ellbogen drückte er sich durch die Meute, hoffte, nicht schon wieder den Säbel ziehen zu müssen. Er hatte Glück. Kaum wurden die Ersten seiner gewahr, traten sie respektvoll zurück und schoben dabei die übrigen nach hinten. In einigen Schritt Entfernung bildeten sie einen Halbkreis und warteten, was weiter geschehen würde.

Müller scheuchte sie mit den Händen weg. Die Leute stierten ihn einen Moment lang an, dann schien ihnen klar zu werden, dass mit ihm nicht zu scherzen war. Hastig drehten sie sich um und gingen davon.

Mit einem kurzen Blick zur Seite vergewisserte sich Müller, dass auch Lukas zurückgewichen war. Entschlossen ging er auf die beiden Männer zu, die offenbar nichts von dem Geschehen um sie herum bemerkt hatten. Gerade holte der Ältere der beiden zu einem weiteren Schlag aus, der Jüngere duckte sich hastig, hielt aber zugleich den anderen am Revers fest.

»Aufhören, ihr zwei! Sofort aufhören«, brüllte Müller und stürzte sich zwischen sie. »Seid ihr völlig wahnsinnig geworden?«

Mit letzter Kraft gelang es ihm, die beiden auseinander zu zerren. Am Ufer fielen sie alle drei zu Boden. Hart und kalt spürte Müller seinen Rücken aufschlagen, schwer lagen Anton und Heinrich Weinand auf seinen ausgestreckten Armen. Nach der ersten Überraschung setzten sich die beiden Fassbinder auf. Anton rieb sich den Schädel, sein Vater die Arme. Mühsam richtete sich auch Müller auf und keuchte.

»Was soll das schon wieder? Wollt ihr euch gegenseitig umbringen?«

»Besser wäre es«, knurrte Heinrich Weinand.

Im selben Moment brach Anton in heftiges Schluchzen aus. Beschämt wischte er sich mit dem Handrücken über die Wangen und unter der Nase entlang.

»Als ob das die Lösung wäre!«, schrie er plötzlich und schnellte hoch in den Stand, um von oben herab auf seinen Vater einzureden: »Als ob mit deinem Tod das ganze Unglück für uns zu Ende wäre! Denk nur ein Mal an deine Kinder und was du ihnen damit antust. So einfach kannst du dich nicht davonmachen. Du kannst uns jetzt nicht auch noch im Stich lassen!«

Er spuckte zu Boden, beugte sich kurz vor und strich sich mit beiden Händen die Haare zurück. Sorgfältig setzte er seine Kappe wieder auf und ging davon. Seinen Vater würdigte er keines Blickes mehr.

Müller sah, wie Anton nahe der Stadtmauer kurz stehen blieb und sich noch einmal umdrehte. Dann entdeckte er die junge, vornehm gekleidete Frau, die auf Anton zuging. Sie nahm ihn bei der Hand, sprach auf ihn ein und führte ihn schließlich flussabwärts mit sich fort.

Heinrich Weinand schwieg. Die Augen hielt er stur auf den Rhein gerichtet. Träge platschten die Wellen ans Ufer, ließen das Gras an der Böschung sanft hin und her schaukeln. Die Sonnenstrahlen tanzten auf den Wellen, der Frühdunst hatte sich längst aufgelöst. Einige Möwen ließen sich auf dem Wasser treiben. Ein Lastkahn trieb den Fluss hinunter. Als leises Gemurmel drang das Reden der Schiffsleute zu den beiden Männern ans Ufer.

Von Westen hörte man das gleichmäßige Klappern von Hufen. Auf dem Leinpfad führte ein Halfner sein Pferd flussaufwärts, dabei stets den besorgten Blick auf das Tau gerichtet, mit dem er ein kleines Marktschiff treidelte. Müller grüßte den Mann mit einem knappen Nicken, Weinand stieß ein bedrohliches Knurren zwischen den Zähnen hervor. Verwundert sah der Halfner zu ihnen hinüber, dann aber hatte er schon die Mauer der Eisbrech erreicht. Vorsichtig führte er sein Pferd durch das seichte Wasser um sie herum und verschwand aus ihrem Blickfeld.

»Was ist los mit dir, Heinrich«, durchbrach Müller endlich die unerträglich gewordene Stille. »Was ist in dich gefahren, dass du das getan hast?«

Der Fassbinder schrie jäh auf. Sein Kopf sackte auf seine Brust, und sein ganzer Körper bebte von heftigen Weinkrämpfen.

»Hör endlich auf mit dem Gejammer und erzähl mir alles! Nur so kannst du dein Gewissen erleichtern!«

»Ach! Was weißt du schon über die Frauen und die Liebe?«

»Mehr, als du denkst«, entgegnete Müller. Agnes' Augen kamen ihm in den Sinn. Als er den Kopf seitwärts wandte, spürte er tatsächlich einen Blick auf sich ruhen. Er entdeckte Lukas, der im Schatten der Pappeln noch immer auf ihn wartete.

»Es war also Liebe«, wiederholte Müller leise. »Ist das nicht eine merkwürdige Form der Liebe, wenn der Vater die eigene Tochter umbringt?«

»Was soll es sonst sein? Auf dem Sterbebett habe ich meiner Katharina versprochen, gut auf Lieselotte aufzupassen, sie in ihrer Reinheit zu behüten wie meinen größten Schatz. Jede Nacht ist meine Frau zu mir gekommen. Jede Nacht hat sie gewollt, dass ich es ihr von neuem verspreche.«

»Weinand, du bist verrückt.«

Der Fassbinder sprach mit verklärtem Blick weiter: »Es war ein Wunder: Katharina war nicht tot, sondern ganz lebendig. Jung und wunderschön, so wie damals vor unserer Hochzeit. Ganz unschuldig hat sie wieder vor mir gestanden, mich mit ihren großen, runden Augen angesehen und mich an meine Vaterpflicht erinnert: Lieselottes Reinheit und Unschuld zu bewahren, so wie die ihre vor unserer Ehe.«

»Weinand, wach endlich auf!« Erbost rüttelte Müller den Fassbinder am Arm, schlug ihm, als das nichts nützte, mehrmals mit der flachen Hand ins Gesicht. »Stimmt es, was deine Kinder sagen: Du hast deine eigene Tochter erwürgt? Wie konntest du so etwas tun? Was ist nur in dich gefahren? Und hinterher hast du sie in den Fluss geworfen? Dein eigen Fleisch und Blut! Das hat nichts mehr mit Vaterpflichten zu tun. Das ist Mord! Am eigenen Kind! Weinand, stimmt das wirklich?«

Heinrich Weinand löste sich aus Müllers Griff und sprang mit einem Satz auf.

»Sie hat doch alles kaputtgemacht! Sie hat sich irgend so einem Nichtsnutz hingegeben. Auf einmal habe ich ihren verdammten, dicken, sündigen Bauch gesehen! Von wegen braves Mädchen, unschuldiges Kind! Eine Hure war sie! Ich habe versagt! Habe das Versprechen, das ich meiner Frau auf dem Sterbebett gegeben habe, nicht halten können! Ihretwegen habe ich mich gegenüber Katharina versündigt! Das habe ich nicht ausgehalten. Mit einem Mal ist es über mich gekommen: Ich habe Lieselotte gepackt, geschüttelt und ihr die Gurgel zugedrückt, damit sie aufhört zu weinen. Selbst in diesem Moment noch hat sie mich angelogen und ihre Unschuld beteuert. Aber dann ist sie plötzlich ruhig gewesen, in sich zusammengesackt wie ein schwerer Sack Kartoffeln. Sie war tot! Das habe ich nicht gewollt. Das musst du mir glauben: Das habe ich nicht gewollt!«

Weinand schlug die Hände vors Gesicht und schluchzte.

Mühsam richtete Müller sich auf, den Blick fest auf den Fassbinder gerichtet. Er konnte das nicht verstehen. Nein, er wollte das nicht verstehen. Dass ein Vater seinem Kind so etwas antun konnte! Dass ein Vater seinem Kind in der Not nicht glauben wollte!

Eine Weile schwiegen sie.

»Mit Martin Altdorf ist es mir ähnlich ergangen«, sagte Weinand in die Stille hinein.

»Was?« Erstaunt drehte Müller sich zu ihm um. »Ihn hast du auch getötet? Aber warum?«

»Warum wohl? Warum fragst du das überhaupt? Du kennst doch die alten Geschichten: Weil es immer die Evangelischen sind, die die katholischen Mädchen verführen!«

Müller spürte, wie Empörung in ihm aufstieg. Wie die Erleb-

nisse von vor zwanzig Jahren mit denen der letzten Tage unauf-
lösbar verschmolzen. Nicht nur Ferdinand Bock aus Salzig und
August Schuster aus Spay waren damals unter den Burschen gewesen, die den evangelischen Tagelöhner in den Salziger Obstwiesen so schrecklich zugerichtet hatten. Auch Heinrich Weinand
war dabei gewesen. Es waren immer wieder dieselben Geschichten. Der Hass der Einheimischen gegen die Fremden, gegen die
Andersgläubigen würde wohl nie vergehen.

»Ich weiß inzwischen selbst, dass es nicht so gewesen ist«, fuhr
Heinrich Weinand dann allerdings fort. Und Müller wusste auf
einmal schon, was der Fassbinder ihm noch erzählen würde. Er
starrte an ihm vorbei auf den Rhein, der im Licht der Sonne funkelte.

»Jetzt ist mir auch klar, dass Altdorf unschuldig war. Doch du
musst mir glauben, Müller: Als er in meiner Werkstatt aufgetaucht ist, hielt ich ihn wirklich für schuldig. Dass er es doch nicht
gewesen ist, hat Anton mir eben erzählt. Er hat es selbst erst heute früh von Reitz erfahren. Ich war fest davon überzeugt, dass
Altdorf uns das alles angetan hat. Dass er Lieselotte verführt und
ihr das Kind angehängt hat. Als ich schließlich allein mit ihm in
der Mühle war, ist meine Wut einfach mit mir durchgegangen.«

Erneutes Beben erfasste Weinands Körper. Müller verharrte
reglos neben ihm.

Endlich beruhigte Weinand sich: »Altdorf ist vorgestern Nachmittag in unsere Werkstatt gekommen und hat Anton vorgeworfen, dass er die katholischen Burschen gegen ihn aufhetzt. Erst
durch Antons Schlägerei in Thonets Werkstatt wären sie auf ihn
aufmerksam geworden. Altdorf hat behauptet, dass er Lieselotte
aber nie angerührt hat, verführt und ihr ein Kind gemacht erst
recht nicht. Er wüsste aber, wer das gewesen war. Wenn Anton
ihm gegen die Burschen helfen würde, dann würde er uns helfen,
den Schuft zu kriegen. Ich war außer mir, als ich das gehört habe.
Sofort habe ich Altdorf verprügeln wollen, aber Anton ist dazwischengegangen. Kannst du dir das vorstellen? Mein eigener Sohn
hat dem Lumpen, der seine Schwester auf dem Gewissen hat, gegen mich beigestanden! Und nicht nur das: Anton hat ihm sogar
noch geraten, sich eine Weile zu verstecken, bis sich der Zorn in

der Stadt gelegt hat! Es hat nicht viel gefehlt und ich hätte Anton dafür erschlagen.«

Entkräftet von seiner langen Rede und sichtlich gezeichnet von der Vergegenwärtigung der Ereignisse, hielt der Fassbinder inne. Müller wartete, ganz damit beschäftigt, das Entsetzen über das Verhalten des alten Weinands und sein Mitleid mit dem armen Vater ins rechte Lot zu bringen.

»Erst im letzten Moment hat mich Altdorf davon abgehalten, dass ich Anton zu Tode geprügelt habe. Ausgerechnet der! Als aus meinem Hof verschwunden war, habe ich gewartet, bis es dunkel wurde, und bin zur Michelsmühle geschlichen. Mir war klar, dass Altdorf nur dort stecken konnte. Wo hätte er sich sonst verstecken sollen?«

Zustimmung heischend blickte er zu Müller. Als Müller nichts sagte, fuhr Weinand fort: »Die Tür war aufgebrochen. Damit war klar, dass jemand in der Mühle war. Ich habe Martin auch sofort gefunden. Er hat sich nicht vor mir versteckt. Ohne Vorwarnung habe ich mir den Burschen gepackt, ihn in den riesigen Trog gestoßen und seinen Kopf runter gedrückt, bis er aufgehört hat zu zappeln. Dann war Schluss.«

Noch immer schwieg Müller. Er wusste nicht, was er sagen, wie er auf Weinands Beichte reagieren sollte. Zu sehr beschwerte ihn die Erkenntnis, dass er die Ereignisse zwar hatte kommen sehen, aber nicht hatte verhindern können.

»Und mit dem Feuer letzte Nacht habe ich die Angelegenheit für meine ganze Familie zu einem würdigen Ende bringen wollen.« Weinands Stimme klang erstaunlich fest. »Wenn Gott mich schon nicht für meine Taten richtet, dann muss ich es eben selbst tun.«

Über so viel Selbstgerechtigkeit konnte Müller nur verzweifelt den Kopf schütteln: »Damit hast du alles noch schlimmer gemacht, Weinand.«

»Wieso ich? Anton hat alles schlimmer gemacht: Wenn er uns letzte Nacht nicht aus dem Feuer gezogen hätte, wäre alles gut geworden. Dann wäre es endlich vorbei gewesen. Aber der Dummkopf hat ja unbedingt den Helden spielen müssen! Genau wie vorhin, als er mich aus dem Wasser herausgeholt hat.«

»Du verstehst deinen Sohn noch immer nicht. Du willst die Wahrheit nicht sehen, Weinand: Anton ist kein Dummkopf! Im Gegenteil: Er ist verdammt klug. Und außerdem der beste Sohn, den ein Vater sich wünschen kann. Ich bin mir sicher, er hat die ganze Zeit über alles gewusst. Nur um dich zu schützen, hat er gleich den Verdacht auf Altdorf gelenkt. Du bist ein blöder Hund, Weinand, dass du nicht siehst, wie sehr dich dein Sohn liebt. Er würde alles für dich tun.«

Traurig schüttelte er den Kopf, packte Weinand am Arm und führte ihn in die Burg.

Es war beinahe dunkel, als Müller endlich die Wachstube verließ. Bis zu seinem letzten Rundgang blieben ihm noch gut zwei Stunden Verschnaufpause.

Müller fühlte sich zutiefst erschöpft. Nicht nur der fehlende Schlaf und die Erlebnisse der Brandnacht hatten ihm zugesetzt. Es lastete eine bleierne Müdigkeit auf ihm, die sowohl seinen Körper als auch seinen Geist lähmte. Er konnte nicht mehr denken. Er mochte auch gar nicht mehr nachdenken über das, was sich in den letzten Tagen ereignet hatte. Das Einzige, was er noch spürte, waren Hunger und Durst. Deshalb eilte er, so schnell er konnte, nach Hause.

»Geh beiseite«, herrschte er Apollonia an.

Sie hatte sich ihm im Hausflur neugierig entgegengestellt, wischte sich gerade die nassen Hände an der Schürze ab.

»Was ist los?« Verdutzt sah sie ihm nach. »Was willst du in meiner Kammer? Da hast du nichts zu schaffen! Was soll das?«

Er spürte ihren keuchenden Atem im Nacken, als er ihre Kammer, die direkt neben der Küche lag, betrat. Darin war es düster und muffig.

»Wo ist es«, knurrte er und begann, ohne ihre Antwort abzuwarten, das Bett zu durchwühlen. Tastend suchte er schließlich unter der Matratze – und dann fand er es: das Geld!

»Aber du kannst doch nicht –! Das ist mein Geld! Was fällt dir ein!«

Sie keifte und schrie, versuchte, ihm den Lederbeutel zu entreißen, den er mit dem Arm hoch nach oben hielt.

Müller zeigte sich von ihrem Wüten unbeeindruckt.

»Du wirst dich noch wundern, was ich alles kann! Heute Abend esse ich außer Haus. Falls mich jemand sucht: Ich bin im ›Rosenkranz‹.«

Ohne sie eines weiteren Blickes zu würdigen, ging er hinaus. Draußen auf der Gasse atmete er befreit durch.

»Komm mit ins Gasthaus!«, rief er laut in Richtung des gegenüberliegenden Hoftores.

Aus dem Dunkeln schälte sich vorsichtig eine dürre Gestalt heraus.

»Meinen Sie mich?«, fragte Lukas ungläubig.

»Wen sonst? Du siehst so aus, als könntest du eine ordentliche Mahlzeit vertragen.«

Schweigend liefen sie nebeneinander her. Die Burg- und auch die Rheingasse waren schlecht beleuchtet. Nur an wenigen Häusern hing eine Laterne. Ab und an stand eine Kerze im Fenster. Der Laternenwärter hatte in dieser Gegend nichts zu tun. Öllaternen gab es hier keine.

Mehr als einmal wäre Müller fast auf dem rutschigen Boden ausgeglitten. Der Nebel, der vom Rhein hinauf in die Stadt kroch, sorgte für Feuchtigkeit auf den Gassen. Ebenso die Urin- und Abwasserpfützen, denen in der Dunkelheit kaum auszuweichen war.

Stolpernd hielt Müller sich an Lukas fest, humpelte schließlich weiter, bis sie endlich das hell erleuchtete Gasthaus »Zum Rosenkranz« nahe des ehemaligen Franziskanerklosters erreichten.

Zunächst ging es durch eine kühle Vorhalle, dann führte eine steinerne Treppe in die Wirtsstube hinauf. Von dort drangen fröhliche Stimmen nach draußen. Als Müller die Tür öffnete, erstarb der Lärm.

Stickige Luft und der Geruch nach Pfeifenrauch, Wein und Essen empfingen Müller und Lukas, angereichert mit den Ausdünstungen der Männer, die durch das enge Beieinandersitzen, lebhaftes Reden und warme Kleidung ins Schwitzen kamen.

»Lasst euch nicht stören. Ich habe meinen Dienst vorerst beendet«, verkündete er laut. Dann zog er Lukas am Arm hinter sich her zu einem freien Tisch ganz hinten in der Ecke beim Ofen. Den Blicken, die ihnen folgten, schenkte er keine Beachtung.

»So, mein Junge, dann lass uns mal sehen, was uns hier serviert wird.«

Mit einem Winken bedeutete er der Magd zu kommen und bestellte bei ihr zwei Portionen Schinken, dazu reichlich Kartoffeln und Würste, für sich selbst einen Schoppen Wein und für Lukas eine Limonade.

»Heute gönnen wir uns etwas Ordentliches«, erklärte er und legte Apollonias prall gefüllten Lederbeutel auf den Tisch. »Meine Schwester hat die letzten Jahre so gut gewirtschaftet, dass uns beiden einiges zum Verfressen bleibt.«

Zufrieden lachte er auf. Apollonia würde es so schnell nicht mehr wagen, ihn mit dünn bestrichenen Butterbroten und wässriger Suppe zu verköstigen.

»Nichts da! Bezahlt wird heute nicht«, winkte der Wirt ab und näherte sich ihrem Tisch. »Jedenfalls nicht von Ihnen, mein lieber Wachtmeister! Wir sind alle stolz auf Sie, weil Sie den Tod der armen Lieselotte aufgeklärt haben. Und –«, er hob den rechten Zeigefinger in die Luft und blickte beifallheischend in die Runde der Gäste, »und wir sind froh, dass Sie uns vor Schlimmem bewahrt haben – sowohl vor dem Aufruhr der Burschen gegen die Evangelischen als auch vor dem Einmarsch der preußischen Truppen aus Koblenz! Und die Ränkespiele um das Bürgermeisteramt haben nun wohl auch ein Ende!«

Die Männer an den Tischen nickten zustimmend und klopften mit den Fingerknöcheln auf den Tisch. Der Wirt schob, stolz über seine klug gewählten Worte, die Brust heraus. Müller wurde verlegen. Ein solches Aufhebens um seine Person war ihm unangenehm, noch dazu im Zusammenhang mit dem, was in den letzten Tagen geschehen war.

»Danke«, sagte er schnell und erhob sich halb, um sich vor den Männern zu verbeugen.

»So, und nun erzählen Sie uns einmal, wie sich alles zugetragen hat«, forderte der Wirt ihn auf und setzte sich ihm gegenüber an den Tisch.

»Ein anderes Mal vielleicht«, winkte Müller ab.

»Ja, Sie haben Recht. Sie sind zum Essen hier, nicht zum Reden. Nur eins, mein lieber Wachtmeister, möchte ich Ihnen noch versichern: Die Leute hier wissen alle, was Sie geleistet haben, ganz egal, was Bürgermeister Jacobs oder Pfarrer Berger oder unsere neunmalklugen Stadträte morgen behaupten werden. Dass die sich alle einen Dreck darum scheren, was unsereins zu erleiden hat, das ist uns doch längst klar. Umso mehr schätzen wir Ihren Einsatz!«

Mit diesen Worten stand er vom Tisch auf und klopfte Müller kräftig auf die Schulter.

Müller grunzte nur noch, alles andere, als davon überzeugt, dass die Aufklärung von Lieselotte Weinands Tod als Heldentat gelten konnte. Müller war gescheitert, auf ganzer Linie, wie schon bei dem Vorfall vor knapp zwanzig Jahren. Selbst als Polizeidiener hatte er auch dieses Mal das Schlimmste nicht verhindern können. Wie oft musste er so etwas noch erleben?

Bevor er endgültig in seinen düsteren Grübeleien versinken konnte, erschien die Magd mit einem voll beladenen Tablett. Es dampfte aus den Schüsseln. Ein riesiges Stück Schinken lag obenauf. Der kräftige Geruch nach Geräuchertem stieg Müller in die Nase. Gierig sog er ihn ein, froh, dass der Brandgeruch in seiner Nase dadurch allmählich schwächer wurde.

Lukas verschlang das Essen in Windeseile. Zufrieden, wenigstens eine gute Tat getan zu haben, beobachtete Müller ihn dabei. Er selbst konnte trotz des knurrenden Magens nur wenige Bissen hinunterbringen. Noch immer schmerzte ihn das Schlucken zu stark in der Brust.

»Was stieren Sie mich so an?«, platzte Lukas schließlich heraus, als er den letzten Krümel Brot in die Sauce tunkte.

»Ich frage mich seit Tagen, woher die Ähnlichkeit kommt.«

»Welche Ähnlichkeit?« Lukas stopfte das aufgeweichte Brot in den Mund und kaute zufrieden.

»Du erinnerst mich an jemanden, den ich sehr gut kannte. Aber das kann nicht sein. Du bist ja nicht von hier. Und außerdem bist du evangelisch.«

»Meine Mutter stammt aus Salzig und ist katholisch getauft.«

»Was?«

Müller lief es heiß und kalt den Rücken hinunter. Seine Hände begannen zu zittern, sein Atem ging schneller.

»Als junges Mädchen musste sie fort. Ihre Eltern waren gestorben, ihre große Schwester weggelaufen. Da kam sie zu einer Tante nach Bingen. Dort lernte sie meinen Vater kennen und heiratete ihn gegen den Willen der Tante. Er ist nämlich evangelisch.«

»Wie heißt deine Mutter?« Müller wagte kaum, den Jungen anzusehen.

»Magdalena.«

»Nur Magdalena?«

»Ja. Das reicht doch. Wieso fragen Sie überhaupt?«

Verwundert blickte Lukas ihn an.

Eine Weile rang Müller mit sich. Er konnte es dabei bewenden lassen: Lukas' Mutter hieß Magdalena. Ob sie etwas mit Agnes zu tun hatte? Nein, er bildete sich die Ähnlichkeit nur ein. Dann aber spürte er wieder diesen Blick, mit dem Lukas ihn ansah. Diese Augen – kein Zweifel: Das waren sie!

»Ich kannte eine Agnes aus Salzig«, begann er schließlich mit heiserer Stimme. »Die hatte solche Augen wie du. Eines Tages war sie verschwunden. Einfach fort. Für immer.«

»Das muss die Schwester meiner Mutter gewesen sein«, warf Lukas ein. »Die hieß Agnes. Meine Mutter hat mir von ihr erzählt. Mit zwanzig ist sie weggelaufen, eine unglückliche Liebe oder so. Meine Mutter ist zu dieser Tante nach Bingen gekommen, bei der sie sich nie wohl gefühlt hat. Nachdem sie meinen Vater geheiratet hat, wollte die Familie nichts mehr mit ihr zu tun haben. Seither ziehen meine Eltern mit uns Kindern durch die Gegend.«

Für einen kurzen Moment schöpfte Müller Hoffnung: »Weiß deine Mutter, wo ihre Schwester jetzt ist?«

»Das weiß ich nicht. Sie hat schon lange nicht mehr von ihr geredet«, antwortete Lukas.

Müller war, als öffnete sich ein riesiges, schwarzes Loch vor ihm, in das ihn ein unwiderstehlicher Sog hineinzog. Gerade wollte er nachgeben, widerstandslos darin versinken, da hörte er von fern Lukas' Stimme: »Am besten kommen Sie mit zu uns und fragen meine Mutter selbst nach ihrer Schwester.«

Epilog

An diesem Montag war alles anders: Der ungewöhnliche Wärmeeinbruch der letzten Woche schien endgültig vorbei. Seit Samstagabend regnete es ununterbrochen. Hof und Garten waren von grauem Dunst erfüllt. Schon fürchtete man einen Frosteinbruch, der die zarten Triebe auf den Feldern und an den Obstbäumen vernichten würde. Mit dem Verschwinden der Sonnenstrahlen war auch das muntere Vogelgezwitscher verstummt. Die Mehlschwalben ließen sich kaum blicken, beäugten lieber aus ihren kugeligen Nestern das Treiben im Hof.

Kutscher Paul hatte schon lange angespannt. Um den Damen einen bequemen Zugang zu ermöglichen, hatte er die Kutsche direkt vor den Stufen der Basalttreppe postiert. Unruhig scharrte die braune Stute mit den Vorderhufen über das Pflaster. In kleinen Wölkchen stieg ihr Atem aus den Nüstern und kondensierte in der kühlen Luft.

Nicolaus Weissgerber stand im Entrée des Wohnhauses und ließ zum dritten Mal schon den Deckel seiner goldenen Taschenuhr aufspringen. Immer unwirscher wurde der Blick, den er abwechselnd auf das Zifferblatt der Uhr und dann wieder auf den Treppenaufgang zum ersten Stock hinaufwarf.

Helena beobachtete ihn aus den Augenwinkeln. Endlich war es ihr gelungen, vor ihrer Mutter ausgehfertig zu sein. Dabei hatte das Anlegen der umfangreichen Reisegarderobe ihre Geduld arg strapaziert.

»Wo bleibt nur deine verehrte Frau Mama?«, entfuhr es ihrem Vater barsch. »Hilft ihr die Magd nicht? Geh hinauf und frag, wie lange es noch dauern wird. Das Dampfschiff wartet nicht auf euch!«

Gerade wollte Helena seiner Aufforderung folgen, da erschien Franziska Weissgerber oben an der Treppe, hinter ihr die drei kleinen Weinand-Kinder und die Magd.

»Ich bin so weit«, verkündete sie. »Hat Paul schon angespannt? Ich möchte nicht draußen im Regen auf ihn warten müssen.«

Nicolaus Weissgerber konnte seinen Ärger über diese Äußerung nur schlecht verbergen. Mit zusammengekniffenen Lippen folgte ihr sein Blick, wie sie die Treppe hinunterstieg. Sie trug einen schwarzen Überrock aus wattierter Seide, der bei jedem Schritt knisterte, darüber einen dunklen Mantel aus feinem Tuch und einen Wollschal. Auf dem Kopf thronte der riesige schwarze Helgoländer, ihre Hände verbarg sie in einem kleinen Muff.

Helena erschien sie wie ihre Zwillingsschwester, trug sie doch exakt die gleiche Reisekleidung.

Während auch sie ihrer Mutter entgegensah, fragte sie sich, wie sie beide mit den pompösen Hüten in der engen Kutsche unterkommen sollten, noch dazu, wo ihre Mutter nicht auf ihre unbeweglichen Steifärmel, die jegliches Zusammenrücken unmöglich machten, verzichtet hatte.

»Nun geht also eure Reise los«, setzte ihr Vater an, sobald Franziska Weissgerber neben ihm stand. Er bot ihr den Arm, um sie zur Kutsche zu geleiten. Dabei griff er mit der freien Hand nach dem Schirm, den ihm die Magd mit einem Knicks reichte, und hielt ihn draußen über ihre Köpfe, bis ihre Mutter vollständig im Innern der Kutsche verschwunden war.

Helena zog noch einmal ihre Hände aus dem kleinen Muff und reichte sie den beiden Weinand-Mädchen, die sich schüchtern hinter ihrem Bruder verborgen hielten. Dem Jungen strich sie über den blonden Haarschopf.

»Auf Wiedersehen, ihr drei.«

Sie versuchte ein aufmunterndes Lächeln, was ihr sehr schwer fiel. Tränen stiegen ihr in die Augen; ihre Kehle wurde trocken. Zu sehr sorgte sie sich darum, wie es den Kindern weiter ergehen würde. Ob die Tante, die sie zu sich holen wollte, wirklich nett zu ihnen sein würde? Ob die Kinder die Trennung von Anton, der rheinaufwärts eine neue Werkstatt aufbauen wollte, überhaupt gut verkrafteten? Niemand hatte die Kinder nach ihren Wünschen gefragt. Niemand schien es zu kümmern.

»Beeil dich«, mahnte ihr Vater von draußen. »Das Dampfschiff aus Köln wird bald am Kronentor eintreffen. Es wäre schade, wenn ihr es verpassen würdet.«

Franziska Weissgerber saß bereits in der Kutsche und sah ungeduldig hinaus.

»Passt auf euch auf und grüßt mir euren Bruder Anton«, wisperte Helena den Kindern zu. Dann hauchte sie ihnen einen Kuss auf die Stirn und eilte, ohne sich noch einmal umzudrehen, hinaus.

»Ich werde Franz Thonet von dir grüßen«, verkündete ihr Vater, als sie sich von ihm verabschieden wollte. »Das heißt natürlich nur, wenn du einverstanden bist. Gleich nachher statte ich ihm einen Besuch ab. Denk dir, mein Kind, der verwundete Fuß hindert ihn nicht daran, schon wieder an der Hobelbank zu stehen. Der hat noch viel vor! Ich werde sehen, wie ich ihn unterstützen kann. Seinen Vater muss ich wohl noch davon überzeugen, welch großartigen Sohn er in ihm hat!«

Nicolaus Weissgerber lachte auf. Helena sah ihn verwundert an, dann umarmte sie ihn und stieg in die Kutsche.

»Eine gute Reise wünsche ich dir!«, rief ihr Vater, als er den Verschlag schloss und sich die Stute auf Pauls Geheiß hin in Bewegung setzte. »Erhole dich gut, mein Kind, und vergiss, was du hier erlebt hast.«

»Das wird mir wohl kaum gelingen«, antwortete sie leise.

»Helena, es regnet zu stark. Schließ bitte das Fenster, bevor du ganz nass wirst. Du musst mehr auf dich achten.«

Kopfschüttelnd zog ihre Mutter sie ins Wageninnere. Helena lehnte sich auf der Bank zurück, hielt den Blick aber weiter nach draußen gerichtet. Als sie das Hoftor durchfuhren, erspähte sie eine dürre Gestalt, die sich, völlig nass vom Regen, neben dem Busch herumdrückte und winkte: Lukas! Sie schluckte heftig.

»Schade, dass wir Ostern nicht zu Hause verbringen werden.« Tränen stiegen in ihr auf.

»Im ›Vier Jahreszeiten‹ wird es dir an nichts mangeln«, begann ihre Mutter. »Du wirst sehen, dass man uns dort alle Annehmlichkeiten bieten kann, über die ein moderner Kurort verfügen sollte. Es gibt außerdem schöne Geschäfte in der Stadt, interessante Gesellschaft und viele Vergnügungen, an denen du teilnehmen kannst. Schneller, als du denkst, werden die Tage und Wochen vergehen.«

Bei dem Gedanken daran, welcher Art diese Vergnügungen sein würden – Tanztees, Bälle und Einladungen, bei denen heiratswillige Männer junge Damen begutachteten – schluckte Helena heftig. Es wurde ihr immer klarer, dass das nicht das Leben war, das sie führen wollte. Da war ihr Boppard mit all den Aufregungen der letzten Tage viel lieber gewesen. Aber das würde ihre Mutter nie verstehen.

Nachbemerkung

Der Tischlermeister Michael Thonet reiste 1842 auf Einladung des Fürsten Metternich ins kaiserliche Wien, um dort auf einer Ausstellung seine Bugholzmöbel zu präsentieren. Während seiner Abwesenheit wurde die Bopparder Werkstatt von Gläubigern gepfändet. Sie befürchteten, Thonet setze sich ab, um ihren Forderungen zu entgehen. Als Thonet davon erfuhr, ließ er seine Frau, den inzwischen geborenen fünften Sohn Jacob sowie die herangewachsenen Kinder in die österreichische Metropole nachkommen. Lediglich sein ältester Sohn Franz versuchte, in der alten Heimat eine eigene Werkstatt aufzubauen. Als ihm dies nicht gelang, folgte auch er den anderen an die Donau.

Bis die Thonets in Wien eine eigene Tischlerei eröffnen durften, vergingen noch einige Jahre. Dann jedoch stellte sich der lang ersehnte Erfolg ein: Die »Gebrüder Thonet«, wie sich die Firma fortan nannte, wurde eines der ersten großen und international agierenden Möbelunternehmen, das Stühle, Tische und anderes Mobiliar in Serie herstellte.

Michael Thonet kehrte Zeit seines Lebens nicht mehr in seine Heimatstadt im Rheintal zurück. Seine beiden ältesten Söhne, Franz und Michael, aber kamen im hohen Alter wieder nach Boppard, um dort ihren Lebensabend zu verbringen.

Mit Fertigung des legendären Stuhls Nr. 14 – *dem* Wiener Kaffeehausstuhl schlechthin – errang Thonet Weltruhm. Noch heute gilt dieser Stuhl als Inbegriff von Leichtigkeit, Eleganz und Funktionalität. Die Produktionsweise – der Stuhl ist in wenige Teile zerlegbar und kann in Kisten verpackt leicht transportiert werden – verweist bereits auf moderne Fertigungsmethoden des späten 20. Jahrhunderts.

Dass Thonet die Prinzipien seiner Möbelherstellung nicht erst in Wien entwickelte, sondern schon in den dreißiger Jahren des 19. Jahrhunderts in einer kleinen Stadt am Rhein an dieser Vision arbeitete, ist kaum bekannt. Davon zu erzählen, das versucht der vorliegende Roman getreu dem Motto: »Nicht erzählen, wie es war, sondern wie es gewesen sein könnte« (Gert Hofmann).

Trotz aller Referenzen an historische Personen und Begebenheiten bleibt das hier Erzählte allerdings reine Fiktion.

Ebenso bleibt die Rekonstruktion der damaligen Sprechweise lediglich eine Annäherung an die damalige Wirklichkeit. Die Einflüsse des Französischen sind offenkundig und lassen sich durch die lange Besetzung der linksrheinischen Gebiete (von 1794 bis 1815) erklären. Die Aufnahme einiger mundartlicher Redeweisen (entnommen aus: Carl Donsbach, *Stadt-Chronik Boppard*, erschienen 1895, Nachdruck hg. von Jürgen Johann und Klaus-Peter Neumann, Boppard 2003) soll diese regionale Eigenart exemplarisch widerspiegeln; auf die Nachahmung von Dialekt oder dialektaler Formulierungen wurde dagegen bewusst verzichtet.

Die Ableitung der Grußformel »Bonnschur« von dem französischen »Bonjour« ist noch sehr gut erkennbar, der Abschiedsgruß »Atschiß« rührt zweifelsohne von »Adieu«. Nicht so offensichtlich nachzuvollziehen sind die Ableitungen »dutzwit trawallje« von »tout de suite, travaillez« (sofort an die Arbeit!) sowie »Verbasseledantche« von »pour passer le temps« (zum Zeitvertreib).

Liste der wichtigsten Personen

Historische Personen sind kursiv gesetzt. Ihre Lebensdaten waren nicht immer exakt rekonstruierbar. Die Darstellung ihres Verhaltens und Charakters im Roman entspricht nicht in jedem Fall der Realität.
Schauplatz des Romans ist das Rheintal um 1840.

Carl Müller (?–1860), Polizeidiener in Boppard
Apollonia Marckstein, Schwester des Polizeidieners
Walburga, Tante des Polizeidieners

Nicolaus Weissgerber, Rentier aus Frankfurt
Franziska Weissgerber, seine Gattin
Helena Weissgerber, ihre Tochter

Michael Thonet (1796–1871), Tischlermeister in Boppard
Anna M. Thonet (1799–1862), seine Gattin
Franz Thonet (1820–1898), ältester Sohn des Tischlermeisters
Jacob Henrich (1825–1895), Lehrling bei Thonets
Martin Altdorf, angelernter Geselle bei Thonets

Heinrich Weinand, Fassbindermeister in Boppard
Lieselotte Weinand, älteste Tochter des Fassbinders
Anton Weinand, Sohn des Fassbinders
Sebastian Reitz, Bäckergeselle, Verlobter von Lieselotte

Matthias Jacobs (1800–1874), Bürgermeister in Boppard
Dr. Karl Heusner, Kreisphysikus in Boppard
Hermann Josef Veling, Arzt in Boppard
Johann Baptist Berger, genannt *Gedeon von der Heide*
(1806–1888), katholischer Pfarrer in Boppard
Johann Baptist Thomas (1799–1880), Stadtrat in Boppard
Hans Karl Heuberger (1790–1883), Landrat in St. Goar

Lukas Weber, Tagelöhnersohn
Cornelie Görgen, Notarsgattin

Tagelöhner:
Ferdinand Bock
August Schuster
Johann Grahs
Jakob Bertram (1779–1850)

Severus Nass, Gefangenenwärter
Joseph Volck, Zimmermann
Georg Lamberti, Schiffer
Matthias Josef Mallmann (1792–1857), Gastwirt und Kaufmann
Johann Walther van Meerten, Rentier

Dank

Um das Buch in der vorliegenden Form zu verwirklichen, bedurfte ich umfassender Unterstützung: An erster Stelle möchte ich ganz besonders Jürgen Johann aus Boppard hervorheben, der mir seine profunde Kenntnis der lokalen und regionalen Geschichte selbstlos zur Verfügung stellte. Ohne seine fachkundige Hilfe wäre eine so detailgetreue Beschreibung der historischen Verhältnisse im Rheinland des 19. Jahrhunderts nicht denkbar. Darüber hinaus durfte ich auf das umfangreiche Wissen der beiden Thonet-Experten Heinz Kähne und Werner Treichel zurückgreifen, die bei allen Fragen rund um die Familie Thonet, ihre Arbeits- und Produktionsweise nie um eine Antwort verlegen waren. Eine weitere wichtige Quelle waren für mich die Publikationen des »Geschichtsvereins für Mittelrhein und Vorderhunsrück«, insbesondere die von Dr. Heinz E. Mißling herausgegebene dreibändige *Geschichte der Stadt Boppard*, daneben das *Bopparder Bürgerbuch* von Dr. Michael Frauenberger sowie die zahlreichen historischen Abhandlungen, die seit Jahrzehnten in loser Folge in der Wochenzeitung *Rund um Boppard* publiziert werden. Im Landeshauptarchiv Koblenz hat mir freundlicherweise Dr. Walter Rummel eine umfassende Einführung in die dort für meinen Roman relevanten Archivalien gegeben.

Mein besonderer Dank gilt meinen Eltern, Anneliese und Willi Zimmer, die nicht nur früh mein Interesse an Geschichte geweckt haben, sondern mich bei meinen Recherchen »vor Ort« immer äußerst tatkräftig unterstützen.

Im Emons Verlag gilt mein großer Dank Dr. Christel Steinmetz für die hervorragende Betreuung und Bärbel Brands für die konstruktive Kritik am Text.

Zum Schluss danke ich Alexander, Eva und Jonas. Ihr wisst, wofür.